छाँह

ISBN : 978-81-89914-22-6

छाँह (कहानी-संग्रह)

पहला संस्करण : 2008
तीसरा संस्करण : 2026

मूल्य : ₹795

प्रकाशक
रेमाधव पब्लिकेशन्स प्रकाशन प्रा. लि.
जी-17, जगतपुरी, दिल्ली-110 051
शाखाएँ : अशोक राजपथ, साइंस कॉलेज के सामने, पटना-800 006
पहली मंजिल, दरबारी बिल्डिंग, महात्मा गांधी मार्ग, प्रयागराज-211 001
1, अनमोल सोराबजी सन्तुक लेन, धोबी तलाव, मरीन लाइंस, मुम्बई-400 002
वेबसाइट : www.remadhav.com
ई-मेल : Contact@remadhav.com

मुद्रक
बी.के. ऑफसेट
नवीन शाहदरा, दिल्ली-110 032

CHHANH
Stories by Maitreyee Pushpa

छाँह

मैत्रेयी पुष्पा

रेमाधव पब्लिकेशन्स

अनुक्रम

छाँह

फैसला

आदरणीय मास्साब,

सादर प्रणाम!

शायद आपने सुन लिया हो। न सुना होगा तो सुन लेंगे। मेरा पत्र तो आज से तीन दिन बाद मिल पाएगा आपको।

चुनाव घोषित हो गया।

न जाने कैसे घटित हो गया ऐसा?

आज भी ठीक उस दिन की तरह चकित रह गई मैं, जैसे जब रह गई थी—अपनी जीत के दिन। कभी सोचा न था कि मैं प्रधान-पद के लिए चुनी जा सकती हूँ।

कैसे मिल गए इतने वोट?

गाँव में पार्टीबन्दी थी। विरोध था। फिर...?

बाद में कारण समझ में आ गया था, जब मैंने सारी औरतों को एक ही भाव से आह्लादित देखा। उमंगों-तरंगों का भीतरी आलोड़न चेहरों पर छलक रहा था।

ब्लॉक प्रमुख की पत्नी होने के नाते घर-घर जाकर अपनी बहनों का धन्यवाद करना जब सम्भव नहीं हो सका तो मैं 'पथनवारे' में जा पहुँची।

आप जानते तो हैं कि हर गाँव में पथनवारा एक तरह से महिला-बैठकी का सुरक्षित स्थान होता है। गोबर-मिट्टी से सने हाथों, कंडा थापते समय, औरतें अकसर आपबीती भी एक-दूसरे को सुना लेती हैं।

हमारे सुख-दु:खों की सर्वसाक्षी है यह जगह।

वैसे मेरा पथनवारे में जाना अब शोभनीय नहीं माना जाता।

रनवीर ने पहले ही कह दिया था कि गाँव की अन्य औरतों की तरह अब तुम सिर पर डलिया-तसला धरे नहीं सोहतीं। आखिर प्रधान की पत्नी हो।

वे प्रमुख बने तो बंदिशों में कुछ और कसावट आ गई। और जब मैं स्वयं प्रधान बन गई तो उनकी प्रतिष्ठा कई-कई गुना ऊँचे चढ़ गई।

वे उदार और आधुनिक व्यक्तित्व के स्वामी माने जाने लगे। अन्य गाँवों की निगाहों में हमारा गाँव अधिक ऊँचा हो गया। और मैं गाँव की औरतों से दूरी बनाए रखने की हिदायत तले दबने लगी।

पर मेरा मन नहीं मानता था, किसी न किसी बहाने पहुँच ही जाती उन लोगों के बीच।

रनवीर कहते थे, अभी तुम्हारी राजनैतिक उम्र कम है, बसुमती। परिपक्वता आएगी तो चल स्वयं निकलोगी मान-सम्मान बचाकर।

ईसुरिया बकरियों का रेवड़ हाँकती हुई उधर ही आ निकली थी, आप जानते होंगे, मैंने जिक्र तो किया था उसका कि वह कितनी निश्छल, कितनी मुखर है।

यह भी बताया था कि मैं और वह इस गाँव में एक दिन ही ब्याहकर आए थे।

आप हँस पड़े थे मास्साब, यह कहते हुए कि नेह भी लगाया तो गड़रिया की बहू से! वाह बसुमती!

बड़ी चौचीती नजर है उसकी। जब तक मैंने घूँघट उलटकर गाँव के रूखे-पेड़ों, घर-मकानों, गली-मोहल्लों को निहारा ही था, तब तक उसने हर द्वार-देहरी की पहचान कर ली। हर आदमी को नाप-जोख लिया। शरमाना-सकुचाना नहीं है न उसके स्वभाव में!

गाँव में बड़े-बुजुर्गों के नाम इस तरह लेती है, जैसे वह उनकी पुरखिन हो। ऊँच-नीच, नाते-रिश्ते, जात-कुजात के आडम्बरों से सर्वथा मुक्त है।

वह खड़ी-खड़ी आवाज मारने लगी, "ओ बसुमतियाऽऽ...! रन्ना की! रनवीर की दुलहन! ओ पिरमुखिनी!"

सब हँस पड़ीं।

बोलीं, "बसुमती, लो आ गई सबकी अम्मा दादी! टेर रही हैं तुम्हें। हुंकारा दो प्रधान जी।"

वह हाथ में पकड़ी पतली संटी फटकारती, बकरियों को पिछियाती हुई हमारे पास ही आ गई।

झमककर बोली, "पिरधान हो गईं अब तौ! चलो सुख हो गया।"

किसी ने खास ध्यान नहीं दिया।

संटी उठाकर जोर से बोलने लगी, "एऽऽ, सब जनी सुनो, सुन लो कान खोलके! बरोबरी का जमाना आ गया। अब ठठरी बँधे मरद माराकूटी करें, गारी-गरौज दें, मायके न भेजें, पीहर से रुपइया-पइसा मँगवावें, क्या कहते हैं कि दायजे के पीछे सतावे, तो बैन सीधी चली जाना बसुमती के ढिंग।

"लिखवा देना कागद।

"करवा देना नठुओं के जेहल।

"ओ बसुमतिया! तू रनवीरा की तरह अन्याय तो नहीं करेगी? कागद दाब तो नहीं लेगी?

"सलिगा ने हमारे हाथ-पाँव तोरे, तो हमने लीलो के लड़का से तुरन्त कागद लिखवाया था कि सिरकार दरबार हमारी गुहार सुनें।

"रनवीर को हमने खुद पकड़ाया था जाकर।

"उन दिनों सलिगा हल-हल काँपने लगा था। हाथ तो क्या, उल्टी-सूधी जुबान तक नहीं बोल पाया कई दिनों तक। हमारे जानें रन्ना ने कागद दाब लिया, सलिगा सेर बनके चढ़ आया छाती पर।

"बोला, जेहल करा रही थी हमारी? हत्यारी, हमने भी सोच लई है कि चाहे दो बकरियाँ बेचनी पड़ें, पर तेरे कागद की ऐसी-तैसी..."

संटी फेंककर ईसुरिया ने अपनी बाँहें फैला दीं। सलूका उघाड़ दिया, गहरी खरोचों और घावों को देखकर सखियों के होंठ उदास हो गए। खिलते चेहरों पर पाला पड़ गया, मास्साब! हँसी-दिल्लगी ठिठुरकर ठूँठ हो गई!

गोपी ने हँसने का उपक्रम किया।

मुस्कराने का अभिनय करती हुई बोली, "क्या बक रही है तू? कोई सुन लेगा तो कह न देगा पिरमुख जी से?"

वह तुरन्त दयनीयता से उभर आई।

"सुन ले! सुनाने के लिए ही कह रहे हैं हम। रनवीर एक दिन चाखी पीसेगा, रोटी थापेगा। और हमारी बसुमती, कागद लिखेगी, हुकुम चलाएगी, राज करेगी।

"है न बसुमती?

"साँची कहना, तू ग्यारह किलास पढ़ी है न! और रनवीर नौ फेल? बताओ कौन हुसियार हुआ?

"अब दिन गए कि जनी गूँगी-बहरी छिरिया बकरिया की नाई हँकती रहे। बरोबरी का जमाना ठहरा। पिरधान बन गई न बसुमती? इन्द्रा गांधी का राज है। बोलो इन्द्रा गांधी की जै।"

गोपी डाटने लगी, "सिर्रिन, इन्द्रा गांधी तो कब की मर चुकीं। राजीव गांधी का राज है।"

"मर गईं?

"चलो, तो भी क्या हुआ। मतारी-बेटा में कोई भेद होता है सो? एक ही बात ठहरी।

"क्यों जी, झल्लूस कब निकलेगा?" उसे सहसा याद हो पड़ा।

"रन्ना पिरधान बना था तब कैसी रौनक लगी थी। माला पहराई थीं। झंडा लेकर चले थे लोग। रन्ना ने तो कन्धा-कन्धा चढ़के परिकम्मा की थी गाँव की?"

सरूपी ने उसे फिर समझाया, "ओ बौड़म रन्ना-रन्ना करे जा रही है? पिरमुख जी सबसे पहले तेरी जेहल कराएँगे।"

उसने लापरवाही से सिर झटका, "लो, सुन लो सरूपिया की बातें! रन्ना क्या, तेरा ससुर गजराज भी नहीं कर सकता हमारी जेहल। तेरा जेठ पन्ना भी नहीं कर सकता। है न बसुमती!"

झुंड में से कोई बोल पड़ी, "काहे को मुँह लगती हो इस सरगपताल के। ओ ईसुरिया, तेरी छिरियाँ, वे निकल गईं खेत में।"

"ओ मोरी दइया...!" वह संटी फटकारती दौड़ने लगी।

सवेरे की घाम रसोई के ओटले पर रही होगी। चूल्हा जलाकर मैंने तवा रखा ही था। हाथ आटे में सने थे।

कोई छाया-सी द्वार पर दिखी।

सही अनुमान लगाती, तब तक तो आवाज आने लगी—"ओ बसुमतीऽऽ! बसुमतियाऽऽ!"

ईसुरिया थी।

"पंच्याती चौंतरे पर दुरगा बैठा है! पन्ना देख रहा है! तेरी सौं बसुमती, सारे पंच तेरी परतिच्छा में!" वह खुशी से खिल रही थी।

मैंने तुरन्त कुसुमा को बुलाया। वह बोली, "तुम जाओ भाभी, हम बना देंगे रोटी।"

सभा में जाने लगी तो औरतें किवाड़ों की झिरी से झाँकने लगीं। शायद यह देखने के लिए कि मैं घूँघट डालकर जा रही हूँ या पर्दा त्यागकर।

माथे तक साड़ी का किनारा। न घूँघट था न, खुला चेहरा।

रास्ते में गोपी मिल गई। ईसुरिया को छेड़ने लगी, "बसुमती भाभी तो सभा में जा रही हैं, तू कहाँ जा रही है ईसुरिया?"

वह तमक गई—"चल! गोपिया की बच्ची! हम बसुमती के सेकटरी ठहरे। सभा में जा रहे हैं। पंचों को टोकते नहीं हैं।"

"छिरियाँ कहाँ गईं आज?"

"छिरियाँ चराने सलिगा चला गया। जान गया अब, कि मरद और औरत बरोबर हो गए, बेटा, अब चलो छिरियाँ चुगाने।"

हम चबूतरे के समीप पहुँचने ही वाले थे कि रनवीर आते दिखाई दिए।

वे लपकते कदमों से हमारे पास आकर रुके। मुख पर आश्चर्य की रेखाएँ थीं और नाक तथा होंठ कठोर मुद्रा में अकड़े हुए।

बोले, "कहाँ?"

उत्तर ईसुरिया ने दिया, "पिरमुख जी, हग पंचायत में जा रहे हैं। अगाई छोड़ो। रस्ता दो।"

उसके कहे वाक्यों को सुनकर वे मुझसे मुखातिब हुए, "घर चलो तुम।"

ईसुरिया मुँह बाए खड़ी रह गई। कुछ ही क्षणों में सम्भलकर बोली, "टोका-टाकी न करो पिरमुख जी। चलने दो हमें।"

रनवीर की त्यौरियाँ झुलस आईं।

"सुन नहीं रहीं बसुमती तुम?"

उनकी आग्नेय दृष्टि मेरे पाँवों को जलाने लगी। उमंग गतिहीन हो गई।

ईसुरिया अड़ी खड़ी थी। उसकी ओर मैंने समझदार संकेत किया कि लौट चलने में ही मंगल है।

उसने मुझे विचित्र भाव से घूरा और विवश भाव से मेरे पीछे-पीछे खिचड़ आई।

लौटकर मैं बर्तन समेटने लगी। कुसुमा के अनकहे प्रश्नों का उत्तर मेरे पास नहीं था। घुटन ज्यों-की-त्यों ठहरी हुई थी सीने में।

ईसुरिया आँगन में बैठी बड़बड़ा रही थी, "लो, हद्द हो गई कि नहीं? हौदा पर तो बसुमती और राज करे रनवीर! अरे अपनी पिरमुखी सम्भारें। पिरधानी से अब इन्हें क्या मतलब?"

कुसुमा से नहीं रहा गया, "मतलब कैसे नहीं है? रामकिसुन कुम्हार से रुपइया वसूल करने हैं। बनीसिंह को वचन दे रखा होगा। भाभी जाती, तो क्या मालूम उलटा हो जाता फैसला।"

बेचारे रामकिसुन ने छान-छप्पर के कारण अपना बैल बेच डाला था कि बिन छत के कैसे रहे चौड़े में। बनीसिंह राच्छत, पहले तो बैल खरीद ले गया और खलिहान उठाते ही आ गया लौटाने। कहता है यह मरघिल्ला बैल उसे नहीं चाहिए। लौटाओ रुपइया।

अब कहाँ से आवें रुपइया? छान बेच दे क्या? छान बिकती है क्या? कौन करे न्याय?

रनवीर तो गरीब को ही मारेंगे। तुम चली जातीं तो बच जाता कुम्हार का।

ईसुरिया भारी कदमों से लौट गई अपने घर।

मास्साब, मेरी आत्मा में किरचें चुभती रह गईं।

लौटकर रनवीर ने खूब समझाया था—"पंचायती चबूतरे पर बैठती तुम शोभा देती हो? लाज-लिहाज मत उतारो। कुल-परम्परा का खयाल भी नहीं रहा तुम्हें? औरत की गरिमा आढ़-मर्यादा से ही है। फिर तुम क्या जानो गाँव में कैसे-कैसे धूर्त हैं!"

उस दिन के बाद पंचायती चूबतरे से प्रधान की टेर निरन्तर उठती रही। लोग जानते थे कि रनवीर इस बात को पसन्द नहीं करते, फिर भी बुलाने चले आते।

मैं ही पस्तहिम्मत थी या कि पति की प्रतिच्छाया मेरे भीतर निवास करती थी, देहरी उलाँघते ही कोई बरजने लगता—"हम हैं तो सही। अब तक भी तो करते रहे हैं। तुम्हें क्या जरूरत है बाहर आने की?"

उत्तर में मन उफनता। आक्रोश के सवाल की सीमा तक होंठ खुलते, मगर

पत्नी होने के नाते सब कुछ सिराने लगता। दूध के झाग-सा बैठ जाता विरोध।

मास्साब, मैंने कितने दिनों तक सोचा था कि दस्तखत नहीं करूँगी। करने दो मनमानी।

रनवीर रजिस्टर लिये चारपाई पर बैठे थे। मैं कामों में उलझी थी। सवेरे का समय वैसे भी खाने-पीने से लेकर दूध-घी की सार-सँभाल में निकल जाता है, ऊपर से मईदारों का कलेऊ-पानी।

वे आवाज दे चुके थे, शायद कई बार।

मैं फिर भी खाली नहीं हुई।

"सुनो, मैं लिखत-पढ़त कब का निबटा चुका, तुम्हें दस्तखत करने का समय नहीं?"

मैं नहीं पहुँची।

वे झल्ला उठे—"कब तक बैठा रहूँ? ब्लाक पहुँचना है मुझे। एक हफ्ते से घुमा रही हो।"

धोती के पल्ले से हाथ पोंछती पहुँच गई मैं। उनके निकट जा खड़ी हुई।

"लो करो दस्तखत।" उन्होंने खुला पेन पकड़ा दिया।

"तुम सोच क्या रही हो? अभी तक तो बीस बार कर चुकी होतीं।"

मैंने खुला पेन बन्द कर दिया।

आँखों में सवाल का जंगल उग आया। भटकती रही मैं। क्या रनवीर उबार नहीं सकते मुझे? आसपास से नुकीले काँटे यों ही छेदते रहेंगे?

रनवीर इसी तरह चले होंगे अपने प्रधान काल में, या किसी दूसरी तरह। पूछना तो चाहिए न, शायद कोई मार्ग...

रनवीर?

वे मुख खोले देखते रहे।

मजूर आए थे मेरे पास, कहते थे कि अभी तक गारा-पत्थरों की ढुलाई की मजदूरी...?

गाँव की औरतें ताना देती हैं, कि भली हुई तुम प्रधान, अपने द्वारे पर ही पक्का खरंजा करा लिया। अपनी गली ही पत्थरों से जड़ ली। हमसे क्या बैर था

बहन कि कीचड़ में ही छोड़ दिए।

बच्चों को स्कूल भेजते डर लगता है, छत आज गिरी कि कल। आपके अलावा कौन सुधरवा सकता है उसे।

कौन कहेगा कि यह पिरमुख का गाँव है? गड्ढों में पानी, पानी में मच्छर। कूड़ा-कचरा। घर-घर जूड़ी-ताप। कुछ दवा-दारू होती। गड्ढों की पुराई, जैसे लालपुर में।

"कुछ भी तो नहीं हुआ जवाहर रोजगार योजना के पैसे से?"

रनवीर की आँखें फैलती चली गईं।

दृष्टि धीरे-धीरे खौलने लगी।

उनके चक्षुओं से ऐसे अग्निबाण बरसने लगे कि मैं खड़ी-खड़ी भस्म होने लगी। मास्साब, मेरे बोल तपते तवे पर पड़े छींटों की तरह जलने लगे।

"गाँव की औरतें कह रही थीं या तुम?"

"ये गाँव की औरतें कब से बोलने लगीं?"

"प्रधान के कर्तव्य और अधिकारवाली पुस्तिका रटी है क्या?"

"तुम प्रधान हो कि एम.एल.ए.?"

उनके चेहरे को विद्रूप हँसी ने ढाँप लिया।

"च् च् च्...! हमसे तो कभी किसी ने कुछ नहीं पूछा और तुमसे इतने ढेर सवाल?" रनवीर की भाषा बड़ी तीक्ष्ण थी।

काँपते हाथों से चुपचाप लिख दिया, बसुमती देवी।

दस्तखत!

इस रुपये को जिस दिन हस्ताक्षर करके लाई थी, उन दिनों स्वर्ग के सपनों में विचरा करती थी। चमचमाते स्कूल और पक्की गलियों की चाह थी मन में। वर्षा की रौ में ढहे झोंपड़ों को सँवार देने की आकांक्षा की थी। हाथ पर हाथ धरे बैठे बेरोजगारों के घर दुर्दिनों में चूल्हा जलाने की बात सोची थी। बीमारों के दर्द को हरने के लिए कुछ दवा-गोली की साध थी।

'बसुमती देवी' इन छः अक्षरों ने सपनों के घरौंदे का कण-कण आहत कर डाला।

एक वृद्धा ने आ किवाड़ खटखटाया।

"ओ बेटा, बसुमती!"

पानी का घड़ा घड़ोंची पर रखती, तब तक रनवीर का छोटा भाई देववीर जा पहुँचा द्वार पर।

"क्या है दादी?"

"बेटा, तनक अपनी भौजाई को भेज।"

"पंचायत के लिए बुलाने आई हो क्या?"

"और काहे को लिवा जाएँगे भइया!"

"दादी, जाओ यहाँ से। भइया घर पर नहीं हैं। भाभी नहीं जा सकेंगी।"

"काहे नहीं जा सकेगी? पिरधान नहीं है क्या वह? पंचायत में तो जाना ही पड़ेगा भइया।"

"तुम लड़ाई करवाओगी हमारे घर में?"

"लड़ाई की क्या बात ठहरी बेटा? जे तो पहले ही सोचनी थी तुम्हें।"

मैं पौर में आ चुकी थी। बूढ़ी अम्मा ने देख लिया। वे पाँवों में गिर पड़ीं, "बेटी बसुमती! लाचारी तो समझ हमारी। फिर हमारे जमाई को छुट्टी नहीं मिलेगी। लाम की नौकरी ठहरी। हमारी बेटी का न्याय-फैसला करवा बहू।"

मैं खड़ी-खड़ी उनकी सुनती रही।

"बेटी, लड़की का दर्द देखा नहीं जाता अब। बाप राच्छत है। चैन से जीना नहीं बदा हमारे भाग में।" कहते-कहते वृद्धा के कोये भीगने लगे। धार बह उठी, झुर्रियों-भरे मुख पर।

क्या करती, कोई चारा न था। सान्त्वना थी मेरे पास, सो देती रही—"न्याय मिलेगा अम्मा। भरोसा रखो। पंच अन्याय थोड़ेई करेंगे?"

उस समय न जाने कैसे निर्णय ले डाला कि ठिठके कदम अम्मा के संग चल पड़े। देववीर रोकता रह गया।

फैसला करवाकर आई तो अपूर्व तोष में भीगी हुई थी। अनाम आर्द्रता और प्रेमिल निष्ठा के साथ लिया निर्णय। पवित्र मन्दिर-सा लगा था पंचायतवाला चबूतरा, जिस पर बैठकर रुके हुए सड़े जल को जैसे काटकर बहा दिया हो मैंने। सम्पूर्ण गन्दगी रिता दी हो अपने हाथों से। अब मानो नई वाटिका का बीजारोपण होगा वहाँ।

रनवीर ने उस रात धीमे से घर में प्रवेश किया। उनका गम्भीर चेहरा दहला देने की हद तक विध्वंसात्मक हो उठा।

मेरे कलेजे को जैसे कोई खुरों से खूँदने लगा।

सनसनाती निस्तब्ध रात में उनका स्वर धीमे से ही बहा लेकिन भीतर घुला जहर मुझे आपादमस्तक नहलाता चला गया।

"कचहरी करने का इतना शौक था तो बाप से कहकर वकालत पढ़ ली होती! बार-बार मना करने पर भी...!"

मुझसे जवाब नहीं बना, उनके कहे वाक्य का।

"यह रोज-रोज की नौटंकी! रात-दिन की नाटकबाजी! बताओ कब बन्द करोगी?" रनवीर ने घर के शून्य में विस्फोट किया।

डर के कारण घिग्गी बँधने लगी। लगा कि पूरी देह में कम्पन की लहरें उठ रही हैं।

अनायास ही बोल पड़ी, "मैं अपने आप नहीं गई थी, अम्मा और उनकी बेटी बुलाने आई थीं। हरदेई का दु:ख कौन नहीं जानता?"

"सबसे ज्यादा तो तुम जानती हो।"

"हरदेई गिड़गिड़ा रही थी, कहती थी कि रनवीर भइया नहीं समझेंगे मेरी पीर। तुम औरत हो भाभी, मेरा दु:ख समझो, न्याय करो। पति की लाम की नौकरी है। छुट्टी अब दो साल बाद ही मिल पाएगी, पूरे सात साल निकल गए इसी तरह।

"हमारे दादा तो सोचते हैं कि मुझे भेज दिया तो दामाद एक पैसे का मनीआर्डर नहीं करेगा।

"ताले में बन्द कर देते हैं मुझे। इनसे नहीं मिलने देते। अम्मा किसी तरह खोल दें तो पता चलते ही घर में हड़कम्प। गन्दी-गन्दी गालियाँ।

"तीन बार शहर जाकर खतम कराया है पेट का बच्चा।

"तुमने देखे हैं भाभी, ऐसे पिता?

"अब की बेर बचा लो। इनके संग भिजवा दो, तुम्हारा जस नहीं भूलूँगी भाभी, जनम-भर।" हरदेई रो उठी थी।

"मैंने उसकी गुहार फिर भी नहीं सुनी।

"यही सोचती रही, काश! तुमने फैसला कर दिया होता।"

वे आँखें गाड़कर बोले, "कैसा फैसला? जैसा तुम करके आई हो? जंगल

में रह रही है हरदेई? बेटी आप घर कि बाप घर।

"वह मलटेरिया कहाँ रखेगा उसे?"

"कहीं भी। दोनों में प्रेम है तो क्या घर और क्या वन।"

वे झटके से उठ पड़े, "तो मैं रोक रहा हूँ उसे?"

सारी थरथराहट के बावजूद न जाने कैसे शब्द होंठों से झड़ पड़े, "मैंने तो सुना है कि उसे हाकिमों के पास उनकी हवस पूरी करने को..."

"अच्छा?" उनकी जीभ लपेटा खाने लगी।

"तुमने यह नहीं सुना कि उसके नालायक भाई की नौकरी कैसे लगी? तुम्हें यह नहीं बताया कि उसका बाप सीमेंट की दलाली निधड़क किसकी कृपा से कर रहा है, कि पक्का मकान कैसे उठा है? किस हितू की हिमायत पर हो रहे हैं सारे काम?"

"मेरा तो उसमें कोई लाभ नहीं।"

"तुम तो सारी कथा जानते हो। फिर क्यों नहीं छुड़ाते उसे, उसके बाप के फन्दे से?"

"तुमने छुड़ा तो दी। मेरे खिलाफ फैसला, इस तरह छीछालेदर।"

"मेरा ऐसा इरादा कतई नहीं था।"

"फिर उस दिन कैसा इरादा था, जब रामसिंह को पुलिस पकड़ ले जा रही थी? क्यों भागी थीं पुलिस वैन के पीछे पागलों की तरह होश खोकर?

"क्या कहते होंगे दरोगा जी? क्या सोचते होंगे लोग? यही कि प्रमुख की पत्नी का ऐसा कंजर तरीका!

"शरम से गड़ गया न मैं।

"आगे ये नाटक रचे तो समझ लेना कि..."

"सुनो, रामसिंह दोषी नहीं था। निर्दोष को सजा?"

वे क्रोध से काँपने लगे।

"सुन ले! और समझ ले अपनी औकात! मजबूरी में खड़ी करनी पड़ी तू। मैं दो-दो पदवी नहीं रख सकता था एक साथ। सोचा था पत्नी से अधिक भरोसेमन्द कौन...।"

उनके चेहरे पर 'भरोसेमन्द' शब्द कहते हुए जहरीली हँसी उतर आई जो मेरे कलेजे में धार करती चली गई।

वह पूस की ठंडी रात थी। शिला की तरह जमा देनेवाली शीत। मैं बाहर ही बैठी रही। ठिठुरन से मुख घुटनों में गाड़ लिया। हाथ-पाँव सुन्न होने लगे थे।

मन बड़ा अस्थिर था। लगा कि इसी समय यह घर, यह गाँव, यह धरती-आसमान त्याग जाऊँ, कहीं चली जाऊँ।

आधी रात निकल गई होगी।

उसी धुन्ध में लगा कि परछाईं निकट को सरकती चली आ रही है। पैछर पर चेहरा उठाकर देखा, रनवीर थे।

वे समीप आ बैठे। सिर पर हाथ फेरते हुए मनुहार करने लगे, "चलो भीतर। सोओ चलकर। ठंड बहुत है। कहा मानो।"

धोती झाड़ती हुई मैं बुत की तरह उठ बैठी, अकड़ी हुई-सी।

न विरोध करने की इच्छा हुई, न उलाहना देने की आत्मीयता जागी। अरागात्मक भावना के चलते अपने आपको ढकेलती रही कमरे के भीतर।

वे समझाते रहे, "पति-पत्नी में कोई अन्तर होता है? पगली, एक-दूसरे के लिए ही जीते-मरते हैं। गाँववालों को लेकर विरथा अपने मन में क्लेश पाल बैठी।

हमसे जलते हैं सब। देखा नहीं जाता कि पति प्रमुख और पत्नी प्रधान। चाहते हैं कि तुम द्वार-द्वार डोलो। लौंडे-लपाड़े हँसी-ठट्ठा करें। लोगों को कहने का मौका मिले कि रनवीर की घरवाली पराये मर्दों के बीच..."

आपको याद होगा मास्साब, जिस दिन मैं प्रधान बनी थी, उस दिन आपने एक छोटी-सी चिट्ठी लिखी थी मेरे नाम। उसमें मेरे सुखद भविष्य की, मेरे पति-परायण होने की कामना की थी। साथ ही नया सूरज ढूँढ़ने की आस जगाई थी। सम्बन्धों को जीतने की चुनौती भेजी थी। लिखा था, बसुमती, अपने आँगन में सत्य के खम्भे गाड़कर ईमानदारी की छान डालो कि दीन, दलित, त्रस्त, अभिशप्त छाँह पा सकें।

यह कहाँ तक सम्भव हो पाता है, आप भी जानते होंगे।

लेकिन आपकी उस लिखावट ने मुझे विचलित अवश्य कर दिया। मैं भूल गई मास्साब, कि पदवी प्राप्त आदमी छल-बल और आतंक से जिस प्रजा का दमन करता है, उससे मैं अलग नहीं हूँ।

काश, मैं ईसुरिया होती। आढ़-मर्यादा की दीवारों के बाहर मुक्त आकाश

तले। कुलीन कही जानेवाली थोथी परम्पराओं के भरम से परे।

काश! रनवीर के पास आभिजात्य की तुरप चाल न होती तो परों को बींधता हुआ यह पिंजरा मैं साथ ही उड़ा ले जाती।

भोर होने लगी थी शायद। पंछियों की चिचियाहट सुनकर मैं उठ बैठी। यद्यपि देह में निद्रा और सुस्ती के लक्षण न थे फिर मन मार निरस्तता के चलते रोम-रोम अनमना था।

चौका-चूल्हा लीप-पोत दिया। कंडे सुलगा दिए।

रनवीर को कुल्ला-दातुन से पहले चाय पीने की आदत बन गई है।

चाय डालकर कप-प्लेट भीतर ले जा रही थी कि दरवाजे की ओर से आती चीख-चिंघाड़ आँगन में मँडराने लगी—

"ओ रन्ना की दुलहन! ओ बसुमतियाऽऽ..."

"अरी बाहिर तो आऽऽ..."

"विरथा है तेरी विद्या! खाक है तेरी पढ़ाई! और राख हो गई तेरी पिरधानी!"

यह कातर करुण स्वर!

यह रोदन की लय में छटपटाती ईसुरिया!

विलापात्मक करुणा सनी प्रकम्पित आवाज...! हाथ में थमा प्याला थरथराने लगा। न जाने क्या हो पड़ा।

"अरी जल्दी आ जा! बड़े पीपरा तरें कुआँ में कूद के हरदेई ने प्राण तज दिए।"

मैं काठ हो गई।

उलटी तरफ भागने लगी—रनवीर के कमरे की ओर। टाँगें काँप रही थीं। साँसों में अवरोध टकरा रहा था।

विश्वास नहीं हो रहा था, पर भीतर-ही-भीतर कोई अदृश्य, अस्पष्ट बसूला आत्मा को छीलने में लगा था।

रनवीर बिस्तर पर नहीं थे।

देह शिला से भी भारी होने लगी। पाँव गतिहीन...। निढाल हुई आँगन में ही बैठ गई।

किसने उलट दिया निर्णय? रात ही रात में सबकुछ विपरीत कैसे हो गया? पंचों का फैसला रद्द किसने किया? किसने रोका उसे पति के संग जाने से?

ईसुरिया ने मुझे कन्धों से झकझोर डाला—"अब बैठी ही रहेगी! आखिरी

समय मुख तो हेर ले! हरदेई तुझे वोट देने गई थी। झल्लूस में झंडा उठा के चली थी तेरे नाम का।"

हाँ, उसकी अनोखी आनबान वाली छवि आँखों में तिर आई—"बसुमती देवी जिन्दाबाद! बसुमती भाभी अमर रहें!"

ईसुरिया का शोकगीत थमा न था—"अच्छा होता बसुमती, हम अपना वोट काठ की लठिया को दे आते, निरजीव लकड़ी को! उठाए उठती तो। बैरी पर वार तो करती। अतीचालों के विरोध में पड़ती। पर रनवीर की दुलहन, तुम तो बड़े घर की बहू ही रहीं। पिरमुख जी की पत्नी। घूँघट में लिपटी पतुरिया-सी चलती रहीं, आँखें मूँद के।"

पीपल तले पहुँची।

वहाँ भी क्या हुआ? क्या होना था?

दरोगा, सिपाही और रनवीर, गाँव के मुँह देखा लोग, विराजमान थे वहाँ।

हरदेई के पिता के रोदनमय बयानों पर पुलिसिया कलम चल रही थी—"दहेज के लोभी पति से मार-पीट हुई थी, रात के समय। उसकी बिगड़ी हुई आदतों के चलते हम अपनी बेटी को नहीं भेजते थे उसके साथ। पर होनी को नहीं टाल पाए, दरोगा जी! पिरान खो दिए मेरी हरदेई ने। माँ बेहोश पड़ी है घर में।"

ईसुरिया विक्षिप्तों की तरह आगे को भागी, दहाड़ मारकर कहने लगी, "ओ दरोगा जीऽऽ...असल बात तो..."

रनवीर ने बात बीच में ही रोक ली—"अरे! कहाँ भागी जा रही है तू? न्याय मिलेगा। उस हत्यारे को फाँसी न करवाई तो मेरा नाम रनवीर नहीं। जा घर। बसुमती को लिवा जा।"

पंचनामा कराके दरोगा जी की जीप में रनवीर सादर बैठे चले गए।

पीछे गर्द-गुबार, धुन्ध में लिपटे लोग त्राहि-त्राहि करते अपने-अपने घरों को लौट लिए।

लौटकर अपने आँगन में, मैं संतप्त औरतों के बीच बैठी रही। लग रहा था जैसे इसी घर से अर्थी उठी हो।

अनेक अनबूझ प्रश्न अटके थे, आसपास थकी-पथराई आँखों में। पति-पत्नी के पुण्य-पावन सम्बन्ध के नीचे विचलित खगी और शक्तिमान अहेरी का संगमन...

क्या औरतें पहचानती थीं अहंकारात्मक आत्मीयता को? नहीं तो वे मूक-

बधिर सी उठकर क्यों चली गईं?

प्रश्न, न कोई प्रतिप्रश्न!

समय बीतता गया। प्रमुख का चुनाव आ गया।

रनवीर फिर प्रत्याशी थे।

उन्हें दम लेने की फुरसत नहीं थी इन दिनों। मेरे पास भी घर के भीतर का काम बहुत अधिक था। सुबह से जला चूल्हा रात तक ही बुझ पाता। फिर भोजन के अतिरिक्त खाट-बिस्तरों का प्रबन्ध।

आवाजाही के चलते ब्याह-सा मचा था घर में।

रनवीर कहते हैं, गाँव का आदमी इतना भोला नहीं, जितना समझा जाता है। फिर वह, जो राजनीति के चक्रव्यूह भेद चुका हो, वह पारंगत तो शहरी नेताओं को पटखनी खिला दे।

एक-एक प्रधान का नखरा साधना था रनवीर को।

मेरे खयाल से तहसील-भर के प्रधानों ने हमारे घर आकर जुहार किया रनवीर को। चर्चा तो यहाँ तक हुई कि अबकी बार रनवीर, प्रमुख के बाद एम.एल.ए. के लिए खड़े होंगे।

ठीक बात थी। रनवीर बड़े चतुर हैं। बोतल-बीड़ी के निखालिस आधार पर नहीं टिकते। दुआ-सलाम में तो कतई भरोसा नहीं है उनका।

आफत-विपद में काम आनेवाले आदमी ठहरे।

दरियापुर वाले इसीलिए उनसे बाहर नहीं हो सके। हालाँकि विपक्ष में खड़ा प्रत्याशी उनका रिश्तेदार ठहरा। कारण था, उनको ग्राह के फन्दे से भगवान की तरह छुड़ा लाए थे रनवीर। नहीं तो बहू ने तो स्पष्ट बयान दिए थे कि बीस हजार नकद दहेज के कारण जलाया है मुझे।

बाप-बेटा फाँसी के फन्दे पर लटक गए होते, या फिर आजन्म कारावास। रनवीर की कृपा से ही तुर्रेदार साफे का गरूर बरकरार है।

हवा इस तरह की चली कि तीन प्रत्याशी चुनाव के पहले ही घुटने टेक गए। मैदान में केवल एक बचा, वह भी लुहार का लड़का।

नादान था शायद।

रनवीर सुबह ही चले गए।

मेरे लिए शाम को जीप भिजवा दी!

घर का काम था कि सिमटने में ही न आता था। बस किसी तरह पहुँच गई।

वैसे न भी जाती तो भी क्या अन्तर पड़ता! मैंने तो यही कहा था रनवीर से। वे ही नहीं माने। कहने लगे, लोग हँसेंगे कि प्रमुख जी की पत्नी प्रधान है और वोट देने नहीं आईं।

वोट डालकर लौट आई।

रनवीर रात के समय लौटे थे।

जीप की सर्चलाइट देखते ही गाँव के लोग दरवाजे की ओर जुड़ आए।

रनवीर सीधे बैठक में आ गए। वे बहुत थके हुए थे, माथे पर पसीने की बूँदें चुहचुहा रही थीं।

पानी लेकर पास जा पहुँची।

वे चुप थे।

लोग उन्हें अस्वस्थ-से देखकर इधर-उधर हो गए।

एकान्त में माथे पर हाथ फेरा तो वे अधिक गम्भीर हो उठे। चेहरा दयनीय हो आया।

थोड़ी देर में ही वे रेत में पड़ी मछली-से तड़पने लगे। समझने को कुछ शेष नहीं था मास्साब, मैं पराजय पर सान्त्वना देने लगी—"धीरज रखो। कोशिश करना तुम्हारा काम था, हार-जीत तो लगी रहती है।"

दिलासा तो दे रही थी लेकिन मेरा मन भी रुँध-खुँद गया। कभी उनके हाथ सहलाती, कभी पाँव दबाती। भीतर से कुंडी बन्द कर ली।

मास्साब, यह लिखने की बात नहीं है, पति को धीरज देने का हर सम्भव प्रयत्न किया था मैंने। मन से मन और देह से देह मिलाकर ताप हरना चाह रही थी उनका।

वे एकालाप में डूबे थे—"वे कौल, वे करार, वह गंगाजली उठाकर सौगन्ध खाना सब भ्रम था बसुमती?"

"कि धोखा?"

उन्हीं अन्तरंग क्षणों में बाहर बतियाता देववीर का स्वर मेरे कानों पर हावी हो गया—"अगर एक वोट और होता तो भइया हारते नहीं। उस लुहरटा के बराबर आ जाते।"

एक वोट!

विश्वास नहीं कर सकी मैं।

सहसा मेरे भीतर सबकुछ डाँवाँडोल होने लगा।

ओ मेरे अग्नि देवता! ओ सप्तपदी दिलानेवाले महापंडित! ओ मेरे जननी-जनक! और मास्साब आप, मेरे गुरुवर...आपने मुझे सुख-दुख की सहभागिनी, अर्द्धांगिनी, सहचरी बनाकर रनवीर की पत्नी के रूप में विदा किया था।

लेकिन मैं क्या करती!

अपने भीतर की ईसुरिया को नहीं मार सकी।

क्षमा करना।

आपकी, बसुमती

तुम किसकी हो बिन्नी?

आज पापा चले गए। सुबह के धुँधलके में ही तैयार हो गए थे पापा! बिन्नी भी तभी उठ गई—दीदी के साथ ही। वैसे बिन्नी का मन था कि पापा रुकें, पर वे छुट्टी ही नहीं लाये थे।

दादी उन्हें धूप निकलने से घंटे-भर पहले ही विदा कर देना चाहती थीं, गरमी की लू-लपट में सफर करना दादी को अच्छा नहीं लगता—"सवेरे ठंडे में ही निकल जाइयो गोपाल!" वे रात को पापा से कहकर सोई थीं।

बिन्नी और दादी पापा को फराश के पेड़ों तक छोड़ आए, वहाँ खड़े होकर भी दादी ने पापा से कितनी ही बातें की थीं। बिन्नी तो दगड़े के ठंडे रेत में एड़ी पर घूम-घूमकर पाँव के अँगूठे से गोले बनाती रही—गोलाकार वृत्त...जैसे वह अपनी कॉपी पर परकाल से बनाती है, ठीक वैसे ही।

पापा आगे बढ़ गए, दादी देर तक खड़ी देखती रहीं। जैसे-जैसे पापा दूर होते जाते, दादी की आँखें और सिकुड़ती जातीं, तीखी दृष्टि से पापा को पिछियाती-सी। पापा पेड़ों की सघनता के पीछे पूरी तरह ओझल हो गए, तब दादी लौटने लगीं।

"दादी, पापा के साथ मुझे क्यों नहीं भेजा?" बिन्नी ने अपने मन में घुमड़ता प्रश्न दादी से पूछ ही लिया।

"तेरी पढ़ाई मारी जाती बेटा!" कहकर दादी उसी गति से रेत-भरे दगड़े में बिन्नी को आगे करके चलती रहीं।

सम्पूर्ण उत्तर नहीं लगा बिन्नी को। उस बीच दादी रुआँसी-सी हो उठीं, एक अनबूझ वेदना झुर्री-भरे मुख पर अनायास ही तिर आई।

दादी सच कहना नहीं चाहती थीं। या माँ-बेटी के बीच स्नेह-तन्तुओं को जोड़े-गाँठे रहने के भरसक प्रयत्न में जुटी थीं।

बिन्नी जब गाँव आई तो यहाँ उसका मन नहीं लगा, हर समय उखड़ी-उखड़ी-सी रहती। दादी ने कितने यत्न किए थे बिन्नी को सुख से रखने के—मोरी पर पक्का पलस्तर करवाया, चारों ओर से दीवार उठाकर गुसलखाना बनवाया, जिसमें छोटी-सी बिन्नी बेझिझक नहा सके, कुआँ-बावड़ी पर कहाँ जाती फिरेगी।

कपड़े-लत्ते पास के कस्बे में मिलते, गाँव के दरजी क्या जानें शहर के तरीके की सिलाई! वे बिन्नी को बाजार-हाट साथ ले जातीं, कपड़ा पसन्द करवातीं और उसकी पुरानी फ्रॉक, सूट दिखाकर दरजी को घंटों समझातीं। मनोहर दरजी उन्हें बार-बार आश्वस्त करता—"अम्मा जी, चिन्ता मत करो, लम्बरदार की पढ़ी-लिखी लड़कियन के कपड़ा मैं ही बनाय रह्यौ हूँ बरसों से।"

मगना जल्दी ही बिन्नी की सखी बन गई। दादी ही बुला लाई थीं उसे। फिर तो दोनों पक्की सहेलियाँ हो गईं—खेलतीं, बतियातीं, काम करतीं, पढ़तीं।

"दादी, मेरी माँ सौतेली है?" रात को दादी के पास सोते समय बिन्नी ने अनायास ही पूछा।

"चल! किसने कही जे बात तोसे?"

"मगना ने।"

"झूठी है मगना।"

"मगना कहती है कि तेरी माँ डायन है, पेट में ही बच्चों को मार डालती है।"

दादी का चेहरा रात के अँधियारे में सफेद फक्क पड़ गया, सुन्न हो गईं एक पल को। फिर बिन्नी के बालों में अँगुली से कुछ टटोलती रहीं देर तक, "तू मगना के संग गत रहौ करै।" बेआधार-सी बात कहकर वे चुप पड़ी रहीं।

बिन्नी अपनी बुआ के साथ कुएँ पर गई थी शुरू-शुरू में, तब भी क्या-क्या कहा था सबने।

"चलो अच्छी है, बुढ़िया कौ मन लगौ रहैगौ, वहाँ तीन-तीन जुड़ गईं, एक यहाँ सही।" रस्सी को बड़े-बड़े गोलों में लपेटती एक औरत कह रही थी।

"अरी, ये बात नाँय, का करें बेचारे! सहर में तो तीन बच्चों का ही हुकुम है, अब इसे यहाँ न भेजते तो चौथा कैसे करेंगे।" पीली साड़ीवाली ने बोलकर दो गागर सिर पर धर लीं और अपने रास्ते चली गई।

"कै बेर तो इसकी माँ ने गरभ गिराए हैं, दूरबीन से दिखवाय लिए! छोरी निकरी सो गिरवाय दई! कसाइन है निरी!"

बिन्नी की समझ में तो कुछ नहीं आया लेकिन बुआ बहुत लड़ीं—कुएँ पर ही। अपनी भाभी के लिए वे ऐसे शब्द सहन नहीं कर पाईं।

"बताओ न बुआ! क्या कहा उन्होंने? तुम क्यों लड़ीं—कुएँ पर ही?" अपनी भाभी के लिए वे ऐसे शब्द सहन नहीं कर पाई।

"बताओ न बुआ! क्या कहा उन्होंने? तुम क्यों लड़ीं इतना? मम्मी कसाइन है—यह कहा, इसलिए?" बिन्नी रास्ते-भर बुआ से पूछती आई।

उसी रात बुआ ने सारी बात बता दी बिन्नी को। दादी बहुत नाराज हुईं, "माँ-बेटी का कलेजा फटवा रही है तू!"

"आज नहीं तो कल जान जाएगी! तुम नहीं बताओगी तो मुहल्ला-पड़ोस ही बता देंगे। कहाँ तक छिपाओगी अम्मा!" बुआ कुएँ से खिसियाई हुई आई थीं। वे अपने आवेग पर अंकुश नहीं रख पाईं; सारी कथा बिन्नी से कह दी :

उस दिन मम्मी डॉ. अग्रवाल के क्लीनिक से निकलते हुए कैसी खुश थीं—उमंगों से ओत-प्रोत। उनका फीट्स-टैस्ट हुआ था और रिपोर्ट मिली थी, जिससे उन्हें पता चला कि अबकी बार वे बेटे को जन्म देंगी।

दो बेटियों के पश्चात उनके गर्भ में पुत्र पल रहा है—सोचते ही वे गर्वित हो उठीं—मुख दिपदिपा उठा। अपूर्व सुख के साथ-साथ एक मुक्ति भाव भी जागा था मन के भीतर कि बस...अब आगे और नहीं! झंझट खत्म!

गुड़िया के जन्म को तो उन्होंने खुशी से स्वीकार लिया था। पहलौठी की बेटी-बेटा कुछ भी सही! फिर भी 'पहले-पहल लड़का हो जाए तो फिर चिन्ता नहीं रहती' यह अनी मन में कहीं चुभी जरूर रह गई।

उसके बाद अंजू! बुआ बताती हैं कि अंजू के जन्म पर घर में गहरी उदासी छा गई थी। सभी दुखी हुए थे—पापा, दादी और मम्मी। मम्मी तो दो दिन तक कुछ खा नहीं सकीं। मन कैसा मुरझाए फूल-सा कुन्द पड़ गया था। नर्स के कुछ बोल तुषार-से गिरे थे, "मिसेज गुप्ता, बेटी हुई है, कांग्रेच्युलेशन्स! बधाई हो।"

अस्पताल में मम्मी के मिलने-देखनेवाले विरक्त भाव से आए। 'सुख-दुःख समे कृत्वा' जैसा भाव लेकर मम्मी-पापा पर ढालते हुए। दादी कुछ पलों को विचलित हुईं और बेधड़क बोल उठीं—"एक और डिगरी धर गई मेरे गोपाल

पै।" दादी अंजू के जन्म पर ही उसके ब्याह की फिकर करने लगीं।

कंकड़-सा बोल फेंककर दादी फिर नीति की बात पर आ गईं—"काहे को अन्न-जल त्यागे परी है री आरती! भगवान् की देन है! बेटी-बेटा सब एक ही ठौर के हैं! फिर है जाएगौ पूत! कन्या परमेसुरी से दुखियावे मत!" ऐसी बातें कहकर मम्मी को वे पुत्री-जन्म के दु:ख से उबार रही थीं।

दादी की बात या अपने मन का तोष...मम्मी ने कुछ दिन खिन्न रहकर अंजू को अपना लिया। पालन-पोषण में जुट गईं।

पर अधिक दिन प्रतीक्षा नहीं हो पाई उनसे। अंजू साल-भर की भी नहीं थी कि वे फिर गर्भवती हुईं—बेटे की आस में! साहस तो कर लिया लेकिन मन की परतों पर डर का विषैला भाव फैलता जा रहा था—'कहीं लड़की हुई तो...?' तीन बेटियों की कल्पना-मात्र से दहल उठीं। सम्पूर्ण शरीर एक-एक पल को थरथरा उठा। रात में नींद कम आने लगी। कमरे में लगी गदगदे बच्चे की तसवीर में जब उन्हें लड़का दिखता तो कलेजा हुलस उठता लेकिन लड़की...वे भयाक्रान्त हो उठतीं। माथे पर पसीने की बूँदें छलक आतीं। और तब...तब उबार लिया था डॉ. अग्रवाल ने...हाँ, इन्हीं डॉ. अग्रवाल ने।

उन्होंने टैस्ट किया था उस बार और अपनी रिपोर्ट में साफ लिख दिया था कि मम्मी के गर्भ में फीमेल-चाइल्ड है। लड़की का जन्म होगा—सुनते ही उनके सिर में घुमेर उठी कि पाँव के नीचे का फर्श घूमने लगा, कमरे की छत गोल हुई जा रही थी। पापा ने थाम लिया मम्मी को।

साथ ही डॉ. अग्रवाल ने गर्भपात कराने की जगह का भी नाम लिख दिया—यदि इच्छा हो तो...। उनका तथा गर्भपात-क्लीनिक का आपस में साझा रहता है न! इसलिए। एक दिन भी व्यर्थ नहीं जाने दिया गग्गी ने, दूसरे ही दिन होनेवाली बेटी से मुक्ति पा ली। बिन्नी की समझ में बुआ की बात नहीं आई—"क्या हुआ बुआ?"

"पेट में ही मार डाला तेरी बहन को, और क्या हुआ। एक बार नहीं, दूसरी बार, तीसरी बार, तेरी बहनें..."

"मार डालीं?"

"हाँ!" बुआ ने उत्तर दिया।

बिन्नी की आँखें फैल गईं...देर तक फैली रहीं! कसाइनवाली बात सच लगी।

कैसी तुष्ट थीं वे उन दिनों! भयंकर वेदना के पश्चात भी निस्सीम विश्रान्त भाव बुआ ने मम्मी के मुख पर देखा था।

फिर अपनी गृहस्थी में सन्तोष से रम गईं। बेटियों को दुलराया। उनके लिए नए फ्रॉक बनाए। पापा से नए रिबन मँगाए। नियोजित-परिवार में सिमटी गृहस्थी लेकर चलने का सुख हाथ से छिना जा रहा था, वापस खींचकर प्रसन्न थीं मम्मी।

समय कुछ ही सरका था कि बीच में धुरी-सा गड़ा बेटे की ललक का नुकीला बिन्दु उनके मन को अपने में फिर उलझा बैठा और फिर एक बार उनको अपनी गृहस्थी अधूरी लगने लगी, बिना पतवार की नाव-सी! बिना पुत्र की जननी बने वे माँ के गौरवान्वित पद को स्वीकार नहीं कर पा रही थीं। प्रजनन और बेटियों का पालन-पोषण सार्थक नहीं लग रहा था। जीवन का महत्त्वपूर्ण कोना बृहत् आकार लिये रिक्त लगता था। अधूरेपन का अहसास मकड़ी के जाले-सा मन पर चारों ओर से लिपट गया।

आसपास का माहौल कँटीला-सा हो गया। तीज-त्यौहार चिढ़ाते-बिराते-से निकलने लगे। कलेजे में हीनता की हूक-सी उठती, जो बेचारगी में पलट जाती। राखी हाथ में लिये बेटियाँ कैसी बेअर्थ लगतीं...स्वत्वहीन, लाचार! संसार की किसी अमूल्य निधि से वंचित! दुर्लभ रिश्ते से कटी हुई...।

नाते-रिश्तेदारों और आपसी मेल-जोलदारों में चर्चित यह एक बात उनके कलेजे को निरन्तर उधेड़ती रहती कि वे बेटे को जन्म नहीं दे सकीं...। इसी अधूरेपन के अहसास तले दबी वे हर गली, हर मोड़ और हर उत्सव से आँखें चुराकर चलने लगीं। आपसी लोगों से कतरा उठीं। अपनी दुनिया का दायरा संकुचित कर लिया उन्होंने।

पापा की जुटाई सुख-सम्पदा को लोग इस एक अभाव की पैनी छुरी से पल में काटकर फेंक देते—"अरे, कितना ही पैसा-वैभव बना रहे, पर किसके लिए... एक जीव होता तो सब सुकारथ था—इन लड़कियों का ढक्कन लेकिन..."

हार गईं मम्मी! अपनी दो बेटियों और पापा के साथ फलती-फूलती बगिया को अपने ही दाएँ-बाएँ से आते कंकड़-पत्थरों से रुँदती देखकर निरस्त हो गईं। और फिर इसीलिए...ऐसे ही...कर्ण-रन्ध्रों को कोंचते वाक्यों के चाबुक की मार से आहत मुड़ पड़ी उसी राह...फिर गर्भवती!

पर आज प्रसन्न थीं बेहद! पुत्र होने की पूर्व घोषणा पर!

"अम्मा जी, गुड़िया—अंजू के समय तो बड़ी मिठाई खाई थी मैंने लेकिन अबकी बार..." कहकर कुछ शरमा गईं, फिर स्वयं ही बोलीं, "अबकी बार खट्टा खाने को मन करता है अम्मा जी!"

"अबकी बेर तो राम सुन ही लेगौ। भगवान् जी की गाय थोड़े मारी है मेरे गोपाल ने।" दादी ने आश्वस्त होकर कहा।

"अबकी बार मिट्टी को भी हाथ नहीं लगाया मैंने, अम्मा जी!"

"मैं कह तो रही हूँ, पेट की बनगत ही दूसरी है अब कैं! एड़ी चीकनी और लाल हैं तेरी। मुँह पर रंग नाँय तेरे! भुसी-सी उड़त रहै चेहरा पै। छोरा ही होयगौ, देखि लइयो।" दादी ने मनचाही बात कह दी।

आरम्भ से ही दादी ने खयाल रखा—गुड़ में रखकर नारियल के बीज लगातार सात दिन खिलाए। पीर का गंडा गाँव से ले आईं, जिसे बड़े मनोयोग से मम्मी ने बाँह में बाँध लिया। सपने में आम-बैंगन दिखते थे, गरमी में बीस किलो आमों का दान किया, सन्तोषी माता का व्रत रखा, वैष्णो देवी की जात मानी।

बिन्नी की समझ में ये बातें आईं कि न आईं, पर बुआ उसे सारी बातें बताती रहीं। बिन्नी मुख खोले और आँखें फाड़े सुनती रही।

"मम्मी, भइया लेकर आना!" दादी के सिखाए बोल गुड़िया ने ठीक वक्त पर उगल दिए। उस समय मम्मी अस्पताल जा रही थीं। उनके मन में गुड़िया के लिए अपरिमित प्यार उमड़ आया—चुम्बनों की बौछारों से गुड़िया को नहला डाला।

पर अंजू! अंजू तुरन्त बोली, "मम्मी, बहन लाना! मुझे तो बहन चाहिए, भाई तो मारता है। ऋतु का भाई मारता है न!"

"बहन लाना!" अंजू के मुख से दूसरी बार यह वाक्य जैसे ही निकला, दादी ने चटाक से एक तमाचा उसके गाल पर जड़ दिया। बच्ची अकारण मार पर ऊँचे स्वर में रोने लगी।

किसी और बात पर अंजू को दादी ने झिड़का भी होता तो वे दुर्व्यवहार पर खीझ उठतीं। कितने ही दिनों तक अनबोला चलता, पापा को दादी के विरुद्ध भड़कातीं, दुश्मनी ठन जाती और दादी का यहाँ रहना दूभर हो जाता। पापा उन्हें जल्दी ही गाँव छोड़ आते।

पर उस समय दादी से पूरी तरह सहमत थीं मम्मी! अंजू पर क्रोधित नजर गाड़ती हुई दादी का यथाशक्ति समर्थन कर रही थीं, "एक थप्पड़ और लगाओ अम्माजी! हर समय कमबख्त एक ही रटन लगाए रहती है—बहन लाना मम्मी! दो-दो गुड़िया बगल में दबाकर सोएगी। गुड्डा लाकर दिया तो हाथ नहीं लगाया करमजली ने! एक कोने में पड़ा रहा, उठाकर महरी की लड़की को दे आई हत्यारी!

"पड़ोस की पिंकी को देखो, जब भी पूछो, चट से बोलती थीं, 'मैं तो भइया लूँगी!' जैसे जीभ पर सरस्वती बैठी हो। लड़का ही हुआ उसकी माँ के।"

पापा ने लड्डुओं का प्रबन्ध पहले से ही कर दिया था। बच्चे के जन्म पर वैसे ही भाग-दौड़ मच जाती है। सौ के नोट दस-दस के नोटों से बदल दिए ताकि आया, जमादार, नाई, धोबी की माँग पर तुरन्त निबटा सकें। दादी के अधरों पर दो-तीन दिन पहले से ही सोहर फिसलने लगे—'भये हैं अयोध्या में राम रानी कौशल्या के!'

लम्बी प्रसव-वेदना से गुजरी थीं मम्मी। आयरन-विटामिन और पौष्टिक भोजन के जोड़ ने बच्चे को काफी वजनी और तन्दुरुस्त कर दिया था गर्भ में।

दसियों घंटे छटपटाते निकल गए। पापा की चिन्ता बढ़ती जा रही थी, वे बदहवास से इधर से उधर भागते हुए डॉक्टर भार्गव से सम्पर्क बनाने का प्रबन्ध कर रहे थे।

कुछ देर पश्चात सिजेरियन बच्चा करने का निश्चय ले लिया डॉक्टर ने। आनन-फानन ऑपरेशन की सारी तैयारी हो गई।

लेकिन चार-छह लम्बी चीखों के बाद मम्मी ने बच्चे को जन्म दिया। डॉ. भार्गव ने राहत की साँस ली। प्रसूता ने तीव्र मारक पीड़ा से मुक्ति पाई तो सभी के मन बेचैनी से निकलकर सहज हो गए। और मम्मी तूफान के बाद की विश्रान्ति ओढ़े प्रसूति-मेज पर लेटी थीं।

"बस, हो गया!" डॉक्टर और नर्सों का समवेत स्वर उसके कानों ने किसी ध्वनि के रूप में पहली बार सुना। उसके बाद बच्चे का रुदन!

साफ-स्वच्छ करके नर्स बच्चे को नहला लाई तथा वजन करके मम्मी के नाम की पट्टी शिशु की बाँह पर लगा दी। डॉक्टर हाथ धोकर बाहर निकल गई, ऐप्रिन बदलना था, रक्त के मोटे धब्बे उनके ऊपर गिरे थे।

तीखी पीरों से थकी देह, सूखे सफेद होठों पर जीभ फेरती बेहद कमजोर लग रही थीं मम्मी! महीनों की रुग्ण-सी!

नर्स सफेद कपड़ों में लपेटकर रुई की पोनी की तरह बच्चे को उनके पास ले आई। वे शान्त-सन्तुष्ट निगाहों से नर्स को देखने लगीं। पीड़ा से निकलकर बच्चे के मोह की स्निग्ध रेखा खिंच आई उनके चेहरे पर। वे चाहती थीं, नर्स जल्दी से कहे, 'मिसेज आरती गुप्ता, आपने बेटे को जन्म दिया है... बेटा हुआ है आपके।' यही वाक्य सब दुहराएँ...दीवारें...छत...खिड़की... पर्दे...सब यही बोलें कि 'बेटा हुआ है'—यही एक बात सुनने को उनके कान कब से तरस रहे हैं, केवल यही सुनने को जी रही हैं...बड़ी उत्सुक, लालायित!

"बेटी हुई है मिसेज आरती गुप्ता!...कांग्रेच्युलेशन्स! मुबारक हो!" वह वाक्य! हैं...यह आवाज! क्या...अप्रत्याशित बात! गूँजता स्वर हृदय की धड़कन बन्द करता-सा! "नहीं, नहीं!" वे विश्वास नहीं कर सकीं।

नर्स का फिर दुहराना—सन्न रह गईं वे। कलेजा काटता वाक्य संज्ञा-शून्य करता चला जा रहा था। वे हतप्रभ-सी विस्फारित नेत्रों से नर्स को देखती रह गईं। हाथ-पाँव का दम सुँता जा रहा था। मुर्दनी में समाने लगीं मम्मी! नर्स घबरा गईं—"मिसेज आरती गुप्ता! आरतीऽऽऽ!" एक बाँह से बच्ची सँभाले नर्स मम्मी को हिलाए जा रही थी।

प्राण तो सुनते ही दादी के भी निकल गए, पापा विचलित हो उठे। दादी होठों में बर्र-बर्र न जाने क्या-क्या बुदबुदाती रहीं।

मम्मी होश में थीं, पर वे उस समय मूक-बधिर हो जाना चाहती थीं। पर मन के अन्दर तो अन्धड़ की तरह झंझावती हलचल मची थी—अब...तीन...वे यथार्थ की पहली सीढ़ी पर कदम रखते ही चीख उठीं—"नहींऽऽऽईं...नहींऽऽ"

"क्या हुआ आपको, आरती! क्या कर रही हैं आप?"

"देखो, रुको, हाथ-पाँव मत मारो, स्टिच टूट जाएगा! तेज ब्लीडिंग हो जाएगा। ज्यादा खून गिरना अच्छा नहीं—हेवी ब्लीडिंग इज वेरी डेंजरस!" नर्स समझाने लगी।

पर कहाँ सुना मम्मी ने। मिरगी के रोगी की तरह हाथ-पाँव अकड़ा दिए और सचमुच खून की तेज धार बही, बिस्तर पर लाल पोखर-सी भर उठी।

"डॉक्टर! डॉक्टर! वेड नं. 6..." नर्स बच्चे को गोद में सँभाले ही डॉ.

भार्गव के पास दौड़ी।

भगदड़ मच उठी नर्सों की, परिचारकों की, झटपट पलंग के पास हुकदार स्टैंड रखकर दोनों ओर खून और ग्लूकोस की बोतलें लटका दी गईं। नली और सुई के सहारे मम्मी की शिराओं से होता हुआ रक्त और ग्लूकोस शरीर में सरकने लगा—बूँद...बूँद।

"शी इज शॉक्ड! गहरा धक्का लगा है इसे! किसने सुनाई उसे यह खबर! जानती नहीं, यह तीसरी लड़की थी! ऐसे कितने ही केस किए हैं, फिर भी...?" डॉक्टर भार्गव ने नर्स को बुरी तरह फटकार डाला।

"बच्ची नर्सरी में रख दो, माँ के पास इस समय मत सुलाना।" डॉक्टर निर्देश देती हुई चली गई। कोम्पोज का इन्जेक्शन देकर उन्हें सुला दिया।

शरीर में जान आते ही मम्मी ने फिर तूफान उठाया—"डॉक्टर, लड़की पैदा कैसे हो सकती थी, आपसे गलती हुई है डॉक्टर! मेरे पेट में तो बेटा था..." पीछे का वाक्य प्रकम्पित अधरों पर ही कराहकर टूट गया।

डॉक्टर, नर्स एक पल को मुख खोले देखती रह गई, विस्मित, आश्चर्यचकित! उस समय डॉ. भार्गव कुछ नहीं बोलीं, नर्सों को हिदायतें देकर अपने केबिन में चली गईं।

"कितना सुन्दर बेबी है आपका! बिलकुल आपके जैसा! वही नाक, वही चिन...क्या कहता है...ठोड़ी...हाँ।"

नर्स कहे जा रही थी, शब्द नुकीले शूलों की तरह हृदय को चीरते चले जा रहे थे मम्मी के। अशक्त, विनम्र हुई वे बोलीं, "कैसे हो गया सिस्टर ऐसा? मैंने तो फीट्स-टैस्ट कराया था। रिपोर्ट में मेल-चाइल्ड (लड़का) की घोषणा थी। आपलोगों ने भी तो कहा था, 'बस, हो गया!' कोई हेरा-फेरी तो नहीं..." संशय-पुता उनका विवर्ण चेहरा नर्स के चेहरे में समाने लगा।

"क्या कहता है तुम? हम झूठ क्यों बोलेगा? और फिर पहला डिलीवरी आपका ही हुआ था, किससे बदलता हम?" अनायास ही उफनता क्रोध नर्स दबा नहीं पाई।

"ठीक कह रही हूँ मैं।" वे दृढ़ होकर उफन पड़ीं। डॉ. भार्गव के लिए मम्मी डिफिकल्ट पेशेंट बनती जा रही थीं—अजब! विक्षिप्त-सी! एक बिन्दु पर आकर डॉ. भार्गव का आक्रोश उफनने लगा, वे और अंकुश नहीं रख सकीं—

"एक बात का उत्तर दीजिए मिसेज आरती गुप्ता! गिव एन आन्सर ओनेस्टली! आपकी कोख से वास्तव में ही लड़का पैदा हुआ होता तब भी क्या आप ऐसे सन्देह में पड़ सकती थीं? कह सकती थीं कि मेरे तो बेटी हुई थी, आपने लड़के से बदल दी डॉक्टर! दे दो मेरी बेटी! मेरे सवाल का उत्तर दो मिसेज गुप्ता!"

मम्मी एक पल को चुप हो गईं, अप्रत्याशित प्रश्न से पराजित-सी।

"हाँ, मैं कहती डॉक्टर!" धीमी-सी मद्धिम आवाज आहत योद्धा-सी अन्दर से उठी और होंठों पर पड़ी रह गई।

"झूठ! बिलकुल झूठ मिसेज गुप्ता! आप यह नहीं कह सकती थीं। आपका लड़खड़ाता स्वर इस बात के लिए तैयार नहीं है। आप क्या, कोई भी नहीं कहता यह। आपमें इतना साहस होता तो अपनी बेटी प्रसन्नता से स्वीकार लेतीं।

"डॉक्टरी-जीवन के बीस वर्ष हो चुके हैं मेरे, चार अस्पताल बदल चुकी हूँ। डिलीवरी करते-करते बालों की लटें सफेद हुई हैं! आज तक यह कहनेवाला नहीं मिला कि डॉक्टर, हमारे बेटी हुई थी, लड़के से बदल दी आपने, दे दो हमारी बेटी!" वे पापा से मुखातिब थीं।

उस बेटी को लेकर मम्मी को घर आना पड़ा। न किसी ने नेग माँगा, न कोई शगुन-बख्शीश के लिए लड़ा-झगड़ा। जन्म-क्षण से ही फेंका-फेंकी का अभियान मचा था, फिर शुभ घड़ी का ऐलान करके किसके सामने हाथ पसारती जमादारनी! गन्दगी की बाल्टियाँ उठाकर चुपचाप फेंकती रही, पॉट देती रही, उठाकर खड़ी करती रही मम्मी को।...

दादी मम्मी की मन:स्थिति समझती थीं, अस्पताल के पलंग से उन्होंने ही बच्ची को गोदी में उठा लिया और मम्मी को चलने को कहा।

दादी बूढ़े हाथ-पाँव चलाती रहीं। मम्मी खाएँ, न खाएँ; पंजीरी-हरीरा बनाती रहीं। बच्ची को गुड़-अजवायन पिलाकर स्वस्थ रखने की चेष्टा करती रहीं। मम्मी से दूध पिलाने के आग्रह पर दादी ने कितनी बार झिड़की खाई, फिर भी—"अरी, दूध न पियावैगी तो छाती पक जाएँगी।"

अस्पताल का मातम घर उठकर आ गया। आने-जानेवाले, सगे-सम्बन्धी, जो अंजू के समय सपाट चेहरा लेकर आते थे, इस बार सुस्त होकर आए; पापा पर तरस खाते हुए-से, जैसे कोई विशालकाय पहाड़ गिरा हो और पापा के अस्तित्व को तोड़कर चकनाचूर हो गया हो।

लड्डुओं का ऑर्डर चुपचाप कैंसिल कर दिया गया। मम्मी ने बेबीकॉट के लिए महरी से मनाही भिजवाई दुकानदार को।

नई बुश्शर्ट बनाकर रखी थी, सब धरी ही रह गई। गुड़िया-अंजू के पुराने फ्रॉक खोजे गए, उन्हीं से बच्ची को दादी ने ढँक दिया। नामकरण के लिए दादी ने जिद ठानी तो मम्मी झल्ला उठीं—"आपको नाम-दस्टौन की सूझ रही है अम्मा जी!"

"अरी, सूतक तौ उतर जाते! हवन है जातौ! नाम-राशि पतौ चल जाती।" दादी ने तर्क धरे।

"हम नहीं विश्वास करते इन बातों में।" मम्मी ने आधुनिकता बरती।

बिन्नी नाम अस्पताल में नर्स ने दिया था, वही घर में प्रचलित हो गया। केरलियन-क्रिश्चियन नर्स की बेटी का नाम था—बिन्नी-विनीता।

बड़ी बुआ ने लिखा था : 'बड़ी आशा लाई थी, अबकी बार भाभी से भतीजा होने का नेग सोने की अँगूठी लूँगी, पर यह चुड़ैल कहाँ से टपक पड़ी! इस घर का रास्ता देख लिया है भवानियों ने! पत्थर पर पत्थर चला आ रहा है।' पत्र को पढ़कर मम्मी की आँखों में आँसू आ गए, खूब रोईं वे। दादी तनिक रोष में आ गईं—"जि खत-किताबत भेजी है उर्मिला ने! अरे, हमारे भी तो भई हैं ये चारों!"

पापा ने दिन-रात समझाया मम्मी को। दादी ने मान-अपमान की परवाह किए बिना बिन्नी को उठाने के लिए बराबर कहा और कहती ही रहीं लेकिन मम्मी ने नहीं छुआ उसको। वे तो सुस्त चुप माटी के निर्जीव बुत-सी बैठी रहतीं। गुड़िया, अंजू के प्रति भी उदासीन हो उठीं।

दादी परेशान हो उठतीं। खुद ही करतीं बिन्नी की उलट-पलट, फिर मन समझा लेतीं—"अरी, जिन बच्चन को कोई नहीं पालै, उन्हें भैमाता पाल देत हैं।"

बिन्नी की भैमाता कभी दादी बनीं, कभी महरी बनी और कभी महरी की बेटी।

खटोले पर पड़ी थी बिन्नी, मुँह में दूध की बोतल थी। क्षुधातुर आँतों में गया, फन्दा लग गया और फिर खाँसी का बेअन्त दौरा-सा पड़ा था। निपल निकल गई, आँखें उबल आईं। रोते-रोते खटोले से नीचे आ गिरी। जमीन से टकराकर खोपड़ी खच्च से बोली। चीखता स्वर अचानक बन्द हो गया।

"हाय!" बर्तन पटककर महरी दौड़ी, बच्ची को उठाकर कन्धे से चिपका

लिया—"रहम तौ करौ बहू जी! पेट में से ईंट-पत्थर जनें तबहू मोह-माया उपजत है! तुम कौन-सी मट्टी की बनी हो बहू जी! जा कन्या पनमेसुरी ने का बिगारौ है तुम्हारौ? अरे, तुमसे तो हम गरीब-गुरबा अच्छे हैं, खाने को रोटी कम सही, पर मोह-मिमता तो भरपूर है। चार छोरी हैं मेरे, गलौ नाँय घोंट दियो। मेहनत-मसक्कत करके पाल रही हूँ, हिय-पिरान से लगाय कैं राखी हैं।" महरी अपनी औकात भूलकर लम्बा भाषण दे गई।

गँवारू उपदेशों में बच्चों की रेल-पेल का जो वर्णन महरी ने किया था, उस नासमझी पर मम्मी को तरस आ गया। वे चुप लगा गईं। कोई प्रतिक्रिया जाहिर करना अपनी तौहीन लगा उन्हें।

फिर महरी के सिर मढ़ दी गई बिन्नी, पापा ने एवज में कुछ रुपये बाँध दिए। दिन में नहलाना-धुलाना, दूध-पानी सब उसके जिम्मे था। रात को दादी करती रहतीं।

दादी के जाने के बाद कोई भी उलटा-सीधा दूध मुँह में ठूँस देता। कपड़े गीले में पड़ी रहती। गन्दगी में भिनकती रहती। रो-रोकर हलक सूख जाता—महरी देख लेती तो भागी आती—"अरी बिटिया बिन्नी!" बीमार होती तो महरी ही अपने बच्चों की तरह घोट-पीसकर कुछ पिला देती।

"आरती बेटी तो हमारी रहेगी, नफरत से क्या लाभ!" पापा ने बार-बार समझाया। असर तो हुआ था...बस इतना ही कि लोक-लाज को वे बिन्नी को उठा लेतीं, उसके कुछ काम कर देतीं, बस।

ऐसे ही बिन्नी पनपने लगी। गुड़िया और अंजू के कपड़े पहनकर उनके पीछे अँकुआई, झिझकी, नाजुक, नन्ही कोंपल-सी बढ़ने लगी।

पापा ने तो उसे गुड़िया के स्कूल में डालने की बड़ी कोशिश की थी, पर वहाँ दाखिला ही नहीं हो सका; टैस्ट पास ही नहीं कर पाई।

उस दिन पापा से मम्मी रात-भर लड़ी थीं, "देख लिया! मूढ़मगज है, दिमाग में गोबर भरा है! फीस बेकार फेंकनी थी तुम्हें, जो इसे वहाँ दाखिल करने चले थे! पास के स्कूल में डाल दो।"

उसके बाद का तो बिन्नी को ही याद है सबकुछ...

तबीयत ठीक नहीं थी मम्मी की, रसोई में पापा लगे हुए थे। बिन्नी चुपके से पापा के साथ जा लगी। कभी चम्मच लाकर देती, कभी प्याला पकड़ाती। गन्दे प्याले पंजों के बल उचक-उचककर धो डाले और सँभालकर धीरे से औंधे सरका दिए। सारी फ्रॉक भीग गई। पापा ने कैसे मीठे से दुलराया, झिड़का, "पगली, गीली हो गई! मैं धो लेता!"

बिन्नी फ्रॉक का गीलापन हाथ से सुखाने लगी—हथेली फेर-फेरकर।

"जा, फ्रॉक बदलकर आ! सर्दी हो जाएगी।" पापा ने बिन्नी का हाथ पकड़कर रसोई के बाहर तक भेज दिया।

बिन्नी को अपना फ्रॉक नहीं मिल सका। पापा ने अंजू का फ्रॉक पहना दिया बिना जाने ही! उन्हें कहाँ पता चलता है कि कौन-सा फ्रॉक बिन्नी का है, कौन-सा अंजू का! बिन्नी ने भी नहीं बताया। वह तो खिल उठी—उत्फुल्ल। आज अंजू का तितलीवाला फ्रॉक जो आ गया उसके हाथ!

भागी तुरन्त—"देख अंजू! पापा ने पहनाया है!" मकई के कच्चे दानों-सी दन्त-पंक्ति कानों तक खिंच गईं। आँखें सिकुड़कर खिलखिला उठीं।

"उतार!" यह अंजू थी।

"नहीं!" बिन्नी बाहर को भागने लगी।

मम्मी निकल आईं। बिन्नी ने बिना प्रतिवाद किए फ्रॉक उतार दिया।

मम्मी अंजू का पुराना फ्रॉक उठा लाईं—"चल इधर!"

"मैं नहीं पहनूँगी यह! गन्दा है!" सहमा दबा-सा प्रतिरोध यकायक जोर मारकर बाहर गिरा। शायद पापा का लड़ियाया दुलार ऐसा दुस्साहस दे गया।

"क्यों नहीं पहनेगी? नंगी घूमेगी?" मम्मी का बीमार चेहरा कठोर हो गया।

"टिंकू चिढ़ाएगी मुझे। मैं नया पहनूँगी। पापा लाएँगे। टिंकू को दिखाऊँगी... तितलीवाला!" बिन्नी ताली पीटकर हँस पड़ी।

"नहीं पहनेगी?" मम्मी ने चिड़चिड़ाकर उसका कान खींच दिया...

"ढीठ कहीं की!" बिन्नी की आँखों में कान की उमेठ से उठी पीड़ा डबडबाने लगी। पानी में तैरती पुतलियाँ मम्मी को घूरने लगीं।

"रह नंगी!" मम्मी ने फ्रॉक उठाकर धुलनेवाले कपड़ों में डाल दिया।

"शेम...शेम...पपी शेम!" गुड़िया और अंजू चिल्ला उठीं।

शेम-शेम की नुकीली ध्वनि बिन्नी के कानों को बेदर्दी से कौंचती रही

निरन्तर। सोचा, बाहर जीने की ओर भाग जाए...पर नंगे बदन...! केवल कच्छी पहने...! फिर तो टिंकू भी...शेम-शेम...सोचते ही वह खिसिया उठी। नाक के छेद फूलने-सिकुड़ने लगे।

शेम-शेम ध्वनि में वह दोनों हाथों को नंगे बदन पर लपेटे खड़ी रही। बेबसी से घुटी-दबी-सी...।

कपड़ों के ढेर से अंजू फिर वही फ्रॉक उठा लाई—"पहनेगी...पहनेगी... फटी-पुरानी पहने पीने कानी।" फिर अनवरत स्वर...ताली की पट्-पट्।

नन्हे कलेजे में देर से रुका क्रोध का जोरदार तूफान उठा और बिन्नी ने अपने दूधिया, मकई-से दाँत खूँख्वारी वेग से अंजू की बाँह में गड़ा दिए। कनफोड़ चीख का सैलाब कमरे में भर गया।

मम्मी सुनकर भागीं—"क्या हुआ?" उनकी आँखों में कैसी हिंसक अग्नि थी, बिन्नी सामना करते ही भस्म होने लगी, आँखें, जो अब तक अंजू को विक्षुब्ध आक्रोश से घूर रही थीं, यकायक निरीह हो उठीं...कतई निस्सहाय! वे जैसे ही समीप आईं उसका पाँव कँपकँपा उठा थर-थर। सू-सू निकलकर जमीन पर पूरे वेग से बहने लगा। रोकने की भरपूर चेष्टा के बावजूद बहता रहा निरन्तर...।

इकतरफा आक्रमण झेलने के लिए लाचार, समर्पित...न आज पापा की ढाल थी, न दादी का भरोसा...गीली कच्छी में बाहर भाग जाने का उपक्रम भी नहीं!

"ढीठ कहीं की! कंजरिया!" थप्पड़ों की दर्दीली बौछार! मम्मी के हाथ जब चोट से झनझना उठे तो बिन्नी की नरम बाँह पर उन्होंने मांस काटकर ले जानेवाली चिकोटी गाड़ दी...चीखों-भरा रुदन घर में फैल गया।

पड़ोसी भी जान गए 'वही तीसरी पिट रही होगी'। हालाँकि बिन्नी के चीखते ही गुड़िया द्वार के किवाड़ बन्द कर आई थी।

"रोएगी जोर से...ऐं!" मम्मी ने मुँह जोर से भींच दिया। बिन्नी को लगा, वह साँस नहीं ले पा रही, आँखें उबलकर बाहर आने को हैं।

वह दिन कि आज का दिन, बिन्नी के मुख से अब चीख नहीं निकलती, केवल आँखों से रोना सीख लिया है उसने, गालों पर नि:शब्द अविरल धारा बहाने लगी है।

"ऐसे देखती है जैसे हमें चबा जाएगी।" मम्मी ने कहकर धक्के के साथ उसे छोड़ दिया।

पापा उसी समय आ गए, बिन्नी की दुर्दशा के बीच ही। पहले तो कुछ बोल ही नहीं सके, बेबस-से देखते रह गए—"मम्मी की बात क्यों नहीं मानी तूने?" बिन्नी को ही झिड़ककर कैसा लाचार-सा पक्ष लिया था उन्होंने।

पापा क्यों डरते हैं मम्मी से, इतने बड़े होकर भी? मम्मी क्यों चिल्लाती हैं अकारण ही? पुरानी फ्रॉक वह क्यों पहने? गुड़िया पहन लेगी। अंजू पहन लेगी। पापा उसे प्यार करते हैं तो मम्मी को डाँटते क्यों नहीं कि बिन्नी को क्यों मारा? जैसे अपनी कमीज में बटन न लगने पर मम्मी को डाँटते हैं। जैसे खाने में देरी होने पर मम्मी पर चिल्लाते हैं। बिन्नी को डाँट पड़ती रहे, मार पड़ती रहे—बस देखते रहेंगे! रोकेंगे भी तो डरे-डरे-से, मम्मी की बात मान लेने को कहते हुए। डरपोक हैं पापा।

अकेले एकान्त में कितनी बातें कहते हैं पापा—"बिन्नी के लिए हम लाएँगे फ्रॉक! डॉल लाएँगे!" फिर लाते क्यों नहीं? मम्मी के डर से? पर पापा क्यों डरते हैं? उनसे तो मम्मी प्यार करती हैं, पप्पी लेती हैं उनकी, जैसे गुड़िया-अंजू की लेती हैं। कभी-कभी। बस, बिन्नी की बात आते ही पापा पर झपट पड़ती हैं बाघ की तरह! दोनों में लड़ाई हो जाती है बड़ी-सी।

उसे दादी पर कम गुस्सा नहीं था। दादी की ही तो सारी गलती है। उन्होंने क्यों कहा कि बिन्नी पैदा नहीं होगी, लड़का होगा मम्मी के। जब पता ही नहीं था तो चुप रह जातीं दादी...क्या बिगड़ जाता?

डॉक्टर अंकल को भी कई-कई बार चिट्ठी लिख चुकी है वह! जब-जब गुड़िया-अंजू को मम्मी ने जरा भी प्यार किया है, तब ही वह चिट्ठी लिखने लगती है, 'अंकल, जब आप बिन्नी को जानते ही नहीं थे तो फिर कैसे बता दिया कि बिन्नी नहीं होगी, अंजू-गुड़िया का भइया होगा। मम्मी से क्यों झूठ बोला आपने? मेरी मम्मी...?' इतना लिखकर कुछ न लिखा जाता बिन्नी से...आँखों से टप्-टप् आँसू टपक पड़ते, अक्षर बिगड़ जाते। बिन्नी तोड़-मरोड़कर कागज का गोला-सा बना देती।

वह ऐसी ही गोलियाँ बनाती रहती। उस दिन गुड़िया ने उठा ली वह गोली और मम्मी को दिखाने के लिए भागी। बिन्नी के तो जैसे प्राण ही निकल

गए—"अब क्या होगा, मम्मी मुझे..." वह गुड़िया के पीछे भरपूर वेग से भागी थी लेकिन कहाँ...।

वह तो अच्छा हुआ मम्मी नहीं मिलीं। गुड़िया ने पर्चा साफ-सपाट करके झट-से पापा के हाथ में दे दिया।

पापा ने पढ़ा...मुख खोले बिन्नी को देखते रह गए...अपलक! और वह! अपराधिनी-सी बड़ी-बड़ी निरीह आँखें जमीन में गाड़े काठ-मारी अडोल चुप खड़ी रही—वहीं पापा के आगे।...

पापा ने उस दिन बहुत प्यार किया था। पापा ने जितना प्यार किया, बिन्नी को उतना ही रोना आता गया—आता गया।

हाथ-पाँव छोटे ही थे अभी, फिर भी...दादी जब भी आतीं बिन्नी को सीख देकर जातीं—"अपनी माँ के चार काम कर दियौ कर बेटा! झटपट उठौ कर, काम के लिए! काम सबै प्यारौ है।"

बिन्नी भाग-भागकर काम करने लगी। हर आगन्तुक से पहला परिचय बिन्नी का ही होता। किवाड़ों पर दस्तक होते ही वह द्वार खोलने भागती।

घर के निर्देशों के अनुसार सबसे निपटना होता—विम-फिनायलवाली, बिस्किट बेचनेवाले, साबुन-सर्फ के प्रचार को निकलीं झोलावाली महिलाएँ, कड़े और वाहे गुरु की तसवीर देकर पैसे बटोरते सरदार जी, भगवती जागरण के नाम पर दान एकत्र करती हुई भक्तिनें, पर्चा दिखाते हुए गूँगे-बहरे याचक, अन्ध-विद्यालय के लिए चन्दा माँगते अन्धे-सूझते साथी—सबसे निपटती बिन्नी। मम्मी को कैसे कहते सुना था, ठीक वैसे ही वह भी दुहराने लगी थी—

"चलो, चलो, यहाँ कोई नहीं है। हम सिख-विख नहीं हैं सरदार जी! जागरण में चढ़ा आएँगे चढ़ावा, आप फिकर न करो। हमें नहीं लेनी विम-फिनायल, पापा बाजार से ले आते हैं।" अन्ध-विद्यालय के लिए एक रुपया घर में लेने दौड़ती।

बिन्नी को देखकर कौन कहता है कि वह आठ-नौ साल की बच्ची है, वह तो प्रौढ़ चतुरा-सी वाचाल हो गई थी, "आइए, बैठिए न अंकल! पापा आते ही होंगे।" पिता के घनिष्ठ मित्र का झोला थाम लेती।

"चाय पियो न अंकल! मम्मी को जगा दूँ?" छोटे-छोटे हाथों में चाय का प्याला काँपता-किटकिटाता आता।

अवांछित लोगों के लिए रटे-रटाए जुमले—"पता नहीं अंकल, कब आएँगे पापा! फिर आ जाइए न!" चतुराई से बाहर का रास्ता दिखा देती।

अकेली बिन्नी घर को उठाए लिए चल रही थी। दोनों बड़ी बहनों का घर के कामों से अधिक सरोकार नहीं था, वे मजे से पढ़तीं, खेलतीं। और बिन्नी को भी अपने चकरघिन्नी बने रहने पर कोई क्षोभ न था, वह तो अभ्यस्त हो गई थी। उसका स्कूल भी तो दस बजे लगता है, अंजू-गुड़िया को तो बस सात बजे ही ले जाती है।

बिन्नी को लगने लगा कि उसकी मम्मी भी टिंकू की मम्मी की तरह होती जा रही हैं, नरम, कोमल...अच्छी!

मम्मी की जुबान पर हरदम बिन्नी का नाम ही फिसलता रहता—"बिन्नी, यह ला! बिन्नी, वह धर! पापा की शेव का सामान! बाथरूम में तौलिया रख आ! लंच-बॉक्स!" पापा भी—"बिन्नी, जूते निकाल बेटा, पलंग के नीचे से, पॉलिश मार देना। जा, प्रेस करा ला शर्ट पर! जल्दी लौटना, हाँ।" रोजमर्रा के काम थे।

परीक्षा में नम्बर अच्छे नहीं थे बिन्नी के। बहनों ने एक-दूसरे के कान में खुसर-फुसर की, फिर आपस में मुस्करा उठीं। बिन्नी बस्ता नीचे ही धरकर अनमनी-सी बैठ गई—काश! दादी होतीं...! धीरे-धीरे रो उठी, गुड़िया को तरस आ गया, तुरन्त बिन्नी के पास आ बैठी—"दिखा रिपोर्ट, रो मत।" बहन ने पीठ पर हाथ फेरा तो बिन्नी फफककर रो पड़ी, घुटनों में मुँह दे लिया। अंजू भी पास आ बैठी। क्या किया जाए, देर तक मशविरा चलता रहा।

"मम्मी को मत दिखाना रिपोर्ट! शाम को पापा को दिखाना।" गुड़िया ने समझदारों की तरह बिन्नी को सावधान किया।

"अंजू, तू मम्मी से कुछ न कहना...हाँ।" गुड़िया ने समझाया।

उस दिन गुड़िया कितनी अच्छी लगी थी बिन्नी को...बिलकुल दादी की तरह। वह गुड़िया के अनेक काम बेबात ही करने को आतुर हो उठी, और उसी दिन से गुड़िया को दीदी कहना शुरू कर दिया उसने।

चाय के प्याले धो रही थी बिन्नी। महरी भी उसी से कहकर गई थी—"बिन्नी बेबी, आज तुम सँभालियो काम। मैं शादी में जा रही हूँ।"

सहर्ष स्वीकार कर लिया बिन्नी ने। कोई अव्यक्त आत्मीय सम्बन्ध था उसका महरी से। महरी उसे कुछ अच्छी लगती थी। "बहूजी, मैं तो बिन्नी बेबी के मारे तुम्हारे काम पर पड़ी हूँ, नहीं तो तुम्हारौ लेन-देन तो बस...।" महरी भी बिन्नी से जुड़े मोह को अकसर जतलाती।

गुड़िया दीदी बर्तन रख रही थी। गुड़िया दीदी अब पहले की तरह नहीं चिढ़ाती, चुपके-चुपके प्यार करती है बिन्नी को। अपने स्कूल से टॉफी ले आती है, स्टिकर देती है और सेंट-रबर भी!

नल की धार के नीचे प्याले डालने में बिन्नी को एक गाना याद हो आया, जिसे अंजू अपने स्कूल-फंक्शन के लिए तैयार कर रही थी। एक पल को बिन्नी को अपनी आवाज पर विश्वास ही नहीं हो पाया कि यह स्वर उसी का है... लयबद्ध, मधुर, मीठी आवाज—मंजू से भी अच्छी।

दादी बरामदे में बैठी थीं—"अरी बिन्नी! तू गा रही है बेटा?" दादी हँस उठीं।

बिन्नी गाने में तन्मय, मगन! अचानक हाथ से छूटकर प्याला दूसरे प्यालों पर जा गिरा। झन्न-झन्न! दो प्यालों को और तोड़ गया—बिन्नी देखती रह गई... विवर्ण मुख! साँस रोके! निष्पन्द शरीर का रक्त मानो सूख गया हो...आँखें खंडित प्यालों पर चिपक गईं।

हाथों की अँगुलियाँ प्यालों से विलग हुई टोटियों को सिंक में बर्तनों के बीच खोजने लगीं और ढूँढ़कर झड़ी हुई जगह पर ज्यों की त्यों चिपका-चिपकाकर देखती रही—काश...फिर से...ऐसे ही!

मम्मी ने निर्दयता से पीटा था...बहुत...बहुत...! गुड़िया बचाती रही, संग में पिटती भी रही। मम्मी के क्रोध के विस्फोट से उठी ज्वाला में विदग्ध बिन्नी को लगा जैसे उसके बालों को किसी ने जड़ से उखाड़ दिया हो...थप्पड़ों के असह्य आघात। कान को जड़ से उमेठा जाना... 'आह'! ओंठ भींचकर मूक हो जाने की चेष्टा को तोड़ता विवश आर्तनाद...।

उन अमानवीय प्रहारों में कितने दिन का जमा लावा...! कब से रुका बैर...! छोटी-सी बिन्नी! अबोली जान! निरीह!

कमरे में से दादी चीख उठीं—"मारि ही डारैगी आज! अपने सिर कलंक लेगी? पागल है गई है गुस्सा में। जा कन्या कूँ मारि कैं का मिल जायगौ तोय? अब ही तक तू नाँय अँगेज पाई जाए?" दादी कहती रहीं, पर वे मम्मी के समीप आने का साहस नहीं कर सकीं।

मम्मी दादी पर फट पड़ीं—"मुफ्त में आता है क्या? तुम बड़ी हेजदार बन रही हो। मस्तानी है यह चुड़ैल! देखकर काम नहीं करती। हड्डी-पसली टूटेगी तो याद रखेगी।"

"तोसे टूट जातौ तो?" दादी साहस के सेतु पर खड़ी बहस कर रही थीं।

"कैसे टूट जाता? गुड़िया ने क्यों नहीं तोड़ दिया?" मम्मी बड़बड़ाती रहीं। दादी हारकर चुप हो गईं। विरथा कलह बढ़ती।

दिन ढलने लगा, बिन्नी सुबकते-सुबकते धरती पर ही सो गई। मुँह-नाक से पानी बहता रहा, पलकें सूजकर गोलाई में उभर आईं। मम्मी की अँगुलियों के निशान गालों पर स्पष्ट उभरे थे।

उस रात पापा घर से दूर पुलिया पर बैठे दादी से देर तक बतियाते रहे। धीरे-धीरे न जाने दादी से क्या-क्या कहते रहे। बिन्नी दादी को खोजती पुलिया तक चली आई, बस, इतना ही सुन सकी—"बिन्नी को आप ले जाओ गाँव! न आरती के सामने रहेगी, न उसका क्रोध बढ़ेगा। खर्चे की फिकर न करना अम्मा!"

"चल चुप्प रह!" खर्चे की बात पर दादी ने पापा को जोर से झिड़क दिया।

मद्धिम रोशनी में बिन्नी को खड़ी देखकर पापा चुप हो गए। बातों का सिलसिला वहीं खत्म कर दिया।

सुबह ही दादी की डोलची में बिन्नी के कपड़े रख दिए गए। दादी के कपड़ों के लिए पापा ने अपनी अटैची खाली कर दी।

मम्मी रसोई में रास्ते के लिए खाना बनाती रहीं। बिन्नी की हिम्मत नहीं हुई उधर जाने की। दो-एक बार कनखियों से मम्मी की ओर देखा था। सोचा, कुछ मदद करा दे, पर उनका चेहरा खिंचा-सा लगा था उसे। वह दादी के पास बैठी रही।

"बिन्नी, चल बेटा, तैयार हो जा।" दादी के कहने पर वह चुपचाप खड़ी रही।

"चल...बिन्नी...चल बेटा!" दादी ने बाँह पकड़कर कहा तो हाथ-मुँह धोकर

विरक्त भाव से खड़ी हो गई। पापा ने फिर कहा तो पाँवों में चप्पल डाल लीं।

जाते समय बिन्नी ने मुड़कर देखा, मम्मी का गुस्सा उतरा नहीं था लेकिन वे किवाड़ की आड़ से बिन्नी को देख रही थीं, दादी से जमकर झगड़ा हुआ था कल। दोनों के मन में कड़वाहट का कसैला स्वाद था—करेले के जैसा। एक-दूसरे से अबोला था।

अंजू और गुड़िया सड़क तक आए। गुड़िया दीदी ने कार्टूनवाली किताब दी थी और अंजू ने वे रिबन दे दिये, जिनको बिन्नी ललक-भरी नजरों से देखा करती थी, कैसे जान गई अंजू?

"चिट्ठी लिखना बिन्नी!" कहकर गुड़िया उधर को फिर देख नहीं सकी, आँखें पोंछती घर की ओर चली गई।

पापा स्टेशन पर गाड़ी में बैठा आए। वहीं से एक सुन्दर-सी डॉल खरीद दी बिन्नी के लिए...पर बिन्नी क्या अब इतनी छोटी थी...गुड़िया खेलने लायक? पापा यह जानते थे कि नहीं लेकिन अब तक कभी दे नहीं पाए थे...इसलिए। कुछ टॉफी-बिस्कुट, फल आदि। "बिन्नी..." पापा ने सिर पर हाथ धरा। बिन्नी ने सिर झुका लिया। सुन...सुन...नाक की आवाज आती रही। गाड़ी की तीखी सीटी और पहियों की छुक-छुक में सारे स्वर दब गए।

इतने दिन बाद पापा गाँव आए तो बिन्नी खिल उठी... "पापाऽऽ!" वह लिपट गई।

पापा ने बिन्नी को बाँहों में भर लिया। बिन्नी उमंगों में भरी फुदकती फिर रही थी—शरारती चिड़िया-सी।

उसने दादी के साथ सब्जी काटी, पूरियाँ बेलीं। भागकर बनिये की दुकान से बूरा ले आई, बेला भरकर मीठा दही निकाला।

उसे हँसी आ रही थी—'कैसे खाएँगे पापा इतने बड़े बेला में से दही! घर में तो नन्ही आँख-सी कटोरियों में सब्जी-रायता खाते हैं, जरा भी ज्यादा हो जाए तो...।'

दादी ने काँसे की बड़ी-सी थाली में इकट्ठी चार पूरियाँ रख दीं।

बिन्नी सोचती रह गई—'दादी भी खूब हैं, जानती तो हैं, पापा नन्ही-सी तीन रोटियाँ खाते हैं...फिर भी!'

वह हैरान थी मुँह खोले देख रही थी, सच नहीं लगता था—पापा ने बेला मुँह से लगाकर सारा दही पी लिया। पूरी और माँगी, पानी लम्बे गिलास से पीकर जोर से डकार ली, वह खिलखिलाकर हँस पड़ी—'कैसे हो गए पापा यहाँ आकर! बिलकुल दादी के लड़के! मम्मीवाले पापा तो कहीं भी नहीं हैं।'

बिन्नी ने दादी के साथ रात में खाट पर बिस्तर बिछाया। दरी पर नई सफेद चादर, नया गिलाफ चढ़ा तकिया। न डनलप का गद्दा, न फोम का तकिया, न नाइट बल्ब! कैसे सोएँगे पापा? पर पापा आराम से सो गए! कैसे अपने-से लगे थे पापा उसे...बिलकुल बिन्नी के...किसी के भी नहीं! केवल उसके...उसी के लिए तो आए थे पापा।

बिन्नी गहरी नींद में थी। अचानक आँख क्यों खुल गई, जान नहीं सकी। बातें होने का आभास! दादी और पापा में गम्भीर बहस छिड़ी थी...शायद उसी को लेकर—

"अम्मा, आरती से काम नहीं बनता, छठा महीना चल रहा है। बहुत कमजोर हो गई है।"

"हूँऽऽऽ..." दादी ने नि:श्वास-भरा हुंकार किया।

"अम्मा! अपनी मम्मी के लिए बिन्नी में मोह-माया ज्यादा ही है, इतना उन दोनों में नहीं। उन्हें तो जब से पता चला है कि घर में नया बच्चा... तब से दोनों लड़कियाँ माँ की दुश्मन हो गईं, मुँह से बात नहीं करतीं। देखा था अम्मा, माँ के इशारे पर कैसी नाचती फिरती थी बिन्नी! सारा काम उठा लेती थी।"

"बेटा गोपाल, बिन्नी तेरी बेटी है, तेरौ हक है पूरौ। पर मैंने यहाँ आकें जे स्कूल में दाखिल कर दई। बड़ी होशियार है! अव्वल आई है छिमाई में। इसकी साल बरबाद है जाएगी बेटा! अब इसे मेरी रहने दे...। सो जा तू! सवेरे जानो है तोय।"

राय प्रवीण

गोविन्द गाइड को खोजना-ढूँढ़ना नहीं पड़ता।

झाँसी स्टेशन पर जो वातानुकूलित मेलगाड़ियाँ रुकती हैं, या कि जब शताब्दी एक्सप्रेस आती है, वह गहरी पीली टीशर्ट और सलेटी रंग का ढीला पैंट पहने, सिर के लम्बे बालों को अँगुलियों से कंघी-सी करता हुआ हाजिर मिलेगा। खासतौर पर शताब्दी आते ही उसकी देह में बिजली का-सा करेंट दौड़ जाता है। बोगी नम्बर सात से एक्जीक्यूटिव क्लास तक आता-जाता भागमभाग मचाते हुए देख लो। कभी अन्दर तो कभी बाहर, उतरा-चढ़ी में आतुरता से मुसाफिरों का जायजा लेता।

सुनहरे बालोंवाले गोरे पर्यटकों को देखते ही उसके भीतर सुनहरा सूरज जगमगाने लगता है। अपनी बोली तुरन्त बदल लेता है और जर्मन, फ्रेंच तथा इटैलियन भाषा में मुस्कराकर गर्मजोशी से अभिवादन करता है।

छब्बीस वर्षीय गोविन्द की आँखों में अनोखी चमक रहती है। भले ही कद लम्बा होने के कारण काठी दुबली सही। रंग तनिक साँवला, माथा ऊँचा और नाक छोटी। दाँत सफेद, साफ। कुल मिलाकर पर्सनैलिटी निखारकर रहता है—धन्धे की जरूरी शर्त।

देशी पर्यटकों को यह तीर्थयात्री से ज्यादा कुछ नहीं मानता। वे ऐतिहासिक धरोहर को बेजायका चीज समझकर धार्मिक स्थानों की शरण में जाना पसन्द करते हैं। इनके चलते गाइड को उसका मेहनताना देने की अपेक्षा महन्त और पुजारियों के चरणों में दक्षिणा चढ़ाना ज्यादा फायदे का सौदा है—परलोक सुधारने का ठेका।...लेकिन गोविन्द ही कब परवाह करता है, विदेशियों की जेब

झाड़ना उसके लिए खासा आसान है। माई-बाप, पालनहार, मेहनत और कला के कद्रदान विदेशी मेहमान!

उसे ही क्या, सभी के प्यारे हैं विदेशी। तभी तो खजुराहो के 'घुन गाइड' उसका धन्धा खोखला करने पर लगे रहते हैं। गोरे लोग देखे नहीं कि मक्खियों की तरह भिनभिनाने लगे। अँग्रेज बनकर ऐसे बोलेंगे जैसे होंठों के बीच छिरिया की लेंड़ी दबी है।—"ओरचा कुच नहीं सर! एकदम डर्टी, बोगस। जाड़ा में भी लू-लपट। गर्मी में फायर का गोला। रेनी सीजन में मड ही मड...टूरिस्ट लोग इल हो गया था—डॉक्टर भी नहीं। नो मैडीसिन...।" गोविन्द के कानों में गर्म सलाखें कोंचता रहता है कोई।

...लेकिन उसे पछाड़ना आसान नहीं। साथ आए अनुवादक से आँखें मारकर मिलीभगत कर लेता है (पैसा सबकी कमजोरी है)। पूरी बात मुसाफिरों तक नहीं जाने देता ट्रान्सलेटर। गोविन्द होंठों तक आई माँ-बहन की गालियों को जज्ब कर जाता है। अनुवादक का क्या, गालियों का ही रूपान्तरण कर डाले और बदले में अधिक रकम की फरमाइश धर दे। बेईमानी के अपने पैंतरे हैं, जो धन्धे के हिसाब से शिकंजा कसते हैं।

गोरे समूह के साथ हो लेता है गोविन्द—

"सर, ओरछा! मैम, यू हैव हर्ड अबाउट राय प्रवीण? राजा इन्द्रमणि सिंह की प्रेमिका। ए स्टोरी ऑफ ट्रू लव। खजुराहो से पहले ही बेतवा नदी के किनारे किला और राय प्रवीण का महल। लहरों पर नाचती है आज भी वह नर्तकी। बिलीव मी।"

पीठ और कन्धों पर भारी वजन लटकाए हुए चलते पर्यटक स्त्री-पुरुष उसकी बात पर अचानक तवज्जो देते हैं, और वह मगन मन बोलता ही चला जाता है, "मुगल पीरियड में बादशाह अकबर का दिल ले उड़नेवाली राय प्रवीण!"

गोविन्द यह बात अच्छी तरह जानता है कि ओरछा के मुकाबले खजुराहो की शान धरती से आसमान तक फैली हुई है। सम्भोगरत युगल मूर्तियों की कल्पना में उड़ती आई पर्यटकों की टोली ओरछा में क्या पाएगी? ले-देकर एक टूटा-फूटा मामूली-सा किला, सादा रूप राम राजा का मन्दिर और ऋतुओं के हिसाब से भरती-सूखती बेतवा। एकदम प्रकृति का अनुचारी कस्बा। रुकने-ठहरने के नाम पर सबसे बड़ा माना जानेवाला होटल शीशमहल—नाम बड़े और

दर्शन थोड़े। कई बार जब टूरिस्ट उसके हाथ से फिसल जाते हैं, तो वह ऐसी ही बातें सोचकर दुखी होता है। सरकार को गरियाता है और पर्यटक को देखते ही फिर चालू—

"किले में आज भी राय प्रवीण की वीना गूँजती है सर!" जुबान की गति के हिसाब से नाथ नचाता, लोगों से कदम ताल मिलाता हुआ अपने ग्राहकों पर बातों के लच्छे फेंकता चलता है, ज्यों हारना नहीं चाहता हो खजुराहो के आधुनिक वैभव से।

"अपने प्रेमी को पुकारनेवाली बेचैन प्रेमिका, अप्सरा रम्भा! एकदम आपके माफिक मैम!"

उसने साफ झूठ बोल दिया। विदेशी लड़की गोरी तो थी, मगर खासी बदशक्ल। उसने एक इटैलियन लड़की को इस तरह बहकाया था। गोविन्द के सफेद झूठ को सच मानते हुए वह खुद को राय प्रवीण समझने लगी थी और पूरे-पूरे दिन राय प्रवीण के महल के एकान्त में बैठी रहती थी। वह किले के नीचे ढाबों से तवे की रोटी और आलू की रसीली सब्जी लाया करता था। बोलता था—राय प्रवीण यही भोजन किया करती थी।

कैसे न बोलता? इस बस्ती में गोश्त-मछली कहाँ? अच्छा पैसा ऐंठा था उस विदेशिनी से क्योंकि वह पैसेवाली थी और गोविन्द की उन दिनों फाकामस्ती चलती थी।

राय प्रवीण—जवान, खूबसूरत और नाचने-गानेवाली वेश्या! विदेशी लोग भले ही खुले जीवन के आदी हों, भारतीय स्त्री की आजादी की यह शैली उनके लिए जादू की तरह दिलचस्प और अद्भुत थी। यदि ऐसा न होता तो गोविन्द के ओरछा को कौन देखता? गोविन्द बताता—ये जीवित कथाएँ हैं सर! किले में गूँजती हुई आवाजें आज भी सुनाई देती हैं। गोरे लोग भारी सीनों में साँस रोककर आँखें फैलाने लगते हैं, मैले दाँतों से डरी हुई-सी मुस्कराहट झरती है, तब गोविन्द को लगता है कि उसने टूरिस्ट पर अपना जाल डाल दिया है। अब यह खजुराहो जाने की जल्दी में नहीं है। वह पर्यटकों के आगे-आगे चलता है छाती फुलाकर। किले को गर्व से देखता हुआ।

जिस दिन वह ओरछा में पर्यटक बटोरकर खड़े कर देता है, खुद को राजा इन्द्रमणि सिंह से कम नहीं समझता। और यदि वह टूरिस्टों को नहीं ला पाता, राय

प्रवीण की कथा नहीं कह पाता तो उसके पाँवों में टीसें मारती हैं और जुबान पर फफूँद-सी चढ़ जाती है।

गोविन्द बताता है—"यह कंचना घाट। बेतवा का निर्मल पानी। और वह, उधर देखिए सामने, राजा वीरसिंह जू देव की छतरी। साथ में अनेक छतरियाँ राजा लोगों की यादगारें। तसवीर लीजिए, इस पाइंट से एकदम साफ आएगी, लीजिए न!" गोविन्द अपने ओरछा को हर एक टूरिस्ट के दिल में उतार देना चाहता है—"ये स्मारक-मैमोरियल्स, ओरछा-नरेशों के सत्य, न्याय, दान-धर्म, शूरता-वीरता, साहित्य और संस्कृति की कितनी ही यादें समेटे हुए हैं।" कहकर फुर्ती के साथ अनुवादक को संकेत देता है—समझाओ सब लोगों को।

"कंचना घाट पर लोक-माता बेतवा की धारा में राष्ट्रपिता महात्मा गांधी की अस्थियों की भस्म दिल्ली से लाकर प्रवाहित की गई थी।" वह आँखें मूँदकर हाथ जोड़ लेता है।

"कंचना घाट नाम कैसे पड़ा? बड़ा दिलचस्प किस्सा है। हुआ ऐसा कि जिस समय मधुकर शाह का राजतिलक हो रहा था, उसी मुबारक मौके पर ग्वालियर की नर्तकी कंचना नृत्य करने बुलाई गई, सर, मयूरी नृत्य!" कहकर वह अपनी दोनों दुबली बाँहों को पंखों की तरह फैला देता है और एक पाँव पर खड़े होकर मोर बन जाता है। धीरे-धीरे फिरकी मारता है।

"नृत्य क्या था, मनभेदी बाण! राजा, राजदरबारी अर्द्धमूर्च्छित हो गए। मदिरा का-सा नशा। रात ढल गई। भोर होनेवाली थी, लोग सोये, न जागे। खुमार टूटा तो देखते क्या हैं, कंचना नाचनेवाली ग्वालियर जाने की तैयारी कर रही है। राजा-रजवाड़ों की अपनी ही तर्ज होती है। जो चीज पसन्द आ जाए, उसे छोड़ना कैसा? भले खून-खराबा हो जाए। फिर कंचना की औकात क्या जो राजा का हुक्म न माने! उसे रोक लिया। बदले में राजसी रुतवा दिया। कहते हैं, वेश्या किसी की सगी नहीं होती लेकिन कंचना वेश्या पूरी उम्र यहीं रही। मरने के बाद उसी नर्तकी के नाम पर इस घाट को नाम दिया—कंचना घाट। जब तक बेतवा रहेगी, कंचना रहेगी।"

गाइड का खास गुण होता है—किस्सों में दिलचस्पी बनाए रखना। कहानी आगे बढ़ती है—"कंचना ने एक सुन्दर कन्या को जन्म दिया। नाम रखा सावित्री। सावित्री हमारे पुराणों में ऐसी सती का नाम है जो पति के प्राणों के लिए मौत के

देवता यमराज से लड़ी थी, पतिव्रता स्त्री। पतिव्रता हमारे समाज में बड़ा सम्मान पाती है। देवी की तरह माना जाता है उसे। कंचना वेश्या थी, उसे जीवन-भर पतिव्रता होने के सामाजिक सम्मान की ललक बनी रही, बेटी का नाम इसीलिए रखा—सावित्री।"

वह बीच में रुकता है—"और यह कवि केशव संस्थान। उस समय के नामी कवि।" संस्थान के पास पर्यटकों के समूह के साथ पाँच मिनट के लिए ठहरता है, "इनकी कविताई का क्या कहना! देश के ओर-छोर तक इनके कठिन काव्य से दहलते थे साहित्याचार्य।"

चलने के साथ ही फिर छूटी बात का छोर थामते हुए बोलता है, "हाँ तो सर, सावित्री जब बड़ी हुई, राजा इन्द्रमणि सिंह गद्दी पर बैठ चुके थे। आइए, अब किले में चलते हैं।" अपने पर्यटकों के साथ किले की ओर जानेवाली ऊँचाई पकड़ती सड़क पर बढ़ रहा है, हाथों से दाएँ-बाएँ इशारा करता हुआ—"देखिए यहाँ से, बेतवा की धार में चाँदी-सी चमकती लहरें। धूप नाच रही है पानी पर। और इधर बस्ती—छोटे-बड़े, कच्चे-पक्के घर।"

किले में घुसते ही उसे राय प्रवीण के महल में पहुँचने की जल्दी रहती है। मन काबू में करके रनिवास दिखाता है। राजाओं की वैभव-सी शौर्यकथाएँ कहता है। पर्यटक बराबर स्थायी तौर पर मुस्कराते रहते हैं।

...कि आ पहुँचा गुलाब बाग में। सामने राय प्रवीण का रहवास। ऊँची-ऊँची मजबूत सीढ़ियाँ चढ़ता हुआ उमंग और उत्साह बिखेरता अपने साथ आए लोगों को बार-बार पीछे मुड़कर देखता है। गर्व और उल्लास की लहरों से खेलता हुआ गोविन्द गाइड आज राय प्रवीण का सारा इतिहास खोलकर रख देगा। तप और सिद्धि एक साथ—अशर्फियाँ-भरी तिजोरी उड़ेलकर दिखाता हो जैसे—एक-एक ठोस सुनहरा सिक्का—"वो देखिए राय प्रवीण!" ऊपरी मंजिल के मजबूत दालान की दीवारों पर नृत्य-मुद्रा में सबका स्वागत करती हुई नर्तकी। गोविन्द अपने ही घर में ले आया है पर्यटकों को। इस संसार में उसका है ही कौन? एक बूढ़ा बाप था, चार बरस पहले स्वर्गवासी हुआ। अब बस राय प्रवीण, जिसकी वजह से कमाता है, खाता है और उसी के दम पर जिन्दा है...यह किला ही उसकी खेती है।

आज की कमाई! पैंट की जेब पर हाथ धरते ही गोविन्द के मन में एक 'खूबसूरत' लड़की अवतरित होती है। जुल्मिन मुस्कराती है—उसका साँवला-सलोना मुखड़ा...कब से सँजोए बैठा है! बीते हुए जीवन की शेष घड़ियाँ, जो पीछा नहीं छोड़तीं, उन्हीं के साथ उसका जीना-मरना बँधा है।

ओरछा के माणिकदास इंटर कॉलिज में सावित्री और वह साथ-साथ पढ़ते थे। गणित मास्साब की बेटी सावित्री गणित में ही एकदम फिसड्डी थी। बाप से मार खाती थी क्योंकि गणित जैसे जालिम विषय में फेल हो जाने को गणित मास्साब जीवन में असफल हो जाने का प्रथम और अनिवार्य लक्षण मानते थे। बेअक्ल लड़की का भविष्य गर्त में डूबकर रहेगा। गणित मास्साब जब बेहद निराश होकर एकदम उदास हो जाते तो आशा की कमान उनकी छोटी बेटी दमयन्ती सँभाल लेती और खटाखट सवाल निकालकर बाप के समक्ष धर देती। बस, इसी बिना पर उसने पिता का सारा दुलार हड़प लिया था। बड़ी बहन एकदम बेदखल। सीधी बुद्धू सावित्री और भी सहम-सिकुड़ गई। सिकुड़ जाना स्वाभाविक था। दसवीं कक्षा को वह शुद्ध नकल के दम पर लाँघ पाई थी, जिसमें दमयन्ती ने अपनी कुशलता और प्रतिभा का परिचय दिया था—पर्चे हल करके परीक्षा-कक्ष में पहुँचाए थे।

सावित्री के किशोर जीवन में कभी कोई इस तरह की सम्भावना बन जाएगी, यह खुद उसने भी नहीं सोचा होगा। वह तो ग्यारहवीं के छमाही इम्तहान में अनुत्तीर्ण का अनुष्ठान पूरा करके अपना बस्ता समेटने के बाद स्थायी रूप से घर की रसोई सँभालने जानेवाली थी।

...लेकिन हिन्दी मास्साब ने सबको हैरत में डाल दिया। जो लोग सावित्री जैसी ठस्स जेहन लड़की को जानते थे, उनके लिए खासे कौतूहल की बात थी। घोषणा ने सहपाठियों को कम और उसके पिता को ज्यादा स्तब्ध कर डाला—सावित्री 'राय प्रवीण' बनेगी।

नाटक हो या जीवन, कोई भी पिता अपनी बेटी को वेश्या के रोल में उतरते देखना चाहेगा? बशर्ते कि उसे राज्याश्रय जैसा गरिमामय आसरा न मिला हो।

गणित मास्साब गुस्से में सावित्री की कोई हड्डी चटका दें, उससे पहले प्रिंसिपल साहब ने उन्हें अपने ऑफिस में आदर सहित कुर्सी पर बिठाना शुरू कर दिया। मामला स्कूल की प्रतिष्ठा का था और मध्य प्रदेश सरकार के शिक्षामंत्री से

भारी रकम की मंजूरी लेनी थी। नाटक के बहाने धनराशि उनसे ऐंठी जा सकती थी तथा जरूरतों को विस्तार से बताया जा सकता था। अभी तक ओरछा को पर्यटकों ने ही नहीं मंत्रियों ने भी उपेक्षित कर रखा था। वे सब भाग-भागकर खजुराहो में विश्राम करना चाहते थे, भले कोई कन्या मंत्री क्यों न हो? पाँचतारा होटल के साथ सबकुछ पाँचतारा!

गोविन्द उस नाटक में राजा इन्द्रमणि सिंह बना था। तभी वह सावित्री के इतने नजदीक आया था कि...याद है उसे—सावित्री अपनी कुर्ती उतार रही थी। ऐसा जताया जैसे उसे क्या पता? उसकी नंगी पीठ सामने थी। वह क्या करे? अचानक मुड़ पड़ने के कारण मटमैले रंग की छोटी-छोटी छातियाँ। वह पगला-सा देखता रह गया। बिन छुए ही लगा था कि उसने हाथ धर दिया है, महीन रोमवाली ठोस छातियाँ...। मीठे ताप की लौ जल उठी थी। वही लौ सावित्री के साँवले चेहरे पर फैली थी। पेट पर होती हुई कमर तक गई थी। यकायक होश आया तो वह चिल्लाई—"एऽऽ धत्! भागो यहाँ से!" गोविन्द एकदम से भागा।

उस बोली की सुरीली घंटियाँ आज तक कानों में बजती हैं। पीठ और छातियों के मखमली रोमों का अभिलेख गोविन्द की नजरों की मार्फत सारे ओरछा पर फैला हुआ है, जिसको वह शब्दों की सुरीली लय देकर पर्यटकों को मुग्ध कर देता है।

कंचना नर्तकी की बेटी सावित्री गीत-संगीत, गायन-वाद्य, कविताई और अनेक विद्याओं तथा राजसी तहजीब के चलते बात-व्यवहार की महिमा-गरिमा के निभाव में पारंगत हो गई। कवि केशव उसके गुरु थे। राजा की कृपा से सब सुलभ था।

नाटक में भाग लेने पर सावित्री अपने आपको राय प्रवीण ही मानने लगी। अपनी पूर्व स्थिति से उसका रूपान्तरण हुआ। दरअसल यह उसके मन का वसन्त था—पलासी खुमार-भरी आँखें, ताम्बई कोंपलों-से अंग। राजसी रंग-ढंग, वैसे ही तेवर। मानो नाटक के बहाने ही खुलकर मैदान में आ जाना चाहती हो। गायन-वाद्य को लेकर गाने-बजाने का जुनून चढ़ गया।...लेकिन हारमोनियम बाजा कहाँ से आए? नाटक ही तो है, जरूरी है कि...मानो वह

खुद से ही तर्क करते हुए बुदबुदाई। पर जिसको लागी हो लगन...? चमरटोले के सूरे का ध्यान आया और वहीं जा पहुँची। कोई ठहर सकता है सूरे के पास? वह भी एक मुलायम कोमल लड़की...। सूरे की देह पर मैल की मोटी-मोटी तहें चढ़ी होती हैं। चीकट लटों में बेशुमार जूँएँ। मुँह की दक्षिण दिशा से ढाँय-ढाँय तुपक के गोले, कि आधा मोहल्ला बसा जाए। मटर की रोटी खानेवाला आदमी सभ्यता की किस हद तक अपने को साध सकता है?

सूरे को अपनी देह का भी होश कैसे रहे—दृष्टिहीन आदमी। सावित्री के बाएँ दूध से अपना घूँटा रगड़ता रहता था। 'आओ बच्चो तुम्हें दिखाएँ झाँकी हिन्दुस्तान की' तक तो वह अन्धा सावित्री की शलवार तक हाथ चला चुका था।...मगर सावित्री की देह में राय प्रवीण का वास था, राजा और सूरे में क्या भेद? दोनों ही अपनी कीमत वसूल करे बिना मानेंगे भला?

कंचना नर्तकी की बेटी वीणा बजाती तो महल झंकृत हो उठता। कविता करती तो विद्वान दाँतों तले अँगुली दबा लेते। प्रसन्न होकर राजा इन्द्रमणि सिंह ने सावित्री को 'राय प्रवीण' का खिताब बख्शा। अपनी रानियों से ज्यादा सम्मान दिया। उसको पाकर अपना जीवन धन्य समझा।

गणित मास्साब विधुर आदमी! बेटी की बेजा हरकतों से तंग आ गए। सावित्री की संगीत विद्या समाप्त होने पर न आती थी। इधर धीरज जवाब दे गया। एक दिन वे किचकिचाते हुए चमरटोले पहुँचे और 'बुन्देले हरबोलों के मुँह हमने सुनी कहानी थी' गाती हुई सावित्री को झोंटा पकड़कर घसीट लाए। गली में स्त्री-पुरुष तमाशा देखने निकल आए।

राजा इन्द्रमणि सिंह के संवाद रटते हुए गोविन्द के मुँह से अनायास ही निकल पड़ा—हे अध्यापक पिता! तू समाज में सम्मान पाता है, तुझसे तो अच्छी वह वेश्या थी, जिसने अपनी बेटी को तरह-तरह की विद्या सीखने के लिए स्वतन्त्र छोड़ दिया था। बस, इसी जिद में कि राजा इन्द्रमणि सिंह से एक अध्यापक बाजी मार रहा है, गोविन्द ने सावित्री को साइकिल चलाना सिखाया था और महसूस किया था, राय प्रवीण घोड़े पर सवार है। वीरता अपने-आप ही झलकने लगी थी सावित्री के चेहरे पर।

नाटक हुआ—"राजा इन्द्रमणि सिंह के राज्य में सब जगह शान्ति और आनन्द था। ओरछा छोटा-सा नगर था, मगर बड़ा सुन्दर था। बेतवा नदी का पानी अमृत के समान था। पहाड़ी पर ऊँचे-ऊँचे करधई खैर के वृक्ष, पलाश, दूधी सेमल और कदम्ब के फूलों से शोभायमान वन, करौंदी के सघन कुंजों से बहती मादक बयार, जहाँ पशु-पक्षी ही नहीं विचरते, ओरछा जन भी निर्भीक रमण करते थे। मन्दिर का ऊँचा शिखर और किले की सुदृढ़ प्राचीरें। घर-घर गाएँ और पिंजरों में तोता-मैना थे, पिछवाड़े बगीचा।" सूत्रधार घोषणा करता है।...

मगर शान्ति में व्याघात।

इन्द्रमणि सिंह का छोटा चचेरा भाई पहाड़सिंह गद्दी हथियाना चाहता था। इसलिए उसने एक युक्ति चलाई। बादशाह अकबर से मिलने चला गया, साथ में था एक बहुमूल्य सन्देश। पहाड़सिंह जानता था कि बादशाह अकबर की कमजोरी क्या है। हरम में अनेक पत्नियाँ-उपपत्नियाँ होने के बावजूद वह आदमी औरत के लिए ललचाता रहता है और कला के नाम पर हिन्दू स्त्रियाँ रंडियाँ बनाई जाती हैं। राय प्रवीण के बारे में बताया जाएगा तो आपे में नहीं रहेगा। सो बस, अकबर को लालची मानकर घी में भीगी रोटी का टुकड़ा दिखाया पहाड़सिंह ने और अपने लिए बर्बर लालच खरीद लेना चाहा।

अकबर लपक पड़ा। पहाड़सिंह का मकसद सिद्ध हुआ क्योंकि राय प्रवीण से अलग होकर राजा इन्द्रमणि सिंह प्राण त्याग देंगे, यह पक्की बात मानी जाती थी।

सच में ही जब वह सन्देश पहुँचा कि राय प्रवीण को आगरा के लिए रवाना किया जाए, नहीं तो ओरछा राज्य को तहस-नहस कर दिया जाएगा! मोहर-अशर्फियों का नजराना भी देना होगा। सुनते ही इन्द्रमणि सिंह पीले पड़ गए।

जल्दी-से-जल्दी आपातकालीन बैठक बुलाई। दरबारियों से मशवरा किया गया। सभी ने एकमत होकर कहा—महाराज, एक नाचनेवाली के पीछे आप ओरछा को नष्ट का देंगे! हमें यह मान्य नहीं। आप इस आफत की पुड़िया को जल्दी-से-जल्दी अकबर के दरबार में पेश कर दें, जिससे राज्य में अमन-चैन कायम रहे।

इन्द्रमणि सिंह ने सबकी सुनी लेकिन की अपने मन की। जो स्वप्न में भी न सोचा हो, उसे हकीकत में बदल दें। यह सम्भव नहीं। उन्हें दिन चैन, न रात को नींद। राय प्रवीण रोज की तरह वीणा बजाकर उन्हें सुलाने के लिए आई तो

राजा फों-फों करके रो पड़े।

दिन में सन्ध्या-समय आनन्द मंडल बाग में जब राय प्रवीण उनके साथ विहार करने निकली तो राजा की टाँगें लड़खड़ा रही थीं। पगड़ी और अँगरखी मैली-मैली-सी...। वह हाथ पकड़कर उन्हें गुलाब बाग में ले गई तो राजा ने दु:ख-भरी आवाज और कातर निगाहों से पूछा, "प्रवीण, बाग की रंगत क्या हुई?"

राय प्रवीण विकल हो गई—'आज राजा कैसी बात कर रहे हैं? क्या ऐसे हताश हो गए?'

"आपका बिछोह इस कदर सता रहा है, मैं आपको छोड़कर उस म्लेच्छ के पास हरगिज नहीं जाऊँगी। आप देखते हैं यह किला? मेरा प्रेम ऐसा ही दुर्भेद्य है। अकबर हार जाएगा।"

...मगर धमकी पर धमकी आ रही थी। राजा ने कवि केशव को बीरबल के पास भेजा कि हिन्दुओं की रक्षा और स्त्रियों के शील को बचाने के लिए वे क्या कर सकते हैं?

...लेकिन बीरबल? माना कि वे यवन नहीं थे, पर यवनों के गुलाम तो थे। केशव से मुलाकात करने से इनकार कर दिया—बहाने के रूप में। राजा चारों ओर से निराश हो गए, फिर भी राय प्रवीण को अपने प्राणों की तरह ही नहीं छोड़ना चाहते थे।

सेनाएँ ओरछा की सीमा पर आ गईं। तोपें दागी जाने लगीं। त्राहि-त्राहि मच उठी।

इन्द्रमणि सिंह ने आँख-कान बन्द कर लिए।

राय प्रवीण को धक्का लगा—मेरे कारण समस्त राज्य नष्ट हो जाएगा? बेतवा के पवित्र जल में खून बहेगा? औरतें बेआबरू होंगी? बच्चे अनाथ? ओरछा मिट जाएगा तो मैं कहाँ...ओरछा है तो राय प्रवीण है।

"महाराज, मुझे आजाद करो। मैं आपकी रानी नहीं, पत्नी नहीं, वेश्या हूँ। वेश्या स्त्री होती है, मगर आजाद स्त्री। मेरा हक मत छीनिए। हाँ, इतना अवश्य है कि जहाँ तक वश चलेगा, आपके पास पवित्र, शील और धर्म की रक्षा करती हुई लौटूँगी।"

इन्द्रमणि सिंह तड़प उठे।

राय प्रवीण आगरा के लिए रवाना हो गई। उसने पीछे मुड़कर नहीं देखा।

जगमगाते दीवानेखास में तख्तेताऊस पर बादशाह अकबर और कुछ छोटी गरिमावाले रत्नजड़ित सिंहासन, जिन पर आजू-बाजू नवरत्न बैठे हुए थे। तो ये हैं, जिनका मकसद भोग, मजा और लूट है!

नवरत्नों ने कहा—अपरूप! अकबर ने उसकी कवित्त में प्रशंसा की।

राय प्रवीण ने कवित्त में ही उसका धन्यवाद किया लेकिन मन-ही-मन सोचा—कला को बेचनेवाले ये अपने ही लोग मेरी आबरू को भी नीलाम होते देखने के लिए बेसब्र हैं। यदि सचमुच ही ये विद्वान् थे तो बीरबल ने अपना हाथ क्यों खींच लिया? कोई विद्या भी आदमी को डरपोक बनाती है? या तो ये विद्वान् नहीं, या फिर अपने नहीं। सत्ता के गुलाम हैं—बस! दोनों ओर से कविताई चली। कवि केशव की शिष्या को हरानेवाला भला कौन था?

अकबर हार गया या हार जाना चाहता था? रूप के आगे अच्छे-अच्छे ऋषि-मुनि धराशायी हुए हैं। अन्त में बादशाह ने बड़े विनय भाव से यह कहा—हूर, तू निपुण है, कुशल है, नौ कलाओं और चौंसठ विद्याओं में पारंगत है। अपना जीवन ओरछा जैसे बीहड़ गाँव में बरबाद न कर। तेरी जगह दिल्ली और आगरा में है।

राय प्रवीण हिम्मत से खड़ी रही, पर भीतर-ही-भीतर काँप गई। उसको अपनी माता कंचना की याद आई, जो ग्वालियर की राजनर्तकी थी लेकिन मधुकर शाह ने बलात् ओरछा में ही रोक ली थी।

राय प्रवीण क्या करे, उसकी जन्मभूमि ओरछा है। उसकी कर्मभूमि ओरछा है। उसका सर्वस्व ओरछा है। सोच-विचार में उलझी रही। अकबर अपने बादशाही रुतबे के चलते जल्द-से-जल्द उसकी 'हाँ' सुनना चाहता था।

कवि केशव की गुनाई हुई सावित्री को युक्ति सूझी। खड़े-ही-खड़े दोहा रच डाला और हिम्मत से सुना दिया :

विनती राय प्रवीण की सुनिए चतुर सुजान।
जूठी पातर भखत हैं, बारी, वायस, स्वान॥

—हे बादशाह, मैं राजा इन्द्रमणि सिंह का जूठा भोजन हूँ। और जूठा भोजन तीन जातियाँ ही खाती हैं—मेहतर, कौवा, कुत्ता। कहकर अर्थपूर्ण निगाह से देखा अकबर की ओर, नवरत्नों की ओर।

दरबारी हतप्रभ थे। अकबर का थूक सूख गया। बीरबल को कोई तर्क न सूझा।

अकबर ने शर्मिन्दगी और ग्लानि से बचने के लिए राय प्रवीण को मोहर-अशर्फियाँ देकर विदा किया।

सावित्री को इतनी तालियाँ मिलीं कि उसका सिर ऊँचा हो गया। अब गणित में फेल हो जाने का उसे कोई गम न था।

नाटक सम्पन्न हुआ तो रात हो चुकी थी। केवल एक ही लट्टू टिमटिमा रहा था। सावित्री पड़ोसिन भाभी से माँगा हुआ लहँगा-दुपट्टा बाँहों में चपेटे अपने घर की ओर चली जा रही थी कि गेंदा की फूल झाड़ी से आवाज आई—'राय प्रवीण, जानेमन!' जिसके साथ महीनों अभ्यास किया हो, भला आवाज पहचान में न आएगी? बलदेव—नाटक का अकबर। जवाब दे रही थी कि पतंगे की तरह उड़ते हुए पिताश्री दिखाई दे गए।

अकबर से नहीं, वह बाप से डरी और इतनी डरी कि बाँहों में भिंचा लहँगा-दुपट्टा गीली क्यारी में गिर गया। फिर पिता की दहशत भी न रही, सौ चिन्ताओं की एक चिन्ता की ओढ़नी मैली हो जाने और लहँगा लिथड़ जाने के लिए जवाब क्या देगी? जान से कीमती राय प्रवीण का लहँगा...

सावित्री भले ही खुद को राय प्रवीण मानती रहे क्योंकि इन्द्रमणि सिंह थे, अकबर थे, केशव थे, बीरबल थे।...मगर जमाना तो वह न था।

"सूरे चमार ने देह से देह भिड़ाकर बाजा बजाया है। बेतवा के उस पार जंगलवाले मैदान में छिनट्टा गोविन्द के संग साइकिल पर सवार हुई चौलमौल करती फिरी है।"

"गुलाब बाग महल की सीढ़ियों पर दिन के बखत पकड़ा महल के प्रबन्धकार ने।"

"रूपलोभी प्रबन्धकार महालुच्चा। गोविन्द को गाइड किसके दम पर बनाया है? सावित्रिया के करिहा (कमर) के दम पर ही न? रंडी छोत!"

"वही बात कि राँड़ का पूत बिगड़े, रंडुआ की धीय।"

सावित्री के पास इन सवालों के सचमुच ही जवाब नहीं थे। पिता पूछ-

पूछकर थक गए। उसने एक हरफ भी नहीं कहा। बेटी के बाप की नाक काट लेने के लिए इस तरह की एक ही कटारी काफी होती है, यहाँ तो तीन-तीन तलवारें लटका दी गईं। इतनी बिगड़ी हुई लड़की के लिए जगह कहाँ है? पिता तय नहीं कर पा रहे थे, और लोगों का सामना करने की हिम्मत उनमें थी नहीं। उन्होंने सावित्री को कुछ-न-कुछ बहाना लेकर मनमाने तौर पर पीटा। छोटी बहन बचाती थी तो गणित मास्साब रोने लगते फों-फों। उन्हें दौरा-सा पड़ जाता—अपनी मृतका पत्नी को पुकारते कातर स्वर में—तुम जहाँ कहीं हो, चली आओ! इस बिगड़ैल घोड़ी के मुँह में लगाम डालकर खींचो। घर के कोठे में बन्द कर दो और हर चौकस पहरेदारिन माँ की तरह चौकीदारी करो। मैं तब तक लड़का खोज लूँगा इसके लिए। वहाँ बदचलनी करेगी तो अपने आप दागेगा। मेरा जीना हराम कर दिया। यह बेटी के रूप में नागिन चंडालिनी...

कारगर उपाय—केवल ब्याह। एक हाड़-मांस का मर्द मिल जाए बस। वे इस वजनी गठरी को उसके दरवाजे पटककर गंगा नहा जाएँगे।

गोविन्द ने सुना तो लगा कि इस सुनहरे मौके पर वह अपने आपको पेश कर दे। लेकिन नाटक का नायक गणित मास्साब के हिसाब से सावित्री की दुनिया का सबसे बड़ा खलनायक था। लड़की को कड़ी-से-कड़ी सजा देंगे। हो सकता है, सोती हुई का गला ही घोंट डालें। गुस्सा बुरी चीज होती है, वह भी समाज से तिरस्कृत होने का गुस्सा। सावित्री की जिन्दगी अहम हो गई थी उसके लिए, नहीं तो काम बड़ा आसान हो जाता...मगर वह राजा थोड़े ही था!

सावित्री का संजोग और गणित मास्साब का भाग्य। ओरछा से बीस मील आगे बेतवा की ओर को गाँव है—फतेहपुर। वहीं का वीरेन्द्र मिल गया वर के रूप में। कक्षा नौ में तीन बार फेल होने के बाद खेती सँभाल ली थी। छोटी पूँजी का आदमी। मास्साब के लिए इस समय यही बेताज बादशाह था। फिर भी माथे पर हाथ मारकर विलाप-सा करते रहे थे—सावित्री, अपने हाथों ही फोड़ लिया मुकद्दर। क्या जरूरत थी इतना उड़ने की? जात-कुजात में जा बैठने की? उस आवारा-लुच्चा की संगत करने की? बेटी...आज तू राजरानी होती। प्रिंसिपल साहब ही अपने लड़के के लिए...सोच ले, आज हमारी क्या कीमत होती?...पर फूटी मटकिया कौन ले जाएगा अपने घर? बस, वीरेन्द्र तो तेरे योग्य कतई न था,

पर वही...फूटी मटकिया।

पिता की गर्दन हल्की हुई। सावित्री सिर का बोझ ही नहीं, घर का, गाँव का बोझ थी, चली गई।

गोविन्द ऐसा प्रेमी नहीं था कि दीवाना हो जाए। नाटक न खेला होता तो कौन सावित्री? कहाँ की सावित्री?

हाँ, इतना जरूर कि उसके दिल से रह-रहकर आवाज आती, सावित्री बजनी गठरी नहीं, बुद्धिमती लड़की थी। परन्तु खलनायक की बात, उल्टी करके ही ली जाती। सो चुप लगा गया।

सावित्री ने फतेहपुर में अपना घर सँभाल लिया! यह साबित कर दिया कि ओरछा के लोगों ने अपने गन्दे मुँहों से जो बदबू उड़ाई थी, वह उन्हीं के दिलों की गन्दगी थी। परनिन्दा की सुगन्ध—मनुष्य स्वभाव। लोग सुख लूटते रह गए।

सावित्री मेहनती थी। मेहनत किसे प्यारी नहीं लगती? वह फतेहपुर में रम गई। ढोर-बछेउओं से लेकर घर-आँगन, पुरा-पड़ौस और पति की प्रिय बन गई। माँ का साया बचपन में ही सिर से उठ गया था, आस-पड़ोस की बड़ी-बूढ़ियों से नाता जोड़कर सुखी थी। खुद भी भौजी-भाभी बनी डोलती। वीरेन्द्र के कन्धे से कन्धा मिलाकर खेतों में काम करना उसे अच्छा लगता था। रोपाई-निराई के लिए कभी मजूर नहीं लगाने दिए। कौन कहेगा कि वह इंटर कॉलिज से ग्यारहवीं पास लड़की है? कि गणित मास्साब के घर उसने चूल्हे पर खाना नहीं बनाया, कुएँ से पानी नहीं भरा, गोबर नहीं पाथा, किसानी नहीं की। हर हाल में सुख ढूँढ़ लेनेवाली सावित्री का अपना ही संसार। घर के चौक को ही गुलाब बाग बना लिया।

उस साल—

वर्षा का मौसम था। रोज-रोज पानी बरसता था। आकाश में काले-सलेटी बादल छाये रहते। घटाटोप अँधियारा घिर आता। दिन में भी रात...

बेतवा का जल बढ़ने लगा। मेह की दो बूँदें भी डराने के लिए काफी थीं।

खेतों में फसल का बीज गल-गलकर मर रहा था।

बेतवा और बढ़ी। जल और फैला। सीमा घेर ली। गाँव के किसान थर्रा गए।

अनिष्ट! प्राकृतिक आपदा! भगवान् को सुमिरने के अलावा चारा क्या था? संकट की घड़ी को काटना...सावित्री कड़कती हुई बिजली और बरसते पानी को भयातुर आँखों से देखती।

कि बेतवा ने रात के समय अचानक जोरदार हमला किया। तेवर बदल लिए। क्रोधित होकर उफनने लगी। रात ही रात में फुफकार मारता हुआ पानी गुस्सैल सर्प की तरह बढ़ा चला आ रहा था। तेजी से गाँव में घुस आया। गलियाँ डूबने लगीं। दुकानों के चबूतरे भीग गए। घरों की पहचान खोने लगी। मन्दिर और प्राइमरी स्कूल में पानी ही पानी...

सवेरा होने से पहले ही गाँव जगर-मगर हो उठता था। सावित्री अपनी गाय-भैंसों को सानी खिलाकर दुह लाती थी। कच्चे दूध की गन्द से महमहा उठता था बरौठा।

पानी सबकुछ लील गया। गाँव में अनपहचान...हाहाकार और खामोशी। बड़े-बूढ़े ढहते हुए रूखे पेड़ों-से बदहवास। जवान लोग, जो मेहनत करते थे, पेड़ों पर जा छिपे। बच्चे, जो गलियों में फुदकते फिरते थे, चीखें मारकर माँ की छातियों से चिपट गए। माएँ अपने छिपने की नहीं, बच्चों की हिफाजत की जगह नहीं खोज पा रहीं। चिन्ता में पानी को चीरती हुई इधर-उधर भाग रही हैं, घिरी हुई गायों की तरह...

घर में रखे अनाज को बचाने के लिए तमाम उद्यम किए, सावित्री दो पोटली ही चढ़ा पाई छत पर। आग और पानी का प्रकोप किसी को जिन्दा छोड़ता है? नदी दीवारों को रौंदने लगी। दुहाई बेतवा मइया, यह तबाही...! अपने पाप-पुण्य याद करने लगा आदमी।

पेड़ों पर बैठे लोग सुरक्षित थे, मगर पेड़ ही खड़े नहीं रह पाए। छतों पर चढ़ी औरतें अपने बच्चे बचाए हुए थीं लेकिन दीवारें दगा दे गईं। आदमी लाशों में तब्दील होने लगा।

सावित्री पुकार रही है—काकी, तुम कहाँ हो? पोले बब्वा को आवाज दी। रमेशा की अम्माऽऽआ...तुलसी फुआऽऽ! अरे कपूरे कक्का, मीतो को यहाँ भेजो।

कोई नहीं बोलता। नाते और प्रीत-प्यार के रिश्तों पर गँदला पानी भँवर मारकर चढ़ बैठा। भँवरों की चालाकी के मारे हारते-बहते पशु, गाएँ बाँऽऽ-बाँऽऽ करती हुई तैरने का हुनर खो बैठीं। कुत्ते-बिल्ली बह गए।

सावित्री की धोती में एक तार भी सूखा नहीं। सिकुड़ी-सहमी-सी वीरेन्द्र के पास खटिया से लगी धरती पर बैठी हुई कच्ची-पक्की छत को ताक रही है। पता

नहीं छत भी कितनी देर का आसरा...

वीरेन्द्र ने सावित्री की बाँह पकड़ ली। भय में प्यार-भरा हाथ दिलासा दे रहा है। जानती है कि दिलासा आदमी तभी देता है, जब वह बेहद निराश हो। पति की आँखों से झरती दहशत को क्या वह देख नहीं पा रही? सावित्री ने आँखों-ही-आँखों से हिम्मत भरनी चाही। साँसों से साँसों तक ताप पहुँचाया। हम जिएँगे या मरेंगे, मगर एक साथ। और इस संकट से लड़ेंगे साथ-साथ।

वीरेन्द्र के माथे में दर्द है। सावित्री लेटे हुए पति के माथे पर हाथ धरे बैठी है।

सामने तीन-चार पक्की अटारियाँ हैं—गाँव के बीच दाएँ-बाएँ छिटकी हुई। वह ललचाती हुई नजरों से देखकर सोचती है—पैसेवाले लोगों का बेतवा भी कुछ नहीं बिगाड़ सकती। इन्द्र भगवान् भी उन्हें नहीं डरा सकते। सबका जोर-जुल्म कमजोरों पर...कच्ची भीतों और मिट्टी के ओटलों पर...

तीन दिन गुजर गए, पानी नहीं उतरा। मौत ने नंगा नाच मचाया है। कितने बच पाए? छत पर टँगे लोगों को धरती का नहीं, आसमान का आसरा है—इन्द्र भगवान् ने अपना भंडार रिता दिया हो तो अब बस करो! अब हमारे पास क्या है? लत्ता, कपड़ा, बिलिया-बासन तक चढ़ा दिए तुम्हारी धारा में। छीन ले गई बेतवा, जिसकी हमने सदा पूजा की। नदी लील रही है लोगों को।

चौथे दिन अँधियारा-भरे भोर की बेला में किसी की आवाज आई, "राहत कैम्प खुल गया है। मदद आ रही है...हैलीकॉप्टर पैकेट गिराएँगे।"

बस्ती की हर जीवित आँख आकाश पर जा टँगी। हैलीकॉप्टर टिड्डी की तरह चक्कर काटते रहे। कुछ देर के लिए गाँववाले बाढ़ को भूल, देवताओं के विमानों को देखते रहे। कहते हैं, भगवान् के दर्शन होने पर आदमी जगत-माया भूल जाता है। भूखे-प्यासे पानी से घिरे आदमी सच में ही अपनी बुनियादी जरूरतें भूल गए। आसमान में उड़नेवाले लोग...देवता ही होंगे। सम्मोहित कर रहे हैं।

बुखार से तपते हुए वीरेन्द्र के कान के पास मुँह ले जाकर सावित्री फुसफुसाई, "अब कुछ खाने को मिलेगा। ताप सिरा जाएगा फिर आँखें खोलो। राहत आ रहा है।"

हैलीकॉप्टरों को देखकर क्षण-दो क्षण के लिए भूले थे, उनके गायब होते ही फिर आ दबोचा भूख ने।

पानी उतरने लगा। सारी कुरूपता उघड़ गई! नंगा संसार...गिजगिजाता हुआ।

गाय-भैंसों, कुत्ते-बिल्ली, मर्द-औरतों और बच्चों की मिली-जुली लाशें। रोने की ताकत न थी। आँखें सूखी, वीरान...मगर भूख बड़ी बेरहम है, लाशों के ऊपर तांडव मचाए है। आँतों में बड़े-बड़े काँटे हैं, जो भीतरी तहों को फाड़े दे रहे हैं। आदमी क्या-क्या खाने को तैयार है, कहते नहीं बनता। बस चले तो आपस में ही एक-दूसरे को चबा लें।

आदमी नहीं, जीव-जन्तु, ढोर-पशु...चौरासी योनियों का भेद मिट गया... कीट-पतंग की नाईं मँडरा रहा है...आदमी की भूख-भरी जिन्दगी नहीं छोड़ रही उसे?

मल्लाह टोले में मछली की जगह साँप खाए गए। जो बाढ़ से बच गए थे साँप के जहर से मरे। बकरी-भैंसें काटी गईं।

सावित्री ने दो पोटली अन्न बचाकर रखा था, लोग कच्चा ही चबा गए। उसके बाद पेड़ों के पत्ते, नीम की निमकौड़ी, पीपल के फल।

बजबजाती गन्दगी में खाना, रहना, सूअरों की तरह लोटना। कमर ने दम छोड़ दिया है।

राहत कैम्प! स्त्री-पुरुषों की भीड़ मुर्दों को फलाँगकर भागी जा रही है। अपनों को चिता देने से पहले पेट भरने की चिन्ता। मरे हुओं से नाता कब मानती है जिन्दगी? जीवन से ज्यादा कठोर कुछ नहीं...

नंगे-अधनंगे लोगों को पता चला कि ऐसे ही कुछ नहीं मिलेगा, जिसके पास जो कुछ है, पहले उसे काम में लाओ। काकी की गाय, रमेश की अम्मा की बकरी, रूपा मेहतर की तीन मुर्गियाँ पता नहीं कैसे बच गईं। पीले बब्बा के पिंजरे में तोता।

तोता कौन खरीदेगा? लोहे के भाव पिंजड़ा बिक जाएगा। लोहे का मोल है।

गाँव के बड़े लोगों ने मदद के लिए हाथ बढ़ाया। ट्रैक्टर में ठिलिया लगा ली। वे हरिजन टोले से गरीब औरतों को ले जा रहे हैं, यह भी जरिया है राहत लेने का। भूखी-प्यासी, मजबूर, कमजोर, बीमार औरतें कैम्प तक पहुँचने की भरपूर

कोशिश में जुटी हैं। वे अन्न नहीं, जिन्दगी लेने जा रही हैं।

कपूरे कक्का की औरत ताप से मर गई। आठ-नौ साल की मीतो छोड़ी है। मीतो कल से ही रो रही है। भूखी है कि माँ का बिछोह? कपूरे कक्का मीतो के मरने की दुआ माँग रहे हैं। भूख से तड़पना नहीं देखा जाता। यही नाता बचा है बाप-बेटी के बीच।

वीरेन्द्र का चेहरा देखकर सावित्री का दिल घबराने लगा। उसकी अपनी ही हालत कौन-सी ठीक है! भीख माँगने जाए तो कटोरा फैलाकर रह जाएगी, आवाज निकलेगी भी कि नहीं? पूरे मोहल्ले पर निगाह डाली—मरघट से भी ज्यादा भयावना सुनसान...आगे कोई रास्ता नहीं...सावित्री छोटा-सा घूँघट करके चल दी। चलते-चलते ट्रैक्टर की ठिलिया से जा लगी।

सावित्री की जाति की कोई औरत नहीं जा रही। ब्राह्मण, बनिया और ठाकुर यादवों की औरतें जाती हैं कहीं? उनके आदमी सब बन्दोबस्त कर लाएँगे। ऊँचे लोगों की बात जरा दमदार होती है। अहलकार भी लिहाज करते हैं। फिर साथ में नीची कौम की औरतें हैं तो सही। लोगों ने उसे अजीब नजरों से देखा। आपस में कानाफूसी की। कोई-कोई हँसा भी।

सावित्री ठिलिया में बैठ गई। मरती हुई औरतों ने देखा तो सिर हिलाकर रह गईं।

रास्ते में तमाम लोग लौटते हुए मिले। कीचड़-सने आदमी। मैली-कुचैली औरतें। उनके सिरों पर छोटी-छोटी पोटलियाँ थीं। तेल की बोतलें थीं—खाली या भरी? औरतें थीं—डगमग चलती हुई। अनपहचान, गन्दी, सनी, लिथड़ी-सी।

कस्बे के इंटर कॉलिज का फाटक। फाटक के भीतर चौक। चौक के चारों ओर दालान। बाढ़ के कारण पढ़ाई ठप्प है। सरकारी रसद रखने की सुरक्षित जगह। आटे और चीनी की बोरियाँ कमरों में चिनी हैं। डबलरोटी, बिस्कुट और मूँगफलियों के पैकेट। दियासलाइयों के बंडल। मिट्टी के तेल के पीपे। लकड़ी की पेटियों में दवाएँ।

—और सामने खड़ी हैं जरूरत के मारे लोगों की कतारें। लाइन में लगे लोग दाएँ-बाएँ से, पंजों के बल उचककर खाने-पीने की चीजों के, जिन्दगी

के लिए जरूरी सामान के दर्शन कर लेना चाहते हैं, जैसे उन सबके प्राण बँधे हों उन बोरियों-बंडलों में और आँखों से देखकर ही खींच लेंगे जीवन के लिए सत्त।

आजू-बाजू की मैली-लिथड़ी कतारों के बीच एक कतार में सावित्री खड़ी हो गई।

सामानवाले कमरे की किवाड़ें पूरी नहीं खोली गईं। शायद भूखे-नंगे लोगों का डर है, कहीं वे लूट न लें। जबकि खाकी वर्दी पहने कमजोर-सा एक आदमी लाइन में लगे लोगों को चाहे जब डंडा कोंचकर आगे-पीछे ठेलने लगता है। तड़ाक् से मार भी देता है। इस समय लोगों के चलते सारे देश का मालिक यह कमजोर आदमी है, जिसके हाथ में सरकारी डंडा है। लोगों में अपने दर्द को पी जाने की लाचारी के सिवा कुछ शेष नहीं रहा। सबसे अच्छे अनुशासन का नमूना यहाँ है। इतनी बड़ी भीड़ मरियल-से आदमी के काबू में है। वह न भी होता, तो भी अन्तर नहीं पड़ता। सबकुछ इसी तरह चलता। निर्बल लोग बिना हिले-डुले कतारों में खड़े रहते। वे बाढ़ में घिर जाने के अपराधी हैं, इसलिए आज्ञा मानकर भी डंडा झेल रहे हैं। शायद इनकी सहनशक्ति में अन्न मिलने की आशा शामिल है।

अन्न-भंडार में तराजू चलने की आवाज तो आ रही है!

सौदा तुल रहा है। सौदागर घूम रहे हैं।

सरकारी आदमी के वेश में खरीदार...गाँवों के लोगों में कानाफूसी हो रही है।

भूख चौकन्नी होती है। अपने अन्नदाता को ताड़ लेती है।

नंगे-भूखे कान देकर गाई-बापों का हुकुम, उनकी फरमाइश, उनकी पसन्द सुन रहे हैं। कुछ बातें ऐसी हैं कि ऐंठती आँतोंवाले कन्धे झुकाए हुए लोग यकायक तनकर खड़े हो जाते हैं। उनकी आँखों में लपलपाती-सी कौंध जागती है, पर शीघ्र ही आग बुझ जाती है और वे सिर झुकाकर खड़े हो जाते हैं।

"औरतें कितनी हैं फतेहपुर की? (फुसफुसाहट)"

"ढोर-डंगर, बकरी, तोता नहीं।" (स्पष्ट आवाज)

"औरतें। डेंगू बुखार, दस्त, उल्टी, जहरीले पानी से हुई खाज-खुजली की

मारी हुई नहीं। समझे? सूखी ठठरी बुढ़िया भी नहीं।" (फुसफुसाहट)

सावित्री की पाँचों इन्द्रियाँ जाग्रत हो गईं—यह राहत? राहत मिलेगी तो?

सरकारी लोगों ने कि राहत कैम्प के ठेकेदारों ने गाँव के बड़े लोगों द्वारा ठिलिया में भरकर लाई हुई सड़ी-गली लकड़ी-सी हल्की औरतें एकदम खारिज कर दीं। गाँव के भले लोग असहाय-से देखते रह गए। वे क्या करें, अपनी ओर से खूब कोशिश कर ली, सरकारी मामला। सरकारी लोग नेता लोगों के मुँहदेखा ठहरे। नेता लोग जनता के सेवक हैं लेकिन इलाके के दादाओं के अहसानों तले दबे हुए...दादा लोग जानते हैं, किसको जिन्दा रखना है, किसको भूखों मार देना है? रसद बचेगी तो बेच दी जाएगी लेकिन अनुपयोगी लोगों को किसी कीमत पर नहीं दी जाएगी। अन्न को बरबाद करती है आबादी।

वह खड़ी-खड़ी सुन रही है। जितना पल्ले पड़ रहा है, समझ रही है।

उसके भीतर स्वत: ही हाहाकार मच उठा। जिनकी मौत पर मुख खोले मौन रह गई थी, उनके लिए पछाड़ें खाने का मन हो रहा है—ओ श्यामू की बहू...अभागिन बाबा (नाग) डस गया! रमेश दाऊ जू वाली जिज्जी, तुमको हैजा लील गया! सरजू तेलिनियाँ...बेतवा संग बहा ले गई। रतिया, रामदेवी, विमला... आग लगी...आज तुम्हें होना था। मेरे संग, यहाँ...इन लोगों को जी भरकर खुश करते हम और गोदाम खाली करा ले जाते। सबके सब पेट भरकर खाते। गाँव में घर-घर गीले चूल्हों से धुआँ उठता। गली-गली गमक उठती। रोटी की बास ने चपेट लिया सावित्री को।

"ओऽऽ, बाबाऽऽआ!" अच्छे कपड़े पहने हुए एक आदमी कपूरे कक्का को इशारा करता है। कपूरे कक्का बाबा नहीं, भूख के कारण कमर झुक गई है। पीठ से पेट चिपक गया है। देह पर केवल एक पंजा लिपटा हुआ है। कपूरे कक्का की बगल में उनकी बच्ची मीतो खड़ी है। पुकारनेवाला कक्का को नहीं, मीतो को देख रहा है। झीनी फ्रॉक में सपाट छाती से फिसलती हुई नजर उसकी जाँघों पर....

—राय प्रवीण ने खबर सुनी कि अगर वह आगरा नहीं गई तो ओरछा का एक-

एक आदमी मौत के घाट...खून-खच्चर।

सावित्री ने बेचैन निगाहों से इधर-उधर देखा। नाता-रिश्ता, लाज-लिहाज त्यागकर छोटा-सा घूँघट भी उलट डाला। कपूरे कक्का से बोली, "मीतो को लेकर गाँव लौट जाओ आप!"

देखनेवाले को सावित्री पसन्द आ गई है, वह नजरों से भाँप गई। ज्यों तोल रहा हो—भूखी है, पर ठीक-ठाक है। नहाएगी-धोएगी तो रंग भी निखर आएगा। काठी में दम है। चेहरे पर सलोनापन है। उम्र भी ज्यादा नहीं...तोल रही हैं नजरें, तुल रही है सावित्री। तराजू चल रही है।

राहत कैम्प है, हर किसी को राहत चाहिए। अन्नवालों को अन्न, गोश्तवालों को गोश्त। गाँव में तो वैसे ही अदला-बदली की रिवाज होती है—चावल-चीनी, गुड़-तेल सब अनाज के बदले।

सावित्री आगे बढ़ती चली गई।

'राय प्रवीण सोचती है, इस दरबार में कवित्त, दोहे और छन्द काम आनेवाले नहीं क्योंकि यहाँ कोई यवन बादशाह अकबर नहीं। ये जूठन खानेवाले पंडित जूठन की भी जूठन पचा जाएँ।'

चमकदार दुनिया नहीं है यहाँ। सादा पलंग पड़ा है। सादी मटमैली-सी चादर। वैसा ही तकिया। फूल, न गुलदस्ता, कमरे की दीवार पर गांधी और इन्दिरा गांधी की तसवीर लगी है। एक ओर माँ सरस्वती टँगी हुई हैं। नाटक खेलते समय वीणावादिनी वर देऽऽ...

"नहाना है पहले!" किसी पुरुष-आवाज ने हुक्म दिया।

खुशबूदार साबुन मिलता है। साथ में एक धोती भी है। पेटीकोट-ब्लाउज पहनने की जरूरत नहीं। युद्ध के पहले सैनिक की तरह सजेगी वह।

कमरे में आई तो बेहद सादा, मगर उजले कपड़े पहने हुए एक भारी बदन साँवले सज्जन हैं, उम्र होगी पैंतालीस। क्या इनकी पत्नी इतनी ठंडी है कि ये इस तरह...वे शान्त चेहरे से मुस्करा रहे हैं। इशारा किया—इधर आओ। सावित्री का बदन बराबर काँप रहा है।

सहमती हुई आगे बढ़ रही थी, ज्यों शेर की माँद में जा रही हो। कलेजे में ढोल की-सी चोट...। झपटकर पकड़ ली। उसने कोई प्रतिरोध नहीं दिखाया। विरोध दिखाने की हकदार ही कहाँ है? अपने हाथों किया सौदा...

'जितना चाहोगी भिजवा देंगे' जैसे देवताओं ने आकाशवाणी की हो। उसके कानों में संगीत-सा बज उठा। आनन्द पैदा करना चाहा था 'उन्होंने', इस समय अन्न ही सबसे बड़ा आनन्द है। और उसका स्वर्ग-नरक सबकुछ है—अन्न।

बाँहों में भींच लिया। बिस्तर पर पड़ी है चित्त। पहाड़-सा नंगा बदन ऊपर लद गया। वह भी नंगी है। दो प्रजनन अंग टकराये—काम जारी हो गया।

वह खिड़की के उस पार देखना चाहती है, जहाँ चाँद निकला होगा।

रोटी के आकार का चाँद। व्यभिचार, पाप, अधर्म से निकलता हुआ रोटी बराबर चाँद। बहुमूल्य, बेशकीमती, जीवन देनेवाला पूरा चन्द्रमा। इसके सिवा उसके ध्यान में कुछ भी नहीं आ रहा। यहाँ तक कि ऊपर चढ़े सज्जन व्यक्ति का विजयी चेहरा भी रोटी की शक्ल में तब्दील हो गया...आकर गोल-गोल-गोल!

लोग आते गए। वह धोती बदलने भी उठी थी, मगर गौर नहीं किया कि वे कौन लोग, कितने आदमी...

देह की अन्दरूनी परतों में छिलते-छिलते कटाव पड़ गया है। कमर के नीचे चिपचिपी पोखर-सी बन गई है। छातियों ने घावों की शक्ल ले ली है। गालों पर दाँतों के निशान...चेहरा दागदार हो गया।

टीस-दर्द है, पर वह जिन्दा है। वह जिन्दा रही तो गाँव भी जिन्दा...

सावित्री दो दिन तक रोकी गई।

—राय प्रवीण अकबर के दरबार से लौटी तो ओरछा की जन-प्रजा स्वागत के लिए उमड़ पड़ी। लोगों ने जयजयकार किया, फूल बरसाए। नगर में उत्सव मना। राजा इन्द्रमणि सिंह अपना रथ लेकर उस सती स्त्री का अभिनन्दन करने नगर-द्वार पर पहुँचे।

सावित्री के वापस आने तक फतेहपुर में दो ट्रक सामान आ चुका था। गाँव के लोग ट्रक के पास अभी भी मक्खियों की तरह भिनभिना रहे थे। यदि उन्हें सरकारी राहत के प्रति श्रद्धा न होती तो वे ट्रक को लूट लेते। अब तक उनके मुर्दा चेहरों पर जिन्दगी की रोशनी-सी झलकने लगी थी।

सावित्री को कमजोरी थी। नीचे घाव थे। चाल में भी लड़खड़ाहट थी। वह अपने घर की ओर सन्तोष-भरी आँखों से देखती हुई चली आ रही थी। गाँव पहले जैसा रूप अख्तियार करता जा रहा है।

घर में घुसी तो पौर में खटिया पर बैठे वीरेन्द्र को देखकर ठिठक गई।

"अभी क्यों आ गई? वहीं रहती। यार बहुत मन भाए?"

पति के चेहरे पर कड़वाहट और आँखों में क्रोध की आग...वह झुलसकर भी उफ नहीं बोली। जिस खुशी को लेकर आई थी, पति की बातें उसके आगे कहाँ ठहरती हैं? अनसुनी करके आगे बढ़ गई।

वीरेन्द्र उसके पास आँगन में चला आया। आँखों-ही-आँखों में बहुत कुछ समझाना चाहा सावित्री ने।

...लेकिन उसका बुखार टूट चुका था दवाओं से। अन्न मिल जाने के कारण देह में भी जान आ गई थी। मिसमिसाकर बोला, "आगे पाँव मत बढ़ाना रंडी!"

गँवार वीरेन्द्र। गुस्से में है। वह गम खा गई। कलह का समय नहीं है यह।

"मुझे मालूम था कि एक दिन तू...। बाप की नाक कटाकर भी तो आई थी।"

अभी-अभी जिस कहर से इस गाँव के लोग गुजरे हैं, वह मौत से भी कई गुना भयानक था। भूख से मरते हुए जनों को बचाने की खातिर छोटी कौम की औरतें भी तो ले जाई गई थीं। वे रंडी थीं, सावित्री नहीं...यही कहना चाहता है वीरेन्द्र?

बाँह पकड़कर बाहर को खींचने लगा। सावित्री में रार-तकरार की हिम्मत नहीं। वह कपूरे कक्का के मलबे में तब्दील हुए घर की ओर चल दी। मीतो के पास रहेगी दो दिन। इसका गुस्सा ठंडा...

तीसरे दिन शान्त मन लौटी तो पति नहीं, राक्षस खड़ा था सामने। पकड़कर लात-घूँसों से पीटा। घसीट-घसीटकर पटका, जैसे यह करना उसके लिए जरूरी हो, कि दिखा रहा हो कि लोगों, इस पापिष्ठा औरत को पति होने के नाते मैं क्या-क्या सजा दे सकता हूँ।

सहनशक्ति राई-भर भी न बची। सावित्री वीरेन्द्र से ज्यादा बलिष्ठ लोगों से जूझकर आ रही थी। वे संख्या में आठ गुने, दस गुने, पता नहीं कितने ज्यादा...।

बस, पति ने हाथ लगाया कि चोट-दर्द भूलकर दो लातें मारीं मरदानी कमर पर। वह साँप की तरह फुफकारता हुआ उठा तो तीन-चार धक्के दिए लगातार और घर में जा घुसी। राहत कैम्प में उसने भी तो पेट में कुछ अन्न डाला ही था।

लेकिन जबरदस्ती पति के घर में रहना, वीरेन्द्र की नफरत को सहने के सिवा कुछ न था। उसकी ओर से कहनेवाला कोई न था। बड़े लोगों को ज्यादा बोलने की आदत नहीं होती। कपूरे कक्का गरीब थे। उनकी बात में उनकी खस्ता हालत जैसा ही दम था। एक पल में पछाड़ दिए गए।

रात के अँधेरे में एकदम आँख खुल गईं। गले पर दवाब पड़ रहा था। देखा कि वीरेन्द्र के हाथ में रस्सी...जिन्दा रहना मुश्किल है। गला घोंट देगा, या फिर जहर...अब पत्नी मानकर संग रहनेवाला नहीं।

जूठन की जगह घूरे पर होती है...मैं जिन्दा जूठन...। मर्द को कौन समझाए? क्या सोचा था, क्या हुआ! पति की नफरत उसे जड़ से उखाड़े दे रही थी, फिर भी जहाँ तक बस चला, रही अपने हक के चलते।

अन्त में जब प्राण बचाने मुश्किल दिखने लगे तो...। पति को कौन रोक सकता है? सरकारी लोग, पुलिस और नेता लोगों से फरियाद करने से तो अच्छा है कि पति के हाथों मारी जाए। राहत कैम्प ने सारे भेद उजागर कर दिए!...लेकिन जिन्दगी का मोह...जीने की तृष्णा...वह प्राणों को छुपाकर कहीं भाग जाना चाहती है। साँसों को किसी सुरक्षित डिबिया में बन्द करके उड़ जाने की बात... कहाँ? सारे ठिकाने, रिश्तेदारियाँ याद आती रहीं—नाना, मामा, बुआ, मौसी... ऐसे मामलों में कोई मदद नहीं करनेवाला। बदनामी बाघ से ज्यादा भयानक होती है, जिसका सामना कोई नहीं करना चाहता। आग की धार में चलती जा रही थी सावित्री और उससे गुजरते ही याद आया था पिता का घर।

माँ की गोद-सा महफूज ठिकाना उसे मयस्सर होगा या नहीं, उसे भी आशंकाएँ थीं। छोटी बहन के कुँआरेपन पर बड़ी बहन का चाल-चलन कहीं भारी न पड़ जाए?

फतेहपुर से उसके 'करतब' की खबर हवा के साथ उड़कर आई थी और बदबू की तरह गाँव में फैलने लगी। पिता घबरा गए बुरी तरह...दुष्ट! ऐसे में ही एक रात आ पहुँची थी सावित्री। एकदम चुड़ैल जैसे वेश में।

बदचलन, बदकारियों की पोटली-सी बाप के आँगन में आ गिरी, आधी

रात के समय।

गणित मास्साब जानते थे, यह उलझा हुआ गुच्छेदार दाग-दगीला सवाल कैसे सुलझेगा? उन्होंने बेटी के सामने हथियार डाल दिए। कुछ कहा नहीं, कुछ सुना नहीं—देह पर मिट्टी का तेल छिड़क लिया। माचिस उठा ली।

सावित्री अपना मोह भूल गई।

कौन-सी बेटी चाहेगी कि उसका जन्मदाता, पालनकर्ता, दुनिया में सबसे बड़ा शुभचिन्तक आत्महत्या...वह भी उसी के कारण। उसकी कल्पना थर्रा उठी।

गोविन्द ने सुना तो उससे मिलने की चिन्ता में डूबा रहा। उसे सावित्री के पिता की योजना का क्या इल्म? फिर भी ऐसे हौसला बनाया था ज्यों अपनी नहीं, सावित्री की जान हथेली पर धरकर उससे कुछ बातें करने जा रहा हो।

सावित्री, जो पाँच मिनट के लिए भी सामने खड़ी नहीं हो पाई। केवल इतना बोली थी—"अब? अब कहाँ...?" कहते हुए उसका सारा बदन काँप रहा था।

गजब! दूसरे दिन ओरछा में यह खबर फैल गई कि सावित्री बेतवा में डूब मरी। बहुत सम्भव है कि नहाने गई थी क्योंकि धुले-सूखे-साफ कपड़े पाट पर रखे देखे गए।

ओरछा के लोगों की भीड़ नदी के पाट पर जमा होने लगी।

अब तक जिस पिता ने उसे महामारी की रोगिणी की तरह दुरदुराया था, सन्न-अवसन्न-से नदी की धार पर आँखें गड़ाए खड़े हैं। लहरों में उछाल खाकर ऊपर आ रही है सावित्री।

"नदी खा गई लड़की को..." भीड़ में से कोई कहता है कि गणित मास्साब ने सावित्री के कपड़े उठाकर छाती से इस तरह लगाए, जैसे वे सूखे-साफ वस्त्र नहीं, पाक-साफ सावित्री ही हो और बिलख-बिलखकर रो पड़े। दमयन्ती पिता का बेआवाज रुदन देखते ही चिंघाड़कर दीदी-दीदी कहती हुई पछाड़ें खाने लगी। कई जोड़े हाथ दमयन्ती को थामने के लिए बढ़े। स्त्रियाँ पीछे ही रहीं।

बाप-बेटी का छातीफट दु:ख और विलाप तमाशबीनों को खासा करुणा-भरा आनन्द दे रहा था। तभी तो लाश न होते हुए भी लोग मास्साब और दमयन्ती

को देखने के लिए दो घंटे खड़े रहे।

लाश किसी तरह मिल जाए, युक्तियाँ सुझाई जाने लगीं। साधन बताए गए। गणित मास्साब ज्यों बहरे हो गए हों, दु:ख के मारे पिता की तरह लम्बी-लम्बी साँसें भरते रहे।

करुणा के रास्ते गुजरते हुए लोग सावित्री की बहादुरी तक आ पहुँचे। कहते हैं न, मरे पूत की बड़ी-बड़ी आँखें...सावित्री सचमुच ही सावित्री निकली। शीलभंग हुआ, सतीत्व नष्ट हुआ, पर अपने आदमी का पिछौरा मैला होने से पहले अपनी जान पर खेल गई। बाप को मुँह दिखाने के काबिल नहीं रही तो जल में छलाँग लगा दी। भाई, इन्हीं सतियों के दम पर कायम है संसार...

गोविन्द मन ही मन हँसता है।

वह किसे बताए और किसलिए बताए कि सारा दिन पर्यटकों को घेर-घारकर, बक-झक करते हुए, झूठी-सच्ची बातों में फँसाकर कमाई का जरिया तलाशता है, ज्यादा-से-ज्यादा ठगना चाहता है।...और जेब भरते ही रातवाली मोटर में बैठकर एरच जा पहुँचता है। गोविन्द नहीं बताना चाहता कि कहाँ है उसकी राय प्रवीण...!

सेंध

एक बार पलटकर देखने की पहचान पर हल्की-सी लकीर उकिर आई—"गंगासिंह।..."

मगर यहाँ? इन मजदूरों के बीच?

निरन्तर उलट-उलटकर देखती रहीं, यहाँ तक कि गर्दन में दर्द होने लगा। हारकर सिर सीधा कर लिया।

"शायद वहम है।"

मन फिर कुलबुला उठा। चलते रिक्शे से पीछे मुड़कर देखती रहीं।

फटे चीथड़े बँधे सिरों की भीड़ में गंगासिंह कहीं बिला गए। रिक्शे के पहियों की रफ्तार तेज थी, उन्होंने रोकने का हुक्म दिया। रिक्शावाला गद्दी से उतरकर हैंडिल थामे खड़ा हो गया। घड़ी-भर वे सोचती रहीं—'मजदूरों के बीच किस-किस का चेहरा देखती फिरेंगी? क्या कहकर पुकारेंगी? गाँव-नाते से वे जेठ लगते हैं।'

मगर विधायक जी ने कहा था कि गंगासिंह को अपने हाथ में रखना, कला!

वे उतर पड़ीं। सिर पर पल्ला पूरी तरह ढँका। पर्स कन्धे से उतारकर हाथ में दबा लिया। गाँव की आढ़-मर्यादा का पालन करने में वे हमेशा सतर्क रही हैं। वे जानती हैं—गाँववालों को प्रसन्न रखना है तो उन्हीं की तरह ओढ़ो-पहनो, वैसे ही बोलो-बतियाओ।

भीड़ में राह बनाती वे गंगासिंह को खोजने लगीं। बड़ी देर तक वे दिखाई नहीं दिए। परेशान हो गईं, पर वहीं खड़ी रहीं।

अपने बीच महिला खड़ी देख एक बार को तो मजदूर उधर को ही लपके,

"कहीं ये बहनजी ठेकेदार ने ही तो नहीं भेजी?"

एक-दो ने स्पष्ट करना चाहा तो उन्होंने 'नाहीं' में सिर हिला दिया। मजदूर विरक्त भाव से इधर-उधर हो गए।

अबकी बार उन्हें वही चेहरा यकायक दीख पड़ा—गंगासिंह वहीं खड़े थे। उन्हीं के पास। उद्विग्न, बेचैन। धूप की चौंध के कारण हथेली आँखों के ऊपर तान रखी थी।

वे गंगासिंह के नजदीक जा खड़ी हुईं।

"सुनो...दादाजी!..." कहती हुई सिर के पल्ले को सँभालने लगीं।

दूसरी ओर से कोई उत्तर नहीं आया।

वे उसी मुद्रा में खड़े रहे। धक्कम-धक्का के माहौल में शायद उधर से ध्यान भी नहीं उचटा। ठेकेदार के आदमी की प्रतीक्षा में तन्मय हुए सामने को ही टकटकी लगाए थे।

"दादाजी...मैं कलावती!"

ठीक सामने खड़ी नारी की आवाज से सहसा ध्यान टूटा। देखते ही वे सकपका गए। कभी ऊपर देखते, कभी नीचे। मटमैला कुर्ता पहने पुतले की भाँति दो पल के लिए अवाक अविचल खड़े रहे।

"मैंने तो आपको दूर से ही पहचान लिया था।" वे सकुचाती हुई मुस्करा रही थीं।

"अरे बौहरी! तुम इस ठौर!"

"आपको देखा तो यहाँ चली आई।"

"अच्छा। बहुत अच्छा बौहरी।"

"..." आँखों में चमकीली रेखाएँ उतर आईं।

"बौहरी, धन भाग हमारे। दरसन हो गए, इत्ते बड़े सहर में कहाँ खोजते तुम्हें!"

गंगासिंह के झुर्री-भरे मुखपर पुलक बिखर गई। दाढ़ी-मूँछों के भीतर से दाँतों की पीली पाँत विहँस उठी।

"आप...यहाँ कहाँ?"

वे हँसे—"यहीं हैं, बौहरी तिहारे सामने!"

"यहाँ...कैसे...गाँव?"

कलावती देवी का प्रश्न कुछ देर तक शून्य में तैरता रहा। वे अचरज में पड़ी रहीं, और गंगासिंह न जाने किस मन:स्थिति में नीचे आँखें गाड़े धरती को टटोलते रहे।

"तुम मजे में तो हो बौहरी?"

आत्मीयता से लबालब वाक्य सहसा अन्तर को छू गया। वे विभोर होती हुई बोलीं, "ठीक हूँ, आपकी कृपा है। पर आप...? कैसे...यहाँ!"

"सब नसीब के खेल हैं बौहरी! सहर का अन्न-जल भाग में बदा था, सो आ गए यहाँ।"

"मुझे तो विश्वास ही नहीं बँध सका कि मजदूरों के बीच आप!"

"काहे को बौहरी? बिसवास काहे नहीं था? पेट की खातिर मेहनत-मजदूरी करनी पड़ती है, और देस-गाँव भी छोड़ना पड़ता है।"

"पर ऐसी क्या बात थी कि गाँव छोड़कर...?"

"बस ऐसे ही! उखड़ना पड़ा। करते भी क्या?"

"खेती। हमेशा से वही तो करते थे।"

"खेती, थोड़ी-सी, बालिस्त-भर। तुमसे क्या कहूँ, तुम क्या जानती नहीं हो? उसी के सहारे चार-छ: बीघा दूसरों की मिल जाती थी। कमा-खा लेते थे, बटिया लगानवालों का भी चुका देते थे। अपने गाँव की धरती पर दो बखत की रोटी मजे से खा रहे थे बौहरी।"

"फिर?"

"फिर क्या? सो तुम्हें नहीं मालूम? चकबन्दी में चले गए वे खेत। उनके बदले मिले ऊसर बंजर, सफेद रेह-भरे खेत! सोडामिली मट्टी की धरती।"

रोबीली सफेद मूँछोंवाले मुख पर अनचाहा अवसाद उतर आया।

"ऊसरों के मालिक को कोई अपनी धरती बटाई पर जोतने को देगा? तुम्हीं कहो बौहरी। किसी शिनाख्त पर ही देता है न कोई अपनी अमानत। हमारी किस सम्पत्ति पर कोई भरोसा करता।

"फिर क्या करते गाँव में? बैल भी बेकार हो गए। पेंठ में से अल्हड़ बछड़े बड़े शौक से मुँहमाँगी कीमत पर खरीदे थे, दाना-पानी देकर हाथी की-सी उठान के कर लिए—औने-पौने बेचने पड़े। खूँटे पर खाली बँधे देखकर कलेजे में हूक-सी उठती थी। जमीन न हो तो किसान को बैल भी दुश्मन-से लगते हैं...

उसके किस काम के?

"जाति के ठाकुर ठहरे बौहरी। सात पुश्तों से गाँव में किसी के यहाँ मेहनत-मजूरी नहीं की। हमेशा के काश्तकार थे, हल की मूठ ही पकड़ी थी। अब आकर गाँव में मजूरी करते तो बाप-दादों की नाक-मूँछों का सवाल उठता। कुनबा-खानदानी धिक्कारते, हुक्का-पानी पर बात आ जाती।

"सो यहाँ चले आए। यह तो सहर है बौहरी! कौन किसको जानता है? कैसे भी पेट भर लो...।

"पर गाँव जाए बिना भी नहीं रहा जाता। पुरखों का घर है, मोह-ममता उमड़ती है।"

गंगासिंह के मुख पर विषाद के रंग आते-फैलते रहे। वे पाँव के अँगूठे से धरती की रेत को उछालती रहीं। कुछ कहने के लिए शब्द खोजती रहीं।

"बौहरी...यहाँ, यहाँ आ जाओ। कुर्सी पर बैठ जाओ। खड़ी कब तक रहोगी!"

वे जंग लगी कुर्सी उठा लाए, जो शायद ठेकेदार के नुमाइन्दे के लिए रखी हुई थी।

वे बैठीं नहीं। सकुचाई-सी खड़ी रहीं। अभी तक कितने ही भाषण दे चुकी थीं, कितनी ही सभाओं में बोली थीं, पर न जाने क्यों आज वह महारत जिह्वा से फिसलकर कहीं विलीन हो गई।

उन्हें लग रहा था, वे गंगासिंह के समक्ष नहीं, अपने पति के मित्र और रिश्ते के जेठ के सामने खड़ी हैं--आढ़ परदा की मर्यादा में बँधी हुई।

यही तो सोचती रही हैं कि गाँव के लोग—जेठ, देवर, ससुर-नातों में बँधे जकड़े उन्हीं के तो हैं। रिश्ते गाँव से नहीं, पूरे क्षेत्र से बँधे हैं। जब से चुनाव में खड़े होने की सोची है, सम्बन्धों की गहराई अन्दर तक उतर गई है। हिये में अटूट लगावट उपज आई है। सम्पूर्ण व्यक्तित्व उसी मिट्टी से रचा-बना लगता है।

अचानक सन्नाटा टूटा—"किसी का खोट भी क्या था बौहरी! चकबन्दी के अफसर की ऐसी मरजी रही होगी। पइसा-टका हम उसकी जेब में डाल नहीं सके, फिर क्यों करता वह हमारा पच्छ? और हम लाते भी कहाँ से बौहरी। साँची कहें, पास में कुछ था ही नहीं।

"फिर तो वही हुआ न, जैसा गुड़ डालो वैसा ही मीठा।

"ऐसे हमीं थोड़े ही थे, गाँव-गाँव यही हुआ। अपने गाँव के कितने ऐसे ही मारे गए। बहुतों ने कहन-सुनन भी की, पर मारे पीछे पुकार ही ठहरी न। फिर कौन सुनता है।

"तुम कुर्सी पर बैठो बौहरी। हम अभी आए। अभी हाल।"

हलचल मच उठी थी, जब गाँव में सी.ओ., पेशकार, लेखपाल आए थे। पहले पैमाइश करके ले गए फिर रोजाना आने लगे। चक बनाने-काटने लगे।

जैसे सारे किसान सोते से जाग पड़े। खेतों में पानी-पत्ता देना भूल गए। ईख पेरने के दिन थे, मगर गुड़-गन्ने की याद हिरा गई। बैल-भैंसों के चारे-पानी की सुधि तक न रहती थी। सारा ध्यान खींचकर अहलकारों में लग गया।

जहाँ सी.ओ. पेशकार दीख पड़ते, किसान गुड़ की मक्खी की तरह वहीं भिनभिनाने लगते। न जाने कहाँ से सूँघ पा जाते।

हर समय एक ही कुलबुलाहट रहती—चक बनने की—कहाँ बने, कहाँ मिले।

बात तो बड़ी सीधी थी—जहाँ जिसके खेत का रकवा ज्यादा होगा, वहीं उसका समूचा चक बनेगा। मगर ऐसा नहीं हो रहा था। गाँव के मुट्ठी-भर पढ़े-लिखे लोग तो थे ही चतुर। समृद्ध, अनपढ़, पैसा फेंककर चतुराई खरीदने में लगे थे—"नकसा में हम का जानें सी.ओ. जी, जै है रकम! अब आप जानो और आप कौ नकसा जानें।"

हरबंस उसी समय आया था शहर—उनके पास। उसी ने ये सारी बातें बताई थीं। वे तुरन्त भाग छूटीं। कहीं ऐसा न हो जैसा पहले...। हरबंस बता गया—"चाची चकबन्दी में कोई किसी का मीत नहीं है। सब अपना-अपना कोना दाबे हैं।"

उन्होंने हरबंस का यथाशक्ति सत्कार किया था, जाते समय बटुए में से सौ का नोट निकालकर उसके हाथ पर रख दिया—"मिनट-मिनट की खबर देना हरबंस।"

वह अपनेपन के अतिरेक में उत्तेजित था—स्वेटर के नीचे कमीज की जेब

में नोट सरकाते हुए बोला, "हमें लेने-देने की दरकार नहीं है चाची, हम तो चाह रहे हैं कि तुम्हें अव्वल ठुकउअल खेत मिलें। बीज पड़ें तो सोना फूटे। बिकें तो मोहरों के दाम उठें धरती के।"

सीधी गाँव की तहसील काँकरपुर ही पहुँची थी। तेजपुरा उन्होंने जाना नहीं चाहा। व्यर्थ ही हो-हल्ला होता। आने के कारण पूछे जाते।

सुबह की गुनगुनी धूप थी। वे बस स्टैंड पर हरबंस की प्रतीक्षा करने लगीं। इधर-उधर निगाह दौड़ाईं। भीड़ तो थी, नहीं इक्का-दुक्का सवारियाँ, एक-दो खाली बस।

अधिक इन्तजार नहीं करना पड़ा। सामने से हरबंस लपकता चला आ रहा था।

"राम-राम चाची। देर की आ गईं क्या?" ब्रीफकेस उनके हाथ से लेता हुआ हरबंस बोला।

वे असीसने लगीं—"जियत रहो, बड़ी उमर हो।"

"अच्छा चाची, पहले कहाँ चलोगी? सी.ओ. जी के घर या नाश्ता-पानी करने बाजार में?"

"तुम नाश्ता कर लो हरबंस, भूखे होगे।"

वे दोनों हलवाई की दुकान की ओर बढ़ लिए। दुकान पर रखी मिठाइयों पर भिनिर-भिनिर मक्खियों का जमघट मँडरा रहा था। बतासे, साबौनियों के सफेद ढेरों पर लाल-पीले ततैया चिपके बैठे थे, कुछ इधर-उधर उड़ रहे थे। वे बचती-बचाती हरबंस के पीछे-पीछे चलकर दुकान के अन्दर बेंच पर जा बैठीं।

हरबंस खाता रहा। मक्खियों को उड़ाता हुआ दोने में से चमचम, मलाई के लड्डू खाने में जुटा था। बाद में एक गिलास दूध की इलायची वाली चाय मँगवाई। उनसे बहुत आग्रह करता रहा—"चाची, चाय तो पी लो।" पर वे खाने-पीने की स्थिति में नहीं थीं। जिस काम से आई थीं उसी की चिन्ता दिमाग में घुमड़ रही थी। जल्दी-से-जल्दी सी.ओ. जी से मिलना चाहती थीं, फिर कोई गाँव का ही टकरा पड़े।

सी.ओ. जी से मिलने का पहला ही अवसर था, पर मन में झिझक नहीं थी, पूरे

आत्मविश्वास के साथ हरबंस के पीछे-पीछे अपनी दूधिया सफेद साड़ी सँभालती चलने लगीं।

आवास के बाहर छोटा-सा बरामदा था, जहाँ कुछ ग्रामीण उकड़ूँ बैठे थे, कुछ खम्भों से लगे खड़े थे। मटमैले धोती-कुर्ता पहने रूखे चेहरोंवाले किसान। पेंट-कमीज और स्वेटर पहने नई उमर के कुछ ग्रामीण युवक। सभी को सी.ओ. जी से मिलना था।

वे आईं तो कई जोड़ी आँखें उन्हीं पर जड़कर रह गईं। कुछ धीमी मद्धिम आवाजें, फुसफुसाहटें वहीं से उभरीं—"जि कलावती हैं, तेजपुरा वारी। जोगी बौहरे के घर से।"

दो पल में ही भीतर से उनका बुलावा आ गया। इन्तजार करते हुए लोगों को तनिक भी आश्चर्य नहीं हुआ। विशिष्ट आगन्तुक को दी जानेवाली प्राथमिकता के अभ्यस्त-से सीधी-सपाट निगाहें पसारे देखते रहे।

वे मुग्ध थीं और हतप्रभ भी—"हरबंस किस तरह मोहरें फिट रखता है, कहीं दो पल की भी देर नहीं।"

अन्दर गर्मजोशी से स्वागत हुआ। कुशल-क्षेम की औपचारिकता आत्मीय भाव से निबाही गई थी। सी.ओ. साहब उन्हें खुले दिल के मिलनसार आदमी लगे।

फिर समय का दुरुपयोग नहीं हुआ। आपसदारी के अनुबन्ध का विनिमय शीघ्रता से होने लगा।

हरबंस ने उन्हें आँखों से इशारा किया।

उन्होंने पर्स की भीतरी जेब से कागज का फूला हुआ लिफाफा निकाल लिया।

हरबंस ने लपककर लिफाफा उनके हाथ से ले लिया और चुपके से सी.ओ. जी के कोट की बड़ी जेब में सरका दिया। सी.ओ. जी अचकचाने का भरपूर अभिनय कर रहे थे—"अरे यह अपने ही आदमियों से...?"

"पान-फूल हैं। बच्चों के वास्ते। कुछ लेकर नहीं आई न।"

गहरा अपनत्व उड़ेलती हुई वे विहँस उठीं। चेहरे पर गाढ़ा विनयभाव पुता हुआ था।

एवज में सी.ओ.जी भीतर से नक्शा उठा लाए—तेजपुरा गाँव की खेती का नक्शा। मेज पर रखकर वे कुर्सी पर बैठ गए। साथ-ही-साथ सटी कुर्सी पर वे

बैठी थीं। कौतुक-भरी निगाह से नक्शे को निहार रही थीं।

सी.ओ. जी ने मेज पर नक्शा फैला दिया। हरबंस से द्वार के किवाड़ बन्द करने को कहकर वे मेज पर झुक गए।

बन्द होते किवाड़ों को ग्रामवासी निर्विकार भाव से ताकते रहे। सी. ओ. जी कृतार्थ थे—"आप तो बस अँगुली रख दीजिए, चक बनाना हमारा काम है।"

हरबंस चिहुँक उठा—"चाची, देखो, तुम्हारे खेत नक्शे में इस जगह हैं।"

"कहाँ?"

उनकी समझ में नक्शे का गणित नहीं आ सका। मानचित्र पर अज्ञान-सी इधर से उधर नजर घुमाती रहीं।

"हरबंस यार, इन्हें क्यों इस जंजाल में उलझा रहे हो?" सी.ओ. जी ने मीठी डपट दी।

"हाँ, काहे को यह सब? सी.ओ. जी बस अच्छा-सा रकवा चाहिए, आप जहाँ भी दे दें।" वे अपनत्व से बोलीं।

वे फिर नक्शे पर झुके—"भाई हरबंस, देख तो, यह बत्तीस नम्बर खेत किसका है?"

हरबंस ने खाता देखा, "गंगासिंह का सी.ओ. जी।"

"हूँ..." सी.ओ. जी ने हुंकारा भरा।

हरबंस उछलने की स्थिति में आ गया—"यही ठीक है सी.ओ. जी। यहाँ लगा लो निशान। अव्वल नम्बर के खेत हैं।"

"चाची, गंगासिंह इसी बित्ते-भर खेती में इतना कमा लेता है कि सारा टब्बर खा-पीकर साल-भर मजे से गुजारा करता रहता है।"

सुनकर उनकी आँखें फैल गईं। अन्दर की उत्फुल्लता फूटने को थी, पर वे दबा गईं। केवल कनपटी तक की मुसकान में सारी खुशी समेट ली।

'गंगासिंह' यह नाम भीतर कहीं फाँस-सा चुभा जरूर, मगर जमीन-जायदाद में भाई भाई का लिहाज तो करता ही नहीं है—फिर ये तो कितनी दूर—कुनबा न गोता।

वे तुष्ट भाव से विभोर हुई लौटी थीं। चलते समय सी.ओ. जी ने अपने भतीजे की नौकरी का वचन भी भरवा लिया था।

छः बीघे के ऊसरे से कैसा पीछा छूटा। उन्होंने तो पहले भी कहा था,

कितनी झींकती रही थी पति के सामने कि किसी तरह इस जमीन के डठूले को निकाल फेंको। पर वे ठहरे निपट भोले भंडारी, सो बन गए मूरख। पहली चकबन्दी में सी.ओ. के निर्णय को कैसा सिर-माथे लगाया और चिपकाए रहे ऊसर को। उलटे उन्हीं पर बिगड़ उठे थे, "बेईमानी करूँ? अपने कारण किसी पर अन्याय होने दूँ?"

हारकर, चुप होकर रह गई थीं, क्या कहतीं मिट्टी के माधो से। जैसा कर रहे थे वैसा भोग रहे थे—रात-दिन धरती में खटते फिर भी कुछ हासिल नहीं। उधार लिये बीज को जमीन निगलने लगती। फिकर ही कहाँ थी अपनी। अपने बैलों को दूसरे के खेत जोतने के लिए दे देते। गूल के पानी की कितनी किल्लत थी, मुश्किल से बारी आती। पर वे अपना छोड़ लँगड़े मामा के सूखे खेत की फिकर करते डोलते।

घर में चार दाने अन्न के आ जाएँ तो अपना पेट छोड़ पड़ोसियों की भूखी आँतों, यार-दोस्तों के पेट की कुलबुलाहट टटोलते फिरते। एक आदमी कितनों का पेट भर सकता है? अपनी चादर की लम्बाई कभी नापी ही नहीं! दूसरों की भूख-प्यास से लिपटे रहे। परायों की मोहमाया बिछाते-ओढ़ते रहे। ऐसे ही मरते-खपते जिन्दगी निकाली भूखे-प्यासे ही संसार से उठ गए।

भला हो इस प्रधान के पिता का, जिसने विधायक जी से मिलवा दिया। तभी से एक नई राह पकड़ी है उन्होंने।

क्या पढ़ी थीं, कठिनाई से किताब की इबारत उखाड़ पाती थीं। अक्षर-अक्षर जोड़कर शब्द बोलने में घनी देर लग जाती, पर उन्होंने प्रवेशिका और विद्याविनोदिनी की परीक्षा जल्दी ही उत्तीर्ण कर ली। विधायक जी के कारण वह सब भी सहूलियत से निपट गया—वे तो परीक्षा देने कभी गई ही नहीं। कॉपी किसने लिखी, प्रश्न किसने हल किए, यह वे क्या जानें? उन्होंने तो रंगबिरंगी सनदें सँभालकर जतन से रख लीं।

समाज कल्याण की नौकरी कर रही हैं, सो समाज सेवा के अतिरिक्त और किया भी क्या है। गाँव-गाँव घूमी हैं। गर्द-धूल की परवाह नहीं की। ऊँचे-नीचे गलियारे नाँखती फिरी हैं।

बँधी तनख्वाह और खेती की आमदनी—किसी तरह की कमी नहीं रही। चार पैसे हाथ में ज्यादा आते हैं तो बखत-जरूरत दीन-गरीबों की मदद कर देती

हैं। गाँववालों को और चाहिए भी क्या? आड़े समय में कोई हथेली पर दो पैसे रख दे तो कृतकृत्य। गठरी-भरे अहसान तले दब जाते हैं। और बिना कहे-सुने चार रुपये सैकड़े प्रतिमाह के हिसाब से ब्याज की रकम देहरी पर धर जाते हैं। जय-जयकार अलग।

विधायक जी के साथ सभाओं में जाकर राजनीति का ज्ञान भी हासिल कर लिया है—भाषण देने की कला में पारंगत फिर किस तरह होतीं।

उस देवता समान सत्पुरुष के अहसानों से उऋण होना इस जनम में तो सम्भव नहीं। सब उन्हीं का किया-धरा है। वे कहाँ राजी हो रही थीं। विधायक जी ने ही कहा, "मैं नहीं चाहता कला, कि तुम अपनी जिन्दगी कीचड़-माटी में गारत करती रहो। नगीने-सी काया धूल में अटी रहे।"

एक फ्लैट शहर में आवंटित करा दिया। नौकरी के दौरान तबादले की बात जब भी उठी, वे शहर से लगे गाँवों में ही स्थानान्तरित होती रहीं। यह सहूलियत कितनी अहम थी कि रहो शहर में और सेवा करो ग्रामीण जनों की।

विधायक जी ऐसी ही गूढ़ ज्ञान की बातें बताते हैं, "गाँव से दूर रहो पर गाँव से कटकर नहीं। हमारी जड़ें तो गाँव की मिट्टी में ही दबी हैं।"

उन्हीं के कहने से ही तो गाँव में एक कमरा बनवाना पड़ा—ऊँचे चबूतरे पर शानदार झकझकाता सफेद कमरा।

मकान था पुराना। पति के सामने से ही जर्जर था। उनके न रहने पर ढह गया। अब तो केवल माटी का ढूह रह गया है। मन में तो कई बार आया कि इस मलबे के नीचे दबी जमीन को बेचकर पैसे खड़े कर लें लेकिन 'कुछ' सोचकर विधायक जी रोक देते हैं।

कमरे के विषय में सोचते ही वे गर्वित हो उठीं—तभी तो गाँववाले गुन गाते नहीं अघाते हैं कि हैं कोई कलावती देवी—उनकी फिकर-चिन्ता करनेवाली, जिन्होंने गाँव को इज्जत-आबरू से जगमगा दिया है। आसपास के गाँवों में सिर उठाकर चलते होंगे—उन्हीं की बदौलत।

कमरे की चाबी वे प्रधान को दिए रहती हैं कि उनका बनाया ठौर परमारथ में प्रयोग हो सके। झोंपड़ी-मडय्या वालों के आहुने-पाहुने रात-बिरात आराम से ठहर सकें। सावन सनूने मेहमान जुड़ते ही हैं, वर्षा, पानी, कीचड-काँद में छत की छाँव मिल जाए तो कृतार्थ। अपने गाँव में जाकर कहेंगे तो सही कि तेजपुरा

में कैसा सुखद बन्दोबस्त है—कलावती देवी का किया हुआ।

सभा-बैठक होती है, तब भी जरूरत पड़ती है। समितियों की सदस्या होने के नाते वे प्रधान सरपंचों के बीच बोलती-बैठती हैं। उस समय गर्दन ऊँची करके बैठ पाने का अन्त:सुख आत्मा के भीतर तक शीतल सलिल-सा उतरता चला जाता है। और आसपास के गाँवों के मनोनीत लोग उनकी विरुदावली गाते नहीं थकते।

क्यों न गाएँ? उन्होंने तो हमेशा सबके सुख की सोची है। गाँव-गिराम के लिए कुछ न कुछ करने में लगी रही हैं—बालिका विद्यालय का प्रस्ताव, सहशिक्षा का प्रश्न तथा नारी-उत्थान को लेकर गाँव-गाँव भाषण देती रही हैं। विरोधों को भी सहा-झेला है। दलितों को समकक्ष लाने का अभियान कितनी बार छेड़ चुकी हैं। तीन बार इसी के लिए शिविर लगवाए हैं। जागरूकता पर विधायक जी के भाषण करवाए हैं।

नौकरी के साथ यह सब करना जब असम्भव हो गया तो उन्होंने त्यागपत्र दे दिया। जब समाज सेवा ही जीवन का लक्ष्य है तो बन्धन-रुकावट ठीक नहीं। विधायक जी ने भी यही राय दी थी।

उस बार जब विनोबा भावे आए थे तब वे तुरन्त विधायक जी के पास गई थीं और विनती की थी कि बाबा को तेजपुरा जरूर लाया जाए, किसी भी तरह।

बाबा तेजपुरा आए थे। तब वे उनके साथ गली-गली डोली थीं, गाँव-गाँव फिरी थीं। धूप-ताप को किनारे धर छोड़ा था। जोगन बनकर भूदान का अलख जगाया था। समृद्ध किसानों से जमीन की भीख माँगी थी।

कैसा असरदार, मजबूत भाषण दिया था कि एक बार तो इलाके के लोग अवाक रह गए—"भूमिहीनों के पक्ष में इतनी असरदार आवाज!"

"गाँव में कल-कारखाने तो हैं नहीं, आजीविका का एकमात्र साधन खेती है। भूमिहीन भाइयों को खेती दो—जितनी श्रद्धा हो उतनी। यह बाबा का क्या, आपका महायज्ञ है, आहुति भी आपकी होनी चाहिए।"

पिछली बार गाँव तब गई थीं, जब उनका कमरा बन चुका था। पुताई-पालिश के कारण उन्हें कुछ दिनों वहीं रहना पड़ा था। लगे हाथ आसपास के गाँवों का भ्रमण कर डाला। विषय पहले से चुन लिया था—'नवयुवकों का गाँवों से शहरों की ओर पलायन।' लगातार बोलती रही थीं। भाषण सुनकर लोग

अचरज में पड़ जाते—ये वे ही कलावती हैं—जोगी बौहरे की घरवाली।

अच्छी-खासी भीड़ समेटती रही थीं।

"तुम जीत जाओगी कला!"

उनकी समाज सेवा से आश्वस्त होकर ही तो विधायक जी ने कहा होगा। वे तो घबरा रही थीं पर विधायक जी बराबर हौसला दे रहे थे।

पर्दे खिंचे हुए मद्धिम रोशनीवाले कमरे में वे देर तक उनके पास बैठी रहीं। चुपचाप गुमसुम।

"क्यों, क्षेत्र में अपने प्रभाव पर भरोसा नहीं? तुम्हारी छवि खासी अच्छी है।"

"फिर भी डर लगता है विधायक जी।"

"किस बात का?"

"हार का, पैसा डूब जाने का।"

"पगली! हार का! पैसा डूब जाने का?" उन्होंने स्नेहिल मुसकान लिपटी प्रश्नवाचक दृष्टि उनके चेहरे पर गाड़ दी।

"हार नहीं होगी कला! और पैसा तो न हारने से डूबता है, न जीतने से। चुनाव तो ऐसी नदी है जिसमें से पार नहीं उतरे तो पैसा निथार ले गए। हम भी तीसरी पंचवर्षीय योजना से बराबर चुनाव लड़ रहे हैं, समझी!"

चुनाव में खड़े होने की ललक तो उनके मन में भी कई बार जागी लेकिन हर बार मन जय-पराजय के बीच झूलकर रह जाता।

चाय की अन्तिम चुस्की लेकर विधायक जी उनके कन्धे पर हाथ धरते हुए तनिक निकट को सरक आए—"कला, तुम गाँव चली जाओ। वहाँ अपनी स्थिति जाँचो, परखो। धूमिल है तो निखारो, सुधारो। वैसे अब तक तो हमारे साथ तप-तपकर तुम कुन्दन हो गई हो।"

वे उठने को हुईं तो विधायक जी ने फिर से बैठ जाने का संकेत किया—"तुम क्या समझती हो, टिकिट ऐसे ही आराम से मिल जाएगा?"

"ब्राह्मण बहुल क्षेत्र है। जातिवाद को लेकर चलें तब भी जीत। रहे ठाकुरों के वोट, सो गंगासिंह तो तुम्हारे पति का मित्र ठहरा, तुमसे बाहर नहीं जाना चाहिए, और तुम भी...।"

चुनाव का मामला ठहरा, वे गाँव जा रही थीं। लम्बा रुकना पड़ सकता है। भला हुआ जो कमरा बन गया, वरन् तभी तो विधायक जी कहते हैं, "अपनी अकल मत लगाया करो कला। हम जो कहते हैं, करती जाओ। अब देखो तुम्हारे पास रहने के लिए गाँव में घर तक नहीं है—भाषण में जोर से कह सकती हो यह बात। ढहा पड़ा मलबा है तुम्हारी जगह। कमरा तो जनहित के लिए है।"

अब गाँव में मिट्टी-धूल में मिलकर रहना होगा, तभी तो आत्मीयता बढ़ेगी। वहीं रूखा-सूखा खाकर गाँव-गाँव डोलेंगी। भूली-बिसरी सेवा को फिर से उभारेंगी। दमदार वादे करके अपनी बात समझाएँगी।

सबसे पहले मिश्रधन पर ब्याज की माफी देंगी। पर बेचारे गरीब-दरिद्र! प्रधान से भी कहेंगी कि वह हर आदमी का हक ईमानदारी से अदा करें।

सबसे पहले गंगासिंह से ही मिलेंगी। जीत गईं तो बेड़ा पार समझो, पतंग की तरह आसमान पर छा जाएँगी।

रात-भर सोचती रही थीं। आखिर में बस से जाना ही तै किया। भले ही गाँव तक तीन मील पैदल चलना पड़े।

वे जीप भी ले जा सकती थीं। विधायक जी पलक झपकते प्रबन्ध कर देते। भट्टेवाले जवाहर सिंह से कहतीं तो वे भी तुरन्त जीप भेज देते। वैसे कितने ही व्यवसायी व्यापारी हैं जिन्होंने चुनाव के लिए अपनी मारुति विधायक जी के हवाले कर रखी है।

पर विधायक जी का कहना है कि ऐसे नाजुक मौकों पर रेत-गर्द में ही मिलकर रहो—वहीं, गाँव में। समय पड़े तो बैलगाड़ी में चलो, पैदल यात्रा करो। प्रभाव इन्हीं बातों से बनता है, छवि निखरती है।

"बौहरी, यह चाह तुम्हारे लिए।"

उनकी तन्द्रा टूटी। चेत आया तो देखा, सामने गंगासिंह चाय-भरा गिलास अपनी लाल साफी से थामे खड़े थे। आसपास मजदूर भी नहीं।

वे हड़बड़ाकर कुर्सी से उठ खड़ी हुईं।

"बैठो बौहरी, कुर्सी पर बैठ जाओ।" चाय का गिलास आगे कर दिया।

गिलास अपने रुमाल से लपेटकर थाम लिया। पीते नहीं बन रहा था। हाथ में गिलास पकड़े महीन आवाज में न जाने किस रौ में पूछ उठीं—"दादा जी, चक की खिलाफत में केस मुकदमा..?"

कुछ देर वे चुप खड़े मुस्कराते रहे। वे चाय के गिलास से उठती भाप को टटोलती रहीं।

"केस! मुकदमा! कैसी बात कह दी बौहरी!"

"..."

"कोई और होता तो शायद...पर तुम! जोगी बौहरे की विधवा! न...न! मुकदमा दायर करता...तुम्हारे ऊपर?

"जोगी बौहरे क्या नहीं थे हमारे? हमारे क्या, सारे गाँव के...इलाके भर के! उमर में छोटे भले ही थे पर नेह-दुलार बड़ों जैसा! चिन्ता-फिकर माँ-बाप जैसी।

"तुम्हें याद है कि नहीं बौहरी, वह संकट का जमाना। जब अँग्रेजी राज था। जमींदारों की परजा थे हम सब। साल-भर जोत-बोकर, मेहनत-मशक्कत करके भी निरधन के निरधन। गरीब-दरिद्र। न खाने को अन्न, न तन पर कपड़ा-लत्ता।

"लगान नहीं पट सका था जमींदार कुर्की-नीलामी पर उतर आया। माली हालत तो एक-सी थी—हमारी और जोगी बौहरे की। फिर भी वे टिके रहे। मुझसे सहन नहीं हो सका, पाँव उखड़ने लगे।

"घरवाली को बैलगाड़ी में बिठाकर मैं रातों-रात गाँव से निकल गया। रेत-भरे दगड़े में भूखे-कमजोर बैलों को हाँकना नरक-यात्रा-सा लग रहा था। एक बैल तो रास्ते में ही ढेर हो गया। दूसरा अकेला गाड़ी कैसे खींचता। वहीं बियावान में बबूल से बाँधकर भगवान् भरोसे छोड़ दिया। गाड़ी खड़ी करके आगे बढ़ गया। घरवाली मन के शोक और भूख से व्याकुल चल नहीं पा रही थी।

"किस तरह बुआ के यहाँ पहुँचे। सोचा था अपनी आँखों से तो न देखूँगा नीलाम होता घर-द्वार...। कुरक होते ढोर-बछेऊ।

"सवेरा हुआ...बिराना गाँव। पराये घर, रूखे-पेड़। कलेजा फटने को हो आया था। इतने में जोगी बौहरे आते दिखाई दिए, मैं पागल बौराया-सा देख रहा था...सपने की तरह।

"दुखित हुए मनाते रहे—'काहे को दुख दूना करता है भाभी का? चल, लौट चल भइया, अपने गाँव चल। कुरकी-नीलामी होगी सो देखी जाएगी। मिल-बाँटकर सह लेंगे।'

"साथ लिवाकर ही लौटे थे। घर आया तो पिता ने अंटी में से दो आने निकालकर मेरी हथेली पर रख दिए—'गंगा, जोगी दे गया था ये पैसे। अब तू आ गया है बेटा, लौटा दे। न जाने कहाँ से माँग-माँगकर लाया होगा।'

"आटे की जिस भूसी को छान-छानकर खुद खा रहे थे, उसी में से आधी हमारे यहाँ रख गए।

"उन्हीं दिनों एक प्राणलेवा विपदा और आ टूटी—बड़ा लड़का बीमार पड़ गया। न जाने कैसा विकट रोग था, ठीक होने को ही न आता। बैद जी ने रोटी खाने की मनाही कर दी। आँतें फट जाने का भय था। बिस्कुट बताए खाने के लिए।

"घर में अन्न के दाने न थे, फिर बिस्कुट जैसी महँगी चीज...बस के बाहर की बात थी।

"बौहरे ने सुना तो तुरन्त कांकरपुर चले गए। मैं अचम्भे में था—जोगी काहे को गए हैं—रीते हाथ, नंगे तन। कमीज-कुर्ता भी नहीं। बदन पर केवल एक धोती—कमर से टाँगों तक। और एक गरम चादर, जिसे वे शीत-ठिठुरन से बचने के लिए बदन से लपेटे रहते थे।

"वे दोपहर तक लौट आए। बिस्कुट भी ले आए। बिस्कुटों का लिफाफा अपने हाथों में मैंने पकड़ तो लिया, पर आँखें नम थीं।"

वे प्रस्तर-प्रतिमा-सी खड़ी रहीं।

वे कुछ देर प्रकृतिस्थ होने का प्रयत्न करते रहे। फिर बोले, "छोड़ी बौहरी, वे कुघरी के दिन थे। अब तो रामजी की कृपा है तुम्हारे ऊपर। कमरा आलीशान बनवाया है तुमने। ऊँचे चबूतरे पर खूब दिपदिपाता है। कांकरपुर से खड़े-खड़े ही देख लो।

"और दरवाजे पर गढ़ा सफेद झक्क पत्थर। ऊपर से खुदा तुम्हारा नाम। राह चलते गैलाऊ देखकर ठडुकाने लगते हैं।

"आसपास के गाँवों में सब यही कहते हैं कि बौहरी ने खूब सँभाला-समेटा। होशियार निकली, खूब चतुर।

"इलाके-भर में चर्चा है कि वह तो तुम थीं जिसने उड़ान चक बनवाकर खेत कंचन के भाव के कर लिए।

"जोगी बौहरे की विधवा ताई की जमीन अपने नाम चढ़वा ली और रकबा

ऊने को दूना कर दिया।

"बौहरी, उनके लड़की-दामाद कुछ न कर सके। तुम पर मुकदमा ठोंककर खुद ही खाक खा गए। जब तुमने ताई की अँगूठा लगी वसीयत सामने धर दी तब भूल गए दीवानी-कचहरी, वकील-मुंसिफ।

"कच्चे खेल नहीं खेले बौहरी तुमने।

"लँगड़े मामा की ट्यूबवैल के केस में भी यही हुआ, जोगी बौहरे न हथिया पाते।

"प्रधान भी तुम्हारी हाँ में हाँ मिलाता है। गड़रिया-सक्का सब नाराज हैं। पीपल तले की जमीन ग्राम-समाज की थी और उनके लिए ही थी, जिनके मकान नदी की बाढ़ में बह जाते हैं। पर उन्हें तो एक सूत न मिली। ऊँचाई पर एक कोठरी बना लेते तो हर साल की विनास-लीला से निजात पा जाते। पर प्रधान को क्या करें, उसने तुम्हें दे दी चुपके से। और देता भी क्यों न, विधायक जी से बीसियों काम झटके होंगे।

"जोगी बौहरे तुम्हारे मुकाबले कहाँ बौहरी? वे तो अपने हाड़ बेचकर परमारथ करनेवालों में से थे।"

वे अवसन्न-स्तब्ध! लग रहा था पाँवों के नीचे की जमीन भयानक दलदल में बदलती चली जा रही है और वे उसमें अन्दर धँसती चली जा रही हैं।

"कृपा बनाए रखना बौहरी..." गंगासिंह हाथ जोड़े खड़े थे।

आक्षेप

जब रुकमपुर के लिए मुझे तबादले का आर्डर मिला तो मैं बौखला-सा गया था। उस गाँव का नाम सुनते ही बरसों से समेटा मन का साहस और उत्साह डोलने लगा था। धूल-धूसरित रास्ता और चार मील कच्चे की चलाई। कहाँ अभी जहाँ रहता था, ठीक सड़क के किनारे था मेरा बैठक, जीप सीधी आकर दरवाजे पर खड़ी हो जाती थी, बस...सौ गज की दूरी पर ही रुकती थी। इस गाँव में मैंने बड़ा मन लगाकर काम किया था, शायद इसी का इनाम दे दिया मुझे।

"मिस्टर विशालनाथ, यू आर ट्रान्सफर्ड टू दैट लोनली विलेज। यू सी डेवलपमेंट इज मस्ट फॉर ऑल विलेजेज।" अँग्रेजी के इस वाक्य के समक्ष मैं क़ुछ भी नहीं बोल पाया था। हाथ में वह ट्रान्सफर ऑर्डर पसीजता रहा था और 'यस सर' कहकर बाहर निकल आया था। जैसे ही अपने बॉस मिस्टर बर्नाड के कमरे में घुसा था, मेरा चेहरा देखते ही ऊपर कहा वाक्य उन्होंने मेरी ओर यूँ उछाल दिया कि मेरी जुबान कुछ कहने को उठ ही नहीं पाई।

पिता जी की बात बार-बार याद आ रही थी—"विशाल, अरे यार, यहीं कहीं नौकरी खोज लो, कहाँ-कहाँ भटकते फिरोगे!"

लेकिन गाँवों की सेवा करने और वहाँ जीवन बिताने का जुनून मेरे सर पर इस कदर सवार था कि उनकी बातें मुझे बिलकुल थोथी लगी थीं। मैंने उन्हें यूँ ही हवा में उड़ा दिया। ग्रामीण मिट्‌टी के आकर्षण की अपेक्षा मुझे शहरी सुख-सुविधाएँ नगण्य लगी थीं, सो चल दिया गाँव की ओर।

मेरा युवा मन एक पल को निराश होकर फिर उत्साहित हो उठा था। एक

चुनौती समझकर रुकमपुर जाने का इरादा कर लिया था--कुछ नहीं तो साइकिल तो कहीं गई ही नहीं, वह तो कच्ची पगडंडी पर भी चली जाएगी।

वही हुआ। ऑफिस में ही खड़े ग्राम-प्रधान मिल गए थे। मेरे साथी ने मेरा परिचय उनसे करा दिया था। और उन्हीं के साथ साइकिल लेकर मैं उस ओर निकल पड़ा।

जलपान के पश्चात वे ही मुझे अपने साथ गाँव की परिक्रमा-सी करा रहे थे और उसी बीच कई कमरे दिखाते जा रहे थे। वे बैठकनुमा कमरे थे अर्थात् हर घर के मेहमानखाने, जो कुछ ही घरों के बाहर बने थे--

"कौनऊ कमरा चुन लो बाबूजी, जौन अच्छौ लगे उतई रहबे कौ परबन्ध हो जैहे और खावे-पीवे की कौनऊ चिन्ता न करियो आप।"

"ये आप लोगों के उठने-बैठने के कमरे हैं, मैं जिस किसी का भी कमरा लूँगा उसे असुविधा तो होगी।"

"कैसी बात करत हौ बाबूजी, आप अपनौं घर-बार छोड़ के हमारे भरोसे तो आए हौ। जे तो हमारो फरज है।"

भोले-भाले ग्रामीणों की ये ही बातें तो मुझे चुम्बकीय शक्ति से गाँवों की ओर खींचती रही हैं। शहरी सभ्यता के दासत्व में हम क्या अपना ड्राइंगरूम किसी को रहने के लिए दे सकते हैं? यदि दस मिनट भी कोई आगन्तुक अधिक बैठ जाए तो हम घड़ी देखकर अपना समय नष्ट होने का आभास उसे कराने में नहीं चूकते। कैसी असुविधा की दुविधा में पड़े हम उसके जाने की प्रतीक्षा करते हैं!

मैंने जिस कमरे का चुनाव किया था, वह घर रमिया का था। रमिया के घर की बैठक ही मेरे रहने का स्थान बनी।

"ठीक है बाबूजी, खान-पियन की परेसानी नहीं हुइये। वा रमिया है न, आपको खाना बना देउ करहै।"

"मैं स्वयं खाना बना लूँगा, आपलोगों को परेशान थोड़े ही करने आया हूँ।"

"कैसी बात करत हौ बाबूजी, अरे परेशानी काए बात की?" कहकर प्रधान जी मुझे आश्वस्त करने लगे।

मैंने रमिया को अभी तक नहीं देखा था। बहुत थक चुका था। कपड़े के जूतों का रंग धूल के रंग का हो गया था। बीच में साइकिल से उतरकर पैदल

भी चलना पड़ा था। खैर, फिर भी पहले सामान खोलकर मैंने करीने से लगा दिया—बैठक की दो किवाड़दार अलमारियों में। सोचा कि अब नहा लूँ। नहाने की इच्छा जाहिर की तो प्रधान जी ने दोनों साधन मेरे सामने रख दिए—

"कुआँ ऊ घर के द्वार पै है बाबूजी, जगत पानी खेंच दैहे और घर के भीतर बर्मा हू लगौ है। सहर के मानुस तौ भीतर घुस के ही नहात हैं।" कहकर प्रधान जी मुस्कराने लगे।

मैं बाहर नहाने की सोच भी नहीं सकता था। अब तक जहाँ रहता था, वह सरकारी बिल्डिंग थी। मेरे कमरे से लगा ही गुसलखाना भी था। मैं घर के अन्दर ही नल पर चला गया। आँगन में नल था, उसके चारों ओर की जमीन पक्की थी—सीमेंट लगी—बिलकुल चिकनी। जगत ने दो बाल्टी पानी निकाला और बाहर हो लिया। धूल-पसीने से लथपथ मैं शरीर पर पानी डालकर साबुन लगा ही रहा था, आँखें साबुन के फेन के कारण बन्द कर रखी थीं—तभी कानों में हँसी की ध्वनि गूँजने लगी, जैसे किसी ने अनगिन काँच की चूड़ियाँ पक्की जमीन पर बिखेर दी हों। मैंने साबुन लगे मुँह से ही आँखें खोल दीं—देखा सामने एक अति रूपवती नारी खड़ी है। झट से आँखें बन्द कर लीं मैंने क्योंकि साबुन चिनमिनाने लगा था।

"जे बाबूजी तो घर में जनी की तरह नहा रये...अऽ...हऽ...हऽ..." कहकर वह हँसे जा रही थी। मैं सकुचाकर आधा हो गया—'कैसे कपड़े बदलूँगा, जाने अभी तक गई कि नहीं?' जल्दी से मैंने मुँह पर पानी डाला लेकिन यह देखकर सकून मिला कि वह जा चुकी थी। बैठक में घुसा तो वह चाय लिये खड़ी थी, पीतल के पिचके गिलास में ऊपर तक भर के। शायद हाथ जल रहा होगा, इसीलिए कपड़े के चीकट काले टुकड़े से पकड़े हुए थी—

"बाबूजी, चाय।" कपड़े समेत ही मुझे जल्दी से गिलास पकड़ा दिया। इतने में प्रधान जी आ गए। शायद वे चबूतरे पर बैठे मेरी प्रतीक्षा कर रहे थे कि मैं कब नहाकर निकलूँ।

"जा रमिया है...बाबूजी, कौनऊ परेशानी नहीं हौन दैहें आप कों, ऐन समझदार है।"

मैंने इधर-उधर देखा, वह जा चुकी थी लेकिन जितना भी मैं उसे देख सका, उसका रूप अवश्य मुझे चकित करके धर गया। इतनी रूपवती नारी—

इस गाँव में!

"काय बाबूजी, सादी भई कि नईं?" प्रधान जी पूछ रहे थे।

"नहीं, अभी अकेला ही हूँ। घर में माँ-बाप हैं।" मैंने उनके अगले सम्भावित प्रश्न का उत्तर भी दे दिया।

"बाबूजी, एक बात बताए देत हैं हम आपको, जरा रमिया से नेक सावधान रहियो।"

"ऐसा क्यों?" मैंने सोचा, खतरनाक औरत होगी।

"बाबूजी, घबड़ावे की कौनऊ बात नइयाँ। वैसें तो सब तरह से भली है, पर निछुद्दर है ससुरी। अब सरम खोल के का कहें आपसे—इतै-उतै मुँह मारत फिरत है।"

मैं उनका इशारा समझकर सकते में आ गया—कैसा गलत घर चुन लिया मैंने? कैसे रहूँगा?

शाम घिर आई थी, मैं सोकर उठा तो कुछ ताजगी-सी महसूस कर रहा था। गाँव में सबसे परिचय करने चल दिया। इस गाँव का ग्राम-सेवक था मैं—खाद, बीज के विषय में बातें की लोगों से। साक्षरता-अभियान कैसे आरम्भ किया जाए, सलाह-मशवरा किया नवयुवकों से। बैंक से ऋण मिलने में क्या-क्या परेशानियाँ होती हैं, उन्हें हल करने का आश्वासन देकर अपने कमरे पर लौट आया। पौर में घुसते ही आँगन में बने चूल्हे के पास बैठी वह साफ दिखाई दे रही थी। लालटेन की मद्धिम रोशनी में उसके मुख की रंगत नारंगी हो उठी थी। वह मुँह नीचे झुकाए कटोरदान में रोटियाँ गिनने में तल्लीन थी। तब करीब सत्ताईस-अट्ठाईस साल की रही होगी वह, मेरे अन्दाज से।

मेरी आहट पाते ही खाना परोसकर कमरे में ले आई। मैं जूते खोल रहा था। झुके-झुके ही कह दिया, "मेज पर रख दो।"

वह खाना रखकर तुरन्त अन्दर चली गई। मैं नल पर हाथ धोने गया तो वह नल चलाने आ गई। उसका निश्छल, निष्कलंक मुख कैसी अपूर्व गरिमा से दीप्त था! फिर क्यों ग्राम-प्रधान ने उसके लिए ऐसा कहा था? क्यों परिचय के सामने, यह सुनकर कि मैं रमिया के घर जा रहा हूँ, कुछ लड़के आपस में अभद्र इशारे करके हँस पड़े थे? बड़ी उलझन में पड़ा खाना खाता रहा। सोचा कि जगह बदलने को कहता हूँ तो यह निर्दोष क्या सोचेगी, जो इतनी तन्मयता से मेरी सेवा

में लगी है? थोड़ी देर में एक आठ-दस बरस की बच्ची दुबारा रोटी की पूछने आ गई—पता चला कि रमिया की बहन थी, साथ ही रहती थी, नाम था—द्रौपदी। रमिया के यहाँ बच्चा तो कोई दिखा नहीं। उसके यहाँ कभी बच्चे का जन्म हुआ कि नहीं यह भी मैंने नहीं पूछा।

एक दिन जब मैं शहर से लौटा तो रमिया घर में नहीं थी। द्रौपदी ने ही मुझे खाना परोसा। अपनी बहन की तरह ही बड़े जतन से एक-एक चीज के लिए पूछती जाती और लाती जाती। मैंने उसी से पूछा, "तुम्हारी दीदी कहाँ है?"

"आपको नहीं मिली बाबूजी? सहर ही तो गई है यसोधन मास्टर के संगै।"

मेरा संशय अँकुआया-सा हो उठा—कहीं तो आग होगी ही, नहीं तो धुआँ कैसे उठेगा? खैर, मैंने सोच लिया—मुझे क्या पड़ी जो उसके बारे में सोचूँ? ज्यादा-से-ज्यादा डेरा बदल लूँगा। जब वह लौटकर आई तो मैंने कुछ नहीं पूछा। वही बताती रही—

"आज हम मास्टर के संगै चले गए थे सहर, का करते बीमार हते सो हमें संगै ले गए। हमारी जानकारी न डाकधर से।"

मैंने सोच लिया बहाना गढ़ लिया है तो गढ़े, मैंने कौन-सी सफाई माँगी थी इससे! मैं इस गाँव के लिए जी-तोड़ मेहनत कर रहा था—सारे-सारे दिन किसानों के साथ खेतों का निरीक्षण करता घूमता—कहीं फसल में कीड़ा तो नहीं लगा? खाद समय पर डाली है कि नहीं? एक-एक किसान से पूछता। ऋण दिलवाने के लिए भाग-दौड़ करता। उसकी परेशानियाँ सरकार तक पहुँचाने का भरसक प्रयत्न करता तथा नए तरीके से खेती करने के आयाम उनके सामने खोलकर रखता और उस पगडंडी पर अँगुली पकड़कर उन्हें चलाने की कोशिश करता। फिर भी अकसर उन्हीं में से कोई-न-कोई मुझे अपने ऊपर निन्दित, उच्छृंखल दृष्टि फेंकते दिख जाता तो अन्दर से मेरा मन कैसा कसैला हो जाता था। फिर सोचता, क्यों रहता हूँ मैं इस बदनाम औरत के घर? छोड़ क्यों नहीं देता यह जगह? पर रमिया की आकृति देखते ही वह सब भूल जाता कि पीछे कैसी विकट स्थिति झेली है मैंने। दूध धुला-सा निश्छल भाव समेटे उसका चेहरा मेरी राह रोककर खड़ा हो जाती, कैसे जाऊँ...कहीं और?

कुछ भी सुनकर यहीं रुकने का दृढ़ निश्चय कर चुका था लेकिन उस रात की घटना ने मुझे फिर झकझोर कर रख दिया था। वह रात-भर नहीं आई। मैं अपने कमरे का, उसके घर में खुलनेवाला द्वार अकसर बन्द रखता था लेकिन फिर भी किसी तरह की आहट होती तो समझ तो आ ही जाती थी। रात-भर मुझे नींद नहीं आ सकी। रमिया सुबह लौटी, तब मुझे झपकी लग चुकी थी लेकिन—"बाबूजी, चाय।" उसके शब्दों से ही मेरी आँख खुल गई—देखा कि खिड़की से धूप मेरे कमरे में प्रवेश कर गई है। मैं उससे बेहद नाराज था, फिर भी अनचाहे दृष्टि उसकी ओर उठ ही गई। गहरी खरोचों के अनगिनत निशान थे उसके मुख पर, बाँहों पर, पाँवों पर, जिधर नजर जाती उधर ही—देखकर मैं घबरा उठा।

"यह क्या हुआ? चोट कैसे लगी है? इतनी कि..."

"का बताएँ बाबूजी, जा गाँव के बदमास लरकन की करतूत है जा।" वह बहुत ही उदास थी।

"क्या कह रही हो? रात-भर नहीं लौटीं तुम। तुम्हारी बहन भी द्वार का ताला लगाकर न जाने कहाँ चली गई। मैं अकेला तुम्हारा घर रखाता रहा।" मैं बहुत क्रोधित था।

"अरे जा घर में का धरौ बाबूजी, जो रखवारी करने परै।"

"सच-सच बताओ, रात में कहाँ थीं? अब मैं एक पल भी तुम्हारे यहाँ नहीं ठहरना चाहता। जाने किस बुरी घड़ी में यहाँ आ गया था।"

"ना...ऐसौ न करियो बाबूजी! आपसे बड़ो सहारो है हमें, आपको देखके हिम्मत बाँधे हैं हम।"

"बोलो, कहाँ थीं?" मैं चाबुक-सा प्रश्न बरसाता रहा, वह कुछ नहीं बोली, चुप ही रही। मेरा गुस्सा और बढ़ गया—

"फिर गाँववाले ठीक ही कहते हैं। रमिया, तुम्हारे, लक्षण ही ऐसे हैं फिर बदनामी क्यों नहीं होगी।"

"आप तौ न बोलौ बाबूजी ऐसे, अबै बताएँ देत—नम्बरदार के घर हते हम।"

मैं समझ गया, यह इस तरह की गड़बड़ रोज करती होगी।

"किसने बुलाया था तुम्हें वहाँ? क्या कर रही थीं उनके घर?"

"काऊ ने नईं, हम तौ खुद ई गए ते। कित्ते बिमार हैं वे। बिचारे अकेले हैं, कोऊ पानी दैवे बारौ नईंया। भट्टिन बुखार में तप रये ते। का करते बाबूजी हम? रात-भर पानी की पट्टी माथे पै धरत रहे, गोड़े दाबत रहे। काढ़ौ बनाकें पिवाउत रहे। पर का करें जा गाँव की गुंडागर्दी को...छत पै चढ़ के पत्थर बरसाए हैं, सीटी मारी हैं बाबूजी। बा तौ नम्बरदार पै बरसत पत्थर हमहि झेलत रये नहिं तौ बड़ी चोट आऊती उन्हें। का-का गलीच नहिं बकौ बाबूजी हमारे लाने...।" कहकर वह हिचकी बाँधकर रोने लगी।

मैं पसीज उठा था, फिर भी उसकी मूर्खता पर खीज थी मुझे—"तुम्हें क्या पड़ी थी जो तुम दौड़ गईं उनके यहाँ?"

"का करते हम? वे अकेले हैं, मर जान देते उनें? अरे अपने जमाने में बड़े अच्छे-अच्छे काम करे हैं उनन्ने। हमाये ससुर बताउत हते कै नम्बरदार गरीबन कों करेजा से लगा कें रक्खत हते। भीड़ लगी रहत हती उनके द्वारे। आज निबल हो गए तो कोऊ पास नहिं फटकत उनके।"

"घर में और कोई नहीं है क्या?"

"हैं काये नहिं, सब कोऊ हैं, चारि-चारि लरका हैं, पर का करें, सबके सब अपनी-अपनी दुलहिन लैके नौकरी पै निकरि गए। इनहूँ कों बहौत बुलाउत हैं, पर जे देहरी की मोह-मिमता तौ नहिं छोड़ि पाउत। हमसे जितना चाकरी बन जात है, कर देत हैं। कोऊ कछु कहै, हमें नहिं फरक परत बाबूजी।" वह एक पल में ही जी हल्का करके सबकुछ भूल गई थी।

इस घटना के विषय में तो पूरी तरह समझा दिया मुझे। मैं भी उसकी हर बात से सहमत हो गया। नम्बरदार के यहाँ वह चाहे जब रुक जाती। वे वृद्ध तो थे लेकिन कद-काठी लम्बी, सीधी चाल को देखकर ऐसे वृद्ध नहीं दिखते कि कोई गलत दिशा में सोच ही न पाए।

एक दिन फिर गाँव में कानाफूसी होने लगी। सुना कि आज शेरखाँ के साथ चली गई—हाट-बाजार करने। गाँव का नामी गुंडा, छँटा बदमाश माना जाता था वह। लेकिन रमिया न जाने क्या सोचकर उसके साथ हो ली? मैं गली से जा रहा था कि तीर-सा वाक्य मेरी ओर किसी मसखरे ने उछाल दिया—

"काय बाबूजी, सम्भार नहिं पाए सो फिर रही है घाट-घाट।" इस दोहरे प्रहार को सुनकर मैं तिलमिला उठा। वहीं से आगे जाने की बजाय घर की ओर

उलटा लौट लिया और अपना सामान बाँध लिया। इससे अधिक सहने की शक्ति मुझमें नहीं थी। सोचा, आज आ जाए रमिया, फौरन प्रधान जी के कमरे में चला जाऊँगा। सारे झंझट खत्म हो जाएँगे।

वह रात गए लौटी। मैं तो उसकी प्रतीक्षा करके थक रहा था। घर में घुसी ही थी कि मैंने पुकार लिया—"रमिया, पहले इधर आओ। मैं जा रहा हूँ।"

"कितै बाबूजी?"

"कहीं भी, जहाँ चाहूँगा व...ऽ...वहाँ। तुम तो इस गाँव में बदनाम हो ही, मुझे भी अपने साथ घसीट रही हो। रोज कहीं-न-कहीं गायब हो जाती हो। मैं देख नहीं रहा क्या? तुम अच्छी औरत नहीं हो रमिया! पर मुझे क्या लेना-देना तुमसे।"

"बाबूजी, अपनी ही कहत जैहौ, कछु हमाई न सुनिहौ?"

"हाँ-हाँ, क्यों नहीं सुनूँगा, गढ़ दो कोई कहानी।" मैंने वितृष्णा से कहा।

"बाबूजी, कौनऊ कहानी नइयाँ, सब सच्ची बात है, बिलकुल सच्ची। हम का मानत नइयाँ कै सेरखाँ गुंडा-बदमास है, पर देखौ तौ बाबूजी, बाकी जोरू अबै एक महीना पहले गुजर गई—दो छोटे बच्चा छोड़िकें। एक तौ दूध पियत बच्ची है। बाबूजी, वा अकेलौ अपने बच्चा नहीं पाल पा रहो, मजूरी करै कै बच्चन लै कें बैठो रहै, सो बाबूजी, मेरा दुखी हुईकै मोंडी कों सहर के कंजरन देन जा रओ हतो। बहुत रो रओ हतो बाबूजी। हम तौ बईं ऐ रोकत-रोकत रस्ता-भर समझाउत चले गए—कै हम पाल देहें तेरे बच्चा सेरा, आज से इनकी माँ हम हैं रे...हम हैं, मान तौ सही। बड़ी मुश्किल से लौटा ले आए बाय।"

मैंने देखा, द्रौपदी की गोद में छोटी बच्ची थी और रमिया की अँगुली पकड़े करीब तीन साल का बालक टुकुर-टुकुर कभी मुझे देख रहा था, कभी रमिया को। उसके बाद रमिया का आना-जाना शेरा के घर भी हो गया रात-बिरात। मैं नहीं कह सकता कि शेरा अपने बच्चों की धाय बनी इस स्त्री से कैसे पेश आता होगा? लेकिन शेरा के जीवन के वे कठिन क्षण जरूर बाँट लिए थे रमिया ने।

एक दिन यों ही पूछ लिया मैंने—"रमिया, तुम अपने पति के साथ चली क्यों नहीं जातीं? यहाँ सौ बवंडर खड़ी करती हो।"

"कैसी बातें करत हौ बाबूजी, ससुर की देहरी छोड़कें चले जाएँ? वे हमाये धरमपिता कित्ते प्यार से ब्याह के ले आए थे हमें। उनईं कौ घर बीरान कर जाएँ?"

"फिर तबादला भी तो हो सकता है रामेश्वर का। प्राइमरी स्कूल तो यहाँ भी है।" मैंने दूसरी युक्ति सुझाई।

"कैसें करा लें तबादलौ, आप ही बताऔ। वौ है सीधौ मिट्टी कौ माधो। न जानें कैसें मास्टरी करत है? हमने ही प्रधान जी से बात करी थी, सो कहत हते—पाँच हजार लागिहैं। बाबूजी, इत्तौ ही होतौ तौ चम्पाराम और कुन्दनियाँ भूखे न मर रये होते।"

एक और पहेली बिखेरकर बैठ गई रमिया।

"ये चम्पाराम-कुन्दनियाँ कौन हैं?" मैं पूछ रहा था।

"चम्पाराम पंडित हैं बाबूजी। उनकौ ब्याह ई नहि भओ सो बाल-बच्चे नइयाँ। कुन्दनियाँ बुआ उनही की बाल-विधवा बहन हैं। विधवा भईं तौ भाई की रोटी बनाउन इहाँ चली आईं, फिर आज तक सासरे ई नहीं गईं। इनके भतीजन ने सब जमीन अपने नाँव करा लई बाबूजी। अब तक जमीन नाँव नईं करी हती सो अपन संग रखत हते। जायदात लैवे पीछे को पूछत बुढ़ापे में? अब कोउ रोटी नहिं दै सकत उन्हें। जो कुछ हमसे बन परत है, कर देत हैं बाबूजी। आपसे पहले बेई तो सोऊत हते हमाये बैठक में—हम अकेले हते न बाबूजी...।"

सुनकर मैंने सोचा, यह औरत दुनियादारी से कतई अनभिज्ञ है। सबका ठेका क्या इसी ने ले रखा है? आज के जमाने में इसे क्या कहेंगे—'मूर्ख'—और क्या?

"गाँववाले तुम्हारे विषय में जो कहते हैं उसका पता तो है न तुम्हें?" मैंने गहरी निगाह उसके चेहरे पर गड़ा दी।

"पतौ काहे नइयाँ। चरित्तर खराब समझत हैं, जई न?" वह निरीह भाव से बोल गई।

किन्हीं दिनों लक्ष्मीनरायन रमिया के सौन्दर्य के दास हुए उसकी गली के अनगिनत चक्कर लगाया करते थे लेकिन यह अनुपम सुन्दरी उन्हें फटकार बैठी। खिसियाकर लक्ष्मीनरायन सबसे कहते फिरे थे—"मरद तौ घर रहत नइयाँ, सो हमें बुलाउतीं, हमाऔ का कसूर? दुनिया के आगें आँखें दिखाऊत हैं।"

लेकिन जब उनके छप्पर में आग लगी तो यह मूर्ख औरत सबसे पहले बाल्टी भर-भरकर बुझाने में लगी थी। आग की लपटों में अन्दर घिरे लक्ष्मीनारायन को बाहर निकालने की हिम्मत कोई नहीं कर पा रहा था। जान सबको प्यारी थी। रमिया ही आग में झुलसती उस तक पहुँच गई और बाहर खींच लाई। सभी ने यही कहा था—"पुराना याराना था, बचाती कैसे नहीं!"

यह वाक्य अन्दर तक मेरा मन छीलता चला गया था। लगा, मैं यहाँ क्यों आया? ग्रामीण भोले भाव, जिन्हें मैं कलेजे से लगाए था, आहत हो-होकर गिरते जा रहे थे। शहर और गाँव में अब अन्तर रह ही कहाँ गया है। एक-सी मानसिकता व्याप्त है हर जगह। शहर में मोह-ममता खोजे नहीं मिलती और गाँव के इस मोह को क्या नाम दें, जो सीधे सोच ही नहीं सकता! बड़ी वितृष्णा भर गई मेरे मन में। जहर की कड़वाहट कैसी होती है, मैंने अपने हलक के थूक से महसूस कर ली थी। हारकर उसी को फटकारने लगा—"खबरदार, जो अब कहीं गईं। सुनती ही नहीं तुम। अब एक पल भी नहीं ठहरूँगा तुम्हारे घर।"

"नहीं बाबूजी, आप न जइयो। धन भाग हमारे जो आप आए। हमारी रातें सुरच्छित हो गईं बाबूजी—अब द्वार की साँकल रात गए कोऊ नहिं बजाउत, खुसर-पुसर कोऊ अवाज नहिं देत। बाबूजी, आपके पाँव पड़त हैं...।" कहकर मेरे पाँव पकड़ लिए। अन्दर की करुणा आँखों से बहने लगी। मेरी आँखें नम हो आईं।

"अब कितहूँ नहिं जैहें बाबूजी, हम बिलकुल कितहूँ नहिं।" उसने प्रतिज्ञा ली।

लेकिन देखता कि नम्बरदार के घर, शेरा के घर, चम्पाराम के पास, लक्ष्मीनारायण के जले जख्मों की खबर लेने वह किसी पल चली जाती और तुरन्त लौट आती। मैं मन मसोसकर रह जाता—'यह नहीं मानेगी।'

एक दिन नम्बरदार के घर देर लग गई। घर में घुसते ही मैंने प्रश्न किया—"कहाँ गई थी? मानती नहीं हो तुम और मेरा पीछा भी नहीं छोड़तीं।"

"बाबू, जानें चाहो तो बेसक चले जाऔ। हम तौ आपकों बदनामी ही दै सकत। पर बाबूजी, जामें हमाओ दोस नइयाँ, सब हमारी माँ कौ दोस है। बई ने हमारे मन में परमारथ कूट-कूट के भर दऔ और बइ अपसरा-सी सुगढ़ माँ कौ

रूप दै दऔ हमें रामजी नें। का करें जे दो खोट जुर गए बाबूजी, नहिं तौ का ऐसौ होतौ? अब नहि जैहें काऊ के घरै, चायें कोई जरै, चायें मरै।"

मैं देखता रहता, अब वह कहीं नहीं जाती थी। अनमनी-सी अपने घर की झाड़ू-बुहारी में लगी रहती, खाना बनाती रहती और शेरा के बच्चों को अपने ही यहाँ पालती रहती। अफवाहें बन्द-सी हो गई थीं। मैं भी शान्त मन अपना काम करता था। घर से माँ की बीमारी का पत्र आया। मुझे तुरन्त ही जाना पड़ा। पिता जी काम से बाहर गए थे, इसलिए मैं जल्दी लौट भी नहीं सका। माँ की हालत दिन-पर-दिन खराब होती जा रही थी। मैं इलाज के लिए भाग-दौड़ कर रहा था और पिता जी के आने का एक-एक क्षण इन्तजार कर रहा था। लेकिन जो नहीं होना चाहिए था, वही हो गया। माँ चल बसीं, पिता जी नहीं आ पाए। मैं खूब रोया था। चाहे रहता कहीं था, माँ की परछाईं का आभास मुझे सदैव अपने साथ बना रहता। इस सदमे को बर्दाश्त करते हुए मुझे रमिया कई बार बहुत याद आई थी। वह कैसे सारी विषम परिस्थितियों की मार सह लेती है!

पिता जी ने यह नौकरी छोड़ देने को कहा था। बहुत रोका था मुझे लेकिन मैं फिर उसी गाँव के रास्ते पर चल दिया। रमिया के विषय में सोच रहा था कि वही मेरी टूटी हिम्मत बँधाएगी। घर मिलेगी तो कैसे आँसुओं का बाँध रोक पाऊँगा। गाँव का सीवान पास आता जा रहा था। रेतीले रास्ते पर साइकिल की चेन उतर गई। उसी को चढ़ा रहा था कि मेरी निगाह कहीं दूर जाकर टिक गई... देखा, कोई औरत चली आ रही है। साइकिल की चेन चढ़ा चुका तो आगे बढ़ा। मेरे और उसके बीच का फासला सिमटने लगा। स्त्री के कन्धे पर एक बच्चा बैठा था। निगाह पैनी करके देखा तो लगा जैसे रमिया हो...पास आती गई...हाँ, वही तो थी।

रमिया के कन्धे पर उन्हीं ठाकुर साहब का बेटा था जो उसकी बदनामी की कहानियाँ गढ़ने में महारत हासिल कर चुके थे। वह तेज चलते हुए मेरे करीब आ गई।

"अरे बाबूजीईऽऽ...! सब ठीक तौ है...बौहत दिन लगा दये!" उसकी चहकती आवाज शिकायत में बदल गई।

"रमिया...बस...ऐसा ही कुछ हो गया था।" कहकर मेरा गला भर आया।

"अरे, ऐसौ का भऔ...बाबूजीऽऽ...?"

कुछ रुककर बोली—"बाबूजी, जे मुन्ना बिमार है—जाके इन्तहान के परचा हैं। और जाके पिता बाहर गाँव गए हैं। बिचारी माँ हती अकेली...बाँऊ वो भी बुखार में परी घबड़ाय रही। सो बाबूजी, हम जाए कन्धा पै लएँ चले आए। परचा छूट जातौ तौ साल बरबाद हुई जातौ...हम अबै आए लौटि कें...।" कहकर वह तेज कदमों से चली गई।

रास

गीत का एक आखर जैमन्ती के होंठों से लगा है।

'कान्हा बरसाने में आ जइयो, बुलाय रही राधा प्यारी' इस गीत पर रास में मनसुखा महाराज राधा बने नाच रहे थे, रेशमी लाल घाघरा लहरें लेने लगा। पीली ओढ़नी के रंग बिखर गए!

ढोलक का कहरवा रुकवाकर मंडली के मालिक दयाराम ने कान पर हाथ रखकर सुर साधा—

"कीरत कुमारी वृखभान की लली, डोल रहीं गोकुल की गली।

मधुवन की गली, विन्दावन की गली, बरसाने कीऽऽई गली।"

नगाड़ा बजा—किड़विड़ किड़विड़ धुम, किड़विड़ किड़विड़ धुम, धुम, धुम।

जैमन्ती की नजर चकाचौंध थी। सुरति ध्यान बिसराये देखती की देखती रह गई। बस तभी से गीत की यह कड़ी...

बीता समय बहुत पीछे छोड़ आई है। मुद्दत हुई उसने एक आखर न गाया था। कैसा सत्त साधा? कैसी हठ पकड़ी? कौल धरे बैठी थी।

कोई जमाना था कि उसके मुकाबले की गितार लड़की आसपास के गाँवों में न थी। सावनी लहरें, रसिया, ढोला, फाग होरी गले से ऐसे उठते थे ज्यों कोकिल के कंठ से कूक!

पर अब जो ग्रहण लगा है...नाई की बेटी है जैमन्ती। गीतों के आखर सुने बिना गुजारा भी कहाँ? ब्याह पख से लेकर चाव-चबैनी तक हिस्सेदारी ताबेदारी निभानी होती है। जिजमानों के गीत गाँव आन गाँव ले जाने हों तो सिर पर बतासों-

भरी डलिया और गले में ढोलक लटकाकर औरतों के रंगबिरंगे, सजे-बजे समूह के आगे-आगे चलना होता है।

वे दिन और थे, जब जैमन्ती ढोलक बजाकर चटाक् चटाक् दादरे उड़ाती थी।

याद नहीं करना चाहती बीते बखत को...नाच-गीत सब छूट गया। गाँव-नाते की चाची-ताइयाँ, भाभी-भौजाइयाँ इसरार करती हैं, समझाती हैं—जैमन्ती बीवी, बीती बातों को घट में न धरो, हँसो-खेलो, गाओ-बजाओ। काहे को ऐसी आन ठानी है...?

जैमन्ती देखती रह जाती है, ज्यों भीतर ही भीतर सुर सूख रहा हो...

अम्मा झिड़कती डपटती हैं—रोजी-रोटी से जुड़े किसब के चलते ऐसा निठोर रबइया! तेरी अकल काहे को मारी गई है छोरी..."

अम्मा से क्या कहे जैमन्ती, जान-बूझकर भी अनजान बनी हुई है। गीतों के चलते कितनी भुगतना नहीं भुगती! क्या मोल है जैमन्ती का? क्या मोल है गीत आखरों का? बड़ी साख से बिदा करी थी अम्मा ने, लगुन के समय लाढ़ी बन्ती गाई थीं—"लाढ़ी कागद पलटौ, मोती बिलसौ, हीरन के ब्यौहार करौ।"

समधी का बड़ा आदर था अम्मा के मन में। बड़ा सम्मान। हमारा जैसा समधी अपने नाऊ ठाकुरों में विरला ही होगा। हाथरस जैसे शहर में जिसकी हजामती दुकान हो, उसके यहाँ किस बात के टोटे?

किसी बात के टोटे नहीं अम्मा, जैमन्ती को आन-मरजाद से रखने के टोटे हैं।

भला करे पथवारी मइया लाला जैनारायन का। उनकी सात पीढ़ी फलें-फूलें। बेटा के ब्याह में रास मंडली बुला ली।

बड़ के पेड़ पर चढ़ी हुई जैमन्ती बड़ के पत्ते तोड़ रही थी, दौने-पत्तल हजारों की तादाद में बनाने हैं। लाला के यहाँ का ब्याह हँसी-ठट्ठा नहीं है। चार-पाँच गाँवों का झराँ (पुरुष और बच्चे) न्यौता है।

बैलगाड़ी के पीछे बैलगाड़ी—एक-दो-तीन-चार, पेड़ पर बैठे-बैठे ही गिन लीं। आदमी सामान असबाव! जैमन्ती ने अचरज से देखा।

गाड़ियाँ निकल गईं। पीछे-पीछे आते भोलू कुम्हार से पूछा, "ऐं चाचा ये लढ़ियाँ किसके यहाँ आई हैं?"

"लाला जैनारायन के" भोलू चाचा अपने गधा हाँकते हुए निकल गए। जैमन्ती डाल पकड़ नीचे कूद पड़ी। पत्ते बटोरे और घर को भाग आई। जाने तो सही ये कौन आए हैं लाला के घर?

सारे गाँव में रास की चर्चा—बालपन के शौकिया हैं लाला। स्वाँग-तमासे के मारे तो घर से भाग गए थे अखेल उमर में। खेड़ापतिन दादी कहती हैं—तब ही की यारवासी है दयाराम से, नहीं तो कोई आ गया इस धूल-धंगड़ भरे गाँव में लीला करने।

लाला ने रमला चाचा को बुलवाया। कुन्दना पहलवान के मालिशी हैं। बंडी पहनते हुए घर से निकले और कहने लगे, "दुनिया के सिलैमा ठेठर चल गए, पर अपने लाला के तो सौक ही निराले हैं—जमुना तीर ही बाज रही है बंसी।"

अम्मा के पास बहुत-सी बातें हैं—"धन्य है रे लाला! आज तो मारी काया के चलते भी ऐसे उड़ रहे हैं ज्यों चिरइया परेवों के पंख उधार माँग लाए हों। लालाइन झींक रही है—इन्हें तो रास की धुन में ब्याह बिसर गया। रास धारी कहाँ रहेंगे, कहाँ खाएँगे, कहाँ नहाएँगे-धोएँगे? बस इसी बात को लेकर बाबरे हुए डोल रहे हैं। बैठक खाली करवा दी। बताओ, अलीगढ़वाले ननदोई कहाँ ठहरेंगे? सहरी आदमी ठहरे। कुइया का घाट रासधारियों के नाम लिख दिया है। यह नहीं सोची कि नाते-रिश्तेदारों में छई-छापरी भी जुड़ेंगी। कहाँ नहाएँगी धोएँगी? धींवर, नाई, कुम्हार सब स्वाँग देखो और सरूपों की टहल करो। दिमाने हुए हैं सिरी परसाद के बाप!"

अम्मा के जिम्मे है—घर-घर से मठा उगाहना। श्यामचरन दूधिया पूरे पन्द्रह दिन दूध बेचने में कटौती करेगा। खेड़ापतिन दादी माखन बिलोकर पहुँचाएँगी कन्हैया के लिए। मौहल्ले-मौहल्ले से आटा, दाल, मसाले जमा किए जा रहे हैं। घी और सरसों के तेल का कनस्तर लालाइन ने लाला के हाथ से धरवा लिया, बोलीं, "ब्याह-कारज की बाबत तुम तो भूले बैठे हो, पर हमें तो याद है।"

लाला ने तुरन्त अपनी अंटी में से दाम निकाले और बोले, "जा रे भोलू, दो कनस्तर गधा पर लाद ला हाथरस से।"

गाँव पर रास सवार है। लोगों को सरूपों के दर्शन की धुन लगी है। पर दिन

के समय सरूपों की झाँकी कहाँ? नौहरे का फाटक लगा दिया जाता है।

बैठक का दूसरा द्वार नौहरे में खुलता है। नहाने-धोने जैसी रोजमर्रा की जरूरतें पूरी होती रहेंगी भीतर-ही-भीतर।

रमला चाचा उबटन बनाने लगे। हल्दी, आटा और सरसों का तेल मिला-घोटकर चेहरा भर लिया।

चाचा ने मंडली के भीतर की बातें लोगों को बताईं—"अजी दयाराम मालिक का हुकुम नहीं टाल सकता कोई। दिन-भर पट बन्द रखता है। मजाल है कि सरूप झाँक ले बाहर को। और अपने गाँव के लोग बाँके बिहारी और राधेरानी की छवि पाने को आतुर रहते हैं। दिनभर किवाड़ों की झिरियों में आँखें अटाए खड़ा ही रहेगा और कोई न कोई।"

झाँकी नहीं तो चर्चा ही सही—"कान्हा बननेवाला छोरा सादाबाद के पंडित जी का बेटा है। दुस्समुस्स उन्हीं की सूरत। साँवला मुख, लाल पानियाँ होंठ। जै हो बाँके बिहारी! चिरंजी, सिमरधरी के विधीचन्द का नाती है। राधेरानी—चाँदनी रंगत, पतली कमर, कटीली चितवन। कोई लड़की क्या होगी उसके मुकाबले! ललिता बिसाखा भइया-भइया हैं। कहने को बेसवा-धरनीधर की बतासो सक्किन के छोरा हैं, पर नाम-रघ्घो और गोविन्द।

मनसुखा महाराज की चर्चा करते हुए रमला चाचा कहते हैं, "मंडली का मालिक दयाराम बता रहा था मनसुखा ऊधोपुर के हैं। चालीस से ज्यादा हो गई उमर। सिर के लम्बे घुँघराले बालों में इक्का-दुक्का सफेद बाल हो तो भले हो। देह ऐसी बनी है, ज्यों पच्चीस बरस की छोकरी! मौजी आदमी ठहरे, नाचते गाते ही काट दी अवस्था। गाँव-गिराम, घरवार छूट गया। मंडली ही है उनका-आसरा।"

"शादी-ब्याह?" लाला ने पूछा।

दयाराम ने लाला की ओर आँख मिचका दी। हँसते हुए बोला, "मनसुखा आधी लुगाई ठहरा। अपनी बेटी कौन सौंपेगा इसे? जनानियाँ हो गया है नाचते-गाते।"

लाला को अच्छी नहीं लगी यह बात। सम्मान जताते हुए बोले, "यार कुछ भी कहो, मनसुखा की जीभ पर सरसुती का वास है। कलाकार आदमी है। रसिया ढोला की गायिकी में पूरे उस्ताद हैं। फन में उनकी बरोबरी कौन कर सकता है

इस इलाके में? यह कहो कि तुम्हारे हाथ..."

सचमुच जैमन्ती की आँखों में बस गई है महाराज की छवि। राधेरानी का रूप। नाचवाला रसिया—कान्हा बरसाने में...

संजोग कहो कि जैमन्ती का भाग! मंडली का मालिक दयाराम तीसरे ही दिन आग-बबूला हो गया। काँपती मूँछों और उठते-गिरते नथुनों को देख लाला भी दहल गए।

रमला चाचा की पेशी हुई। दयाराम अव्वल नम्बर का गालीबाज है। कसूर बताने से पहले इतनी गालियाँ दे डालीं, जितनी सारे जिजमानों ने मिलकर भी आज तक न दी होंगी।

अन्त में बोला, "सारे उल्लू के पट्ठे नाऊ, तू नाऊ है कि घसखोदा? कोमल नाजुक औरतों को ऐसे गहते थामते हैं? हजामती हाथ आजमा रहा था लौंडे पर, कि पहलवानी मालिश दिखा रहा था? कौन-सी मोज में आकर चिरंजी की छाती खुरच डाली? चोली-कंचुकी क्या तेरी माँ को...तेरी बहन को...तेरी लुगाई को..." मानो मृदंग की ताल पर गाली दे रहा हो।

"बस बस! दयाराम बस।" लाला बोल पड़े। चाचा को बाँह पकड़कर आगे कर दिया—"माँग ले छिमा। मालिकों के मालिक हैं दयाराम।"

गालियों की बौछार में खड़े-खड़े चाचा की फतुही पसीना दे रही थी। बोल बन्द था। थरथराकर बस इतना कहा, "मालिक हमने तो समझा था छोकरा है, मर्दजात। तनक ही मसक में खून दे गया ससुरा।"

दयाराम आधे दिन तक गुर्राया-सा बैठा रहा। लाला सोच में डूब रहे—इस गुस्सैल आदमी का क्या भरोसा? छिन में रन में तो छिन में वन में। रिश्तेदारों में हिजो होगी। फिर कीमत देकर तो मंडली बुलाई नहीं है। खाने-पीने और चढ़ावे के पैसे पर आ गया है यारी-दोस्ती में।

करम की लागिन उसी समय जैमन्ती लाला के घर में चौक पूरकर निकली थी, लाला ने पुकार ली। झट से बोले, "लाली, पाँच रुपया रोज दूँगा, नाँही मत करना। तू सरूपों की टहल कर ले। पुन्न की गैल ठहरी।"

जैमन्ती कुछ सोचती, अम्मा को बताती, इतनी मोहलत ही नहीं दी लाला ने। हाथ पकड़कर दयाराम के आगे खड़ी कर दी।

"गुस्सा छोड़ यार। रमला की ही भतीजी है। छोरी-छापरी की जात, नरम

हथेलियों से मालिश करेगी। अवे-तवे मत बोल अब।"

उस रात चिरंजी नहीं बन पाया राधेरानी। मनसुखा महाराज ने धारण किया था घाघरा, ओढ़नी, चोली! ललिता बिसाखा सखियों के बीच नाचती राधेरानी!" कान्हा बरसाने में...

तभी से यह आखर बन्ध गया है जैमन्ती से उठते-बैठते, चलते-फिरते, सोते जागते...

टहल-चाकरी के चलते बेला भर उबटन लेकर वह सबसे पहले मनसुखा महाराज के पास पहुँची थी। चलते समय अपनी धोती की पटली पल्ला गाती करीने से सँभाले। महाराज उसकी ओर बिना देखे ही हरमुनियाँ का सुर धीमा करके बोले, "लल्ली, हम औरतों से मालिश नहीं कराते।"

ललिता सखी जाजिम पर महाराज के पास ही लुढ़का हुआ था, बात आगे बढ़ाता हुआ बोला, "न बालों में तेल लगवाएँ, न नहाते समय पीठ मलवाएँ। औरतों का परस मंजूर नहीं महाराज को। बाल ब्रह्मचारी हैं।"

दयाराम के पास पहुँची, उसने भी 'न' कर दिया। कान्हा एक कोने में बैठे हँस रहे थे, बोले, "बालप्रिया आदमी हैं अपने मालिक।"

मंडली के आदमी अजब बोली बोलते हैं! पर उसे क्या, काम से हेत। ललिता बिसाखा, कान्हा, राधेरानी यहाँ तक कि भंडारी की टहल में कोताही नहीं बरती जैमन्ती ने।

रात होती नगाड़ा बजता—किड़बिड़ किड़बिड़ धुम, किड़बिड़ धुम। वन्दना गाई जाती! जैमन्ती की आँखों में तारे चमक उठते, कंठ में रसवन्ती फुहारें! लपकते पाँवों जा पहुँचती लीला में। मंच से सटकर बैठ जाती कि सरूपों का सिंहासन ऐन उसके सम्मुख रहे। जैमन्ती जानती है। सबसे आगे बैठना उसका हक है। सखी-सहेलियाँ संग। भला टोका-टाकी कर सकता है कोई? मंडली की सेवादारिन ठहरी। पीछे मुड़कर देखती है जैमन्ती मन बालिस्त भर ऊँचा हो उठता है, सारी परजा उसके पीछे बैठी है।

वैसे भी टहल-चाकरी के चलते अब क्या वह निखालिस नाइन रह गई है? मंडली के बारे में बहुत कुछ जान लिया है। गुन ज्ञान ऐसे बघारती है जैसे इस गाँव की बाशिन्दा न होकर मंडली के संग आई साथिन हो। अपनी सखी के कान में बोली, "हाय राम सिरी, मनसुका महाराज महादिल्लगीबाज! देख ले तोफा दादी

को जान-जानकर छेड़ते हैं।"

रामश्री मुँह खोले महाराज के संवादों में खोई हुई—"ओ रे कान्हा, तेरी राधेरानी तो बरसाने में, पर मेरी तोफारानी बैठी हैं मेरे सम्मुख। मन्द-मन्द मुस्क्याय रहीं। मेरा हिया हिलोरें ले।"

लोगों में हँसी की लहरें उठीं, तोफादादी जाति की तेलिन, पोपला मुख आधे घूँघट में लाज से मर-मर गई। और महाराज—पीला अंगरखा पहने, चूड़ीदार पजामा, माथे पर रोली का लम्बा तिलक, आँखों में नोंकदार सुरमा, पाँवों में घुँघरू—छम-छमा छम-छम, तुम मेरी जीवन धन। तुम ही मेरी प्राण धन, छम-छमा छम-छम, तुम ही मेरी जिगर कटारी...हाय!

ढुलकिया ने तिरताल देकर जैकारा बोला—जै होऽऽओ, जै हो, जै जै, जै जै।

जैमन्ती रामश्री के कान पर फिर फुसफुसाई—"देख ली पूतना? धरती पर लोटी है। वो भंडारी है—मंडली का खाना बनानेवाला। खींखींखींखीं..."

मुँह हथेली से ढाँपकर हँसने लगी—"दयाराम ने दो अँगोछा लपेटकर दोनों दूध बनाए हैं। ऊपर से बादामी रंग का कागज मढ़ा है। कागज चिपकाने को लेही मैंने ही बनाई थी।

"और वो रघ्घो-बिसाखा सखी! बिलौज देख, छातियाँ सच्ची में जनानी हो गई हैं बिचारे की। उबटन लगवाते समय छिपा लेता है। मारे शरम के आँख नहीं उठती छोरा की। कहता था दयाराम ने मसक मसककर...रूखरी पीसकर सच्चे शहद में मिलाकर चटाता है..." खींखीखींखी।

हँसते-हँसते उदास हो गई जैमन्ती, यकायक गुररा झलकने लगा चेहरे पर—"कनास दयाराम कंस जो ठहरा। दिन के बखत संग सुलाए रहता है रघ्घो को। कुकरमी।"

कृष्ण पूतना की छाती पर चढ़े बैठे हैं। जैमन्ती ने रामश्री की हथेली दबा दी—"अपने सब नाते गोती लगा दिए हैं बाँके बिहारी की जान लेने को। मरेगी राँड़ पूतना। फल पाएगी अपने करे का। कपटिन रंडी। सच्चे आदमी का कोई कुछ बिगाड़ पाया है? फिर वे ठहरे देवता।"

पूतना वध के बाद जैकारा बुला। यानी लीला खत्म होने को है। ललिता, बिसाखा आरती की थाली ले आईं। कन्हा की आरती उतारने लगीं। जैमन्ती की निगाह ललिता सखी पर ठहर गई—"हाय गोविन्द! रामसिरी, कोहनी तो देख

ललिता सखी की। दोपहर खून में सनी थी। निर्दयी दयाराम ने मारा था।" गोविन्द बीड़ी पी रहा था छिपकर। गाँव के लड़कों के संग पोखर पर कबड्डी खेलता पकड़ा भंडारी ने। ऊपर से पाट भूल गया अभागा।"

लीला देखकर घर की गैल पर चल रही है जैमन्ती। चलते-चलते बोली, "चिरंजी की छाती पर इक्का-दुक्का बाल था, चीमटी से खींचे हैं दयाराम कसाई ने। हाय-हाय चिल्ला रहा था राधेरानी। इसकी राक्षसी करतूतों से ही तो भाग गए थे कान्हा। मनसुखा महाराज इगलास भाग गए। मोटर में से उतार के लाए हैं कन्हैया को। इस अन्यायी के जुल्म कहाँ तक सहन करे कोई? बांके बिहारी से बोला, अपने होंठों पर जमी रेखें बालसफा साबुन से साफ करो। हत्यारे कंस की बातें करके कलेजा फुँकता है हमारा..."

आज लीला नहीं हुई। लाला के घर तेल के मंगल गीत थे। पूरी-खीकरी बेलनी थी। जाड़े की रात सईसँझा से घिरने लगती है। जैमन्ती दिन डूबने से पहर भर पहले भाग-भागकर बुलावे देने पर लगी थी।

रात उतरते ही उल्ले-पल्ले मौहल्ले की ढेरों औरतें जुड़ गईं। कुछ पूरी बेलने लगीं, चार कढ़ाइयों में सेंकने लगीं। एक ओर को आँगन में पुरानी जाजिम डालकर गीत गबने लगे। ढोलक बाजने लगी। जैमन्ती के होठों पर गीत की कड़ी मचल-मचल कर रह जाती है। बरसों का जमा नाद छलके तो छलके कैसे? सोचते-सोचते ही रह जाती है और सुर फूटता नहीं। कौमरी-खीकरी बाँटी जाने लगीं। औरतें बोलती-बतियातीं अपने-अपने घरों को लौटने के लिए खड़ी हो गईं।

चौखट तक आते-आते देहरी पर खड़ी नहलगाँव वाली भाभी ने टोका—"लेउ, छिनारों ने रीते ही गीत छोड़ दिए! अरी ढोल तो उठाओ।"

ढोला गला खोलकर गाई जानेवाली गीत-कथा है, जिसकी गूँज गली से उठे और पूरे गाँव पर छा जाए। जैमन्ती का गला-रुँधा है...

बाहर चबूतरे पर हंडा जल रहा है, दूधिया उजाला फैला है, लाल और नीली पट्टी पड़ी जाजिम बिछी है। मनसुखा महाराज हरमुनियाँ लिये बैठे हैं। संग में रघ्घो और गोविन्द। मुख दमक रहे हैं तीनों के। औरतें बाहर को आईं तो आँखों ही आँखों मुस्कराए दोनों सरूप। जवाब में जैमन्ती मुस्करा दी।

महाराज ध्यान में डूबे हरमुनियाँ की पत्तियों पर अपनी गोरी पतली अँगुलियाँ नचा रहे हैं, लय साध रहे हैं—'धनि ये मुनि बिन्दावन बासी!' मनसुखा महाराज का सिर धीरे-धीरे हिल रहा है। ढुलकिया संगत कर रहा है। जैमन्ती होंठ खोलकर मुस्कराने लगीं। सुर लय ताल जैसे आखर उसने मंडली में रहकर सीख लिए हैं।

"अरी गाओ री। सुना दो। याद तो राखें ठगिनी के, कि गए थे काऊ गाँव में। देखी थी गितार लुगाईं। सुना था सुरीला ढोला।" माँटवाली चाची ने दाएँ- बाएँ खड़ी सखियों के कन्धे झिंझोड़े।

मनसुखा महाराज सिर उठाकर देखने लगे। उनकी नजर जैमन्ती से टकरा गई। जैमन्ती के मुख पर चाँदनी छिटक आई। चेचक के दागों से भरे साँवले मुखपर खिले फूल-सी लाज फैल गई। भीतर-ही-भीतर गुनगुनाहट...मनसुखा महाराज हरमुनियाँ बजाते रहे कि यकायक गला खोल दिया जैमन्ती ने—

"ठाड़ौ बजरिया रे अरे कायथ के लाल।
ठाड़ौ बजरिया रे,
तेरी गठरी में क्या-क्या माल, ठाड़ौ
बजरिया रेऽऽए।"

ढोला में स्वर बहुत ऊँचा खींचना होता है। साँस थामने को दो क्षण का विराम लेने को रुकी थी जैमन्ती कि अगली कड़ी मनसुखा महाराज ने उठा ली एक हाथ बाजे पर धरकर दूसरा हाथ उठाकर संकेत दिया—

"जीवन बूटी री, अरी मेरी राज दुलारि
जीवन बूटी री,
कोई दरद होय मिटिजाय, जीवन बूटी
रीऽऽई।"

जैमन्ती ने तुरन्त ताल पकड़ ली—

मेरे घर अइयो रे, अरे कायथ के लाल
मेरे घर अइयो रे,
मेरी कमरि उठी है पीर, मेरे घर अइयो
रेऽऽए।

मनसुखा महाराज ने तर्क किया—

मैं कैसे आऊँ री अरी मेरी राज दुलारि

मैं कैसे आऊँ री,
तेरे द्वार खड़े ड्योढ़ीमान, मैं कैसे आऊँ
रीऽऽई।

जैमन्ती—

परे सरकि जा रे, अरे मेरे ड्योढ़ीमान,
परे सरकि जा रे,
मेरे आवत बैद हकीम, परे सरकि जा
रेऽऽए।
ऊँची अटारी रे, अरे कायथ के लाल,
ऊँची अटारी रे,
कोई दिबल जरै सारी रात, ऊँची अटारी
रेऽऽए।

प्रेम-निमंत्रण पर कायथ का लाल जा पहुँचा ऊँची अटारी के ऊपर चौमुख दिवला की सुनहरी रोशनी में एक-एक घड़ी रात बीतती रही। दोनों सार पाँसें खेलते रहे। हारते रहे जीतते रहे।

भोर का तारा लुका-छिपा करने लगा। कायथ का लाल थक गया। आँखें उनींदी हो आईं।

"ऐसौ सोयो रे, अरे कायथ के लाल,
ऐसौ सोयौ रे,
कोई धर छाती पै हाथ, ऐसौ सोयो
रेऽऽए।
घोड़ा हींस्यो रे, अरे कायथ के लाल,
घोड़ा हीस्यो रे,
मेरे आ गए भइया बीर, घोड़ा हींस्यो
रेऽऽए।

हड़बड़ाकर उठ बैठा कायथ का लाल—
तैनें मरबायो री, अरी मेरी राज दुलारि, तैनें मरबायो री
कोई बिन मइया कौ लाल, तैने मरबायो रीऽऽई।
जैमन्ती ने सरे महफिल कौल किया—

"मरने न दूँगी रे, अरे कायथ के लाल,
मरने न दूँगी रे,
तेरे संग सती है जाऊँ मरने न दूँगी
रेऽऽए।"

कौल! सौगन्ध! वादा! मनसुखा महाराज हरमुनियाँ छोड़कर उछल पड़े। ललिता बिसाखा सखी ने जैकारा बोला—बोल, बाँके बिहारी की जै! बोल मनसुखा महाराज की जै!! बोल श्री राधेऽऽए...!!!

ललिता सखी पीछे तक खिलिल-खिलिल हँसता रहा। जैमन्ती बाबरी सी देखती रह गई। औरतों के बीच हँसी छनन-छनन बाजने लगी।

मनसुखा महाराज की निगाह एकटक उसी की ओर...

लाज से लाल हो गई जैमन्ती।

औरतें तितर-बितर होने लगीं। कायथ के लाल और राजदुलारि का वश चलता तो एक-दूसरे की निगाहों के सामने से कभी न हटते। जैमन्ती चाहती है, आज रात यहीं खड़ी रहे। जाड़े की शीत रात में बेसुध और भूली-भरमी सी...झीने पात-सी धोती में लिपटी हुई।

उन निगाहों से अलग कब और कैसे हुई? घर किस घड़ी आई? पता नहीं है उसे। उसका मन तो मनसुखा महाराज के हरमुनियाँ की ताल में बँधा वहीं छूट गया।

काँसे की थाली में खीकरी-कौमरी उड़ेल दीं। धोती का आँचल खाली किया। कौन गहता है आँचल? वह खटिया पर पड़ी है कथरियों-गुदड़ियों में कायथ का लाल उसके संग है। आज पहली बार पाँवों में गुनगुनाहट लगी है। पगली हुई है जैमन्ती! बाबरी!

इस गाँव में किस जमाने में आया होगा कायथ का लाल? राजदुलारि यहाँ जनमी होगी कि और कहीं? कथा में बँधी अकुला रही है वह। विकल बेचैन... मनसुखा महाराज की चितवन...

गीतों की कड़ियों से रस और बिस झरते देखा है जैमन्ती ने। ऐसी ही रसवन्ती ऋतु एक बार उसके जीवन में और आई थी। पोर-पोर डूबा था कायथ के लाल के ध्यान में...

दिन में चार बार शीशा बट्टा देख-देखकर रीझती थी। गौना जो नजदीक

था। सहेलियों के संग इगलास में जुड़े वसन्त के मेले में गई थी। नाक और ठोड़ी पर एक-एक बूँद गुदना गुदवाया था। मुख छवि दस गुना बढ़ गई। साँवले मखमली चेहरे पर सतबुँदियाँ लौंग। सूरज समुहीं खड़ी होकर यहाँ-वहाँ लश्कारे मारती। मन जगमगा जाता।

मुख देखे कि देह? कच्चे आम-सी गद्दर देह अपनी न लगे। सलूका पर आँचल गाती सँभाले न सँभले। बिन सावन की मल्हार-सी छलकती डोलती।

गौने की पहली रात...आँगन में औरतें जुड़ आईं। वह घूँघट में सकुचाई हुई बैठी थी। ढोलक पर थाप पड़ते ही अजब गति हो जाती है जैमन्ती की। बस एक के बाद दूसरा, दूसरे के बाद तीसरा और तीसरे के बाद...चौथा गीत चटाचट गाना आरम्भ किया तो सास दौड़ी-दौड़ी आईं। सिर पर हाथ धरकर बोलीं, "बस बस, नजर लग जाएगी, अब और नहीं।"

वाहवाही से आँगन जगमगा उठा। औरतें गुड़ ले-लेकर विदा हुईं। जैमन्ती रेशमी साड़ी के घूँघट का किनारा पकड़े पाजेबों से छमाछम चलती हुई अपने कोठे में आ गई।

रेशमी कपड़ों में गरमी लग रही थी उसे। कोठे में बिछी खाट पर धोती एक तरफ को फेंक लेट गई। हारी-थकी न जाने कब सो गई।

आँख अचानक खुल गई। घुपाघुप अँधेरा था। कुछ बखत तो यही सोचते निकल गया कि जहाँ सोई है, वह कौन-सा ठौर है? समझ में आया तो लगा कि संग में भी कोई सोया है, गालों पर सुईदार गाल धरा था अभी। होंठों पर मूँज का-सा झावा फिराया था किसी ने।

...पर 'वो' तो निमोंछिया है। मखनियाँ मुख रात-रात में ही काँटेदार झाड़ी हो गया! हड़ीली बाँह कमर को लपेटे हुए...यह वह तो शर्तिया नहीं...

नाई की बेटी है जैमन्ती। पूरी-पापरी खाकर परवरिश पाई है। उन्नीस बरस की भरपूर देह में जोर की क्या कमी? कसकर हूँका मारा कोहनी का। देह से चिपटा हुआ हमलावर छिटककर अलग हो गया। वह सींगों में सुरसुरी लिए अखेल बछिया-सी अलग खड़ी हो गई।

कोठा कालिमा से भरा था। पर छ: महीने पहले खींचे नक्शे को कोई भूलता थोड़े ही है, ब्याह के समय पूरे दस दिन रही थी। कोने-कोने से परिचित थी। बक्से

के पास रखी गौनियायी चप्पल अन्दाजे से खींच लीं। दुश्मन पर ऐसे बजाई ज्यों बाजरे की सूखी बालें पीट रही हो।

घर में जगार पड़ गई। सास ने कुप्पी जलाई।

घर का आदमी। पहचानने में क्या देर लगती है। ससुर था। जैमन्ती की आँखों में भक्-भक् लपटें उठने लगीं। सास काँपने लगी। सास का बेटा आँखें मींड़ता हुआ कभी बाप को देखे तो कभी उसे।

छत पर सोये पड़ौसियों में से कोई बोला, "क्या हुआ रे हरपरसाद?"

सास ने बात सँभाल ली—"लल्लू कह दे, बहू साँप से डर गई है।"

बेटे ने माँ के बोल तोतले बच्चे की तरह दोहरा दिए। जैमन्ती का रोम-रोम सुलग उठा। निगोड़ा भाँवरों के वचन भी भूल गया!

सिर पर पल्ला ढाँपती हुई बोली, "सवेरे, मुँह अँधियारे मेरे पीहर पहुँचा आना, नहीं तो हल्ला कर दूँगी।" बाघिन की सी दहाड़ घर में गूँजी।

सास के हाथ से कुप्पी गिरते-गिरते बची—"हल्ला! बेटी, हमारी नाऊ-नेगी की जात, आदमी से ज्यादा चाल-चलन की कीमत होती है। कोई जिजमान अपनी देहरी न चढ़ने देगा। अपनी साख से ही दुकान चल रही है।"

मोटर में बिठाकर देवर लौट गया। वह रह-रहकर रोती रही। सास का दिया ताना जंग लगी कील-सी ठुकी है उसकी छाती में—"काहे को गाया था रमढोल? हमें इलम है कि हमारा बच्चा छोटा है। मरद मानस क्या सोचे समझे? यही कि तेरी ज्वानी...कोई तो डाँटता ही।"

जैमन्ती को जहर लगता है यह गीत—

छोटे से हमारे बालमा जी, बारे हमारे
बालमा।
पहली दफै मैं ब्याह को आई, पलने में
झुलाये बालमा
दूजी दफै मैं गौने को आई, गोदी में
खिलाए बालमा।

गीत ने गजब ढा दिया। बेटे की जगह बाप...वह क्या घोड़ी-बछेड़ी थी कि घेरनी ही थी किसी-न-किसी को!

सिर पर बक्सा लादे जब गाँव की रेतभरी गैल पर आ गई तो साँसों से आग

की-सी झार छूटने लगी। इसी रास्ते तो गई थी पहरेदार मँझोली गाड़ी में, दबी-ढँकी। बैलों के गले में बँधी सुरीली घंटियाँ सुनती हुई...

मन में पतली धार-सी एक शीतल आस बाकी थी—घर पहुँचकर सारा कलेस, सारा दुख माँ के कन्धे पर सिर धरकर बहा डालेगी। बस इसी उम्मीद में पलकों पर खौलता पानी साधे अपने द्वार पर आ खड़ी हुई।

देखते ही अम्मा की निगाह फट गई। बक्सा उतरवाने को हाथ नहीं बढ़ाया अम्मा ने! जैमन्ती की रुलाई कंठ फोड़कर फूटने को हो आई।

आँगन में बक्सा पटक-सा दिया तो माँ ने माथे तक का घूँघट तनिक ऊँचाकर कातर निगाह डालकर पूछा, "बेटी, तू राजी-वाजी नहीं..."

जैमन्ती माँ की छाती से लगकर फफक पड़ी।

अम्मा सीधी तनी खड़ी रहीं। रोने के बीच ही उसे लगा, जैसे वह अपनी माँ से नहीं, उस पेड़ से लगकर रो रही है जिसकी शाखें सूख गईं, पत्ते झर गए, छाँव न ठंडक। ठूँठ से लिपटी हुई...

जैमन्ती माथे पर हथेली धरे धरती पर बैठी थी। अम्मा ने असगुन विचारकर टोका नहीं। किसान जिजमानों के घर अम्मा ही तो उनकी बेटियों को बताती हैं, "लाली, पीढ़ा, खाट पर बैठो। सासरे से आई बेटी धरती पर नहीं बैठती। दोस होता है।"

पूरी बात सुनी तो अम्मा ने नन्नूमल को हजार-हजार गालियाँ दीं। और उससे भी हजार गुनी तीखी बात सुना दी जैमन्ती को—"रंडी, वो ही गीत बचा था! ज्वानी दिखा रही थी। वो मरद मानस की जात, रोक-बाँध तो करता ही। ऊपर से सतवन्ती बनने का सौक चढ़ा था तुझे। अरे, घर की बात घर में ही दब जाती। भरी थारी में लात मारकर आई है हमारे बुढ़ापे में खाक डालने। रमला के संग चली जा सूधी, चाचा हैं, माफी माँग लेंगे।"

जैमन्ती का हलक सूख गया। आगे क्या कहे। घुटनों में मुँह दिए बैठी रही। अचानक गुस्से से लाल होती हुई बोली, "माफी माँगेगी मेरी जूती। हाँ। जानते-बूझते अघोरियों के घर भेज रही है!"

जैमन्ती की आँखों की नमी रीत गई, सूख गई। रोने की कीमत कुछ भी नहीं जिन्दगानी में। समझ ले और पुख्ता कलेजा कर ले। खुद को दिलासा दे लिया और बोली, "तू निसाखातिर रह अम्मा, मैं तेरे ऊपर बोझ नहीं बनूँगी।

नाऊ की बेटी हूँ, टहल-चाकरी करके पेट भर लूँगी।" इतना कहते-कहते उसे अहसास हुआ जैसे वह उन्नीस बरस की न होकर अचानक अड़तीस की हो गई है। विपता-मुसीबत को क्या कहे जैमन्ती...कच्ची उमर का दखल जिन्दगी से छिनभर में उठ गया!

एक-एक दिन गुजरा। एक-एक महीना बीता। साल गई। अम्मा ने हर दो महीने पर उसे हाँका है, कभी कड़ाई से, रुखाई से तो कभी प्यार-दुलार से—"जैमन्ती, तू इस नाई के घर बैठ जा, उस नाई के बिछिया पहन..."

धीरे-धीरे माँ से जो रिश्ता था, नेह का, प्यार का, ममता का—रोजगारी सम्बन्ध में बदलने लगा। सैंया बिन ना सासरौ। मइया बिन प्यौसार। उसका कुछ भी नहीं रहा। दोनों जहाँ वीरान...

अब पूरे गाँव की है जैमन्ती। किसान जिजमानों की टहल ही उसका जीवन है। जन्म, मुंडन, कनछेदन और ब्याह-कारजों के बुलाए-चलायों की खातिर जैमन्ती की पुकार पड़ी रहती है। नई बहुओं के आगमन, बेटियों की विदाई के चलते मेंहदी-महावर, माँग-कंघी, उबटन-मालिश, डलिया-बायना बाँटने के लिए जैमन्ती की टेर। पाँत-पंगतों के वास्ते मनों-कुंटलों आटा माँड़ना, नाँद भर-भर बेसन घोलना, साग-सब्जी छीलना-काटना और हजारों की तादाद में दौने पत्तल बनाना। बदले में पड़ोसी त्यौहारी, अनाज कपड़ा। दिन-रात खटी रहती है जैमन्ती।

आज, रात के रस में डूबी है। मनसुखा महाराज की छवि बसी है मन में, पीली मिरजई, गोरे माथे पर लाल लम्बा तिलक, कँटीली तिरछी कनखियों का जादू चढ़ा है उसके सिर।

सपनों की छाया में सोती रही और भोर की वेला के पखेरू बोलने लगे। एक छिन कान्हा के संग राधेरानी तो दूसरे दिन कायथ के लाल की राजदुलारी पल-पल रूप बदल रही है जैमन्ती।

ठंडे पानी से नहाकर इकलाई किनारी की बसन्ती धोती पहनी, लाल बिलौज पर आँचल गाती सँभाले न सँभले। टहल में किस तरह जाए जैमन्ती? छाती धड़कती है। कलाई की कामदानी चूड़ियाँ छनकती हैं।

लाला के चबूतरे पर डग धरते ही कलेजा पनचक्की हो गया—कूक-कूक-कूक पाँव काँपने लगे।

बचती-बचाती निकल रही थी। महाराज से नजरें चुराती हुई शरमा-सकुचाकर निकल गई, पर मुड़-मुड़कर कई बार पीछे देखा, महाराज आ रहे हैं?

बेला में उबटन लेकर ललिता सखी के पास जा पहुँची। ललिता सखी बदन उघाड़कर पीढ़ा पर बैठा-बैठा मुस्की मारने लगा। बाँह आगे बढ़ाकर बोला, "पता है, मनसुखा महाराज क्या कह रहे थे? कहते थे, तुम्हारी जैसी लाजवन्ती लड़की उन्होंने आज तक नहीं देखी।"

"हाय, हट्ट ललिता सखी! तुम झूठे, महा झूठे!" जैमन्ती ललिता सखी की बाँह पर तेजी से हथेली चलाने लगी। नीचा मुँह किए मुस्कराती रही।

बाँह से उबटन मलकर उतारा तो निरमल रंग निखर आया। पर उसकी आँखों में तो कित्ते-कित्ते रंग...? सोचती है जैमन्ती—छुईमुई का पौधा छूने से सिकुड़-सिमट जाता है, पर उसकी देह तो बिना परस के ही छुई मुई...

उबटन का कटोरा लिये कुइया पर धोने चल दी—सब आँखों का परपंच है। मन की लालसा जुड़ी भी तो कहाँ....

बीच राह में ही मिल पड़े मनसुखा महाराज! हाय मइया! अचानक भेंट पर भौचक! दोनों हाथों से आँखें मूँद लीं अपनी। बेला गिर गया—खन ननना मगहिया पान-सी घुल रही है देह। घटघट वासी देवता के सम्मुख अपनी मंसा कहाँ तक छिपा सकता है अज्ञानी आदमी? राह रोके है लीलाधर! अम्मा कहती हैं—लीलाधरों की लीला न्यारी! हार गई जैमन्ती...

मनसुखा महाराज ने रस में डुबो लिया उसे! कुछ सुझाई न पड़ा तो भुसभरे कोठे में जा समाई। पर कान्हा के सखा की गैल कोई कैसे काटे...तिनकों के चौरस गलीचे पर आ विराजे मनसुखा महाराज! कोमल नरम हथेली सरकने लगी उसकी मैली लटों पर। मनसुखा महाराज का परस...जैमन्ती की कनपटियाँ बर्फ की डली-सी पिघल रही हैं, कि गुदगुदी लगी है रोम-रोम में? नस-नस में सनसनी...

कोई मर न जाए तो क्या करे? मनसुखा महाराज की मनुहार! "रात तो बड़े कौल भर रही थीं, संग सती होने के करार...अब ऐसी लाज?" महाराज ने उसकी आँखों पर ढँकी हथेली अपनी हथेलियों से दबा ली। धीरे-धीरे बोले, "तड़प-तड़पकर मर जाने दोगी कायथ के लाल को? अटारी पर दिबला...?

न्योंतकर भूल गईं?"

मीठे बोलों से बहरा हो जाता है आदमी। जैमन्ती को चेत नहीं। मनसुखा महाराज मिसरी की डलिया घोल रहे हैं—"तुम्हारी कमर की पीर...?"

कब से घेर रहा है कायथ का लाल? जैमन्ती की आँखों में रह-रहकर ढोला के आखर जीवित हो उठते हैं। राह-गैल, गाँव-जवार तक भटकाता रहा है आज तक। या उसी को ढूँढ़ने-बाँधने की इच्छा में भटकती रही खुद ही...

माटी होती देह में राजदुलारी ने प्रवेश किया है, कनखियों से देखना आ गया है उसे। महाराज के कन्धों पर काले घुँघराले बाल झुके हैं। उनकी नरम हथेली गालों को छूती हुई गर्दन पर, गर्दन से नीचे...वसन्त ऋतु का तूफान उमड़ा है। रास के परदे पर छपे सहस्सर दल कमल बिछे हैं, आसनी पर। सुरपुर के इन्दरासन पर विराजमान है जैमन्ती।

"पगली, बोलोगी नहीं?" ठोड़ी उठाकर पूछा मनसुखा महाराज ने।

पूरा हौसला जुटाकर पलकें खोलीं जैमन्ती ने। महाराज ने पान रचे दाँतों में बसी मोहिनी मुसकान...रह-रहकर बिजली चमकने लगी कलेजे में। चकाचौंध जगमगाहट को कोई कैसे झेले? आनन्द के मेघ फटकर बरसने लगे। बासन्ती रंग। धोती भीग गई।

सराबोर हुई भाग छूटी जैमन्ती। घर आकर दम लिया। साँसों में हँफनी लगी है। हाथ-पाँव ठंडे...दोपहर तक खाट में दुबकी रही।

कहाँ की टहल? कहाँ की चाकरी? उसी दुनिया में जा विराजी जहाँ कलारिन का प्यासा बटोही, चन्दा का सकल सुनार, करेला मारू की साँवल धन गोरी, कान्हा की राधा...अनेक गीत कथाओं का संसार बसा है मन में। प्रेम कहानियों की भरी पूरी दुनियां...रह-रहकर ढोलक गमक रही है, आखर छलक रहे हैं।

दोपहर ढले पीछे उठी। नहाकर बाल धो डाले। तोफादादी से पोर भर तेल माँगकर बालों में चुपड़ लिया। पाँव खुरच-खुरच कर धोए। जिजमानों की नई गौनायत ब्याहुलियों के लिए घोले गए चहचहे महावर में अँगुली डुबोकर अपने पाँवों पर गुलाबी गोट सजा ली। नाखून रचा लिए। धुँधले शीशे में मुख देखकर साँवले माथे पर बूँद-भर लाल टिपकी धर ली।

गुलाब का फूल इस रेतभरे गाँव में कभी खिला नहीं। जैमन्ती ने देखा नहीं। गीतों में सुना है। अपनी मुख छवि निहारकर गुलाब की सुरति लगी है आज।

मंडली से बुलावा आ गया। सरूप नहाने को बैठे हैं।

"भंडारी के पेट में पीर काहे को उठी?" मनसुखा महाराज की आँखों में आँखें डालकर पूछती है जैमन्ती।

"तुम आठों याम हमारी आँखों के सामने रहो।" कहते हैं महाराज।

खी-खी-खी-खी धोती का ठोंक दाँतों तले दाबकर हँस पड़ी। मनसुखा महाराज न्यौछावर! मिलन की वेला के जीवित महूरतों में कदम का विरछ हो गई जैमन्ती। देह से बौर झरता रहा। बौर में नशा रहता है। नशा में मूर्च्छा। मूर्च्छा लगी है उसे। दिन मूर्च्छा। रात मूर्च्छा।

ललिता सखी शैतान! कहता था, हमारी तरह भुड़भुड़ लगाया करो। सलूका के नीचे अँगिया! धत् ललिता सखी मानस मनिख की जात होकर हमसे ऐसी लुच्चियाई बातें...कहूँगी महाराज से। हाथ जोड़कर, जीभ काटकर रह गया ललिता सखी। पर अँगिया ले ली उसने। भुड़भुड़ माँग लिया।

नगाड़ा गूँजता है—किड़बिड़ धुम किड़बिड़ धुम। बाँसुरी कूकती है। ढोलक पर कहरवा तिरताल बजता है। हरमुनियों के सातों सुरों पर माखनचोरी, कालिया मर्दन, पूतना वध, चीर-हरण तमाम लीलाएँ हुईं। कोई पूछे जैमन्ती से, उसने क्या देखा?

कुछ भी नहीं। केवल महाराज। मनसुखा महाराज कर रहे थे सब लीलाएँ। वे ही रच रहे थे रास। देखनेवाली अकेली जैमन्ती। हिंडोले पर चढ़ा है उसका मन, पींगें जा रही हैं सरग तक। झुलानेवाले रंगरसिया मनसुखा महाराज।

यकायक रस भंग हुआ। हिंडोले की डोर टूट गई। जैमन्ती आकाश से गिरी—"रास उखड़ रहा है।" न जाने किसका स्वर था?

सवेरे ही सवेरे टहल के लिए आई थी उबटन लगवाकर, मालिश करवाकर नहाते धोते हैं सरूप। थकान उतर जाती है रात-भर की चैन से सो जाते हैं।

पर यह जहरबाद...! रास कैसे टूट सकता है इतनी जल्दी? पन्द्रह दिन हो गए सो?

भंडारी कह रहा है, "लाला क्या जानते नहीं थे, दयाराम व्यापारी आदमी ठहरा। यारी-दोस्ती में मुलाहिजा नहीं करता।"

गाज गिरी है जैमन्ती के ऊपर। कलेजा कटकर टुकड़े-टुकड़े हो गया।

भंडारी अब एकदम चुप है। बचे-खुचे आटे-दाल की पोटलियाँ बाँध रहा है। कान्हा और राधेरानी अपनी-अपनी बकसिया सँभाल रहे हैं। कोई देखे, हर पोटली में बँधा है जैमन्ती का दिल, हर बकसिया में समाई हैं उसकी आँखें।

ललिता सखी पास आ खड़ा हुआ। दीवार से सटी खड़ी है जैमन्ती। गोविन्द का मुलायम मुख कलेजे में खुभ गया। महीन मीठी आवाज का खौलता लावा—

"हाथरस के सेठ ने दो हजार पेशगी दिए हैं मालिक को। दयाराम मालिक मंडली को टिकटिया कम्पनी में शामिल करेंगे।"

जैमन्ती के कानों में जहर बुझी सलाखों की नोकें धँस गईं। आँखों में खारे पानी का पोखर भरा है। गीली आँखों को कैसे छिपाए? हूक ऐसी उठी कि गोविन्द को बाँहों में भरकर छाती से लगा ले।

मनसुखा महाराज कहाँ गए? चातकी-सी देख रही है जैमन्ती। राधेरानी को पाँव पकड़कर रोक लेना चाहती है। बाँके बिहारी सुनें उसकी मनुहार...लाला पुन्न दान करते हैं। पुजावें दो हजार...जैमन्ती की अरज कोने-कोने से फूटने लगी। पर सन्नाटा है चारों ओर। कोई सुने...वह जिन्दगी-भर मुफ्त टहल करेगी।

खारे पानी को गले में घूँट लिया उसने। आँखें रीती वीरान...महाराज कहाँ हैं? बेचैनी नई तो नहीं है लेकिन यह विकट घड़ी...अधकुचली चिरइया-सी बिलबिला रही है जिन्दगानी। छाती चटकती है चटाक्-चटाक्!

आ गए महाराज। मनसुखा महाराज की उजली झाईं देखते ही आँखों में अँधेरा घिर आया। कलेजे के ऊपर से धड़धड़ाती रेलगाड़ी गुज़रने लगी। गंगा नहाने गई थी राजघाट, तब हाथरस स्टेशन पर ऐसा ही लगा था—तूफानी पहियों के नीचे पूरा का पूरा प्लेटफॉर्म...धरती हिल रही थी।

धरती हिल रही है—निकट आ गए हैं मनसुखा महाराज!

संग-संग मालिक दयाराम है। जैमन्ती की पलकों पर जल-परलय मची है। मनसुखा महाराज की आवाज—

"ये धोतियाँ हैं। अब ललिता-बसाखा के काम की नहीं रहीं। आप कहें तो इस नाई की लड़की को दे दें।"

"दे दो, दे दो।" दयाराम कहता हुआ आगे बढ़ गया।

वह महाराज की आवाज थी? सन्देह है जैमन्ती को।

"लो, दो धोती हैं। अब तो खुश?"

मनसुखा महाराज की धारदार आवाज में आरी के दाने गुँथे हैं।

अन्धी हो गई है जैमन्ती। उसने नहीं देखा धोतियाँ किस रंग की हैं? मनसुखा महाराज ने किस हाथ में थाम रखी हैं?

लेकिन नाई की बेटी है वह। ऐसी व्यावसायिक आवाजें रोज ही सुनती रहती है। किसान-जिजमानों के घर त्यौहारी पावन लेने जाना होता है। कम-ज्यादा कहकर चिकचिक करना उसकी आदत में नहीं।

आँखें मूँदकर दोनों हाथ आगे बढ़ा दिए। बन्द पलकों से पानी की धारा फूटती, उससे पहले ही धोतियाँ माथे से छुआ लीं।

मनसुखा महाराज दो पल रुके खड़े रहे, मगर वह गूँगी...

बैलगाड़ियों पर सामान लादा जा रहा है। रासधारी बैठ रहे हैं। कान्हा राधेरानी बिसाखा सखी...एक-एक को चढ़ते हुए देख रही है। ललिता सखी उसकी ओर देखते हुए चढ़ा, गाड़ी के पहिए की कीली पर पाँव रखकर उसके पीछे ही मनसुखा महाराज...एक हाथ से गाड़ी का लट्ठा पकड़कर बैठाए बल्ली के ऊपर अधटिके से...देख नहीं रहे जैमन्ती की ओर...

कच्ची गैल पर बैलगाड़ी की लीक उसके घर की ओर से होकर ही निकलती है। पानी-भरा लोटा हथेली पर धर-धरकर अब तक कितने ही जानेवालों को विदा किया है जैमन्ती ने। उसका मन हुआ कि लोटा हथेली पर सजाकर महाराज की गाड़ी के पीछे-पीछे...

...पर खड़ी ही नहीं रह सकी वहाँ।

घर आकर खटिया पर ढह पड़ी। न जाने कितनी देर, न मालूम कितने समय तक...आँखें मूँदे पड़ी रही बेहोश-सी।

माँ चिल्लाती रही है खड़ी-खड़ी।

"कुम्भकरनी नींद लगी है तोय! लाला के यहाँ गीतन में नहीं गई? बहू की विदा है, याद है कि नहीं? डलिया-बायना नहीं बाँटना? पाँच रुपया रोज के धन्धे पर इतरा रही थी, सो तो खतम हुआ।"

माँ का कटीला स्वर नीम-बेहोशी में कानों को बींध रहा है। फटकार माथे

पर सनसना रही है। वह उठ बैठी। दोनों हथेलियों के बीच अपना सिर दबाए बैठी रही।

क्या मालूम कितनी वेला हो गई? बुझी राख में से चिनगारियाँ छिटक रही हैं...रह-रहकर आँखों के सामने रास, मनसुखा महाराज...याद नहीं करना चाहती जैमन्ती।

मन में आया कि चीख-चीखकर कहे, "अम्मा, एक बेर नहीं, हजार बेर सुन ले। मैं लाला के घर तो क्या, उस मुहल्ले की ओर तक नहीं देख सकती।"

सूनी बाखर में मौन चीखें गूँज रही हैं। साँझ की धूप आँगन का क़िनारा काटकर दीवार पर जा चढ़ी।

वह गहरी साँस खींचकर उठ खड़ी हुई। खड़ी-खड़ी देखती रही दो पल। अन्त में उस कोने में जा पहुँची जहाँ डलिया...अपनी वही डलिया उठा ली, जिसमें लालाइन गाँव में बाँटने के लिए बायना रखेगी।

बाँह के नीचे डलिया दबाए घर से निकल गई जैमन्ती। गली में चलते-चलते एक गीत का आखर होठों को घेरने लगा है। वह गुनगुना रही है—'कान्हा बरसाने में आ जइयो...'

कृतज्ञ

सारी रात अनुपम सो नहीं सके, हालाँकि सोते समय उन्होंने लारपोज की गोली ली थी। वे जानते थे कि नींद आना सम्भव नहीं—चिन्ताओं के बवंडर मस्तिष्क को मथने पर निरन्तर आमादा हैं।

दवा ने प्रभाव नहीं दिखाया। वे पलक झपकाने को तरस गए। 'यदि कल रुपया नहीं मिल पाया तो...? पूरा भुगतान जमीन के मालिक को नहीं कर पाए तब? पूरा पच्चीस हजार अग्रिम राशि का मारा जाएगा। जीवन-भर की कमाई से ले-देकर यह जमीन खरीदने की सोची थी, वह भी हाथ से जाती रहेगी।'

लगभग रात के तीन बजे नींद की एक गोली पानी के साथ और निगल ली।

"तुम सोते क्यों नहीं? सवेरे फिर जल्दी उठकर चलना है। कार ड्राइव करनी है तुम्हें।" वसुधा औंधियाए स्वर में बोलकर फिर गहरी नींद सो गई।

वे मुँह अँधियारे ही चल दिए थे। साथ में वसुधा थी। बैंक खुलने के समय से पहले ही पहुँचने की हड़बड़ी में उन्होंने कई बार कार हाई स्पीड पर चलाई और मथुरा यथासमय पहुँचने में सफल हो गए।

शनिवार का दिन। बैंक में केवल बारह बजे तक पैसे का लेन-देन। दिल्ली में ही प्रबन्ध हो गया होता तो यह मारामारी न मचती। वे झुँझला उठे। अपने मित्रों पर भारी क्षोभ था, जो कहकर भी मुकर गए, असमर्थता में दाँत निपोर उठे...वह भी ऐन वक्त पर।

मथुरा बहुत दिन बाद आए थे। रिक्शे, साइकिल और रेहड़ियों के उफनते सैलाब में चलने की आदत छूट चुकी थी अनुपम की। आपस में भिड़कर कार निकालना दुष्कर था और बेहद खतरनाक भी। लोगों की छोटी-छोटी लापरवाही

पर वे अनायास ही उबल पड़ते—"साले देखकर नहीं चलते। ट्रैफिक डिसिप्लिन है ही नहीं यहाँ।" वसुधा ने कुछ कहना नहीं चाहा। व्यर्थ ही तन्मयता में व्यवधान पड़ता।

इस मटमैले उजड़े खंडहर-से शहर में वे कैसे रहा करते थे, सोच नहीं पा रहे थे।

खैर, एक कोने में कीचड़ के ढेर को बचाकर नरम मुलायम सफेद खरगोश-सी मारुति सँभालकर खड़ी कर दी। दो बार पीछे को लौट-लौटकर स्थान का मुआयना किया, फिर आश्वस्त होकर आगे बढ़े।

पुराने गोलाकार किलेनुमा द्वार से बैंक के भीतर प्रवेश किया था। वसुधा को एक स्थान पर खड़ी रहने का आदेश दे गए और स्वयं एक सीट से दूसरी पर झपटते-से फिर रहे थे। हर बाबू के पास जा-जाकर अपनी व्यथा उगल रहे थे।

"आप तो बैंक की हालत देख रहे हैं साहब! इमारत बन रही है, रजिस्टर-फाइलें सब उलट-पुलट हो गई हैं।" सीट पर बैठे सज्जन ने चल रहे काम की ओर इंगित किया।

टूटी-फूटी इमारत, कुछ-एक कमरों में सिमटा-बटुरा पूरे बैंक का असबाब। ईंटों तथा सीमेंट से पटा पड़ा धरातल। राज-मजदूरों की कन्नी-तसला, बालू-रेता के साथ एक होती भुड़भुड़ी देहें। ऊपर सीढ़ियों पर टँगी हुई, नीचे काम में तन्मय डोलती हुई।

फर्श पर मिट्टी से बनी खेतों की-सी छोटी-छोटी क्यारियाँ—सभी में भरा हुआ पानी—ऊपर तक लबालब। उसी गंगा में जूते भिगोते ही तो वे वसुधा के साथ अन्दर पहुँचे थे।

सब देख-सुनकर उनका चेहरा उतर गया। क्लर्क तरस खाने लगा—"ऐसा करो, उन साहब से मिल लो, शायद आपका काम आज ही हो जाए।"

वे लपककर उस सीट पर पहुँचे।

"आप सोमवार को आ जाओ तो तसल्ली से आपका काम कर देंगे उसी दिन, वादा करते हैं। फिक्स पर ऋण देने की औपचारिकताएँ भी तो कम नहीं होतीं। जमा करना हो तो पाँच मिनट नहीं लगते।" कहकर वह लाचार हो उठा।

"मैनेजर कहाँ हैं?" वे अफसरी लहजे पर उतर आए।

"अभी-अभी गए हैं बाहर, जरूरी काम से।" सपाट-सा उत्तर मिला।

वे चुप बैठ गए, हताशा की परिधि में समाए। तनाव के नीचे दबे हुए, कुछ थरथराए-से।

"और कोई युक्ति नहीं?" उन्होंने बाबुओं को चारा डालकर ललचाने का यत्न किया।

"कैसी बातें करते हैं आप! यदि हो सकता होता तो हम आज ही न कर देते आपका काम!"

"अच्छा, आपके बैंक में कोई हरीश काम करता है—हरीशकुमार गुप्ता?"

"हाँ-हाँ, आप जानते हैं उन्हें?"

हरीश नाम सुनते ही वसुधा के मुखपर प्रश्नवाचक चिह्न उभर आए—

"कौन हरीश?"

"अरे वही मुरली...अपने हरीशंकर चाचा का। किसी ने बताया था कि इसी बैंक में लग गया है।"

"हरीश नाम है मुरली का?" वसुधा मन में सोचती रही।

सफेद कमीज-पैंट पहने कद्दावर छरहरा युवक सामने आकर खड़ा हो गया—ताजगी-भरा खिला हुआ चेहरा।

"भाभी...! भाई साहब...!" हर्षित-विस्मित स्वर। वसुधा को तुरन्त पहचान गया वह। पाँवों पर झुककर उसकी आँखें आह्लादी भाव से चमक उठीं।

"गुप्ता जी, ये बेचारे बड़ी देर से आए बैठे हैं। ऋण लेना है—आज ही। बैंक की यह हालत!" हरीश का सहयोगी उसे पूरी स्थिति समझा रहा था!

महज संयोग था कि मुरली उसी बैंक में मिल गया, देव-दूत की तरह... निस्सीम मरुस्थल में स्वच्छ शीतल प्रपात-सा।

अनुपम को आरामदेह कुर्सी देकर आत्मीय वरिष्ठ स्वजन की तरह बैठा गया। भाभी के लिए स्वयं कुर्सी खोजकर डाल गया। चपरासी से बीच-बीच में कोल्ड ड्रिंक्स, चाय, कुछ खाने को लाने के लिए कह गया।

स्वयं उस सीमित पलक झपकते समय में रजिस्टरों की खोज करता पसीने में नहाता रहा। फार्म भरकर सम्बन्धित लोगों के हस्ताक्षर कराने को मिन्नतें करता, रिरियाता एक से दूसरे पर भागता रहा। कमीज भीगकर पूरी पीठ से चिपक गई थी। हुमस-भरी दमघोंटू गर्मी में माथे पर पसीने की धार अबाध गति से बहती रही। कभी यहाँ, कभी वहाँ, वसुधा उसे मुँह सुखाए दौड़ते-भागते देखती रही।

किसलिए ऐसी जी-तोड़ मेहनत और किसलिए अपने बूते से बाहर की पुरजोर कोशिश! किस बात का प्रतिदान कर रहा है यह? बरसों पहले जब वह हमारे यहाँ आया था...।

भयंकर शीत-लहर थी। ओले गिरने के बाद की सनसनाती तेज हवा। कपड़ों के मोटे लबादों के बीच से शरीर छेदती हुई। नौ-दस बजे तक सूरज नहीं दिखता था। घड़ी-दो घड़ी को उदय भी होता तो डंडा, पीला, कमजोर-सा... अस्तित्व-विहीन। चारों ओर धुन्ध की चादर से ढँका निस्सीम संसार।

कोई पाखी-पखेरू न दिखता था। आदमी सड़क पर चलते बौने-से हो उठते—ठंड से सिकुड़े हुए। अखबार में छपा था, पिछले पचास वर्षों में ऐसा शीत नहीं पड़ा। ऐसी ठिठुरती सुबह के धुँधलके में द्वार पर दस्तक हुई—बहुत हल्की, शालीन। उसके ठीक पश्चात घंटी का अनायास नन्हा-सा स्वर, जैसे किसी का हाथ अनजाने ही स्विच बटन पर धर गया हो। भ्रम हुआ कि सचमुच द्वार पर कोई है? या हों ही?

वसुधा ने शॉल चारों ओर से कसकर लपेट ली, फिर भी सीधी खड़ी होने में देह साथ नहीं दे रही थी। सिकुड़ी-सिमटी दरवाजा खोलने चल दी।

किवाड़ों के दोनों पल्लों के बीच खड़ी वह आगन्तुक को कुछ पल देखती रही—निर्निमेष। अपलक। चीन्हने का भरसक प्रयत्न।

पहचान मजबूत थी—"मुरली हो न?"

"...।" उसने सिर हिलाकर स्वीकृति दी।

"मैंने तुम्हें बच्चा देखा है, छोटा-सा। तुम्हारे बचपन में।"

"भाभी...!" कहता हुआ वह वसुधा के पाँवों पर झुक आया।

उसके ओठों का रंग ठंड के कारण गहरा जामुनी हो गया था। बोलते समय दाँत स्पष्ट किटकिटाहट में बजने लगे। बे-नाप लम्बा-सा रेतीले रंग का जीर्ण स्वेटर—जगह-जगह से छेददार। बालों में भोर के गीले कुहासे की धुँधआई सफेदी—महीन बर्फ की दानेदार परत-सी। रह-रहकर प्रकम्पन की ठंडी फुरहरी उठ रही थी उसके शरीर में।

चौदह-पन्द्रह वर्ष का वह किशोर बालक बड़ों के-से गाम्भीर्य में सिमटा, प्रौढ़त्व के भार से दबा-सा...।

"अन्दर आ जाओ।" वसुधा के मन की ममता छलक पड़ी।

वह ठिठका ही रहा—सहमे शश-शावक-सा।

"आ जाओ ना!" दृढ़ आग्रह पर वह सुगबुगा उठा।

गीले रेत-मिट्टी में सने-लिसढ़े हुए सैंडिल संकोचमई स्थिति में डूबा बाहर ही खोलने लगा। झिझके हुए नत-नेत्रों से फर्श को टटोलता वह अन्दर कमरे में सरक आया।

वसुधा ने हाथ से बैठने का संकेत किया। वह पल-भर सोफे के पास पड़ी कुर्सी को घूरता रहा। दूसरी बार हुक्म पाकर सिकुड़कर बैठ गया।

"कैसे आए मुरली?" साधारण-सा प्रश्न था, मगर आत्मीयता-भरी अनुगूँज से सराबोर हुआ। वह मुख पर घिर आए संकोची भावों से पल-भर को मुक्त हुआ। सहज भाव से कुर्सी के हत्थे पर अपनी ठिठुरी हथेलियाँ फेरता रहा। शायद कहने के लिए शब्द-संयोजन कर रहा था।

"अच्छा, मैं तुम्हारे लिए चाय लेकर आती हूँ, फिर बातें होंगी।" वसुधा मथुरा में छूटे अतीत से जुड़ने की हिलोरमई उत्फुल्लता में जल्दी-जल्दी पाँव बढ़ाने लगी।

वह रसोईघर की ओर मुड़ी ही थी कि—"भाभी..." सहसा मुरली का भर्राया स्वर गूँजा।

वह पलट पड़ी।

"भाभी, बाबूजी...!" आवाज अधिक भारी हो उठी, अवरुद्ध कंठ में भिंची हुई-सी।

"क्या हुआ बाबूजी को?" वसुधा का चिन्ताग्रस्त विस्मित प्रश्न।

"बच पाएँगे कि नहीं...उन्हीं को लेकर तो...।" कहते-कहते उसकी आँखें तरल हो आईं। घनी पलकों के बीच से मोती-सी सफेद बूँदें पानीदार राह बनाती हुई कपोलों पर ढुलकने लगीं।

"मुरली!" सान्त्वना-भरी हथेली का ऊष्म आत्मीय स्पर्श पीठ पर महसूसते ही उसके भीतर के धीरज की दीवार यकायक ढह गई। वह जार-जार रो उठा। बरसों का अन्तराल पल-भर में पिघलकर वसुधा को बच्चे से जोड़ उठा।

"कहाँ हैं बाबूजी?"

"यहीं...मेडिकल...इन्स्टीट्यूट के बाहर..." गहरी हिचकी के बावजूद वह वाक्य के टूटते खंडों को जोड़ने का प्रयास कर रहा था।

"अकेले?"

"नहीं, साथ में माँ हैं।" उसने हथेलियों से आँसू पोंछ लिए। नाक लाल थी, जुकाम जैसा हो आया।

करुणा में समाई वसुधा चाय का प्याला उसके हाथ में थमाकर अपने बेडरूम की ओर दौड़-सी गई, जहाँ अनुपम रजाई में दुबके अखबार देख रहे थे। ब्लोअर गर्म हवा फेंक रहा था निरन्तर। कमरे का तापमान बाहर की अपेक्षा आरामदेह था—सुन्न हाथ-पाँवों में चेतना का आभास कराने में सक्षम।

"कौन है?" अनुपम के चेहरे पर जिज्ञासा फैल गई।

"मुरली हैं अनुपम!" कहते-कहते वसुधा का मन भर आया, करुणा उमड़ने लगी।

"कौन मुरली...?" प्रश्नात्मक स्थिति में उलझे अनुपम की भवों के बीच की जगह सिकुड़कर छोटी हो गई।

"वे ही मुरली, अरे वे, जो मथुरा में अपने पड़ोस में रहते थे—मीरा के छोटे भाई।"

"इतने सवेरे?" असमय किसी के घर का द्वार खटखटाने की धृष्टता पर अनुपम के मुख पर क्रोधमिश्रित अचरज की तीखी रेखा खिंच गई। वे फिर अखबार के भीतर सिमट गए। देश-विदेश की खबरों को आत्मसात करते हुए।

"परेशान हैं बेचारे। उनके बाबूजी विकट बीमार हैं अनुपम! यही मेडिकल में बिठा आए हैं।"

अनुपम ने तनिक देर को अखबार से सिर निकाला और फिर यथावत समाचारों में तन्मय हो गए।

"साथ में चाची जी आई हैं।" वह अनुपम द्वारा बिछाई गई उपेक्षा को फलाँगकर अपनी रौ में बही चली जा रही थी।

अनुपम ने अखबार के पीछे से सहसा चेहरा उठाकर उसके आगे तान दिया। आँखों में गहरे सोच की झाइयाँ मँडराने लगीं।

उन्हें उसी मुद्रा में छोड़ वह उठ आई, दुश्चिन्ता में डूबे उस बालक के पास।

"भाभी, भाई साहब तनिक मेरे साथ...।" अधूरा वाक्य छोड़ वह आशा एवं आतुरता से उसे निहारने लगा। बुझी आँखें चमक आईं।

वसुधा फिर उलटे पाँव अनुपम के पास लौट गई—"अनुपम, तुम जल्दी

से तैयार हो जाओ न, अखबार फिर पढ़ लेना। मुरली के साथ जरा अस्पताल तक...। तुम तो सब डॉक्टरों को जानते हो। थोड़ी सहूलियत...।" पति से अधिकारपूर्वक कहकर स्वयं रसोई में चली गई।

"बेचारे भूखे-प्यासे! सर्दी में ठिठुरते...हाय राम!" सोचकर महरी को बर्तनों से हटाकर हाथ धोकर आटा गूँधने का आदेश दे डाला और स्वयं सब्जी काटने में लग गई।

ड्राइंगरूम में वसुधा की निगाह गई तो मुरली के पास सामने ही गाउन की जेबों में हाथ गरमाते अनुपम खड़े दिखाई दिए। वह तनिक आश्वस्त हुई—अनुपम कुशल-मंगल, आपत्ति-विपत्ति की खबर लेंगे तो आत्मविश्वास बँधेगा बालक को।

"हम क्या कर सकते हैं भाई! करना तो डॉक्टर को ही है।" अनुपम के सपाट बेलाग वाक्य। सहानुभूति से अछूते। आलू की त्वचा छीलते वसुधा के हाथ सहसा थम गए।

"मैं चलता तेरे साथ, पर जरूरी काम है मुझे। तू ऐसा कर, केजुअलिटी में दिखा ले। मरीज सीरियस होगा तो वे स्वयं भर्ती कर लेंगे। मैं डिपार्टमेंट से फोन कर दूँगा।" अपनी बात कहकर अनुपम कुर्सी पर बैठे कमरे में सजी एंटीक, सीनरीज और शो-पीसेज पर तैरती निश्चित दृष्टि का वृत्त बनाते विरक्त भाव से बैठे रहे।

मुरली मूक बधिर-सा...। वह स्तब्ध-अवसन्न। असम्भावित नितान्त रूखापन। अनुपम का इकहरे टूटते तार-सा लटकता आश्वासन। कल्पना नहीं की थी ऐसी। पति के विरक्त भाव पर एक पल को विश्वास नहीं कर पाई वह।

"क्या कह रहे हो अनुपम! चाचा जी सिर्फ एक मरीज...और कुछ नहीं? इस बच्चे को कौन पूछेगा इतने बड़े अस्पताल में...? मरीजों की धक्कम-धक्का, परिचारकों का जन-समुद्र। तुम चले जाते तो...।" एक ओर को ले जाकर उसने चिरौरी-भरा मनुहार कर उनकी बाँहें थाम लीं...आत्मीयता से, अधिकार से।

"इसमें पूछने, न पूछने की कौन-सी बात है! इतनी दूर से बाप को लेकर भी तो यह बालक ही आया है। इमरजेंसी में दिखा लेगा।" उन्होंने साधारण तर्क की छुरी पर धरकर पत्नी के गहरे अपनत्व को उड़ा दिया।

"अनुपम! ये कोई सड़क चलते राहगीर नहीं, अपने घर से घर मिला था इनका, छज्जे से छज्जा और फिर अपनी बिट्टू...अपनी बिट्टी इन्हीं के हाथों... याद है कुछ, शीत-सरकती रात को दाई के लिए भागे फिरे थे चाचाजी।"

"तुम भी कब-कब की पुरानी बातें उखाड़कर बैठ जाती हो। समझती क्यों नहीं, एक बार अपनी जिम्मेदारी पर मरीज भर्ती करा दो, फिर बस... सुबह, शाम...हर समय—वह तुम्हारा खाना-पीना-जीना हराम कर देगा—आज दवा नहीं, कल डॉक्टर से कह दो, ध्यान से देखे, खाने का प्रबन्ध, रहने का इन्तजाम...सौ झंझट! कौन करेगा यह सब...बे-बात का बबाल, बे-मतलब। मुझे और भी काम हैं अपने।" अनुपम ने लम्बा-सा क्षुब्ध भाषण देकर बलपूर्वक उसके हाथों से अपनी बाँह खींच ली।

वह मूर्ख-सी देखती रह गई अनुपम को, एकटक। 'इतना गूढ़ ज्ञान, सही समीकरण!' दु:खद आश्चर्य और विस्मयभरा खिसियानपन आत्मा को काँच की तीखी धार-सा काटता चला गया। अब तक का पाला हुआ व्यामोह मुलम्मे के पत्तर-सा लोहे की कठोर सलाख से उतरता चला जा रहा था—शेष क्या था—अकथनीय कचोट। आस्था को ध्वस्त करता अव्यक्त गणित ज्ञान।

लखनऊ से अनुपम के मित्र के कोई दूर के रिश्ते के बीमार मामा आए थे, तब तो ऐसा नहीं हुआ था। पूरा असबाब उन्होंने हमारे घर पटक दिया था। दर्पभरी उनकी पत्नी के नाज-नखरे अलग। ड्राइवर, नौकर और चमचों की जमात। सुबह उठाकर दसियों बार तो चाय बनती, फिंकती, फिर बनती। नाश्ते में बारह बज जाते, फिर अस्पताल खाना ले जाने उनका नौकर डेढ़ बजे ही सिर पर सवार हो जाता। अनुपम चकरघिन्नी की तरह कभी डिपार्टमेंट, तो कभी घर, घुमेर खाते रहते। पालतू पशु-से उन्हीं के हुक्म पर उठते-बैठते। एक बार भी माथे पर शिकन नहीं देखी थी। वह ही झुँझला उठती—"क्या है, जैसा हम खाते हैं ये नहीं खा सकते? बच्चे छोटे हैं। क्या-क्या करूँ?"

"अरे भई, भारी ओहदे पर हैं। मंत्रियों को भी नचा दें, ऐसी पोस्ट है इनकी। होटल का खाना कितने दिन खा सकता है कोई? इस समय संकट में हैं। हमारा कोई काम पड़ेगा तो आनन-फानन...।" अनुपम उसे समझाते।

पर आज...? ड्राइंगरूम की ओर बढ़ नहीं पा रही थी। जहाँ खड़ी थी, उसी सीमेंट के फर्श से चिपके पाँव उठते न थे। कैसे जाती उस आगन्तुक के

समीप जो सहज विश्वास बाँधे इस देहरी पर बैठा था! डॉक्टरों से अधिक आस्था वह अनुपम पर टिकाए बीमार ढहते पिता के साथ मथुरा से यहाँ तक आपत्तियाँ झेलता-सहता विपदा का मारा आया था। अपनी ओर आती हुई पाँवों की आहट पर कान लगाता हुआ, आतुरता से अनुपम की प्रतीक्षा में, उठने की सी अधर मुद्रा में कुर्सी पर टिका था।

"मुरली, तुम चलो। केजुअलिटी लिखा है न जहाँ...वहीं। दरबान से पूछ लेना—डॉक्टर कहाँ हैं।" वह उससे कैसी सतही बातें समझाने का प्रयत्न कर रही थी, जैसे किसी अनजान राहगीर को उसके गूढ़ गन्तव्य की ओर अँगुली दिखाकर तटस्थ भाव से अपने घर की ओर चल दी हो।

"भाई साहब कब आएँगे भाभी?" जिस प्रश्न का उत्तर वसुधा के पास नहीं था, उसे ही अधीरता से वह उसके समक्ष पसार बैठा।

"भाई साहब को बड़ा जरूरी काम है मुरली...! आवश्यक मीटिंग।" वह किसी तरह उसके प्रश्न को फलाँग गई।

वह बेहद हताश हो उठा। सूनी सपाट आँखों में पनीली परत उतर आई। फिर—"नमस्ते भाई साहब"—अन्दर की ओर से चले जा रहे अनुपम की ओर हाथ जोड़ दिए।

"भाभी, माँ मिलने को कह रही थीं।" सीढ़ियों पर उतरते उसे अचानक याद हो आया। वह इस घर से मिले परायेपन के कसैले स्वाद को गले में उतारकर भी आत्मीयता जोड़ने में लगा था।

'हाँ' न 'ना' कुछ भी नहीं कह पाई वह...केवल कातर भाव से उस निरीह भोले बालक को देखती रही, जबतक वह सीढ़ियाँ उतरा, जब तक कि वह सड़क के ठंडे धुँधलके में खो नहीं गया।

अनुपम के जाते ही कटोरदान में पराँठे भरकर अस्पताल की ओर भागी थी वसुधा। तेज चाल और भीतर उठ रहे चक्रवात से हाँफती हुई। साँस जुड़ती न थी। भरी ठंड में अन्दर से गरमी का भभूका-सा उठने लगा। ज्यादा दूरी नहीं थी, केवल एक सड़क को पार करना था, फिर भी साँसों की तेज धौंकनी।

हाँफते हुए केजुअलिटी में घुस गई—"डॉक्टर साहब, हरीशंकर नाम का कोई मरीज...हरीशंकर गुप्ता! कहाँ हैं...?" स्वर अन्त में रिरिया उठा।

डॉक्टर जब तक रजिस्टर में नाम खोजते तब तक केबिनों के परदों को

उठा-उठाकर देखने लगी—एक, दो, तीन...नहीं! चौथे परदे के पास आँखें ठिठकी रह गईं—पत-झिन्ना तार-तार धोती में लिपटी बुढ़ियाती कमजोर काया—उसे चाची जी की अनुकृति-सी लगी थी।

रोगी पर झुकी हुई वृद्धा उसके कान के पास मुँह ले जाकर पूछने का यत्न कर रही थी।

वह पल-दो पल अनचीन्हे भ्रम में खड़ी रही। धीरज नहीं बँध सका। पीछे से पीठ छूकर अपनी ओर उन्मुख करने का झिझकता-सा प्रयास। सहसा बुढ़िया माँ पलटीं।

"चाची जी!" अनायास ही मुख से निकल पड़ा। त्वचा में लिपटे अस्थिपंजर को निस्संदेह वह पहचान गई थी। पल-भर ठहरकर पाँवों पर झुक गई।

वे अपलक, पहचानने के प्रयत्न में खड़ी निस्संग दृष्टि से निहारती रहीं—देर तक। फिर—"बहू? तू? अकेली? अनुपम नाँहि आयौ?"

इतने सारे प्रश्नों का सुदृढ़ उत्तर वसुधा के पास था ही कहाँ? बस, इतना ही—"हाँ चाची जी, मैं...।"

"बहू, तेरे चाचाजी...।" वे उनकी ओर इंगित करके कँपकँपाते स्वर में रोने लगीं...विकल वेदना से छटपटाती-सी।

क्या कहकर धीरज बँधाती वसुधा! सजल आँखों से कभी उन्हें देखती, कभी चाचा जी को! मोटी नसों के जाल में बँधे उनके हाथों को खड़ी-खड़ी सहलाती रही।

"चाची जी...यह!" कटोरदान आगे कर दिया।

"जा में का है बहू?" उनकी मद्धिम-सी आवाज।

"ऐसे ही, कुछ थोड़ा-सा।"

"खानौ है? खानौ तो हम घर से बनाय लाए हैं बहू! तू काहे को दिक्कित में परी बेटा?" आर्द्र भाव झुर्रियों के बीच फैल गया।

साँझ को अनुपम के लौटने पर वसुधा ने उनके बिना पूछे ही सारी व्यथा-कथा सुना दी। वे मूक श्रोता बने सुनते रहे—ध्यानपूर्वक।

कटोरदान में खाना ले जानेवाली बात के मुहाने पर यकायक अनुपम के चेहरे की नसें तन गईं, वे भभक उठे, नाक क्रोध में उठने-गिरने लगी।

"ऐसा करो तुम, वहीं जाकर रहने लगो। उन्हीं के साथ। यहाँ लौटकर ही

क्यों आईं?" अपरिमित आक्रोश का उफनता ज्वार...अप्रत्याशित, बे-अर्थ रोष... वह दहलकर रह गई।

"अनुपम, क्या कह रहे हो तुम? बस, चार-छ: रोटी! और क्या...बस्स! इतना ही तो, और तो कुछ नहीं!"

"चार-छ: रोटी की बात नहीं है। गलत लिफ्ट दे रही हो तुम। व्यर्थ में मुँह लगा रही हो। कौन हैं ये हमारे, जो मुँह उठाए यहाँ चले आए हैं? कौन लगते हैं हम इनके? बोलो? न उठने की तमीज, न बोलने का शऊर! कंजर... साले!"

घर में बे-नाप सन्नाटा पसर गया। हर कोना स्तब्ध, हर दीवार सहमी हुई। कानों में सनसनी के बेरोक चक्रवात। बच्चे अनुपम की गुर्राहट-भरी गर्जना सुनकर सिकुड़कर बिस्तर में दुबक गए। बिट्टू किताब निकालकर पढ़ने का नाटक करने लगी। मनु क्षोभ-भरी आँखें पापा पर गाड़कर पलक झपकाना भूल गया। हत्प्रभा वसुधा...। अनुपम ऐसी करुणाविहीन कठोर पाषाणी छाती के भीतर साँस लेते होंगे, उसने कभी सोचा न था। रात-भर सम्मिलित बिस्तर पर पड़ी आँसुओं से तकिया भिगोती रही—"इतना हक नहीं कि दो रोटी किसी को...?" गृहस्वामिनी का आहत स्वत्व कुचले नाग-सा बार-बार फुफकार भरता लेकिन...।

अगले दिन किसी काम में उसका मन नहीं लग सका। मुरली का बेबस उदास चेहरा, चाची जी की झुर्री-भरी सूरत पर याचक-सी दो आँखें और चाचा जी की रुग्ण कंकाल काया—उसके मन पर तसवीर-सी छप गई।

उनके पास अस्पताल में अधिक आना-जाना न हो सका। पाँवों के आगे स्तर की सीमा-रेखा खिंच गई। मन बार-बार अग्नि-रेखा लाँघ जाना चाहता था लेकिन—"मुरली बार-बार घर आने लगा तो...? चाचीजी रोज सवेरे नहाने-धोने को दरवाजा खटखटाने लगीं तब...?" इन विचारों के नुकीले अंकुश राह रोक लेते। अनुपम की चबा जानेवाली नजरों को झेल पाना...अतिथि के अपमान की आशंका...उसके पाँवों को देहरी के पीछे धकेल देतीं।

काम समाप्त करके स्वेटर की सलाइयाँ उतारने वह बॉलकनी में फैले धूप के नन्हे टुकड़े पर जा बैठी तभी दरवाजे पर हल्की-सी थपथपाहट हुई। वसुधा के कान चौकन्ने हुए। फिर वही दुहराव। द्वार खोला। सामने एक सीढ़ी उतरकर चाचीजी खड़ी थीं। नीचे से ऊपर तक देखती रहीं—उनके पाँवों में रबड़ की

पुरानी गठी चप्पल, मटमैली धोती पर सूती चादर लपेटे हुए झुकी हुई मुट्ठी-भर कद में सिमट आई वृद्धा।

"आओ चाची जी!" वसुधा होठों में बुदबुदाकर रह गई। न चहककर बुला सकी, न हिलककर मिल सकी। सहसा अपनत्व को रौंदता एक दुर्भेद्य प्राचीर उठ खड़ा हुआ जिसमें कैद मोह-माया में रची-बसी नारी खड़ी-खड़ी सूखने लगी... संत्रस्त आत्मा में गहराए विक्षोभ, विवशता की प्रतिच्छाया में पनपते विद्रोह को पीती हुई...

कहाँ मथुरा से चली थी तो सौ-सौ बार कहकर आई थी—"चाची जी, दिल्ली आना। अपनी बहू के घर को अपने चरणों से पवित्र करना। माँ और सास तुम्हीं तो हो चाची...बस तुम!"

वे कुर्सी पर बैठने में अचकचा रही थीं। वसुधा ने कन्धों से पकड़कर हठात् बैठाने का प्रयत्न किया।

कमरे में चारों ओर नजरें फेरती वे सिहा उठीं, सन्तोषी भाव चेहरे पर उभर आए, कुछ मधुर बोल—"बड़ौ अच्छौ है री बहू! हमारौ अनुपम खूब फूलै-फलै। हजारी उमर करै भगमान! तू राजरानी बनी रहै बेटी! बालक बने रहें।" आशीषों की बौछारों के बीच वे भूले-बिसरे आह्लाद में आकंठ डूब गईं।

दुखी भावों से एक पल को पल्ला झटक बैठीं।

"बिट्टू कहाँ है बहू?" वे चाव और लाड़ से पूछ रही थीं।

"स्कूल गई है चाची।"

"और मुन्ना?" वे मनु के लिए पूछ रही थीं।

"चाची, अब चाचा जी की तबीयत कैसी है?" वसुधा ने बीच में ही उनकी बात काट दी।

"जई लियें आई हूँ बहू, तू कहाँ ढूँढ़ैगी फिर!" उन्होंने सलूका की जेब से एक पर्ची निकालकर उसके समक्ष रख दी।

लिखाई मुरली की होगी—वार्ड-डी-2, बेड नम्बर 36, दूसरी मंजिल।

चाय का गिलास थमाकर वह उनके पास ही बैठ गई। वे पति की बीमारी को लेकर दु:खी बीच-बीच में रोने लगतीं—"मथुरा-आगरे के सब अस्पताल छान मारे बहू, पर रोग की जड़ नाहिं पकरि पायौ कोई। जाने मिटी कौन-सी बिस-बेल सरीर में फैल गई है। मुरली अकेलौ कहा-कहा करै! जे तो महिनन से

काम पै नाँहि गए। मीरा कूँ घर छोड़ि कें आई हूँ सिलाई-कटाई करकें एक बखत की रोटी...।" कहते-कहते उनकी हिलकी बँध गई।

अन्दर तक से टूट चुकी औरत को वसुधा तसल्ली देती रही—बे-बात का धैर्य बँधाती रही। अनुपम के लौटने का समय हो चला था—अदृश्य धुकधुकी, चिन्ताकुल सम्भावनाएँ...वह चाचीजी को विदा करने की हड़बड़ी में थी।

"बहू, जाए तू धर लै। वहाँ अस्पताल में कहाँ...कहूँ चोरी-चकारी है जाए।' उन्होंने पुरानी घिसी मैली-सी जंजीर वसुधा के हाथ में धर दी।

"दवा-दारू में का पतौ कितने लगें?" वे जंजीर की पूँजी पर आश्वस्त थीं।

सीढ़ियाँ उतरते में उन्हें अनायास याद हो आया—"बहू, एक भगौना होयगौ? कोई कंडम सौ...पुरानों...।"

वह दौड़कर रसोई से हैंडिलवाला भगौना उठा लाई, जिसे देखकर वे तनिक सकुचाकर बोलीं, "जि तौ बहुत अच्छौ है, खराब है जायगौ। कोई पुरानों, जो तुम्हारे काम न...!"

"आप ले तो जाओ।" वसुधा बीच में ही बोल गई।

वह उन्हें दूर तक छोड़ आई, सड़क पार तक।

चाची जी कहा करती थीं—"मुरली की बहू तौ न जाने कब आबैगी और कहा करैगी? वसुधा है मेरी बहू, मेरी बेटी!" सोचते हुए लौटने लगी।

बच्चे आ चुके थे—"मम्मी, पापा आप पर क्यों चिल्ला रहे थे? कौन थे वे, जो सवेरे आए थे?" बिट्टू निरन्तर पूछे जा रही थी।

"..." कोई उत्तर न देकर वह खाना गरम करती रही।

"आप अस्पताल में उन्हें खाना देकर आई थीं मम्मी! अच्छा किया। वे भूखे होंगे न? उनका घर यहाँ नहीं है न?"

वह बच्ची का मुख देखती रह गई—"यह तू कह रही है मेरी बच्ची!" वसुधा ने बिट्टू का चेहरा हाथों में भरकर चूम लिया।

"पर अभी तू छोटी है बिट्टू! निरीह! भोली! बड़ी होकर तू भी...।" उसके निःश्वास बच्ची के गालों पर जलती ऊष्मा बिखेर गए।

वसुधा का मन न माना था। पाँव उसी ओर बढ़ गए। सड़क के किनारे खड़ी थी—आता-जाता ट्रैफिक...उफ! कारों-बसों की सीधी साँप-सी कतार—बे-अन्त। दाएँ-बाएँ देखकर सड़क पार करती हुई वह अपनी रौ में चली जा रही

थी कि अस्पताल के बाहर पटरी पर निगाह बरबस ठहर गई।

तीन ईंटों के बने चूल्हे में इधर-उधर से बीनी हुई पतली काँटेदार लकड़ियाँ... धुँधआती आग की लपटें...और ऊपर वही भगौना चढ़ा था, जो चाची जी को दिया था। पीला पानी उफनकर किनारों को छू रहा था। पास ही बैठी एक ग्रामीण लड़की कौओं को उड़ाने में लगी थी।

वसुधा खड़ी थी कि चाची जी आ पहुँचीं—"बहू! तू कहाँ...कहाँ जा रही है बेटी...? उनके लिए दाल बनाई है बछिया।" वे भगौने की ओर संकेत कर रही थीं।

"अब जीवे की आस नाँय बची बेटी! कह रहे कि गंगादेई, तू अपने हाथ से दाल बनाय के खबाय दै...।" चाची मैली धोती के छोर से आँखें पोंछ उठीं।

फूटे काँच-ठुकी अलंघ्य दीवार। उसका घर इतना पास और चाची जी शीत-सरकते कुहासे के बीच चौड़े में चूल्हा धरें...! उदास उच्छ्वासों में घिरी वह घर लौट आई। अनुपम आ चुके थे। शीघ्रता से भागकर रसोई में गई वसुधा और दो प्याले चाय हाथ में लिये पति के पास जा बैठी।

"वहीं गई थीं—अस्पताल?" अनुपम का प्रश्नात्मक स्वर स्वाभाविक सरल था।

"हाँ।" सहज भाव से स्वीकार किया उसने।

"कैसे हैं अब?"

"पता नहीं, मैं तो अस्पताल के बाहर से ही लौट आई। चाची जी वहीं मिल गई थीं।"

अनुपम की नरमाई, सहज प्रकृति देख वह सबकुछ बता देने का दु:साहस कर बैठी—भगौना देने के सन्तोष से लेकर उसमें उबलते पीले दाल के पानी की दारुण गाथा तक...सब सुना डाला।

"तुम भी देख आते अनुपम!" नितान्त भोले भाव से दिया मशवरा।

"ऐसा करो तुम, उठाओ सामान, जाओ यहाँ से। आई से—गेट आउट! गेट आउट फ्रॉम हियर! दिस इज माई हाउस...अंडरस्टैंड?"

अनुपम का आकस्मिक स्वर-प्रहार विस्फोट धमाके-सा नीचे सड़क से जा टकराया। गली में चलते लोग ठिठकने लगे।

"उन्हीं चमारों में बैठो जाकर। पकड़ लाओ मथुरा से...आगरा से...तमाम कँगले आ जाएँगे—कोढ़ी, दरिद्री...करवाओ सबका इलाज। उस गन्दी गली में

पैदा होकर क्या सारे मोहल्ले का ठेका लिया है मैंने?" निरन्तर फटते-दहकते ज्वालामुखी के समक्ष अपराधिनी-सी खड़ी भस्म हुई जा रही थी वह।

"आखिर क्या हो गया है तुम्हें अनुपम! ये लोग तो इतने तंग भी नहीं करते...जितने वे लोग...।"

"इस दो टके के आदमी से उनका मुकाबला...! समझती है वे कौन थे? बड़ी इनसानियत की पैरोकार बनी फिर रही है—घर में क्या हो रहा है, बच्चे क्या कर रहे हैं, कुछ पता नहीं! जा, वहीं बैठ फुटपाथ पर! उन्हीं के साथ! साऽऽ...।" उनका क्रोध निकृष्टतम रेखा लाँघने लगा।

अनुपम की अमानवीय चीख से बिट्टू जार-जार रो उठी। मनु चीखकर माँ की टाँगों से लिपट गया। क्रोध और अपमान के मिले-जुले विष को घूँटती वह ड्राइंगरूम में भागी थी।

मुरली खुले दरवाजे से ड्राइंगरूम में कब चला आया, वसुधा देखते ही चौंकी। वह अवाक! पर-कटे क्रोंच-सा! आशाविहीन दरिद्र! विपत्तियों के उत्पीड़न से आक्रान्त!

वह मिल नहीं पाई थी तो माँ ने पीछे ही दौड़ा दिया—"मुरली, भाभी आई, लौटि कें चली गई। तू ही मिलि आ जायकें। बाबूजी कौ पूरौ हाल-चाल बताय आ। डॉक्टर से अनुपम बात कर ले तौ कछु समझै तौ सही! हमारी तौ समझ में ही नाँहि आवत कुछ।"

वह उलटा लौट गया—पीछे रह गया उसका नि:शब्द सम्भाषण। मौन दृष्टि से झरती पीड़ा। वसुधा कटती चली गई अनगिनत खंडों के बीच—ब्याहकर आई थी—एकाकी सूना घर। सास न ननद, जिठानी न देवरानी। निर्जन मकान में निपट अकेली...दूसरे ही दिन से।

"अम्मा ने भेजी हूँ। अम्मा कह रही थीं, भाभी अकेली होगी, जा वहीं बैठना। भाभी का मन लगा रहेगा।" ग्यारह-बारस साल की बच्ची फ्रॉक पहने, पास पड़े बोरे पर बेधड़क आ बैठी। कभी वसुधा की साड़ी छूकर देखती तो कभी पायल के रौनों को बजाने का असफल यत्न करती। वसुधा मुस्करा देती—जवाब में वह भी मोहक मुसकान बिखेर देती।

"मैं आपके बर्तन धो दूँ? अम्मा ने कहा था, भाभी को काम नहीं करने देना नई ब्याही है।" वह पुरखिन बनी अम्मा के कथनानुसार रसोई में से जूठे बर्तन

बटोरकर माँजने लगती। बहुत रोकने पर भी नहीं मानती। वह मीरा थी—मुरली की बड़ी बहन।

रात को बातों के बीच अनुपम को मीरा की बात बताई तो कहने लगे, "चलो ठीक है, तुम बोर तो नहीं हुई।"

"भाभी, आप खाना न बनाना, अम्मा बना देगी।" और दोपहर को अनुपम के आते ही मीरा थाली परोसे, तौलिया से ढँके चली आ रही थी।

"भाभी, महावर लगा लौ। मैं नाइन को बुला लाऊँ, मेहँदी लगा देगी। अम्मा कह रही थी—आज करवाचौथ है। भाभी का व्रत है, भूखी होगी। संग में काम करा लेना।" उनकी आत्मीयता वसुधा को गहरे तक बाँधती चली गई। अनुपम तो इस गली में जन्म से ही रहते थे लेकिन वह...! मन से उपजे सम्बन्ध जड़ पकड़कर खड़े हो गए, पनपने लगे और धीरे-धीरे सुदृढ़ता से खड़ा होता गया स्नेहिल शीतल छाँव का एक वट-वृक्ष।

इसी आवाजाही के बीच बिट्टू का जन्म हुआ था। चाची ने पूरा ध्यान रखा था—"कपिला गाय-सी है गई है री बहू! बोल, तेरौ का खाइबे कौ मन है?" वे पूछतीं और वसुधा तुरन्त बोल उठती—"अरबी का पानीवाला अचार।"

प्रसव-वेदना में वे उसके साथ ही थीं—उसे पकड़े हुए—"ए मेरे परमात्मा, विधवा महतारी की अकेली धिय है! निरवार जल्दी, मेरे परमेसुर।" चाची भगवान् से पूरे बखत गुहार करती रहीं।

फिर तो बिट्टू का नहाना-धुवाना, काजल-टीका सब वे ही करतीं—"मेरे हाथ से काजल लगाय के आँखें बड़ी-बड़ी है जाएँगी—मीरा की तरह।" वे कहतीं और वसुधा अनिर्वचनीय आनन्द में समा जाती—बिट्टू की आँखें मीरा जैसी—हिरनी की तरह, बड़ी-बड़ी, नीलम-जड़ी।

शाम को चाचा जी प्रैम खींचते बिट्टू को उस सँकरी महीन गली से निकालकर द्वारिकाधीश के मन्दिर तक घुमा लाते। बिट्टू गुड़िया की तरह प्रैम में बैठ जाती। वह उसे छज्जे पर खड़ी दूर तक निहारकर सिहाती रहती।

अनुपम आए दिन साक्षात्कार के चक्कर में बाहर रहते। चाची जी उनका चिन्तातुर चेहरा देखकर तुरन्त कह उठतीं—"फिकिर मत करियो अनुपम, हम हैं यहाँ, बहू अकेली नाँय रहैगी बेटा! मीरा सो जाएगी, मैं सो जाऊँगी, नहीं तौ बहू कौ तालौ लगाय कें हमारे घर सो जाएगी।"

अनुपम कभी मीरा के लिए सूट का कपड़ा ला देते, कभी चाची को इकलाई किनारी की धोती।

"मुरली तौ जब करैगौ तब! अनुपम की लाई धोती पहरी है मैंने!" वे हौंस उठतीं। फूल-भरती नई धोती का पल्ला बार-बार सिर पर सरकातीं। जाड़ा आते ही—"मीरा, भाई साहब कौ सूटर बुन दै। बिट्टू के मोजा बुन।" बेटी को आदेश करतीं।

होली को गुझिया बनाकर धर जातीं। त्योहार को मुँह-अँधेरे ही कड़ाही चढ़ाकर कचौड़ी सेंक डालतीं—"मीरा, जा भाभी को दे आ। बालक वारी है, काम-कन्धे में दोपहरी है जाएगी बाय। नास्ता में खाय लिंगे दोऊ जने।"

ऐसे ही दिन-महीने-साल निकल गए। मीरा की फ्रॉक-शलवार भिगोते बिट्टू बड़ी होने लगी। एक-दूसरे के लिए करते-धरते दिन बीत रहे थे।

फिर एक दिन अनुपम को नौकरी का नियुक्ति-पत्र मिला था—दिल्ली के लिए। भरपूर खुशी हुई थी। आँखों में रंगीन रोशनियाँ झिलमिलाईं। धरती पर सपनों के इन्द्रधनुष खिंचे थे।

विदा के दिन मीरा बहुत रोई। वसुधा समझाती रही—"पगली, रोती हो! तुम आना वहाँ। मैं तुम्हारे भाई साहब को भेजूँगी तुम्हें लेने। फिर देखना—चिड़ियाघर, लालकिला, कुतुबमीनार। अब हँस दो...चलो!"

चाची ने खाने का कटोरदान संग में बाँधा। नाश्ते के लिए मठरी-लड्डू बनाए—"लारी बहू, आटौ और घी, वहाँ कहाँ जाते ही नास्ता-पानी में उरझैगी।"

चलते समय बिट्टू को चूमा, उसका हाथ थुकथुकाया, नजर उतारी। रिक्शा पर बैठने के पहले वसुधा को छाती से लगाकर खूब रोईं। वह भी रो-रोकर उनका कंधा गीला करती रही। आसपास की औरतें आँखें पोंछती जुड़ आईं...वह बहू की विदा थी।

विदा-वेला का वह दिन और आज का मुहूर्त...सम्बन्धों के वट-वृक्ष को चबाती स्वार्थ-सोच की अमर-बेल! सहृदय संवेदना को चूँटता महानगर का विषैला दूषित प्रभाव और आपा-धापी की निस्सीम दौड़ का सतत संयोजन कब अनुपम के मन को रेतीला रेगिस्तान कर गया...पता ही न चला।

"क्या कुछ नहीं थे वे लोग हमारे?" अनुपम से किस तरह पूछती? घर में मचे विप्लव के डर से अर्द्धांगिनी ने उसी तरह अधर भींच लिए जिस तरह पति

की भित्ति-भेदी गर्जना पर बाहर के द्वार बन्द करती फिरी थी।

चाचाजी की दशा तो गम्भीरतर होती जा रही थी। मुरली फिर चार-पाँच दिन नहीं आया। 'वह निस्सहाय न जाने कैसे वृद्धा माँ के साथ फटी बरसाती मोमजामा की छत तानकर कड़कती ठंड में फुटपाथ पर प्राणों को गलाता रहा होगा। कभी अधमरी हुई माँ पिता के साथ रहती होगी, कभी भीषण संकट के दलदल में फँसा मुरली।' वसुधा ऐसी ही कल्पना कर लेती।

बस, ऐसे ही एक दिन करुण अन्त ने अपना पंजा फैलाया तो मुरली बेबस-लाचार...फिर उस घर की सीढ़ियाँ चढ़ता हुआ रात के समय दरवाजे पर आ खड़ा हुआ। आँखों में आँसुओं का लबालब ताल-सा बन गया था, होठ फटकर कौर-कौर थे—सूखी पपड़ी के नीचे खून रिसने से बनी गहरी लाल धारियाँ।

कोहनी और घुटनों पर तार-तार वस्त्रों में बड़े-बड़े गोलाकार छेद—किसी भिखमंगे-से बुरी दशा...दीन-मलिन। शोक-संतप्त। कच्ची गदराई उम्र में पाले के मारक प्रहार से उजड़ता-सा। बस, खुरदरी कलाई पर घड़ी अवश्य बँधी थी।

"भाई साहब...बाबूजी...जा रहे हैं। आखिरी समय है। एक बार...बस एक...।" वह अनुपम के समक्ष घिघिया उठा।

"जो होना है होकर रहेगा। हमारे जाने से ही क्या हो जाएगा मुरली!" अनुपम ने न जाने क्यों उस विक्षत हृदय से जवाब माँगा। शाश्वत सत्य के उपदेश तले दाब दिया उसे।

"कुछ नहीं भाई साहब! बस, हमारी हिम्मत...माँ को आपसे...।" वह आगे प्रयत्न करने पर भी नहीं बोल सका।

वसुधा अन्दर जाकर झटपट चाची जी की जंजीर हाथों के बीच दबा लाई और मुरली की कमीज की जेब में डाल दी—"यह तुम्हारी...।"

"मुरली, तुम चलो, हम आते हैं।" वसुधा अनुपम के कुछ कहने के पहले ही बोल पड़ी। अपनी वज्र देहरी से उसे हटा देने की चेष्टा में जुटी थी वह। "ऐसी नरम स्थिति में पाषाण-शिला पर माथा पटकने का क्या अर्थ?"

मुरली के जाने के बाद—"आखिरी समय है अनुपम! चलो, कुछ घट नहीं जाएगा हमारा। अब वे जीवित ही कहाँ रहेंगे, जो तुम्हें परेशानी देते रहें!" पति को पिघला लेने का अन्तिम प्रयास कर रही थी।

"चल रहा हूँ।" अनुपम का शीघ्रता-भरा निर्विकार स्वर।

वसुधा और अनुपम लिफ्ट की प्रतीक्षा किए बिना ही दो मंजिल ऊँची सीढ़ियाँ चढ़ते चले गए।

"देखो! आँखें खोलो! अनुपम आय गयौ! बहू ठाड़ी है! देखो तो सही... तुम कहते रहे कि अनुपम के पास लैकें चलौ, वो ही मेरौ इलाज करवाय देगौ। देखि तौ लेउ एक बेर!" चाची ने लम्बी साँसें भरते चाचा जी का चेहरा हिलाया-डुलाया। अनुपम गद्दे के नीचे से निकालकर केस-शीट देखने लगे।

पलकें खुलीं। दो बूँद पानी आँखों की कोरों से इधर-उधर ढलक गया। न अधरों में कोई प्रस्फुटन...न हाथ-पाँवों में कोई गति। आक्सीजन-मास्क से साँसें दी जा रही थीं। मुरली सिर झुकाए खड़ा रहा। चाची धीमे-धीमे सुबकती रहीं। थोड़ी देर रुककर दोनों चले आए।

वसुधा रात-भर जागती रही। गहरी नींद में सोए अनुपम को बीच-बीच में हिला देती, मगर वे ठंडक के कारण रजाई में लपेटकर खर्राटे भरने लगते।

"अब तक तो खत्म हो गए होंगे।" अनायास ही अनुपम कह उठे, फिर चाय का प्याला तिपाई पर टिकाकर अखबार देखने लगे।

उसे लगा झकझोरकर कहे कि चलो...वह अकेला बालक...। लेकिन अन्तर में समाया भय...प्रताड़ना का संत्रास उसे जड़ करता रहा।

"डिपार्टमेंट जाते समय होता जाऊँगा।" अनुपम का यह वाक्य सुनकर भी वह गूँगी-बहरी बनी रही।

घर रीता होते ही वह भागी थी—वार्ड—डी-2, बेड नम्बर 36...पता लगा कि चाचा जी रात ही...डैड बॉडी मौरच्युरी में है।

हड़बड़ाती सबसे नीचे की मंजिल मौरच्युरी में पहुँची। "ले गए वे लोग डैड बॉडी।" उत्तर मिला तो खड़ी की खड़ी रह गई...निष्प्राण-सी स्तब्ध...सुन्न।

अस्पताल के मुख्य द्वार पर खड़ी रही—इधर-उधर ताकती—कहीं मुरली? कहीं चाची जी?

पर कोई नहीं मिल सका। वही ग्रामीण बच्ची, जो उस दिन दाल के भगौने के पास बैठी कौए उड़ा रही थी, दौड़कर समीप चली आई—"लाश ले गए मुरली भइया। टैक्सी के पइसा नहीं हते तो हमारे बापू के संग जाकें अपनी घड़ी बेची और अम्मा जी की जंजीर...यहीं—यूसुफ सराय में।"

अक-बक अवसन्न वह खड़ी रही देर तक...बौराई बावरी-सी...फटी

आँखें शून्य में गाड़े...फिर भारी बोझिल कदम घर की ओर धरने लगी। आज न दाएँ देखा न बाएँ, न जाने कैसे सड़क पार करती चली आई। कुछ तुड़े-मुड़े नोट हथेली के बीच दबे पसीजते रहे।

और आज बरसों बाद यहाँ—

अचानक भर्राता हुआ स्कूटर बैंक के अहाते में घुसा। हड़बड़ाहट में वसुधा की तन्द्रा टूटी। वह दूर तक भौचक्क-सी देखती रही—इधर-उधर, जैसे कोई दुःस्वप्न देखकर जागी हो। कुछ देर में समझ आया कि वह बैंक में बैठी है।

"मुरली मैनेजर को साथ ले आया वसुधा!" उसके कन्धे पर हाथ धरे अनुपम का आह्लादी स्वर चहका।

आनन-फानन सारा काम हो गया। रुपये गिनकर अनुपम ने बड़े जतन से बैग में धर लिए। मुरली ने उबार लिया अनुपम को—गहन चिन्ताओं के अतल-अथाह सागर से, पल-पल बढ़ते झंझावाती रक्तचाप के उच्च ज्वार से और डूबती हुई धनराशि पर निकलते विकल प्राणों से।

मुरली असीम उत्साह-भरे अतिरेकी स्वर में कहे जा रहा था—"भाई साहब, रास्ते में घर रुका था। माँ खाना बना रही हैं आपके लिए।"

"मगर अब इतना समय कहाँ है?" अनुपम ने निराधार बहाना खोजा। वे अजब-सी अव्यक्त स्थिति में थे, जैसे आत्मा की गिरावट के ठूँठ में वन उग आए हों और वे उससे निकलने के दुर्लभ प्रयासों को टटोलते असमर्थ निस्सहाय हाँफने लगे हों।

"मैंने कहा माँ से, मगर वे मानी कहाँ? कह रही थीं, बहू आई है। ऐसे ही बिना खाए-पिए चली जाएगी?"

फिर वही गलियाँ, वही रास्ते...बेहद सँकरे। दीवार से दीवार जुड़ी हुई, छज्जे से छज्जे मिले हुए और मकान से मकान रगड़ खाते हुए—नुक्कड़ पर ही हलवाई चाचा मिल गए—"अनुपम बाबू हैं का?" कहते हुए लपककर गह लिया अनुपम को। खड़े पीठ सहलाते रहे—"बिलकुल ही दिल्लीवासी होकर रह गए भइया!"

पल-भर रोककर पत्ते के दोनों में मिठाई बाँधी और मुरली को पकड़ा दी—"अनुपम के साथ रख देना। बच्चे खा लेंगे।"

मुद्दत बाद उस घर में प्रवेश किया था। वही धुला-पुँछा ईंटों के खड़ंजे का

आँगन, लोहे की लम्बी सलाखोंदार बड़े-बड़े जंगले।

"चाची जी...!" वसुधा उनके पाँवों पर झुकी।

वे पल-दो पल देखती रहीं, खड़ी हर्षाती रहीं। मुख से असीसती शबरी-सी...भाव-विभोर, विह्वल, गद्गद—जैसे उनकी कुटिया में राम और सीता ने पाँव धरा हो।

स्मृतियों में सँजोए अनुपम की पसन्द के कस्बाई व्यंजन बड़े मनोयोग से तैयार किए थे। बड़े जतन से परोसने लगीं। उनका किया सत्कार...! वह कृतार्थ-भाव...!

"बहू, मीरा ब्याह-भर देखत रही कि भाभी आवैगी, भाई साहब आवैंगे! रोबत रही बहू, तोय याद करकें। कारड तौ मिलौ होयगौ?"

वसुधा निःशब्द...। कंठ में बबूल की काँटों-भरी सूखती टहनी अटककर रह गई।

अनुपम ने सौ का नोट पर्स से निकाला और चाची के हाथ पर धरने लगे—"मीरा के लिए चाची! जब आए तब दे देना।" डूबती आवाज महीन-मद्धिम हो चली।

"नाँहि बेटा! मीरा जब मिलैगी, तब दै दीजो।" कहकर वे रुआँसी हो आईं।

चलने की बेला तक आँखें गीली थीं—बिलखने जैसी स्थिति।

"मुरली, दिल्ली आना। तुम तो आते ही नहीं हो यार! चाची को लिवा लाना!" अनुपम के मुख से निकला वाक्य हकलाकर उनके होंठों पर ही दम तोड़ने लगा।

ललमनियाँ

नन्ही पिड़कुल बाहर से भागती आई और छप्पर के नीचे लीपती हुई माँ को झकझोरते हुए बोली, "अम्मा, साबो मौसी अपने सासरे से आ गईं।"

मौहरो ने लीपते ही लीपते बच्ची की छोटी-छोटी हँफनी सुनी। वह अपने काम में लगी ही बोली, "आ गई तो आ जाने दे, तू क्यों हलकान हो रही है?"

पिड़कुल ने माँ की ठोड़ी पकड़कर उसका मुख अपनी ओर घुमा लिया—"अम्मा, साबो मौसी मुझे देखते ही बोलीं, "पिड़कुल, कैसी है? मजे में तो है? तेरी अम्मा कहाँ हैं? जा बुला ला, मैं उसी की खातिर पाँच कोस चलकर आई हूँ।

"अम्मा, हाथ धो, जल्दी चल, मौसी मुझे पेड़े देगी।"

मौहरो दो पल ऐसे ही देखती रही। फिर शान्त स्वर में बोलीं, "पहले लीप लूँ फिर हाथ-पाँव धोकर चलूँगी। पेड़े कहीं भागे थोड़े ही जाते हैं!"

बच्ची उदास हो गई।

छ: वर्षीया पिड़कुल चंचल और समझदार लड़की है। हल्के ऊदे रंग की चिड़िया की तरह फुद-फुद फुदकती है। सम्भवत: उसकी फुदकती चाल और गम्भीर आँखों को देखकर ही उसकी माँ ने उसका नाम पिड़कुल रख दिया है।

हाथ धोते समय मौहरो को एकाध जरूरी काम याद आ गए—'मक्का दलनी है। मठा रखा है, महेरी बना लूँगी, नहीं तो मठा ज्यादा खट्टा हो जाएगा। आज आटा नहीं है।'

वह चाकी पर मक्का दलने बैठ गई। पिड़कुल न जाने कब बाहर चली गई।

मक्का का दलिया बटोरकर मौहरो पटली झाड़ती हुई उठ ही रही थी कि पिड़कुल साबो जीजी को लेकर हाजिर हो गई।

जीजी को देखकर मन उमड़ आया। हिलोरें आँखों में भर आईं। पपड़ाए-सूखे होंठों से तो उसने मुस्कराने का प्रयत्न किया था। साबो जीजी के कन्धे पर सिर रखकर वह रोई।

बान की खटिया पर पाँव लटकाकर बैठ गईं जीजी। मौहरो कुछ बोल नहीं पा रही थी। आँसुओं के आवेग ने आँख-नाक को ऐसा गीला किया कि वह सुनसुन करती हुई चुपचाप ही बैठी रही है। हाँ, जीजी के पाँवों पर लगे आलता और अँगुलियों में चपीं नई मछली-बिछियों को देखकर अनुमान लगाने लगी। हो न हो, जीजी सुभ कारज में से आई हैं।

पिड़कुल की आँखें भी खुशी से चमक रही थीं। वह बार-बार अपने बालों पर हाथ फेरती फिर अपनी गुँथी हुई नन्ही चुटिया के रिबन को सहला लेती। वह जीजी से सटकर खड़ी थी और उनकी कोरी धोती की गन्ध को नथुनों में भर-भरकर सूँघ रही थी।

अँगुलियों की कोमल पोरों के बीच मौसी की धोती के छोर को घिसकर परख रही थी कि रेशमी है या नहीं।

जीजी कुशल-खैर पूछने के बाद बोली, "मौहरो, अब तू तैयार हो जा, हमारे गाँव ब्याह है। तुझे ललमनियाँ दिखाने चलना है। काम-धन्धा छोड़कर आई हूँ इसी कारन।"

वह जीजी की ओर देखती रही, ज्यों कुछ समझा न हो।

"तू चलेगी न?"

"कहाँ जीजी?"

"अरी मैं क्या कह रही हूँ, ललमनियाँ के लिए।"

वह उदास-सी अपनी ठोड़ी की गुदी बिन्दी को टटोलती हुई धीमे स्वर में बोली, "जीजी, ललमनियाँ की रिवाज बची है बिरज के गाँवों में? हमारे जाने तो इस नाच की कदर उठ गई।" ठंडी साँस भरते हुए उसने माथे पर ऐसे हाथ रख दिया, ज्यों तकदीर बिगड़ जाने के शोक में डूबी हो।

जीजी उत्साह में थी—"हाँ-हाँ, हम भी जानते हैं अपने गाँवों में कदर नहीं बची पर यह बता ललमनियाँ क्या रिवाजों का मोहताज है? उसे कोई दबंग जनी नाचे तो सिलैमा-ठेठरों को पानी कर दे। तू बहादुर जनी होकर पोच बातें क्यों करने लगी?"

"काहे की बहादुर जीजी, सब तरह से जूझकर देख लिया।" मौहरो ने अपने होंठों पर धोती का पल्ला ढाँप लिया।

"मौहरो, तेरे मुख से ये बातें शोभा नहीं देतीं। जबर करेजा की न होती तो ललमनियाँ नाच लेती? द्वार आए समधी को उसका असली रूप गा-गाकर रिझा-रिझाकर सुना देना बहादुरी नहीं है? तू क्या जानती नहीं है, दरपन हाथ में लेकर नाचने का क्या मतलब है? बस यही कि ऊपर से सुगढ़ सलौने बन आए सजन वर अपना असल रूप निहारो, झाँको अपने हिरदै में कि तुम कितने मनिख हो और कितने सैतान...बेटी के बाप को..." कहते-कहते साबो जीजी का स्वर भारी हो गया।

"हमारे गाँव में लम्बरदारनी ने बुलाया है तुझे। कहने को तो न लम्बरदारी बची न धन-दौलत और न शान-शौकत, पर अपनी देहरी पर टिकी अपनी धूल-माटी में पड़ी और अपने परब-त्यौहारों में बसी वह हमारे गाँव ताहरपुर की माँ है। तू क्या जाने कि ललमनियाँ के लिए कितेक ठौर हैं उसके करेजा में?"

"जीजी, अजब-अजब खेल-तमासे चल गए हैं, नित रोज दुनिया बदल रही है। सहर के लोग तो बीडुआ चलाएँगे। सहर से नचनी भी लाएँगे।"

साबो जीजी की काजल लगी छोटी-छोटी आँखें सिकुड़ गईं—"तू बीडुआ और सहरी नचनियों से डर रही है? चलते रहे सौतेला। हमारी लम्बरदारनी के किस काम के? यों तो उनके पूत कह रहे थे कि हम अपनी बहन की सादी शहर से करेंगे। लम्बरदारनी नहीं, अँग्रेजी। बिरज की असल जाटिनी है वो।"

मौहरो ने अमृतवाणी सुनी। उसकी निस्तेज आँखों में किरणें फूटने लगीं। मुरझाया मुख सुरजमुखी के फूल की तरह खिल गया।

आस्थापूर्वक बोली, "जीजी, ब्याह कब का है?"

"अरी कल्ल, क़ल्ल आवैगी बरात।"

वह जीजी के लिए पल-छिन में चाय बना लाई। कनकटे पीतल के गिलास को उन्होंने धोती के छोर से पकड़ा और फूँक मार-मारकर घूँट भरने लगीं।

"मौहरो, गुजर-बसर...?" उसका स्वर गम्भीर हो गया।

वह हँसी—"जीजी अबकी बार फसल अच्छी थी। किसानों के खेतों में कटाई के बाद बालें अच्छी गिरीं। भले बीनने के बाद मालिकों ने हमें चौथा हिस्सा दिया, पर इतना तो जोड़ लिया कि अगली फसल तक मैं और पिड़कुल भूखे

न मरें। बिना खेती-पातीवालों के तो ये ही साधन हैं जीजी। सिलु-साँगुरे-बीनना, कटनई और बुवाई करना।"

जीजी ने चाय का अन्तिम घूँट भरा और उठ खड़ी हुई।

"तू चिन्ता न करना। हमारी लम्बरदारनी का करेजा चौड़े पाट का है, तुझे भी अच्छा देगी।"

मौहरो क्षीण-सी हँसी हँस दी। विनीत भाव से बोली, "कैसी बातें करती हो जीजी? ललमनियाँ क्या लेने-देने के लिए किया जाता है? अरे वो तो अपनी बिरज भूमि का नाच है। बस मरता हुआ नहीं देखा जाता...अम्मा क्या कमाई के लिए ललमनियाँ दिखाती थीं? उसे तो अटूट पिरैम था इस नाच से।"

"अरी और क्या!" जीजी ने उत्साहपूर्वक समर्थन किया।

जीजी जाने लगीं। पिड़कुल का मुँह छोटा हो आया। आँखों की उमंग मरने लगी। वह धीमे-धीमे कदमों से चली और जीजी से बहुत पीछे रह गई।

जीजी लौटीं, उन्हें कुछ याद पड़ा—"अरी लो! मैं तो बातों में भूल ही गई। इस नन्ही के लिए पेड़े लाई थी, और खोखा झोले में ही लिए जा रही हूँ।"

पिड़कुल ने फुर्ती से डग भरे और उनके पास पहुँच गई। उन्होंने उसके बालों पर हाथ फेरा। गालों को पुचकारा और पेड़ों का खोखा छोटे-छोटे हाथों में थमा दिया। पिड़कुल ने कागज के थैले को सावधानीपूर्वक पकड़ा।

जीजी फिर बोली, "अच्छा तो चलती हूँ। दिन उगे से पहले ही निकल लेंगे कल। भायटे-गरमी का बखत है फिर घाम करीं हो जाएगी।"

दिन में इतनी बातें हुईं फिर भी वह निश्चित तौर पर तय नहीं कर पा रही थी कि साबो जीजी उसे सचमुच ललमनियाँ के लिए बुलाने आई हैं या वह कोई सपना देख रही है। लम्बरदारनी जैसे आठ-दस गाँवों में भी लोग निकल आएँ तो ललमनियाँ की चल्ला फिर से चल निकले।

आस बाँधकर भी उसका मन मुरझा जाता है। असल में उसका हौसला टूट गया। बार-बार वह अम्मा को याद करके हिम्मत जोड़ती है लेकिन...

कुन्दन काका की बेटी के ब्याह में कैसी हुलस थी उसके मन में, जब सुना कि काका बेटी का ब्याह गाँव में ही कर रहे हैं। अम्मा का जमाना और था। आज बात पलट गई है। अब तो गाँव के खाते-पीते लोग अपने गाँव की धूल-घक्कड़, कीच-काई और अँधियारे से बचने के लिए शहरों की ओर भाग जाते हैं ब्याह का

समारोह वहीं जँचता है उन्हें।

पर कुन्दन काका ने ऐसा नहीं किया। सारे गाँव के अँधेरे पर ज्यों जगमगाती रोशनी छा गई। शहरी बरात को अपने गाँव की खास चीजें दिखाने की ललक सबके भीतर उठी। लड़कियों ने अच्छी-अच्छी ज्यौनार, गारियाँ और मंगलगीत तैयार किए। बड़ी बूढ़ियों ने शगुन के गीतों को लयबद्ध करके दुहरा लिया।

मौहरों ने अपना पुराना लहँगा धो-धोकर निखारा। लोटा में गरम राख भरकर इस्त्री की। ओढ़नी में खोंपें हो गई थीं, उसने सावधानीपूर्वक सँभालकर ऐसे सिया कि कोई जान पाए, ओढ़नी कभी फटी भी थी।

जर्जर लत्तों को देखकर उसके मन में यह इच्छा जागी कि ब्याह में जुड़ी नातेदारिनों से कपड़ों की मदद ले लें। मगर उनकी बात आई-गई कर दी औरतों ने।

वह सुरमा-बिन्दी-महावर से लैस होकर हाथ में दरपन लिये छत पर चढ़ गई। जहाँ से वह बरात को और बरात उसे पूरी तरह देख सके ऐसी जगह चुनकर खड़ी हो गई।

नाइन की गंगा ने ढोलक पर थाप दी।

उसने गीत उठाया—'ओ मेरे साजन तू देख ललमनियाँ।'

और नाचने लगी।

पहला ही आखर गाया, दरपन का लश्कारा नीचे को मारा कि कुन्दन काका का दरोगा बेटा पलक झपकते छत पर आ कूदा, चीखकर बोला, "ओ मौहरो की बच्ची! किसने कहा तुझसे नाचने को? देखती नहीं हमारे बरातियों की शान-शौकत? चीथड़े पहनकर गँवारू नाच! चली आई कहीं की! हमारी इज्जत धूल में...? बन्द कर री गंगा ये ढोलक-मंजीरे।"

उसे लगा ढोलक के पल्लों पर गंगा के अवसन्न हाथ काँप रहे हैं। और स्वयं के पाँव थरथरा रहे हैं।

नीचे बाजे बज रहे थे। बरात में आई लड़कियाँ, घर की पढ़ी-लिखी बहू-बेटियाँ आँचल-दुपट्टे फेंककर बेसुध होकर नाच रही थीं; मर्दों की छाती से लगी, उनके कन्धों पर झुकीं।

भोंपू चीख रहा था : 'चुम्मा चुम्माऽऽ...चुम्मा दे देऽऽ...'

उस दिन वह भूखी सोई। ब्याहवाले घर से लाकर नाई परोसा दे गया। पूरी-पकवानों को देखते नहीं बनता था। पिड़कुल को भी नहीं जगाया। अम्मा की बहुत याद आई। अम्मा तो सपने में भी ऐसा नहीं सोचती थी कि इस तरह... चार-पाँच साल में ही...! भला हुआ अम्मा मर गई।

ऐसा उसके साथ एक बार नहीं हुआ, कई बार घटा।

...मगर आज! ललमनियाँ का मान हुआ है। उसकी खातिर मौहरो को बुलाया है, वह पूरी मेहनत, सम्पूरन तन-मन से करेगी। ऐसा...ऐसा कि लोग सलीमा के गाना और बीडुआ का नाच भूल जाएँ। तसवीर और आदमी में कुछ तो फरक रहता ही है न?

लेकिन लहँगा? उसने अपनी तार-तार काली धोती को नजर-भर देखा। हाथों में चूड़ियाँ नहीं, काले धागे बाँध लिए हैं। उसे अनायास ही हँसी आ गई। साबो जीजी से कैसा अमन चैन-भरा गीत गा दिया! क्या जीजी जान न गई होंगी हाथों की ठेकों को देखकर कि ये घास खोदनेवाले हाथों में खुरपी के बेंट से पड़ जाती हैं।

जाटिनी की जात भारी पड़ रही है उस पर या अम्मा जैसी कूबत में कमी आ गई है?

उसी समय पिड़कुल बोली, जो बान की खरहरी खाट पर सो रही थी और एक लम्बे धागे को बार-बार अपने दोनों घुटनों पर लपेट रही थी—"अम्मा, हमारे बापू...रधिया कह रही थी, तेरे बापू मर गए।"

"धत्!" मौहरो ने बच्ची के मुख पर हाथ धर दिया।

"दिनेसा कहता है कि वे तेरी अम्मा से रूठकर चले गए! हाँ अम्मा?"

"हाँ!" मौहरो ने मुकम्मल उत्तर मानकर हाँ बोला।

"क्यों रूठ गए अम्मा? तुमने उन्हें मारा था?" बच्ची उठकर बैठ गई।

"अच्छा, तू चुप होगी कि नहीं? आज ये बातें कहाँ से उठ आईं तेरे मगज में? पुरखिन हो गई है छिटंकी।"

पिड़कुल फिर लेट गई!

रात के अँधेरे पर कुप्पी की पीली रोशनी फैल रही है। पिड़कुल अपनी परछाईं को देखती रही। जो दीवार पर पड़े चित्र की तरह उसे दीख रही थी। उसकी नाक लम्बी, बाँहें पतली और पाँव लकड़ी के जैसे, डंडानुमा! वह हँसी

और बोली, "अम्मा, देखो बिजूका!"

मौहरो उठा-धराई में लगी थी। किसी पोटली को टटोल रही थी। उसकी ओर ध्यान नहीं दिया। पिड़कुल ने उसी समय एक गीत गाया।

"सबके तो बाबू हैं, हमारे बाबू हैं ही नहीं।"

"रधिया के बाबू हैं, दिनेसा के बाबू हैं, पिड़कुल के बाबू हैं ही नहीं!"

उसने पलटकर देखा, निगाहें बुझने लगीं। आज इस लड़की को बाबू की धुन इस हिसाब से क्यों शुरू हुई? जरूर कोई बात सुनकर आई है। लोग भी अजब हैं, इसे देखते ही कराहने लगते हैं कि हाय बाप की सूरत तक नहीं देखी अभागी ने।

भट्टे में सुलगते कंडों पर हँडिया में महेरी खदबदा रही थी। मौहरो ने उसे काठ के चमचे से चला दिया। दाने निकालकर परखे।

छोटी-सी थरकुलिया में महेरी परोसकर पिड़कुल के पास पहुँच गई।

"ले, बेटा खा ले। भूखी ही सो जाएगी? बखत से खाती ही तो नहीं है, पसलियाँ निकल आई हैं।"

पिड़कुल को नींद आ चुकी थी, फिर भी वह आज्ञाकारिणी बिटिया की तरह उठी और उनींदी आँखों नन्हे महात्मा की तरह थाली के सामने आ बैठी। अधमुँदी पलकों को यत्नपूर्वक खोलती हुई फूँक मार-मारकर महेरी खाने लगी।

खाकर पानी पिया और छोटी-सी डकार लेती हुई थाली मोरी पर रख आई।

मौहरो उसके साथ ही खटिया पर जा लेटी। पिड़कुल के कोमल बालों में हाथ फिराती हुई बोली, "सो जा। सवेरे जल्दी उठना है। साबो मौसी के संग ताहरपुर चलेंगे।"

बच्ची ने माँ के सीने में सर गड़ा दिया और बोली, "तू पाँव-पाँव चलाएगी अम्मा, पाँवों में काँटे लगेंगे। अब की बेर रधिया अपनी चप्पल नहीं देगी। बापू की बात पर मेरी कुट्टी है उसके साथ।"

मौहरो ने उसका नन्हा मुख चूम लिया—"हम रेत-रेत चलेंगे। कटीली रस्ता में मैं तुझे गोदी ले लूँगी।"

"अम्मा, साबो मौसी कह रही थी कि ब्याह में पूरी-साग-दही मिलेगा और लड्डू-जलेबी भी। दिनेसा मुझे दिखा-दिखाकर खाता है। उसके बापू बजार से लाते हैं।"

मौहरो ने बच्ची को खूब प्यार किया। अन्त में कथूलिया बिछाकर खाट पर सुला दिया और तब तक दबदोरती रही, जबतक नन्ही-नन्ही लम्बी-सी उसाँसों से गहरी नींद का अहसास न हो गया।

जो कुछ भाया, सो कौर-दो कौर खा लिया। आँखों में नींद दूर-दूर तक न थी, हाँ पिछले खयाल जरूर गहराने लगे आँखों में...

अम्मा का हौसला भर दे भगवान् मेरे सीने में, जो बहता हुआ हाथों से पाँवों तक चला जाए। गले की आवाज में बोले और हाथ के दरपन में कोंधे।

माँ चार बहनें थीं—एक से एक रूपवती! एक से एक कलावन्ती!

उनका बाप गरीब के घरौंदे में पटक गया अम्मा को।

अपने पिता की याद है मौहरो को। गरीब के साथ वे रोगी भी थे। पेट फूलता था उनका। इसी कारण पेटफूला नाम भी पड़ गया। अम्मा कहती थीं, नाम भी दौलत के हिसाब से बिगाड़े-सुधारे जाते हैं नहीं तो रामसिंह जाट को ऐसे बेढब नाम से कोई क्यों पुकारता? खेती-बैलोंवाले जाट रहे होते तो लोग उन्हें ठाकुर रामसिंह कहते।

उनके इलाज में अम्मा ने अपनी हमेल में से चाँदी का एक-एक रुपया बेच डाला उसमें गिलट के सिक्के कसवा लिए। और उसी को पहनकर वे ऐसा ललमनियाँ नाचतीं कि...

उसने जोग-तप माना ललमनियाँ को। उसके बदले किसी ने कुछ दिया तो उसे भोग-परसाद समझकर ग्रहण किया।

जिस दिन पिता मरे थे, बुरी घड़ी थी। अम्मा की आँखों से आँसुओं से ज्यादा भूख से बिलखते अपने छोटे-छोटे बच्चों को देखकर लाचारी बरस रही थी। उन्हें याद था कि आज के दिन ललमनियाँ दिखाने जाना था। सिमरधरी गाँव में। लेकिन घर में लाश धरी हो तो...आने-जानेवालों के सामने बच्चों के पेट में कुलबुलाती आँतों को मसककर शोक दर्शाना जरूरी है। अम्मा इस रूढ़ि-रिवाज को नहीं तोड़ पाईं। उसके कान में बोलीं, "बेटी तू चुपके से ललमनियाँ कर आ। परोसा मिलेगा सो उसी परसाद के संग कई दिनों तक पानी पीते रहेंगे। हमारे यहाँ रोज-रोज खाना भी कौन धरने आएगा?"

लौटकर आई तो बापू का दाह करके लौट चुके थे लोग। अम्मा औरतों के बीच मुँह लाल किए बैठी थीं। चिन्ता से घायल आँखें उसकी ओर फेरीं और

बोलीं, "कठौती के नीचे दाब दे प..."

उसने उसी लय में बताया, "नहीं दिया अम्मा। घर की मालकिन ने बोला ब्याह के घर का परोसा मौतवाले घर में नहीं जाता। तू आई क्यों बेटी?"

अम्मा की सूखी आँखों में से पानी की धारा फूट पड़ी। वे दहाड़ मारकर रोने लगीं। यह बात आज तक समझ में नहीं आई कि अम्मा किस बात पर रोई थीं? अपने बच्चों की भूख पर? बापू की मौत पर? या ललमनियाँ की बिन भोग आराधना पर?

कभी लगता है कमजोर हो गई थीं अम्मा, या शोक में अधीर थीं अथवा ललमनियाँ के तिरस्कार पर रोष आया था उन्हें?

वह नौ साल की अवस्था से ही नाच में प्रवीण मानी जाने लगी। अम्मा ही उसकी गुरु थीं। अम्मा का ललमनियाँ आसपास के गाँवों में मशहूर था। ऐसे तो हर गाँव में कोई-न-कोई औरत बरात को ललमनियाँ दिखा लेती पर अम्मा की बात उस्तानी के जैसी रहती।

अम्मा गरीबी पर धीरे-धीरे कला की रंगत चढ़ाती चली गई। उनका मान बढ़ने लगा। चटकदार लाल लहँगा, पीली फरिया और चाँदी के गहने धारण करके जब वे ललमनियाँ दिखाने खड़ी होतीं तो वे लोग बेध्यान मूरत से खड़े रह जाते। बरात रुकी रहती। गाड़ीवान बैलों की रास कसे रहते।

आते-आते वह समय आ गया कि सेठ-साहूकारों के घरों में भी उनके बैठने के लिए चौकी-पीढ़ा दिया जाता। पत्तल की जगह थाली परसी जाती। संग में लहँगा-ओढ़न और अंगिया का जोड़ा जैसे सम्बन्धियों को दिया जाता, ठीक वैसे ही।

अम्मा चाहती थीं गाँव की बहू-बेटियों को भी ललमनियाँ सिखाएँ। जब कोई भी उनकी निगाह में खरी न बैठी तो वे गाली देतीं। सिलैमा को कोसतीं। फैसन को गरियातीं। कहतीं कि हरजाई रंडियाँ बनी डोलती हैं। त्यौहारों और सगुन के मंगलगीतों की जगह बेसियाई गाने लगती हैं छिनार! बताओ, 'जादूगर सैंया, छोड़ मोरी बहियाँ' गा रही थी कुन्दना की छोरी! कुलच्छिनी बाप-काकाओं की आँखों के आगे बहियाँ छुड़ा रही है सैंया से! कलजुगिनी!

अम्मा को कुछ न सूझा तो अपनी बेटी पर ही बस चला और वह सात बरस की अवस्था से अम्मा के संग-संग दरपन लेकर घाघरी पहनकर नाचने

लगी। नाच का गीत—

'देख ललमनियाँ
पीरी पाग वारे तू देख ललमनियाँ
नैनन सुरमा वारे तू देख ललमनियाँ
ओ माया के लोभी, ओ जोरू के चाकर,
बेटा के व्यापारी
तू देख ललमनियाँ...'

जैसा समधी होता उसी तरह के गीत

जिस बेटे को उन्होंने ओखली में खा-खाकर, टोने-टोटकों को पूरा करके जन्मा था वही दिन-रात गाली देता क्योंकि वे भेदभाव न बरत पाती थीं। सक्का-गड़रिया-कुम्हार-खटीकों के यहाँ भी नाच आतीं।

भइया का ब्याह नहीं हो पा रहा था। वह चिड़चिड़ा हो गया और उन्हीं दिनों अम्मा ललमनियाँ उदार होकर दिखा रही थीं।

कहने पर भी नहीं मानी तो भाई ने पीटा अम्मा को, बोला, "तू माँ है या हत्यारी दुसमन! नीच-कमीनों के द्वार दरवाजे नाच रही है। बिरादरीवालों का भी खौफ नहीं? जाटिनी होकर नटिनी बनी फिरती है। कोई ऐसी डायन माँ होगी जो बेटे का घर बसता न..."

अम्मा उफन पड़ी—"कनास! गरीब-गुरबा के ब्याह में ललमनियाँ दिखा आई तो तेरी हेठ हो गई? अरे और इसके सिवा हमारे पास है ही क्या देने को? सलगी गड़रिया की बेटी का ब्याह क्या मातम की तरह होता? ढोल-ताँसों की गुंजाइश दोनों समधियों में नहीं। मैं तो ठाड़ी-ठाड़ी देखती रह गई। भरे ब्याह में सुन्न गमी का-सा आलम!"

"बेटा, मेरे पाँव हैं न, जे बड़े जिद्दी हैं, नहीं माने। जात-बिरादरी का जुआ तोड़के भाग छूटे। मैं क्या चीज हूँ, सिमरधरी का जफरा जो मसजिद में निमाज पढ़ता है, अपना पेटपीटा बाजा लेकर आ गया तो मैं सुध-बुध खोकर नाच उठी। भूल ही गई कि मेरा पूत जाटों में पैदा होकर इन्दुर भगवान समझ रहा है खुद को। और याद रह गई तो एक ही बात की सलगी के समधी जैसा मनिख देवता मैंने आज देखा, जो हमारी बेटी को कच्चे पत्तों के मंडप तले से ढाई कपड़ों में सिर-माथे ले जा रहा था।"

"कपूत तू न्यारा मान अपने आपको, और ले आ पर्दामनी ब्याह के।"

अम्मा बूढ़ी हो चली थीं। नाच का जिम्मा उसने ले लिया। लोग कहते चन्द्रकला की तरह बढ़ रही है मौहरो! अपनी माँ की तरह ही नचनी निकलेगी।

ब्याहवाले घरों में उसकी पूछ होने लगी। नाते-रिश्तेदार हँस-हँसकर कहते, "लो आ गई मौहरो! समधी को दान-दहेज उस समय गिनाना जब मौहरो नाच रही हो। ऐसे विरमा लेगी कि कमी-बेसी मालूम न चलेगी। लोभी समधी को मेड़ा बनाकर बाँध लेगी ओढ़नी के छोर में।"

किसी समधी को मेड़ा बनाया कि न बनाया, मालूम नहीं उसे।

हाँ उसे जरूर...

जोगेश को मेड़ा बना लिया था। अपनी ओढ़नी के ठोंक से बाँध लिया था! कि काजल की तरह नैनों में...

मानसिंह चाचा की विमला का ब्याह था। बरातियों में ठंडाई-लस्सी बँट रही थी।

वह काली मगजी का लाल लहँगा और गोटेदार पीली ओढ़नी ओढ़कर ऊपर छत पर आ गई। बाँकड़ादार हरी चोली को आधी ढँकते हुए पल्ला खोंसा, कलाइयों में लाल-लाल कामदानी चूड़ियाँ खनकने लगीं। खडुआ, पौंहची और पाँवों में झाँझर! आँखों में सुरमा। माथे पर लाल टिकुली और लश्कारा मारती नगदार लोंग नाक में।

हथेली के बीच छोटा-सा दरपन लेकर खड़ी हुई।

गंगा ने ढोलक पर थाप दी, सखियों ने गीत उठाया—'बतइयो डाबर नैनी, जटिनियाँ चाल कैसीऽऽ?'

उसने मुख पर घूँघट डालकर उत्तर दिया—'तुम देखो मेरे राजा, जटिनिया चाल ऐसी।'

घूँघट में से हंडे की रोशनी में साफ तौर पर दिखाई दिया।

एक छैला!

हाथ में गिलास थामे एकटक देखता हुआ! आँखों में नशा भरे हुए। जैसे किसी जादूगरनी के असर से जड़ हो गया हो! किसने मारा मन्तर? किसने फेंके जादू के फूँके हुए तिल?

उसने घूँघट उलट दिया।

गीत का मुखड़ा पलट दिया :

'कारी जुल्फन वारे तू देख ललमनियाँ
बाँके नैना वारे तू देख ललमनियाँऽऽ।'

उसकी हथेली के बीच दबा दरपन लश्कारे मारने लगा। जोगेश की आँखों में चकाचौंध! हर बार हाथ में लहराता दरपन चमकता।

वे हड़बड़ा गए।

उसकी लोंग की बिजली कौंधी।

उन्होंने गाड़ीवान को टोनियाया। गाड़ी रुक गई।

वह उन्हीं के ध्यान में डूबी गा रही थी :

'सफेद कमीज वारेऽऽ तू देख ललमनियाँ
ओ लीली पैंट वारे तू देख...'

वे जान ही तो गए थे कि नाचनेवाली की मस्त आँखों का इशारा उसकी ओर है। नजरों के बान उनको ही लेकर छोड़े जा रहे हैं।

गाड़ी में बैठे बुजुर्ग कसमसा रहे थे, उधर अँगुली दिखा रहे थे। जिधर बीड़ी-सिगरेट मिल रही थी, मगर जोगेश गाड़ीवान का कन्धा थामे उसे हिलने तक न दे रहे थे। बैलों की रास पकड़कर जुए पर आ बैठे।

वह नाचती रही। वे अपनी माला में से गेंदा के फूल तोड़-तोड़कर फेंकते रहे।

बारौठी द्वारचार के समय वह नीचे आ गई। पीछे से किसी ने कहा—अपरूप! अपरूप सुन्दरी!

मुड़कर देखा, वही! सफेद कमीज, नीली पैंट, बाँके नैन।

सवेरे पानी-भरा गागर सिर पर धरकर जब वह ओसारे में घुसी। देखी तो धक् से रह गई—मइया! रातवाला छैला!

झटपट गागर उतारी और भीत की ओट में खड़ी हो गई।

अम्मा से बातें हो रही थीं।

मन में गीत गूँजने लगा ऐसे ही, अचानक रस-भीगा गीत :

'झटपट झटपट अम्मा गगरी उतारि,
बागन कौ मोरिला मेरे मन बसौ जी।'

कान सुन रहे थे। आँखें मुस्करा रही थीं। उन्हीं की बातों के बीच पता

लगा, साथ जो आए हैं वे उनके जीजा हैं। जो कह रहे हैं, "चिन्ता न करो माँजी। आपकी बेटी सातों सुख पाएगी। अकेला बेटा ठहरा जोगेश।"

वह दाँतों में धोती का ठोंक चबाती रही, गीत की कड़ी मन में हिलोरें ले रही थी :

'तुमरी तो सासुल मोरिला, हमरी है माय।
आज बसेरौ चम्पे बाग में जीऽऽ।'

माँ ने तर्क दिया, "अकेले बेटा ठहरे, हमने मान ली, पर उनके पिता आ जाते तो ठीक रहता। तसल्ली हो जाती। अखेल लड़का।"

जीजा बोले, "हम तो बुला भी लाते, पर वे इस समय गाँव में होंगे नहीं, माल भरने कलकत्ता गए हैं। जब जात-बिरादरी भी एक ही मिल गई। नहीं तो हमें भी समस्या लगती। और माँजी, जब बेटा मन की बहू माँग रहा है तो दान-दहेज पर भी वे क्यों रूठेंगे? एतराज बस इतना ही भले करें कि पढ़ते में ही ब्याह...सो यह आपकी नहीं, हमारी चिन्ता है।"

गाँव के बड़े-बूढ़े जुड़ आए। माँ को समझाया—"मौहरो की माँ, घर आए वर की अवज्ञा न करो। तुम बाबरी, सौभाग को ठुकरा रही हो?"

उसके अंग-अंग में गुदगुदी होने लगी। अनचाहे ही हँसी फूटती। वह दबाने का यत्न करती। लोगों से आँखें चुराती फिरती।

उसका नसीब सराहा गया। घड़ी-महूरत की महिमा बखानी कि लो ऐसी शुभ घड़ी के सब के घर बेटी जनमे कि मुँह माँगकर ले जाए वर।

सखियों ने छेड़ा—"अब तो तू चौके में भी चप्पल पहनकर रहा करेगी। सिलवार-कुर्ती पहरेगी। लायलौन की साड़ी और खमम खोल बिलौज!"

उधर मानसिंह चाचा की विमला की भाँवरें पड़ीं। इधर उसके ओसारे के भीतर कोठे के द्वार पर बन्दनवार बँधे गए। मंडप छव गया। चौक पूरे गए। साबो जीजी हरी चूड़ियाँ ले आई।

विदा के समय अम्मा जोगेश से बोली थीं, "बेटा, भैमाता जब एक हजार एक मनिख सिरजती है, तब मौहरो पैदा होती है। मेरी बेटी हीरा जनम है।"

ऐसा उसने कभी नहीं देखा था।

उसके गाँव में यदि कोई लड़का बरात में गया और वहीं किसी को पसन्द आ गया, मानो भाँवरें डाल दीं और बहू ले आया। उस बहू का स्वागत देवता पूजकर, कौरे पर रखी ऐंपन की घोड़ी पुजवाकर होता है। बहू अतिथि मानी जाती है, उसके सम्मान में आस-पड़ोस के लोग, नाते-रिश्तेदार इकट्ठे होते हैं।

'ससुराल' में ऐसा कुछ नहीं हुआ!

उसके पाँव से चौखट तक नहीं छूने दी! वह घूँघट में से यह तक न देख पाई कि उसके घर का द्वार कैसा था?

दुत्कार दिया।

"कहाँ से उठाकर लाया है इस नटिनी को? इसका नाच पसन्द आ गया? पर हमें भी पता लग गया है कि नाचकर ही पेट भरती है, भीख माँगकर...तू अन्धा हो गया तो हम भी आँखों पर पट्टी बाँध लें?"

ये सब जोगेश के माता-पिता के मिले-जुले बयान थे।

उसकी आँखें घूँघट में ही पथरा गईं। रोम-रोम जड़ हो गया।

जोगेश की जुबान सूख गई।

केवल जीजा लड़े, बहस की, दलीलें दीं—"भगाकर नहीं लाया है। विधि-विधान से पूरे गाँव के सम्मुख ब्याह किया है। बहू का अनादर करने का हक नहीं बनता आपको।"

पिता आपे से बाहर हो गए—"दामाद जी, रिश्तेदार हो, रिश्तेदार की तरह रहो। हमारे घर में टाँग अड़ाने का आपको क्या हक? जब तुमने हमारे घर की हैसियत के बारे में नहीं सोचा तो ऐसे नातेदारों से सम्बन्ध नहीं रखना चाहते हम। चले जाओ।"

उस रात एक धर्मशाला में रहे।

जोगेश संग भी नहीं आ पाए।

वह रेशमी साड़ी में लिपटी गठरी की तरह बैठी जीजा से डरती रही। जीजा करवट लेते तो वह काँप जाती। वह रात ऐसे कटी जैसे फाँसी के फन्दे में गर्दन डालकर अटकी रही। रो भी नहीं पाई, कहीं जीजा चुपाने के बहाने ही...

आज लगता है, जीजा सतजुगी जीव थे। अकेले, निहत्थे और निस्सहाय प्राणी को उन्होंने शिकार के रूप में नहीं, मनिख के रूप में देखा।

फिर एक किराये का कमरा...जीजा सारा भार उठा रहे थे।

जोगेश छिपते-छिपते आते। सूनापन बोलने लगता। स्वर्ग उतर आता उस छोटी-सी खटिया पर। सिकुड़े-सिकुड़े बिस्तर पर विश्वास न बँधता कि ये जोगेश मेरे! सब तरफ से उन्हें ही निरखती रहती। चले जाने के बाद उनकी छवि को छिपाए रहती मन में, आँखों में, अंग-अंग में!

जीजा के पास खर्च की कमी होने लगी।

हारकर वे ही एक दिन गाँव में छोड़ गए। जोगेश ने छाती से लगाकर कहा था, "नौकरी लगते ही लिवा लाऊँगा तुम्हें, अपरूप!"

ठीक नौ महीने बाद पिड़कुल का जन्म हुआ।

दो साल बाद अम्मा नहीं रही।

जोगेश आज तक नहीं आए...

आस तोड़नेवाले तरह-तरह के खयाल उठते हैं। चम्पे बाग के मोरवाला गीत अनचाहे ही रुलाता है! पर आँखें नहीं मानतीं...राह पर लगती रहती हैं—कोई गैल-बटोही आएगा, उसके हाथ का पानी माँगेगा।

मौहरो ने ठंडी साँस भरकर दाईं ओर को करवट ले लिया। सोच में डूबे कितनी रात निकल गई! आकाश में शुक्रतारा झिलमिला रहा है! पिड़कुल के कोमल मुख पर जुन्हैया बरस रही है। उसके निरीह मुख को चूमकर कल जाने का शीतल विचार भिगो गया उसे।

कितने दिनों बाद ललमनियाँ दिखाएगी! उसकी मूर्च्छित शिराओं में रक्त संचार जीवित गति से होने लगा। वह उठकर बैठ गई। हाथ में बँधे काले धागे, लाल कागदानी चूड़ियाँ! बिवाई फटी एड़ी, कोमल आलता लगे पाँव! काली तार-तार धोती। साठगजी लाल लहँगा!

सवेरे से दोपहर तक की यात्रा करते-करते चिलचिलाती गरमी की धूप में पहुँची ताहरपुर। साबो जीजी अपने घर ले गईं। बोलीं, "उनके घर सकुचाएगी तू। बरात के बखत ही चलना।"

साँझ हुई। सूरज छिप गया।

बरात आ गई। बाजों की ध्वनि गाँव के सीवान में गूँज रही थी। इधर साबो जीजी रंगीन लहँगा फरिया चोली, कड़े, दस्ताने, ऐरन, तगड़ी, चूड़ियाँ आदि

सँभलवा रही थीं, उसके मन में तरंगें उठने लगीं।

देखते ही देखते बरात गाँव में प्रवेश कर गई। अगवानी के लिए लोग पहुँचे। स्वागत-सत्कार की चीजें लेकर इधर से उधर दौड़ने लगे। वह झटपट हाथ-मुँह धोकर आ गई।

उठती हुई धूल और पास आती हुई बाजों की गूँज से समझ लिया, बरात लम्बरदारनी के द्वार पर आनेवाली है।

अपने मुरझाए और कलछौंहे पड़ गए चेहरे पर लाल टिकुली लगाई। आँखों में काजल आँजा। नाक में बिजली-सी कौंधती लोंग पहनी। होंठों के बीच पान का बीड़ा दबाया और चाबने लगी।

लम्बे-दुबले तन पर लहँगा ओढ़नी से लेकर चाँदी के सब जेवर! पाँवों में झाँझन और पाजेब पहनकर, हाथ में दरपन लिये छत पर जा चढ़ी। औरतों ने अपरिचित मगर प्रशंसा के भाव से देखा।

ढोलक पर गुमकदार थाप पड़ी।

बरात स्वागत करवाती हुई गली में ठीक उसके सामने से गुजरने लगी।

मौहरो ने दरपनवाला हाथ लोच देकर लहराया।

वह नाच उठी :

'ओ जुल्फन वारे तू देख ललमनियाँ
लाल टाई वारे, ओ कारे चस्मा वारे तू देख...'

वह बिजली की तरह तड़पती गति से घुमेर ले रही थी, देह का नग-नग लचकाकर, बराती देखते रह गए। ठंडा पेय भूलकर ठगे-से...ब्रज के गाँवों में फिर ललमनियाँ।

मौहरो हँस-हँसकर दरपन के लश्कारे मारने लगी। जिस पर चौंध पड़ता वह अभिभूत प्रेम से देखने लगता।

उसी समय! नाच के बीच! पिड़कुल दौड़ती आई—"अम्माऽऽ रुक जाओ। रुको अम्माऽऽ!"

"नीचे चलो, जल्दी नीचे..." वह माँ की टाँगों से लिपट गई।

नाच में व्यवधान आया, उसने बच्ची को परे झटक दिया। मगर वह नहीं मानी। बोली, "साबो मौसी कह रही है हमारे बाबू आ गए। हमारे बाबूऽऽ..."

"बाबू!" मौहरो के पाँव ठिठके, दरपन ठहरा।

"हमारे बाबू दूल्हा बने हैं अम्मा!

"हंस-मोटर पर बैठे हैं!" बच्ची ताली पीटकर हँसने लगी।

आते-आते हंस-मोटर ऐन सामने से गुजरने लगी। मौहरो की आँखें फट पड़ीं, पुतलियाँ चूर-चूर हो गईं। दरपनवाले हाथ की नसें ऐंठ गईं।

बेहद गुस्से में पिड़कुल माँ का लहँगा खींचती हुई रो पड़ी—"अम्मा चलोऽऽ..." उसकी चीख बाजों के शोर पर छा गई।

सारे शहर से बेखबर मौहरो दरपन के लश्कारे मार-मारकर बेसुध हुई नाचती रही...नाचती ही रही...एक आदिम नाच।

अपना-अपना आकाश

यहाँ रहते हुए उन्हें चार महीने हो चुके थे, यह वे भी जानती थीं। पन्द्रह दिन पहले से मन में जोड़-गाँठकर हिसाब लगा रही थीं, इसकी वे अभ्यस्त हो चुकी थीं। अब फिर दिल्ली जाना था बड़े बहू-बेटों के पास...। दिल्ली के नाम से उनकी रूह थरथराने लगती थी, एक मुकम्मल दहशत जो मन में बैठ गई थी। जीवन का एक-एक दिन उनके लिए भारी हो उठा था लेकिन अपने-आप क्या कोई प्राण तज सकता है...?

वे उठना चाहती थीं, पर उठते समय लग रहा था जैसे हाथ-पाँवों का अंश खिंच गया है—अब इतना जाँगर कहाँ था कि झमककर उठ पड़ें। कोई उमंग-उछाह हो तो बूढ़े हाथ-पाँव भी त्वरित गति से चलने लगते हैं, मन में हील-हुलस ही नहीं तो तन भी शिथिल होता जाता है। जाने के नाम से उन्हें झुरझुरी चढ़ने लगी थी और शरीर में ठीक बुखार के पहले की-सी टूटन। सामान तो रखना ही था, वे बेबस-सी उठ खड़ी हुईं। अलगनी पर टँगे अपने कपड़े बटोर लाईं पर उन्हें तहाने की उनकी हिम्मत नहीं पड़ी। कमरे में पड़ी खाट पर तन ढीला छोड़ बेदम-सी बैठ गईं। लग रहा था माथे के भीतर चक्रवात उठ रहे हैं और कानों में सनसनाहट। कुछ देर बाद खिड़की से बाहर झाँकने की शक्ति बटोर वे खिड़की पर खड़े होकर पुकारने लगीं—

"नीटूऽऽऽ अरी नीटूऽऽऊ!"

"हाँ अम्मा!" छोटी पौत्री ने अपने खेल में व्यवधान डाले बिना ही उत्तर दिया।

"अरी यहाँ आ री मेरे झौरें!" वे बुलाने लगीं।

लेकिन नीटू नहीं आई, वहीं कन्धे उचकाकर रह गई। वे एक-दो बार और

आवाज देती रहीं लेकिन नहीं—नीटू नहीं आई। वे खिसियाई-सी अपने कपड़ों की तह करने लगीं। दवा निकालकर रख ली, उसी के लिए पानी मँगाना चाहती थीं लेकिन... "मग्धड़ छोकरी।" वे बुदबुदा उठीं। फिर स्वयं ही जाने को तत्पर हुईं कि बहू गिलास में पानी लेकर हाजिर हो गईं। जब यहाँ से जाने का वक्त समीप आता जाता है तो बहू अति आर्द्र हो उठती है, यह बात वे जानती हैं। दो-चार रोज बहू बड़ी मुस्तैदी से उनकी आज्ञा का पालन करती हैं, चीजें पल-छिन में हाजिर कर देती हैं। पर नीटू अभी कहाँ जानती है कि कब अपने व्यवहार में फेर-बदल कर देनी चाहिए! कभी-कभी तो उन्हें बड़ा आश्चर्य होने लगता है कि इतनी अवस्था जी लेने के बाद भी वह सब क्यों नहीं सीख पाई जो कल की छोकरी इन बहुओं ने गुन लिया। वे कैसी नारियल-सी बनी रहीं, ऊपर से चिकनाई मलना उन्हें जिन्दगी-भर क्यों नहीं आ पाया?

"अम्माजी, बाँधि लियौ सामान?" इस घर का नौकर लल्लू पूछ रहा था।

"आजू राति कूँ ही जानौ है, जरूली भइया?" वे अनुनय-सी करती पूछने लगीं कि शायद उनका जाना कुछ दिन और टल जाए।

"देखि लेउ, फिर मेरी फुरिसत नाँय। टैम तो तुम्हारौ हू पूरौ है गयो यहाँ।" लल्लू अपनी मजबूरी जताते हुए यहाँ के अनुबन्ध की याद दिलाने लगा।

जाना तो पड़ेगा ही—वे सोचने लगीं और अटैची में हाथ से तहाई दो-चार धोती, ब्लाउज, पेटीकोट निरपेक्ष भाव से डालने लगीं। पर क्या करें, मन बार-बार हिलककर रह जाता वाक्यों की डोर से—

"अम्मा, लखिया आवैगो। कचहरी में तारीख है, सो अम्मा, चाहें दुबक के ही सही, तुमते मिलि के जरूल जायगो।" गाँव से आया नाई उनसे कह गया था।

पर अभी लखिया की दी हुई तारीख में तो आठ दिन बाकी थे, इतना कौन रुकने देता उन्हें यहाँ। वैसे लखिया से मिलने का जतन तो उन्होंने खोज लिया था। चौराहे से दाएँ हाथ को जानेवाली गली का मन्दिर भी बता दिया था नाई को, कि वे लखिया को उस मन्दिर में मिल जाएँगी, पर अब कैसे...? मन में अटूट बेचैनी समेटे वे बहुत देर तक चुप्प अडोल-सी खाट पर बैठी रहीं।

छोटी बहू जल्दी-जल्दी खाना बना रही थी उनके साथ रखने के लिए। "रेलगाड़ी का खाना अम्मा कैसे पचा पाएँगी, सो जो उन्हें पसन्द है, वही बना

दिया है, कम-से-कम खा-पीकर तो पहुँचेंगी उनके घर।" बहू-बेटे की बतलावन वे साफ सुन रही थीं। इस बहू में कुछ सीमा तक तो सौहार्द्रता है। दिल्लीवाली बहुएँ तो कुछ ज्यादा ही तिनख हैं, वे उनकी बूढ़ी ठूठ काया की सामर्थ्य-असामर्थ्य नहीं पहचानना चाहतीं। तभी न उस दिन बड़ी बहू ने हुक्म दिया था—

"अम्मा जी, आज तो बच्चे चायनीज खाने की जिद कर रहे थे सो उसी में से आया आपको भी दे देगी, खा लेना।" कहकर बहू पर्स झुलाती हुई घर से बाहर निकल गई। कैसे-कैसे खा पाई थीं उस अजब से भरछत भोजन को। नोन-मिर्च की सिवई तो उन्होंने कभी सुनी ही नहीं। इतने बड़े जीवन में सिवइयों को उन्होंने हमेशा घी-बूरे के साथ परोसा था। नूडल्स पेट में डाल तो लिए लेकिन खाते ही पेट फुँक गया था। सिरका और मिर्च के जोड़ ने बूढ़ी आँतों को जला डाला था। अगले दो दिन तक मरोड़ और दस्तों से पीड़ित रही थीं। दोनों बहुएँ फुसफुसा उठी थीं—"देखतीं नहीं, कितना पचा पाएँगी, बस खाए सिद्ध।"

स्टेशन छोड़ने बेटा-बहू दोनों आए थे। वे चलते समय नीटू और बबली के हाथ पर पाँच-पाँच रुपये रख आई थीं, बहू उन्हें ही लौटा रही थी—"अम्मा जी, आप ही रख लो, आपके काम आएँगे, बच्चों को क्या कमी है।"

"अरी बच्चन के हाथ पर धर दीजो।" कहकर वे मन में कहीं उमेठ महसूस करने लगीं...अकथनीय पीड़ा से अन्दर ही अन्दर तिलमिलाकर रह गईं।

ट्रेन सीटी दे चुकी थी। लल्लू उनकी अटैची और नाश्तेदान थामे उन्हीं के पास आ बैठा था। हमेशा की तरह। बेटे ने पैर छुए, उसके बाद बहू ने—"बेटा होय...खाने अघाने रहौ..." आशीष देकर वे एक पल को अनचाहे ही आनन्दित हो उठी थीं सबकुछ भूलकर। फिर मन भारी हो उठा, आँखें भर आई थीं। लेकिन उनसे छुटकारा पाने की जो अतिरिक्त उत्फुल्लता बहू के मुख पर चमक रही थी उसे देख वे अपनी अवांछनीयता पर सन्तप्त हो उठीं। वे रोना नहीं चाहती थीं फिर भी आँसू आँखों में छितराकर एक धुन्ध-सी छोड़ गए दृष्टि के सामने।

गाड़ी सरक ली थी और शहर से दूर होते उन्हें लग रहा था जैसे वे बेगानेपन के बियावान में भागती हुई अनन्त रेगिस्तान की ओर जा रही हैं, जहाँ कोई अपना था, न आत्मीय...।

"लखिया आवैगो पर लौट जाइगो कम्बख्त!" वे अपने-आप में ही बुदबुदा रही थीं। अपनी पराश्रिता पर क्रोधित थीं वे। बेटों के कहने से क्यों गाँव छोड़ा?

क्यों अपनी देहरी का मोह तज ममता की मृग-मरीचिका के पीछे भाग लीं, या डर गई थीं वे? फिर क्यों नहीं दृढ़ होकर खड़ी हो सकी थीं बेटों के समक्ष? यह वे स्वयं नहीं आज तक जान पाईं। ममता, भय और रक्त का आपसी मेल-जोल खींच लाया था उन्हें यहाँ। अपने मनोबल की कमी पर तब से अब तक पछताती रही हैं। लखिया तो पैरों से लिपटा कैसा हिलककर रोया था—"भाभीऽऽऽई, तू मत जाऽऽय, भाभीऽऽऽई...।"

क्या उत्तर देतीं इस बेजार हूक का, बैलगाड़ी में बैठी सिसकती रही थीं। सिर का पल्ला नीचे सरका लिया था। आधे घूँघट में ही बूढ़ी आँखें बरसती रही थीं, बेटों की सोच का क्या भरोसा! कलेजे में उठी सुबकी गले में ही घूँटती रही थीं।

वे जिस द्वार-चौखट को छोड़े जा रही थीं, उस घर में सास मरने के कुछ दिन बाद ही ब्याह के आ गई थीं और नववधू का जामा उतार ठेठ घरनी बनी गृहस्थी के उस कठिन प्रश्न-पत्र को हल करने में लग गईं जिसे उनकी सास अधूरा छोड़ गई थीं। जैसी आकांक्षा—वैसा ही परिणाम...वे सास से चार हाथ आगे ही निकली थीं। गृहस्वामिनी के अभाव में जो घर करब के झुए-सा बिखरा जा रहा था, उसे उन्होंने तुरन्त बाँहों में भरकर प्रेम-रज्जु से कसकर बाँध दिया था।

वे पखेरुओं के कलरव से पहले उठ जातीं। घर-बाहर की झाड़ू-बुहारी, पानी-पत्ता और लीपा-पोती से लेकर ढोर-डंगरों की सानी-पानी सब कर डालतीं। ससुर के लिए दातुन और पानी से भरा सोने-सा दिपदिपाता जगन्नाथी लोटा मोरी पर धर देतीं, झटककर लखिया को जगा लातीं—"सूरज मूड़ पै चढ़ौ है और तुम खटिया पर सोइ रहे। उठौ, कुल्ला-दातुन करौ।"

लखिया कैसा अल्हड़ बछेड़ा-सा मिला था उन्हें, इधर-उधर उजबक-सा फिरता, पाँवों पर ओक बहाये। आँखों में कीचड़ और दाँतों पर पीलेपन की परत...। कुछ दिन तो लिहाज में चुप्प ही रही थीं—उम्र में छोटा है तो क्या, है तो देवर ही। पर उसकी बावरी वेश-भूषा और गन्दलापन वे ज्यादा दिन बर्दाश्त नहीं कर पाई थीं। प्यार से कहतीं तो वह सुनता ही कहाँ था, ज्यादा-से-ज्यादा धुली कमीज पहनकर सिर पर टोपी धर लेता पर टाँगों में वही पट्टे का घुटन्ना लटकाए पूरे गाँव में चकफेरी करता रहता, गिल्ली-डंडा बजाता रहता। बड़ी मुश्किल से पाजामा पहनने की आदत डाली थी और कंचे-गुच्ची से छुड़ाकर तख्ती पकड़ाकर स्कूल को ठेला था, पर क्या वह तख्ती से आगे बढ़कर स्याही-कापी पकड़

पाया? तख्ती-टाट पकड़े ही होठों पर रेख निकल आई थीं। हाँ, भाभी के वचन पालन करते-करते जरूर वह पालतू मेमने-सा हो उठा था।

घर में ससुर, विधुर चचिया ससुर, अनब्याहा जेठ, पति, लखिया और मेहनती मजदूरों की रेल-पेल। अच्छा-खासा कुनबा था और अकेली औरत जात—वे। रोटी सेंकने बैठतीं तो सुबह से दोपहर हो आती, पर वे जरा-सी भी तो नहीं डगमगाई थीं कभी। उनकी सहजता देखकर क्या लगता था वे अपने परिवार की नाजोंपली सबसे छोटी पुत्री होंगी, जिन्हें माँ और भाभियों ने तवे पर चन्दिया नहीं डालने दी थी?

उनकी दक्षता देखकर ही तो ससुर ने कनस्तरी-भरे स्वर्ण-आभूषण उन्हें ऐसे सौंप दिए थे जैसे किसी विवाह-गृह से आया लड्डू-कचौड़ी का परोसा हो, और वे उसे कभी उपलों में दाब आतीं, कभी अनाज-भरे अड्डे में गाड़ आतीं। तब बैंकों में रखने का चलन ही कहाँ था—सोचकर अपनी चतुराई पर वे स्वयं ही मुस्करा उठीं।

चतुर सुघड़ बहू सम्मान और सराहना की दावेदार थी। कारज-व्यौहार, परव-त्योहार सबकी अग्रणी बनी रही थीं। समय कैसे सुरग के पाखी-सा उड़ गया, उन्हें खबर ही कहाँ लगी थी, वे तो भोर से साँझ और साँझ से भोर को जीवन्त करती रहीं। इसी बीच वे तीन बेटों की माँ बन गईं। लखिया का ब्याह हो गया। लखिया का सम्बन्ध करते समय ससुर जी को उन्होंने कितना रोका था, पड़ौसी का लड़का बुलाकर उससे नाहीं कराई थी, तर्क दिलवाए थे कि लखिया को अभी शादी-ब्याह का क्या शऊर...। लेकिन—

"अब का कल्ला फूटिंगे जा लखिया में," कहते हुए ससुरजी हुक्का गुड़गुड़ाते चौपाल पर निकल गए थे।

जवान-जहान बहू घर में आ गई तो लखिया कैसा दुबका-दुबका फिरा था। भाभी का पल्ला एक पल को नहीं छोड़ता था। हर काम तो उसने भाभी से पूछकर किया था, फिर अब कैसे...? उसकी भाभी-भक्ति देखकर कभी-कभी तो उन्हें ही खटका होने लगता—बहू क्या सोचेगी...?

भाभी का चाकर उसका पति...कैसे बर्दाश्त करेगी?

धकिया-पिछियाकर किसी तरह रात को बहू के पास भेजा था, पर वहाँ भी ढाक के वही तीन पात!

वे सवेरे ही बहू के पास जाना चाह रही थीं पर बार-बार हिम्मत बाँधने पर भी मन अड़ियल तुरंग-सा पीछे हटता ही चला जाता—कैसे पूछेंगी नई ब्याही से कि इस लखिया में मरदपने के लच्छन हैं कि नहीं। वयस में वे बहू की कोई हमउम्र तो थीं नहीं। लेकिन चिन्ता रात-भर उन्हें दीमक-सी खाती रही थी, एक पल को पलक नहीं मूँद सकी थीं...उसी बेचैनीवश पूछ बैठी थीं रात की बात...। बहू खिलखिलाकर हँस पड़ी थी।

"काहे को हँस रही है री बिन्दो...बता न!" वे स्वयं नई दुलहन की तरह शरमा उठी थीं, नीचे आँखें किए कपोलों पर लाली दौड़ गई थी।

"जीजीऽऽई...जीजीऽऽ हऽहऽहऽहऽअ!" बिन्दो हँसी नहीं रोक पा रही थी।

"अब कछू बोलैगी हू कै हसति ही रहेगी," वे आतुरता से भर उठी थीं—"बोल जल्दी।"

"जीजी, हऽऽहऽऽअ हऽऽ! जीजी, काहे को भेजि दीये तुमने? पहले तो नीचे कू मुँह करें ठाड़े ही रहे, फिर हाल भये पिल्ला से कुँइ-कुँइ करि के सोइ गए। मैं झकझोरि-झकझोरि के हारि गई, अब तक नाँहि उठे। अब तुम ही जगाय लेउ जाए कें!"

उन्होंने अपने माथे पर हाथ दे मारा—'हाय मेरे राम जी!' वे क्या कहतीं बिन्दो से कि यह हौलू बिल्लाल निरा औघड़ है। अरे, खाना-पीना और यह सब...तो चिरई-चिरवा भी जानते हैं, फिर यह तो मानस मनिख का पूतरा, कौन समझाए इस मूरख को! वे अजीब-सी दुविधामई चिन्ता से घिर उठी थीं। वह तो बिन्दो समझदार निकली कि बालक की तरह भाभी के पल्लू से बँधे पति के प्रति कभी रोष प्रकट नहीं किया।

सारे घर का काम उठा लिया था बिन्दो ने। अपनी जीजी को तो किसी काम को हाथ नहीं लगाने देती। लेना-देना, ऊपर का इन्तजाम और घर की मुख्तारी ही रह गई थी उनके जिम्मे। जिठानी के तीनों बच्चों का लालन-पालन भी बिन्दो ने अपनी ही गोद में डाल लिया था। वे पूजा करते-करते सौ-सौ बार ठाकुरजी को माथा झुकातीं कि हे मेरे पिरभू! लखिया के बचपन को हाथ लगाकर जरा-सा सगुना क्या दिया, मुझे बदले में ऐसी हिरदय की टूक सहोदरा बख्श दी!

मजाल है, बिन्दो जीजी के बिना कौर तोड़ जाए। वे हजार बार कहतीं—

"अरी बिन्दो, खाय लै री! कब तक भूखी बैठी रहैगी?" पर वह दोनों का भोजन एक ही थाली में परोसकर बैठ जाती—"आ जाऔ जीजी, अब बहौत है गई पूजा। और कहा माँगि रही हौ रामजी सै? सब तौ है।" कहकर जोर से हँसने लगती। बिन्दो हरगिज ग्रास न तोड़ती जब तक कि वे तुलसी के चौरा पर लोटा न ढार लेतीं।

बहुत समय बीत गया था पर बिन्दो के गर्भ में आस नहीं ठहरी थी। मुहल्ले में खुसुर-पुसुर होने लगी थी। वे घबरा उठी थीं बहुत अधिक।

जब पहले-पहले बिन्दो के पाँव भारी हुए तो उन्हें लगा था, वे ताई नहीं, दादी बनने जा रही हैं। हौंस-हुलस से भरी वे कृष्ण-कन्हैया और यशोदा के गीत गाया करतीं। हाथोंहाथ रखतीं बिन्दो को; पर वह भी मरी बड़ी अड़ियल थी, न जाने कब खेत पर जाकर चौड़ी नाली का पाट फलाँग गई। तबीयत बिगड़ी तो वे बैलगाड़ी में धरे इस डॉक्टर से उस डॉक्टर पर भागती रही थीं लेकिन कहाँ ठीक हो सका था कुछ...कच्चा ही गिर गया, बिन्दो ही मुश्किल से बच पाई थी।

उनके पति को न जाने कौन-सा रोग लगा था कि गँवई-गाँव से लेकर शहर तक के इलाज-उपचार हुए लेकिन वे एक दिन...और इसी तरह ससुर, चचिया ससुर मृत्यु-पथ पर अनुगामी बने चल दिए। अनब्याहे जेठ तो कब के साधु होकर चले गए थे। बड़ों का साया सिर से उठ गया। रह गए वे और लखिया, अनाथ हुई पूरी गृहस्थी का वजन लिये। पर लखिया समय का नाजुक मिजाज पहचानकर रातोंरात कैसे घर का पालनहार बनकर खड़ा हो गया कि वे स्वयं विस्मित रह गई थीं। उनके तीनों बच्चों की पढ़ाई में रंचमात्र का अन्तर नहीं आने दिया था लखिया ने। भीषण लू-लपट और शीत सरकती रातों को बराबर करके वह बैलों के साथ बैल की नाईं जुतता रहता। रक्त-स्वेद मिलाकर धरती की कोख में बीज बोता रहा और फसल समेटकर-बेचकर भाभी के हाथ पर पाई-पाई रखता रहा। भतीजों को पढ़ा-लिखाकर योग्य बनाने का व्रत साध वह स्वयं धरती की धूल में मिलता रहा था।

आड़ा समय भी निकल गया अच्छे ही वक्त की तरह। तीनों बेटे बड़े हो गए। बड़े दोनों दिल्ली में नौकरी करने लगे, छोटा आगरा में बैंक मैनेजर हो गया। लखिया का श्रम सफल हो गया था। वे निछावर हो गई थीं पुत्र-सरीखे देवर

पर। शादी की बात आई तो जाहिर है कितने ही धनाढ्य शहरी कन्याओं के पिता उनके बेटों के ससुर बनने का सौभाग्य खोजने लगे। उन पिताओं को योग्य दामाद चाहिए थे, इसके अतिरिक्त और कुछ नहीं...। शादी भी उनके बेटों ने शहर में पली-पुसी कन्याओं से की, गाँव की अल्हड़ गँवार को वे कैसे निभा पाते! शादी की बाबत बेटे ने माँ और चाचा को पूछा ही कहाँ था, बस खबर दे दी थी कि इस-इस तारीख को चली आएँ। सो वे लखिया और बिन्दो को लेकर चली गई थीं। गाँव आकर बड़े ताने-उलाहने सुनने पड़े थे—"बेटा ब्याहि लियौ और एक खीकरी तक न दिखाई।"

अब वे किसी को क्या बतातीं कि वे बुला लीं, यही क्या कम था! वैसे उस समारोह में वे तीनों मेल ही कहाँ खा रहे थे! गाँव-पुरा में वे भले ही मुखिनी बनी रहीं, किन्तु अपनी कोख जाए पुत्र के विवाह में वे लखिया और बिन्दो को समेटे पीछे की कुर्सियों पर लुकी-छुपी अजनबी-सी बैठी रही थीं। समधी के पूछने पर छोटा उन्हें बुला ले गया था। तो वे सहमती-सिकुड़ती विशाल स्टेज तक पहुँची थीं—बहू-लड़के ने जग-रीति निभाने को पाँवों का स्पर्श किया तो वे अन्तर्मन तक भीग उठी थीं अपनी ही आर्द्रता से। उसी भावातिरेक में डबडबाई आँखों सहित मुख को बड़े के कानों तक ले गई थीं—"चाचा-चाची हू बैठे हैं, उनके हू..." वाक्य पूरा नहीं कर पाई थीं कि दूल्हा बने बेटे ने मुख दूसरी ओर फेर लिया तथा किसी नवागन्तुक की बधाई लेने में मशगूल हो गए। परन्तु उन्होंने अपने समधी के नव-जामाता को अनाथ होने के कलुष से तो बचा लिया था और कुछ समय तक वहीं अवांछित-सी खड़ी रहकर पुन: अपनी तीन की बिरादरी में आ मिली थीं। कैसी विकट वेदना महसूसी थी—नौ महीने गर्भ में रखा उन्होंने, पाल-पोसकर खड़ा कर दिया बिन्दो ने और खून-पसीने से सींचता रहा लखिया। मन में असंख्य कीकर-बबूलों की अव्यक्त चुभन लिये अनायास ही दुरियाये-से वे तीनों तटस्थ भाव से तमाशाई बने बे-बात सारी रात जागते ब्याह देखते रहे थे।

बस, यही पुनरावृत्ति होती रही हर ब्याह में हर नई बहू के आगमन पर... इसी पीड़ादायिनी स्थिति से गुजरती हुई वे खून को सफेद होते देखती रहीं, हलक में विष उतारती रहीं। खैर, जो भी हुआ, होकर गुजर गया, वे रह तो रही थीं अपने गाँव में, अपने पति के निज आँगन में, बेटों और उनकी गृहस्वामिनी बहुओं से

उनका सरोकार ही कितना था! आँख-ओझल होने का सुख भी कितना बड़ा होता है, उन्होंने यह पहली बार जाना था।

बरस-साल गुजरने लगे लेकिन अचानक एक दिन वह क्षण आया जब गाँव आकर उनके बेटों ने अप्रत्याशित ज्वालामुखी का विस्फोट किया था। और निकलनेवाले लावे की झुलस वे आज तक झेल रही हैं आँखें मींचकर...काश, उस दिन उस ज्वालामुखी की आग से वे जलकर भस्म हो गई होतीं तो बेहतर था।

तीनों भाइयों के रहन-सहन के स्तर एक थे, उनकी हर बात आपस में मेल खाती थी, पर लखिया तो अनमेल था। लखिया से निभाना दूभर था उनके लिए, फिर क्या पड़ी थी उन तीनों को गाँव से तार जोड़े रहने की! क्यों वे अपने-आपको असुविधाओं के दलदल के बीच ढकेलकर बड़े अफसरों की दुहिता—अपनी पत्नियों के समक्ष अपने अहं को तुच्छ होने देते! अत: अब समस्याओं का समाधान एक था...सिर्फ एक—और बाप-दादों की जमीन के बँटवारे का प्रश्न पुत्रों ने माँ के समक्ष फाँसी के फन्दे-सा लटका दिया था। वे कहाँ-कहाँ नहीं भागी थीं, किस-किसके पास नहीं गई थीं कि कोई उनके पुत्रों को समझाए कि जिस चाचा से वे धरती बाँटने की बात कर रहे हैं वह उनके निज-जनक से ज्यादा पूज्य है, आदरणीय, आत्मीय है। शिराओं में दौड़ता रक्त अवश्य माता-पिता का है लेकिन सुघड़ शरीर-सौष्ठव, दिन-रात एक कर बिन्दो ने दिया है और शिक्षा का कवच पहनाया है इसी अनपढ़ चाचा लखिया ने। अपने ही बेटों के समक्ष भिखारिन-सी हा-हा खाती रही थीं, दूध की लाज रखने की भीख माँगती रही थीं, दादा और बाप की आबरू का वास्ता देती रही थीं, पर वे क्यों मानते? दुनियादारी की किताब का हर पृष्ठ घोंटकर पीनेवाले को कोमल मिट्टी का मोह व्यापता है भला? अपने बेटों की वाक्पटुता और बुद्धि-चातुर्य के समक्ष वे निरी मूर्ख बनी पराजित होती रही थीं।

उनके बुद्धिमान पुत्रों ने जाने कैसे-कैसे बँटवारा किया था कि विधुर नि:सन्तान चचिया ससुर और जेठ के हिस्से की जमीन तीनों भाइयों में बेहिचक बँट गई थी। लखिया को तो अपने पिता की जमीन का आधा हिस्सा ही मिल पाया था, वह भी ऊसर-बंजर। तहसीलदार से लेकर ऊपर-नीचे के सभी सरकारी मुलाजिमों पर तीनों बेटों का जादू बोल रहा था, वहाँ लखिया को कौन पूछता, कौन सुनता उसकी?

कभी उन्होंने सोचा था कि बड़ा जब पहली तनख्वाह लाएगा तो लखिया के चरणों में धरवा देंगी...लेकिन...? पुत्र-सरीखे लखिया के भतीजे उम्र-भर बैल की तरह जुतने के लिए ऊसर-बंजर उसके नाम लिखवा गए, उनके अपने ही रक्त-अंश...छिः, वे वितृष्णा से भर गईं। मुख नहीं देखना चाहती थीं कुपूतों का।

क्या हुआ था उस रात और क्या घटा था उस दिन...क्या कहा था पुत्रों ने माँ के कान में—"माँ...माँ, नाराज हो हमसे? हम कोई अलग हैं क्या? आपके ही रक्त-अंश...आपके ही अपने रूप हैं माँ। चाचा ने बहुत सेवा कर ली, अब हमें मौका दो।"

इन पंक्तियों ने क्यों धतूरे का-सा प्रभाव फैला दिया था उनके स्वत्व पर! सम्मोहिनी ममता कहाँ से चीख उठी थी...चुपचाप कहीं अन्दर ही, जैसे इन्हीं शब्दों को सुनने को तरस रही थीं वे, इन वाक्यों को सुनने को ही जीवित थीं...। 'पर नहीं'...अचानक मोह भंग कर जाग उठी थीं।

लखिया को समझाना भी कोरा आडम्बर लग रहा था, क्या कहकर दिलासा देतीं? अस्त्र-शस्त्र छिने पराजित योद्धा-से वे और लखिया दोनों उजाड़ आँगन में निःशब्द बैठे थे। बड़ा बेटा आँधी-तूफान-सा आया और हाथ पकड़कर उठाने लगा—"चलो माँ, गाड़ी तैयार है।"

"ना..." लखिया रोकने लगा तो उसे जोर से धक्का दिया था बड़े ने। हाथापाई होने लगी, गाली-गलौज—"चाचा होगा अपने घर का, जिन्दगी-भर तो माँ को फुसलाए रहा, चलाता रहा बदनामियों के काँटों में...।" बड़ा इतना ही कह पाया था कि—"चलूँगी...चल।" चीखती हुई वे घर से बाहर हो गई थीं। लखिया उस घिनौने वाक्य-वाण-संधान से पीड़ित विस्मित-सा वहीं का वहीं खड़ा रह गया। उस दिन वे जान गई थीं कि औरत आखिर में औरत ही होती है—हाथ की लकीरों की तरह अमिट रिश्तों में बँधी हुई भी महत्त्वहीन...स्वत्वहीन। उम्र के किसी भी पड़ाव पर लांछनों का अचूक बाण उसे घायल कर विवश बना सकता है। वे अपने चारों ओर बने कुचक्र के जाल में बिद्ध मृगी-सी विवश चली आई थीं, मर्यादा का अतिक्रमण करनेवाले पुत्र के साथ। लखिया से अपने को छुड़ाती हुई, बिलखता छोड़कर...।

बड़े के साथ उन्होंने नहीं रहना चाहा था। मँझले ने ही उन्हें रखने का जिम्मा

अंगेज लिया था। बेटे ने माँ को राजधानी का एक-एक कोना घुमा-फिराकर कटु स्मृतियों को उनके मन से निकालने के भरसक प्रयत्न किए थे—आज बिड़ला मन्दिर...आज कुतुबमीनार...छतरपुर, लोटस टैम्पल...चिड़ियाघर... इन्दिरा गांधी की समाधि...राजघाट और न जाने कहाँ-कहाँ। महानगर की गरिमामयी भव्य इमारतों को देखकर वे कैसी बावरी-सी हो गई थीं! कहाँ गाँव के लिपे-पुते पचास-सौ घर और कहाँ महा-समुन्दर-सा शहर दिल्ली। कोई सीमा नहीं थी उनके कुतूहल की। हर चीज अचरज-भरी लगती...बिन्दो देखती तो यहाँ से हटती नहीं...। बिन्दो की याद आते ही उन्हें अपने कमरे के नरम गद्देदार पलंग पर काँटों की नोकें छूने लगतीं। भीषण गर्मी में कूलर की शीत बयार उन्हें अपने चबूतरे पर नीम तले की छाँव बनकर बेचैन कर जाती।

पुत्र और पुत्रवधू उन्हें उदासी से बाहर खींचने का प्रयत्न करते। उस दिन कार में दौड़ती-घूमती हुलस उठी थीं—"कितनी कुतबमीनार हैं रे दिल्ली में?"

"माँ, एक ही है।"

"फिर जि कहा है?"

"ये तो मकान हैं, होटल हैं।" बेटे ने स्पष्ट किया।

"इत्ते ऊँचे पै को रहत होयगौ?" वे अचरज कर रही थीं।

ऐसे ही घूमते-फिरते एक दिन वह कागज भी सामने रख दिया बेटे ने जिस पर उन्हें दस्तखत करने थे। "पूरे एक लाख की जमीन है। माँ का क्या भरोसा? झट चाचा के नाम लिख देगी। आफ्टर ऑल शी हैज शाफ्ट कॉर्नर फॉर हिम।" बड़े ने मँझले से कहा था।

"माँ, लगाओ अँगूठा।" मँझले ने अँगूठे पर स्याही लगाने की तैयारी कर ली। लेकिन उन्होंने चिंकू से पेन माँगकर टेढ़े-मेढ़े अक्षरों में बड़े मनोयोग से लिख दिया—'कैलाशो देवी।' उन्हें क्या पता था कि यह लिखावट उनके नाम चढ़ी दस बीघे जमीन को भी छीन ले जाएगी और आज से उनका बुढ़ापा रेहन पर चढ़ जाएगा अपने ही बेटों के घर, किलस-किलसकर चुकने को! ससुर ने कितने चाव से उनके नाम यह जमीन की थी और आज वह भी...। लखिया के साथ जो उनके बेटों ने किया उसी आवृत्ति से वह भी ढँक दी जाएँगी, ऐसा वे

कहाँ सोच पाई थीं! माँ-बेटे के शाश्वत सम्बन्धों के बीच आनेवाली स्वार्थपरता को मापने का पैमाना किसी जननी के पास होता ही कहाँ है?

जमीन बेचकर बेटों ने आनन-फानन पैसे बना लिए थे और बिना किसी विवाद के आपस में धनराशि बाँट ली थी, गाँव से नाता तोड़कर गंगा नहा लिए थे। उन्हें तो इस बात का उस समय पता भी नहीं चल सका था। सबकुछ चुपचाप हुआ था।

उनको अपने पास रखने के नाम पर अब तीनों बिदकने लगे थे। हिस्सा तीनों का बराबर था, तो उनकी रोटियों की जिम्मेदारी एक क्यों लेता? तथाकथित बुद्धिजीवी उनके पुत्र भावुकता की प्रवाहिनी को चातुर्य के अंकुश से बाँध पाने में सक्षम निकले थे। अत: यह मामला भी आसानी से सुलट गया इस नई युक्ति से। अब हर चार महीने पर उनका बिस्तर एक घर से उठाकर दूसरे में पटका जाने लगा। उनसे बिना पूछे, उन्हें बिना बताए ही उनकी विदा की तैयारी होने लगती, बड़ी उत्साहित प्रसन्नता के साथ। कुछ दिन बाद ही वे समझ पाई थीं कि बेटों ने उनके जीवन के शेष रहते दिनों को भी आपस में बाँट लिया है, जमीन की ही तरह, शान्ति से...। चार-चार महीने में खंडित करके जीवन के शेष सालों को विभाजित कर दिया है। अब चार माह से एक दिन भी अधिक वे एक घर में नहीं रह सकती थीं क्योंकि इनमें से कोई भी घर उनका अपना गाँववाला घर नहीं था...यहाँ बिन्दो नहीं रहती थी जो थाली परोसे उनकी प्रतीक्षा में सूखती रहे—यहाँ उनकी अपनी पुत्रवधू थी जो खाने की प्लेट किसी तरह नौकरानी से उनके ही कमरे में पटकवा देती थी क्योंकि उनमें टेबल-मैनर्स नहीं थे। और न यहाँ लखिया था जो भाभी की गाँठ में बँधा इर्द-गिर्द चकफेरा खाता रहे। यहाँ उनका पुत्र रहता था जो माँ के कमरे की ओर आना जरूरी नहीं समझता था। यही किस्सा तीनों बेटों के घर का था, किसी का राई कम, किसी का रत्ती ज्यादा। बहुओं से मिला तिरस्कार उन्हें इतना भी नहीं सालता था, जितना गमगीन करती थी बेटों से मिली उपेक्षा। अनवरत दारुणता के चक्र में फँसी वे किसी निर्गम पथ को नहीं खोज पा रही थीं।

वे सारा दिन बैठी ऊबती थीं, उबासियाँ लेती रहतीं, सोचती रहतीं...गाँव में मरा दिन भी कैसी कुलाँचें भरते हिरन-सा भागता आता और आँखों से ओझल हो जाता। यहाँ तो पहाड़-सा दिन, जुग-सी रात, कोई क्या करे? कैसे काटे...?

ड्राइंगरूम में टी.वी., वी.डी.ओ. चलता रहता तो वहाँ जा बैठतीं। पहले तो कुछ पल्ले ही नहीं पड़ता था। लेकिन यदि हिन्दी में कुछ आ रहा हो तो थोड़ा-थोड़ा समझने की कोशिश करतीं। बीच में टोका-टाकी भी कर देतीं—पूछ लेतीं। सबको नागवार गुजरता। पर बच्चों और बहू के भृकुटि-वक्र को क्या वे समझ पातीं, वे तो जिज्ञासु बनी पूछती ही चली जातीं। ऊपर से मिलने-जुलनेवाले—कभी बच्चों के, कभी बहू-बेटे के। उनके बीच बैठी वे सभी को कैसी बेमानी लगतीं! बहू चिड़चिड़ी होने लगती। एक दिन तंग आकर कह ही बैठी—"अम्मा जी, कोई आ जाए तब तो अपने कमरे में उठ जाया करो। गाँव में क्या टी.वी. ही देखती थीं? कुछ आपके लायक आएगा तो बुला लेंगे।"

वे मर्माहत हुई कमरे में चली गई थीं। उनकी बहू क्या जाने कि गाँव में क्या था—उनका स्वनिर्मित स्वर्ग था—जिसमें बिन्दो थी, लखिया था और थे सभी ग्राम्य जन। यदि यह टी.वी. गाँव में होता तो बहू देखती कि इसके सामने पाँच सौ आदमी बैठे होते बे-रोकटोक—हर्षित...उल्लसित। खैर, वे अपने कमरे में कैद हो गईं। न कहीं निकलतीं न किसी से बोलतीं। भोजन जैसा भी मिल जाए, जब भी मिल जाए, स्वीकार्य था—देर से मिले तो खाली पेट की आँतों की ऐंठन और ऊलजलूल हो तो पेट में हुए अफारे को चुपचाप झेल जाना उन्होंने सीख लिया था। पल-पल टीसनेवाले घाव अन्दर-ही-अन्दर बहने को अपने अन्तर में कहीं गहरे गाड़ दिए थे।

जब यहाँ से आगरे गई थीं तब तो फिर भी उन्हें चैन ही मिला था। दिल्ली का भाँय-भाँय करता कोठी के अन्दर का वह कमरा तो उन्हें किसी कारागार से कम नहीं लगता था। आगरे में छोटी बहू सीधी लाठी-सी तो हर वक्त खड़ी नहीं रहती थी, कुछ मोह-माया तो थी उसके हिय में। आसपास गीत-ढोलक की आवाज शादी-ब्याह की सी हुलस जगा देती मन में। अपनी बोली-बानी दुखते मन को कहीं सहला तो जाती थी। नाई, धोबी गाँव से आते ही रहते। नाई ही तो कहने आया था उनसे, कि लखिया के यहाँ बेटा हुआ तो वह सीधा दिल्ली गया था रेल में बैठकर, पर बड़े, मँझले किसी का घर उसे मिला ही नहीं, पूछता-पाछता बड़े के दफ्तर पहुँचा था सो बड़े ने उससे मिलने से साफ इनकार कर दिया। एक चिट्ठी लिखाकर दे आया था दरबान को, अपनी भाभी के लिए और कह आया था, "साहब की माँ को दे देना किरपा करि के।" लेकिन उन्हें चिट्ठी मिली कहाँ,

मिलती तो क्या वे रुकतीं, कैसे भी नहीं...।

"अम्मा, लखिया दस्टौन के दिन उलमि-उलमि के देखत रह्यौ हो कै मति भाभी आवै, बड़ी देर में दावत बैठारी वाने।" नाई की बात सुनकर वे कई दिनों तक सहज नहीं हो पाई थीं...लखिया के बेटे के ही सपने देखती रही थीं।

"अम्मा जी, फरीदाबाद आय गयौ।" लल्लू की आवाज से उनकी तन्द्रा टूटी, बटोरी हुई विगत यादें इधर-उधर छिटक गईं तो धोती की छोर से उन्होंने अपनी गीली आँखें पोंछ डालीं। पानी पीना चाहती थीं। इशारा करके पानी माँगा। लल्लू ने साथ लाई सुराही से पानी उड़ेलकर उन्हें गिलास थमा दिया।

दिल्ली आकर बड़े के घर रहने की बारी थी उनकी। वे सीधी अपने कमरे में चली गईं सामान समेत। उन्होंने बेहोश माहौल में भी बच्चों को पकड़कर उनके सिर सहला दिए। बच्चे निर्लिप्त भाव से उन्हें देख अपने-अपने कामों में लग गए। बेटे-बहू के सपाट चेहरे देखकर वे अनमनी हो उठी थीं। रात को मँझला बेटा भी आ गया था। वे रात्रि-भोजन के लिए मना कर चुकी थीं। जो कुछ छोटी बहू ने रखा था वही खा लिया।

रात को नींद लग गई। न मालूम ऐसी गहन निद्रा उन्हें कैसे आ गई! आँख खुली तो सवेरा था। उन्होंने अपनी अटैची खोलकर कपड़े निकाले और अलमारी में रख दिए। वे बड़े मनोयोग से यहाँ रहने की अभ्यस्त होने के प्रयत्न में लगी थीं, ठीक उसी बच्चे की तरह जो परीक्षा के दिनों में बे-मन उबाऊ किताबें पढ़ने का प्रयत्न करता जाता है। स्नान कर पूजा करने बैठ गईं। बड़ी देर तक ठाकुर जी के गीत मन-ही-मन गुनगुनाती रहीं—"जा विधि राखै राम, ताहि विधि रहिए।"

पूजा से उठी ही थीं कि लल्लू ने पुकार लिया—"अम्मा जी, पूजा है गई होय तो आ जाऊँ?"

"आ जा...आ जा ललुआ।" वे लाड़ से बोलीं।

वे पलंग पर बैठी थीं, लल्लू नीचे आकर बैठ गया।

"अब जाए रह्यौ हूँ अम्मा जी, कछू कहनी तौ नाँय?"

"का कहनी है रे मोय अब।"

"बैसें अब तौ तुम बंगलौर जाए रही हौ—सो खूब बजइयौ घंटरिया और

खूब मनइयौ अपने ठाकुर जी। भजन-कीर्तन की पूरी छूट है, वहाँ कोई न रोकै तुम्हें।"

"कहाँ रे...कहाँ की बात कहि रह्यौ है?" वे अचम्भे में पड़ी पूछ रही थीं।

"भई बंगलौर की, तुम्हें नाय पतौ सो? राति दोऊ भइया बात करि रहे कि बहौत परेसान करन लगी है अम्मा। सब बहुएँ दुखी है गई हैं इनते, सो इन्हें मईं करि आऔ। खच्चा की बात है सो भेजत रहिंगे। आसरम में जाऔगी अम्मा जी तुम। मैंने सबरी बात सोनू भइया ते पूछि लई। अकेली परी-परी अकुताई जाऔगी। वहाँ न कोई अपनौ न जानि-पहचानि कौ।"

सुन्न-सी रह गईं वे स्तब्ध...इतनी अवांछित...क्यों पड़ी हैं यहाँ? क्यों जाती हैं मँझले के घर? और छोटे के आगरे? क्यों...क्यों? अन्तर की ज्वाला पूरे वेग से शिखरान्वित हो जलने लगी थी, साँसों की धौंकनी उच्छ्वास छोड़ रही थी। छाती में सुलगन से उठे धुएँ के गुबार घुमड़ने लगे थे...इतनी पराई कि माँ के लिए वनवास की तैयारी कर दी उनके अपने ही बेटों ने...!

"लल्लू, आज मति जाए बेटा...मेरी अखीरी विनती सुन लै।" वे लल्लू के समक्ष घिघिया रही थीं, भीख माँग रही थीं उससे एक दिन की, केवल एक दिन...बस्स।

रात को बहू ने सास के बंगलौर जाने की पूरी तैयारी कर दी। जरूरत की हर चीज—घंटी, सुमिरनी माला, ठाकुर जी, उनकी पोशाक और वांछित सब वस्तुएँ।

भेजने को तो उन्हें वृन्दावन भी भेज सकते थे लेकिन वृन्दावन पास है। वे लौट सकती थीं। इसी कारण सबने मिलकर बंगलौर का चुनाव किया था। कोई पूछेगा तो कह सकेंगे—उनका मन भगवद्-भक्ति में रम गया था सो गृहस्थी का मोह त्याग गईं। कितना आसान तरीका...मुक्ति का, उनकी और परिवार की... दोनों की।

रात को अम्मा जी ने लल्लू से क्या कहा, क्या सुना—किसी को कानों कान भनक नहीं लग सकी थी। सुबह सूरज चढ़ चुका था। बड़ी बहू बेड-टी पीते-पीते प्याला हाथ में लिये पीछे के लॉन में आकर कुर्सी पर बैठ गई। अम्मा जी इस समय तक तो नहा-धोकर पूजा पर बैठ जाती थीं मगर आज कहीं से कोई आवाज नहीं, न हरि-नाम जपने की गुनगुनाहट, न घंटी बजने की टिन-

टिन और न अलगनी पर फैले अध-निचुड़े-से कपड़े। कमरे में झाँककर देखा तो सलवटविहीन बिछावन ज्यों-का-त्यों पलंग पर पड़ा था। सामान करीने से अलमारी में रखा था। बाथरूम झाँककर देख लिए। इधर-उधर नजर मार ली, पर कहीं नहीं...आखिर कहाँ गईं सवेरे ही सवेरे? अचरज-भरे अन्देशे में डूबी बहू अपने पति को जगा लाई।

बरामदे में लल्लू कम्बल ओढ़े जमीन पर लुढ़का खर्राटे ले रहा था। बड़े ने लल्लू को झकझोर के जगा दिया। घबराकर मँझले को फोन किया तो वह भी जल्दी से आ गया। चारों ओर खोज-पुकार होने लगी। नुक्कड़ के पानवाले से पूछताछ कर ली। सभी आश्चर्य में डूबे उनके गन्तव्य का सूत्र—छोर पकड़ने की कोशिश कर रहे थे।

"थाने में रिपोर्ट तो लिखवा आते।" बड़ी बहू ने सुरक्षा का दृष्टिकोण अपनाते हुए कहा।

दोनों बेटे कार लेकर थाने की ओर भागे। लल्लू मुँहबाए सब देख रहा था और मन-ही-मन अनुमान लगा रहा था कि अब तक तो अम्मा जी गाँव पहुँच चुकी होंगी।

गोमा हँसती है

कातिक के महीने में इस दगरे में सूखी रेत!

साइकिल खींचते-खींचते किड्ढा हाँफने लगा। उतरना पड़ेगा। साइकिल डगमगा रही है। उसने ब्रेक मारा और टाँग उलारता हुआ उतर पड़ा। टेढ़ा होता हुआ हैंडिल अपनी ओर मोड़कर सीधा किया। पाँव जमीन पर पुख्तापन से टिका लिए।

पीठ पर पसीना है—लुढ़कती हुई छोटी-छोटी बूँदें। ठंड की रमक में भी भायटे गर्मी का-सा ताप...इस दगरे में साइकिल खींचने की निशानी।

अकेला होता तो इतना कसाला न पड़ता। 'कैरियर' पर बलीसिंह लदा है। घायल बलीसिंह। लटकते हुए घुटने और कमर थिर। इसीलिए साइकिल का सधाव नहीं। किड्ढा को गुस्सा आ रहा है।

"सूधे नहीं बैठा जा रहा?"

बलीसिंह ने धीमी-सी हरकत के साथ सिर उठाया। तनिक सीधा होने की कोशिश ही की थी कि चिल्ला पड़ा—"हरे राम! हरी मइयाऽऽआ...मरा रेऽऽए!"

कराहट के साथ ही किड्ढा ने पैदल चलते हुए साइकिल रोक दी। उसकी नाक ने कई कोण बदले। आँखों के ऊपर त्यौरियाँ चढ़ गईं। कनपटियों पर सिकुड़न पड़ी और ऐंठी हुई मूंछें थरथराने लगीं, होंठ फड़कने के कारण। मुँह से थूक के दो-चार छींटे बलीसिंह की ओर उछालते हुए कड़ी आवाज में बोला, "सत्त साधकर बैठ! देख रहा है साइकिल को? गिरवाएगा? भाई हद्द है! हाथ-पाँवों का चूरन करा आया, पर अब भी नस-नस फड़क रही है!

"और यह हाय-हूय बन्द कर। गाँव तक गधा की तरह रेंकता ही जाएगा?"

बलीसिंह ने होंठ भींच लिए। रुआँसा मुँह बन्द कर लिया, मगर कराहने का स्वर फिर भी रिस रहा है, कहीं-न-कहीं से। रेत तनिक कम हुआ तो किड्ढा फिर साइकिल पर चढ़ गया। गद्दी पर बैठ गया। पैडल मारने में पूरी ताकत लगा दी। जब वह पूरी ताकत से कोई काम करना चाहता है तब अनजाने ही दायाँ हाथ अपनी मूँछों पर फेरने लगता है। किड्ढा का हाथ मूँछों की ओर उठा कि साइकिल फिर डगमग...

दाईं-बाईं ओर मूँज के झुंड हैं। मूँज की लम्बी-लम्बी पतली पत्तियाँ दोनों ओर से दगरे में मुँह झुका खड़ी हैं। देखने में हरी कोमल, पर बड़ी बेरहम।

धारदार पतेल के बीच से निकलते हुए किड्ढा की उघड़ी बाँहें चिरने लगीं। मूँज बलीसिंह की देह को भी...किड्ढा ने गर्दन मोड़कर पीछे की ओर देखा। नहीं, वह तो पिछौरा ओढ़े हुए है। कितना अच्छा हुआ जो पिछौरा उढ़ा लाया, नहीं तो दर्द के मारे का बुरा हाल हो जाता।

साइकिल के पिछले पहिये में जरूर कुछ फँसा है। फट्-फट्! कोई लत्ता-सा फड़फड़ा रहा है।

"बलीसिंघा, धोती समेट ले रे! मेरे खयाल में पहिये में आ रही है। इतनी लम्बी धोती आई कहाँ से? लाँग नहीं लगाई तैने?"

किड्ढा फिर उतर पड़ा। दोनों हाथ हैंडिल पर जमाकर खड़ा हो गया।

"तू उतर पहले।"

बलीसिंह उतरे तो उतरे कैसे? पल-भर देखता रहा किड्ढा की ओर।

किड्ढा ने एक हाथ से कसकर हैंडिल साधा, दूसरी बाँह के सहारे से बलीसिंह को उतारकर खड़ा कर दिया।

"सधके। सधके रे। लग रही है ज्यादा?"

बलीसिंह आँख मींचकर ऐसा कराहा, ज्यों दम निकल रहा हो। टेढ़े होंठों में भिंचे हुए दाँत दिखाई दे रहे हैं।

"अरेऽऽए! तू तो बिलकुल ही हिम्मत हार रहा है!" किड्ढा की आवाज में अजब-सी खनक है। बलीसिंह हाय-हाय चिल्ला रहा है। किड्ढा के हाथ-पाँव फुर्ती से चल रहे हैं। आँखें मटर-मटर ताक रही हैं—चंचल गति से—कितनी मार मारी है!

"मेरे साले, तू तो बड़ा मलूक बनता था। सज-बजकर गया था, छैला! टूट

गई कमर? बिगड़ गई धजा? कुँवर जी, अब महीनों ठाड़े नहीं हो पाओगे। मालूम तो खूब थी कि बिसाहुलीवाले कैसे मारा-धारा (खूँखार) आदमी हैं। वे न बख्सें अपने बाप को भी। तू खुद ही ओखली में मूँड़ धरने चला गया!"

किड्ढा ने अपनी साइकिल बबूल के पेड़ के सहारे टिका दी। धरती में दो-चार सूखे काँटे बिखरे पड़े थे, उन्हें बीनकर एक ओर फेंक दिया। तनिक-सी लापरवाही से साइकिल पंक्चर हो सकती है, फिर चलना-पहुँचना भी मुश्किल, जानता है किड्ढा।

"अच्छा, तू एक बात बता साँची-साँची। सुसरार जाने का तुझे ही चन्दुर (शौक) चढ़ा था कि उस ठरगजी (ठगिनी) गोमा के हुकम की तामील बजाने गया था?"

बलीसिंह चुप। सिर झुकाए हुए....

"बोलती बन्द है अब! हाँ, काहे को बताएगा?"

किड्ढा उसको सहारा देकर अधखुली धोती कसकर बाँधने लगा। बलीसिंह का स्याह चेहरा कैसा दयनीय हो आया है। बेचारे के माथे पर पड़े गूमड़ लोंक रहे होंगे। खूनी खरोंचों में दर्द की धार...दाँत भींचकर, होंठ सिकोड़कर दर्द पी रहा है बलिया!

फेंटा कसकर लाँग लगाने के लिए उसे खड़ा कर दिया किड्ढा ने।

"नउआ की तो घिग्घी बँध रही थी। नहीं तो मैं पहले तुझे हाथरस के सफाखाने ले जाता। मल्लिम-पट्टी करवाता। नाई पर तो छोटेसिंह का भूत सवार था। काँप-काँपकर कह रहा था, अब आया छोटे सिंह, अब आया। एक से एक डरपोक आदमी हैं दुनिया में।"

किड्ढा ने अपनी मूँछों पर हाथ लगाया, भाले की नोंक की तरह तनी हैं। वह बलीसिंह को कैरियर पर लादकर फिर चल दिया गाँव की ओर।

और दिन होता तो इतना बोल लेता किड्ढा? छाती पर चढ़ बैठता बलीसिंह। बाघ की तरह हमला करता सींकिया पहलवान। आलू बोनेवाली कोई बात-सी बात थी? इतना ही तो कह दिया था कि फिर गाजर कहाँ लगाएँगे भैंस-बर्दों के लिए? अजी रन-भंगन मचा दिए। गोमा अलग इठी-इठी-सी रहने लगी। जानता है किड्ढा, आदमी हमला नहीं करता, हमला करती है उसकी हिम्मत। बलीसिंह का हौसला, क्या पूछो! धरती से दस गज ऊपर रहता है इन दिनों।

अपने ऊपर कम झुँझलाहट नहीं उसे। लम्बी-चौड़ी देह, तलवार-सी तूनी मूँछें तो ऊपरी दिखावट है ससुरी। वह रेत-भरी गैल पर भड़ास निकालने लगा—"बलीसींगा, सो गया क्या रे? देख ले, कब से हल्ला है नई सड़क बनने का? प्रधान के बाप जब प्रधान थे और हमलोग नाक पोंछना तक न जानते थे, तब से सुनते चले आ रहे हैं—सड़क अब बनी, तब बनी। अब तो मेरे खयाल में हमारे नाती-बेटा भी इसी रेत-भरे दगरे में साइकिल घसीटेंगे। बन गई सास सड़क!" कहते हुए उसने पूरी ताकत लगाकर पैडल मारे।

नाती-बेटा कहते हुए कसक जागी कि खुनक? हाँ, बलीसिंह की आवाज जरूर निकली—"तब तक...साइकिल ही...प्रधान का...छोरा...तो...फटफट।"

किड्ढा के मन में एक चित्र उभरा। जवान भँवर, अपने बेटे की तसवीर। फटफट चलाते हुए। भँवर नहीं, बलवान। गोमा बलवान कहकर ही तो पुकारती है।

बलवान नाम उसके होंठों में दगरे की रेत की तरह किसकिसा उठा।

मन में न जाने क्या आया, पीछे को अँगोछा फेंकता हुआ बोला, "यह ले रे! मुँह पर डाल ले। माथे के घाव में माटी चली गई तो विस पैदा करेगी।"

बलीसिंह में इतनी कूवत कहाँ कि अपने कन्धे पर पड़ा अँगोछा भी हाथ से खींच ले। बाँह हिलाते ही कन्धा कटता होगा। सचमुच पीछे से लम्बी कराह उठी—"आऽऽआय!"

किड्ढा को अनचाहे ही हँसी आ रही है। भला यह है कि उसका मुँह बलीसिंह की उल्टी दिशा में है। वह हँसी को होंठों में रोक रहा है। पर नहीं रुकती। कोई गम्भीर बात सोच रहा है कि आवाज में हँसी की खुनक न शामिल हो पाए।

"यार, हुआ तो बुरा! पर तू भी मूरख कहाँ जा उलझा? सेर पर सवा सेर। तुम बदमास तो हम सवाए बदमास। मुझसे ही पूछ लेता।"

साइकिल सपाट ऊसरा में आ गई। पैडल कुछ हल्के हो गए। किड्ढा की टाँगों का खिंचाव कम हुआ। उसकी इच्छा है, चहककर बात करे बलीसिंह से।

"नाऊ बेचारा अच्छे सुभाव का था। पराये गाँव के आदमी की मदद करी। प्रधान भी बहौत अच्छा निकला, तुझे पिटने से बचाया। सन्त आदमी भी हैं दुनिया में। सियाराम भगत ठीक कहते हैं, कलजुग में सज्जन आदमी न हों तो परलय हो

जाए।" कहते हुए कुर्ते पर आई रेत झाड़ दी।

बलीसिंह केवल कराह रहा है—"हाय! हाय! लै जारी मइयोऽऽओ..." गाँव की बसावट—बुर्जी-बिटौरा, कच्ची-पक्की भीतें, छान-छप्पर देखते ही किड्ढा का दिल धक्-धक् करने लगा। क्या कहेंगे गाँव के लोग? वैसे ही रास्ता चलते टोकते हैं। सामने ऊँची ठेल आ गई, उसका ध्यान पलटा—"बलिया, गद्दी दाबकर पकड़ना रे! कहीं उछिट जाए! सँभल के रे, सँभल के!" साइकिल ऊँचाई पर चढ़कर नीचे को सरक आई।

कातिक मास में फसल धरती से बालिश्त-भर ऊँची हो जाती है। खेतों में किसान पानी लगा रहे हैं। बम्बा खुला है। और दिन होता तो किड्ढा साइकिल मोड़ देता। दरियाफ्त करता कि किधर के खेतों में गूल खुली है? कुछ नहीं तो इधर-उधर गपशप करता।

...मगर आज, इस समय कहाँ रोके? किसके पास जाए? पाथर लदा है कैरियर पर। जो लोग उसकी ओर देख रहे थे, उनकी ओर से मुख मोड़ लिया।

दरियाब ने उल्लू की नजर पाई है। रात के समय भी आदमी को पहचान ले। टोकने-टाकने की बुरी आदत है। मानेगा नहीं...

दरियाब का स्वर सनसनाता हुआ आया—"अरेऽऽएए0 कहीं किड्ढामल हैं क्या? कहाँ से चली आ रही है सवारी? मेरे जाने भइया-दौज खबाने संग-संग गए दोऊ जने? ज्यादा बोझ बाँध दिया था गोमा ने? चलो, मेल में ही गैल है।"

मूँछों पर हाथ फेरने की तलब लगी थी, किड्ढा का हाथ बीच में ही रुक गया।

'लुच्चे आदमी से कहाँ तक पेस पाई जाए।' होंठों ही होंठों में बुदबुदा लिया।

अभी क्यों है? गैल खतम थोड़ेई हो गई है? मानसिंह का बाबू अड़ा है सामने। कन्धे पर फावड़ा धरे टकटकी लगाकर देख रहा है। चल, तू भी सुना—

"अई श्यावासै! रंघै रे रंघै! डबल सवारी खेंच रहे हो। साइकिल बिचारी ने क्या बिगाड़ कर दिया?"

गैल चलते आदमी से अटकते हैं लोग। रोटी नहीं पचती इनकी, पराई पिछौरिया बिना खींचे। किड्ढा ने एक गीत की कड़ी गुनगुनाना मुनासिब समझा।

गौर करना बेकार है।....पर पाँव तो सुन्न-से हो रहे हैं। मुँह उतर-सा गया। अभी क्या है, आगे चलो किड्ढा सिंह...बेध्यानी में ऐसा डूबा कि कलबतिया चाची से भिड़ते-भिड़ते बचा। वह तो हाथों को खुद-ब-खुद ब्रेक मारने की आदत है, नहीं तो बूढ़ी कब की लुढ़क जाती। चाची के मुख से गालियाँ फूट पड़ीं—"सत्यानासी! को है तू? फूट गई हैं?"

वह साइकिल से झटपट उतर पड़ा। जोर से बोला, "चाची, राम-राम!"

"तू! किड्ढा?"

"पहचानेगी कहाँ से? बुढ़ापे में भी हाथ-भर का घूँघट मारकर चलती है।"

"मिटे, तू आ कहाँ से आ रहा है? और यह बलीसिंघा?" चाची कैरियर पर बैठे बलीसिंह के पास जा पहुँची।

"कहाँ मिल गया रे बलिया? किड्ढा तो इगलास की पैंठ को गया था। और...क्यों रे, ये चोट-फेंट? कहाँ मार लाया बजमारे?"

किड्ढा पीठ दिए सुन रहा है। क्या बोलेगा बलीसिंह? वह भी क्या बता दे कि क्यों आ रहा है इस बेहूदे की लदैनी लेकर?

चाची भी सहज माननेवाली नहीं। पूरी दरियाफ्त करके रहेगी।

"कहाँ हो गई मारपीट? दोनों में से कोई बोलता क्यों नहीं रे?"

चाची सवाल नहीं कर रही, कनपटी पर चनकटे दे रही है। किड्ढा ने आव देखा न ताब, बलीसिंह की झुकी गर्दन पर तीन-चार थाप मारीं, मुँह बिगाड़कर बोला, "पूछ इस भानजी के मामा से, कहाँ मिला था? बता देगा ये ही, बिदा में कितनी रकम लेकर आया है। मेहमानी मारकर लौटा है कुँवर जी।"

चाची अचरज से देखती रह गई। किड्ढा अपनी मूँछें सहलाता रहा। बलीसिंह ने मुँह बिलकुल ही नीचे गाड़ लिया।

इतने में डोरिया आ गया।

"आज क्या कहने! सूरज नारायन पूरब में मुँदेंगे। भाई मेल हो तो ऐसा!"

किड्ढा ने अपनी नजर साइकिल के हैंडिल पर जमा ली। कुत्तों के भौंकने का मलाल माना तो हाथी चल लिया। साले लोखरा-गीदड़!

रास्ते-भर आँखें खुली रखकर भी उसने दाएँ-बाएँ, आगे-पीछे कौन आ रहा है, ध्यान नहीं दिया। बचता-बचाता साइकिल चलाता रहा। बलीसिंह की हालत

देखकर कई बूढ़े, कई जवान, बहुत-से बालक, चार-पाँच औरतें पीछे-पीछे आ रही हैं, बातचीत से ऐसा मालूम हो रहा था।

बलीसिंह को आँगन में उतारकर उसने साइकिल दुबारी में टिका दी।

किड्ढा को होश नहीं, वह सीधा कोठे में जा लेटा, जहाँ खाट बिछी थी। खाट पर दरी बिछी थी। सिरहाने गेंदुआ (तकिया) रखा था। यह गोमा की खाट है। गोमा इसपर सोती है। गोमा...देह में सिहरन होने लगी।

गोमा हाथ में गिलास लिये खड़ी है। उसे पुकार रही है, "भँवर के बापू! उठो, आँखें खोलो। देखो तो...कहीं लगी-लगाई तो नहीं? मेरा कलेजा बैठा जा रहा है! अरेऽऽऐ...दो घूँट दूध पी लेते। हलक सूख रहा होगा।"

उसने कनखियों से देखा, गोमा का गात काँप रहा है। गला भर्राया-सा। रिरिया रही है गोमा, चिरौरी कर रही है।

किड्ढा का मन सरसों के पात-सा कोमल है। गोमा दुखी हो, वह कैसे देख सकता है?

पर वह छोटे बालक-सा रूठा हुआ है। नहीं खोलेगा आँखें। मनाएगी अपने आप। सच, उसे कुछ भी नहीं व्यापा—थकान, न सदमा। कैसे कहे कि गोमा का मुख देखकर 'अलस-निदरा' लगी है उसे। जैसे शुरू के दिनों में गोमा को लगती थी। वह घंटों आँखें मूँदे लेटी रहती थी। किड्ढा मगन मन उसकी पिंडलियाँ सहलाया करता। पाँव के तलवों में तेल-पानी की मालिश! प्राण-प्यारी का लाड़-किड्ढा का सौभाग!

गोमा—गोमती! उसकी दुलहन!

अमावस में पूरनमासी रूपवती का रूप! किड्ढा का मन कहाँ से कहाँ भटकने लगा। कहाँ से कहाँ जा पहुँचा...गोमा लौट गई?

कलबतिया चाची को माता मानता है वह। वह न होती तो किड्ढा कुँवारा ही बूढ़ा हो जाता। अच्छी-खासी जंग हुई थी चाची और बापू के बीच।

बापू किड्ढा के ब्याह की बात पर बेआस हो बैठा था। चाची थी कि जब मौका देखती, बापू के कान पर भिनभिनाने लगती माछर की तरह। तमाम तरह की दलीलें ढूँढ़ ली थीं उसने। कभी दु:ख जताती तो कभी उलाहना देती, "किड्ढा के संग के छोरा लरकौरे-चरकौरे (बच्चेवाले) हो गए और तुम हो कि उसके ब्याह की फिकर नहीं करते। आज को इसकी महतारी होती तो सौ जुगत जुटाती।"

"कलबतिया बहू, तू सब जानती है। जैमा चढ़ते-चढ़ते रह गया ससुर का। मेरे क्या बस की बात है? कोई बेटीवाला रुके-रुपे तब न। करम काँकरी है।"

"रुपेगा तो तब ही न, जब तुम ढंग का बिचौलिया पकड़ो।"

"ढंग का? कमरौठ का मानिकचन्दी इसी गाँव में दस-पन्द्रह ब्याह करा चुका है। और हजार रुपया दाबे बैठा है मेरे। सुआ-डोरा बहुतेरे लगाए, पर नहीं बनी बात। नसीबा पर जोर नहीं।"

चाची क्या कहे आगे?

"दरियाब का साला पड़िया हाँक ले गया। कहता था, अपनी बहन की बाबत बाप से बात करेगा। सो आज तक आ रहा है...अब क्या चून की लुगाई बनवाऊँ कि काठ की ला दूँ? इर-फिरकर तू मेरे सिर पड़ जाती है।"

चाची ने आधे घूँघट में से ताना मारा—"भली करी! रुपया लुटाते रहो, पर हुक्का की नैच मत छोड़ना। कहीं आए-गए तुम?"

बापू ने हुक्के को एक ओर सरकाते हुए कहा, "अरे, छोरी है, जो चला जाऊँ वर ढूँढ़ने और कर आऊँ सगाई! तू भी चली आई पंचायत छाँटती।"

चाची ने हाथ का पंजा मटकाया—"मत जाओ। कौन-सा चूल्हा ठंडा पड़ा है। छोरा रोटी-पानी कर लेता है। साग-पात राँधकर भी खबा देता है। पेट भरे पीछे बूढ़े आदमी को लुगाई की जरूरत नहीं।"

"भाई रे भाई! फिर वो ही बात! अरे, यह कहो कि छोरा का भाग उलटा हो गया। माता-माई की मेहर कि चेहरा-मोहरा तो बिगड़ा ही, एक आँख और ले गई मइया परमेसुरी। बेटीवाले ससुर अकल के हेठे आते हैं। घर-खेती, पौहे-जेंगरे (पशु) नहीं देखते। किड्ढा की आँख पर एतराज उठाएँगे। दाँत की दतूसर पर नाक सिकोड़ेंगे। क्यों जी, इन्हें आँख और दाँत के संग ब्याहनी है छोरी?"

किवाड़ के पीछे दुबके किड्ढा का कलेजा दप-दप करता रहा। चाची क्या जाने, बापू के पास सौ बहाने हैं। जीत नहीं सकेगी किसी विधि।

चाची भी कच्ची गोलियाँ नहीं खेली, तू डाल-डाल तो मैं पात-पात! बोली, "बड़े, न सही सूरत-शकल। न सही एक आँख। छोरा की उमर तो है। इतनी बात गाँठ बाँध लो कि जो उमर सरक गई तो फिर दाता बेली नहीं। उमर बड़ी दगाबाज चीज है। जवानी के दिन जेबरा तुड़ाकर भागते हैं, और आदमी फिर पड़ा दीखता है बुढ़ापे के सिंवाने में। बूढ़े आदमी के क्या रास-रंग? उसके पास तो लुगाई सपने

में भी नहीं झाँकती। जोर-जबरन ले भी आओ तो कब्जा नहीं मानती। बलीसिंह का बखत ही तो चूक गया। डोल रहा है कुँवारा-लाँगुरिया। अपनी जात-बिरादरी में वैसे भी जनानी जिन्स कम है।"

बापू ने हुक्का अपनी ओर खींचा। चिलम में फूँक मार आग दहकाई और लम्बे-लम्बे कश लिए—गुडुर-गुडुर। गुडुर-गुडुर।

कली की नैच (नगाली) पकड़े सामने की भीत को घूरता रहा बापू।

तनिक कमजोर-सी आवाज में बोला, "बलीसिंह रंग से मार खा गया। काले भूत को कौन ब्याहेगा अपनी बेटी? ऊपर से कुँवर जी के नखड़े! दरियाब की साली के फेर में पड़े रहे। अब डोल रहे हैं भिंडी काटते..."

कलबतिया चाची की जिन्दगी-भर सेवा करेगा किड्ढा। एक वही थी, जो उसके मन की बात समझ रही थी। लालसा पहचान रही थी। बापू को तरह-तरह से समझा रही थी—

"बड़े...सूरत-मूरत का हेठा आदमी क्या मर्द नहीं होता? अंग-भंग आदमी के मन में उमंग नहीं होती? लोहू में गरमी नहीं होती? छोरा की जिन्दगानी फूलने-फलने पर है और तुम बैठे-बैठे पाला गिराए दे रहे हो! धन-माया को रो रहे हो! भाड़ में गया मानिकचन्दी और खाक डालो दरियाब के साले की बहन पर। बात आगे बढ़ाओ।"

"खूब जानते हो तुम कि बलीसिंह रंग से नहीं, अपने भइया गंगाराम की मक्खीचूस का पछाड़ा हुआ है। बखत खराब पड़ रहा है, भइया भइया की देहरी बसते नहीं देख सक रहा। सो ईंट का जवाब पाथर से उसने दे दिया। बँटा ली गंगाराम से धरती। कर लिया न्यारा खाता। घर न बार तो माया किस काम की? अब दोनों दुसमन की निगाह से देखते हैं आपस में। तुम ऐसा मत करो कि एक दिन तुम्हारा किड्ढा तुम्हें पनहा दिखाबै।"

बापू ने गहरी नजर से देखा चाची के घूँघट की ओर।

"ऐसे क्या देख रहे हो? मेरी भतीजी है, दूर के रिश्ते की। उमर की छोटी है, पर ले-देकर बात बन जाएगी। खाली गाल नहीं बजाने आई मैं।"

बापू ने फिर अपना ठस्स बयान जड़ दिया, "भाई, छोरी-छापरी न हो गई, बछिया-पड़िया हो गई! बिना दिए-लिए माँ-बाप बात नहीं करते। पैंठ-हाट लगी है क्या?"

चाची ने नाक पर आया घूँघट माथे तक खींच लिया, जैसे उसे बापू को जेठ की निगाह से देखने की दरकार नहीं।

"बड़े, तुम इतनी उमर पाकर भी बैयर की जिन्दगानी नहीं जाने-समझे? बछिया-पड़िया, कि डंगर से भी गई-गुजरी! पौहे (पशु) की रस्सी पकड़ाते बखत मालिक यह तो देखता है कि अगले के खूँटा पर अवस जीव दुःख नहीं पाएगा। पर बेटी का सौदा करते हुए तो यह मानकर चलते हैं कि दुःख में ही ढकेल रे हैं अभागिन को।"

"मैं मानती हूँ कि बेमेल रिश्ते की बात चलाई है मैंने, पर बैयरवानी हूँ, करमजली के लिए इतना तो कह ही सकती हूँ कि इस खूँटा बँध जाए। क्या मालूम कौन कसाई मोल देकर हाँक ले जाएगा? किड्ढा जैसा हीरा फिर कहाँ मिलेगा?"

किड्ढा का दिल बाँसों उछलने लगा। किवाड़ के पीछे तिरताल पर नाच रहे हैं पाँव।

चाची ने उझककर देखा—"छोरा!"

वह बोला नहीं। साँस रोके खड़ा रहा।

बापू ने चाची का ध्यान खींचा—"कितने?"

चाची ने दोनों हाथों की पाँच-पाँच अँगुलियाँ फैलाईं।

बापू ने चौंककर कहा, "दस हजार!"

नहीं में सिर हिला रहा है बापू, दाएँ-बाएँ, बाएँ-दाएँ।

किड्ढा के कानों में कीलें ठुकने लगीं—नहीं-नहीं, नहीं-नहीं!

"सोच-समझ लो बड़े। बलीसिंह तैयार बैठा है। कहता था, दो-चार बीघा खेत निकाल दूँगा।" चाची ने किड्ढा को उबार लिया।

बापू ने फिर सिर हिलाया—"ना जी ना। दाएँ-बाएँ।"

किड्ढा ने बलीसिंह का नाम सुनते ही बापू को गाली दी—"तेरी ऐसी कम तैसी बापू!"

कलबतिया चाची ने अपने माथे पर हथेली मारी—"हाय बड़े! तुमने कुछ न सोची। पर गलती नहीं है तुम्हारी; बूढ़ा सुआ और बिर्द्ध आदमी रस की बात भूल जाता है। तुम्हें क्या याद होगी अब किड्ढा की महतारी। उसका किया-धरा... सुख साके।"

बापू जम की जात! किड्ढा सामने नहीं पड़ता। उम्मीद ही मुरझाने लगे तो किस हुलास पर टिके आदमी! वह दिन-दिन-भर सियाराम भगत के पास बैठा रहता। सुस्त और अनमना-सा। सियाराम भगत अन्तरजामी ठहरे। वे जान गए किड्ढा की मनोकामना। जब-तब रामायण पढ़ते, धनुष यज्ञ पढ़ते। किड्ढा को गिनकर छह बार सीता-स्वयंवर सुनाया।

वह नैम-टैम से नहाने-धोने लगा। सेर-भर निपनिया दूध, मल्सिया-भर दही और आधा सेर गुड़ की दक्षिणा लेकर पहुँचने लगा। तुलसी की माला पहन ली। चन्दन का टीका लगाता। भगज्जी का चेला होकर ज्ञान-ध्यान में मन रमाने लगा।

किड्ढा भगत रोटी कब बनाए? बापू ने छींके के ऊपर से रोटी की टुकनियाँ उतार ली—रीती!

"चून नहीं था।" वह आँगन में तुलसी का बिरवा रोपते हुए बोला।

भूखा बापू किड्ढा के ऊपर अर्राकर आया—"भैंचो, हरामी! भगत बना डोल रहा है! यह नहीं कि घर में धरी चाखी में सेर-बर नाज पीस लेता। हरम्मा! फलक (छाले) न पड़ जाते हाथों में।"

किड्ढा ने आँखें मूँद लीं, जैसे भगज्जी मूँद लेते हैं। कहनेवाले को कहने दो। तुम ध्यान में लीन रहो, सीता महारानी के ध्यान में।...तू बक ले बापू! मैं चून पीसने से रहा।

बापू की बाँहों में लपकन पड़ी थी। आँगन में बिरवा रोपते किड्ढा को झकझोर डाला—"हैं रे, भैंस का दाना? घेर का गोबर-कूड़ा? बर्दों का पानी-पत्ता? पढ़ैनी के कल्सा-कल्सिया?"

किड्ढा ने मन में आया, तड़ाक् से बोले, 'नहीं किया दाना-सानी। नहीं डाला गोबर-कूड़ा। नहीं भरता कल्सा-कल्सिया। बैलों के संग जुतते-जुतते बैल के दर्जे का ही समझ लिया है बापू, बधिया, नपुंसक?'...मगर किड्ढा बात को पीना जानता है। ज्यादा बखेड़ा करने में फायदा नहीं। लोग कहेंगे, ब्याह के मारे बाप से लड़ रहा है। इस गाँ के बालक बुरे हैं, गीत गा-गाकर गली गुँजा देंगे :

'फटी तकदीर किड्ढा, नाँय लिखी लुगाई रे!'

बलीसिंह का बुरा हाल कर दिया था। झुंड बाँधकर गाते थे :

'बलीसिंह बजार से लाया काठ की लुगाई रे,
काठ की लुगाई से उसने रोटी करबाई रे,

बर गई आँच, दारी जर गई लुगाई रे,

फूटी तकदीर बलिया, नाँय लिखी लुगाई रे।'

बलीसिंह ईंट-डेल मारता था। नहीं मानते, मटक-मटककर गाते। हारकर वह घर में घुस जाता, तो द्वार पर गाते, नाचते। बलीसिंह ने दाँत पीस-पीसकर आगे के चार दाँत घिस लिए।

सियाराम भगत का बड़ा आसरा है। बार-बार समझाते हैं, "आदमी अगर साँचे मन से अभिलाषा करे तो प्रभो पूरन अवश्य करते हैं।" किड्ढा ने दीनबन्धु से लौ लगा रखी है। सुनेंगे उसकी विनती। जैसे गज की, ध्रुव प्रह्लाद की सुनी।

भगज्जी देवता आदमी ठहरे। उनकी बानी झूठी नहीं गई। बापू चैत के नौदुर्गा उपासा रहा। फिर नगरकोट की देवी की यात्रा पर चल दिया।

सियाराम भगत कहते हैं, शुभ घड़ी बार-बार नहीं आती। मानुस-जनम एक बार मिलता है।

किड्ढा ने शुभ घड़ी हाथ से नहीं निकलने दी। मानुस-जनम में ही ब्याह होता है आदमी का। पहले मंगल ही दोनों बैल खूँटे से खोले और मुरसान की पैंठ को चल दिया। दोनों का रस्सा पकड़े हुए चल रहा था, पाँवों में कँपकँपाहट-सी लगी थी। अखेल बछड़ों को किड्ढा ने चारा-दाना, सानी-पानी अपने हाथों खिला-पिलाकर बड़ा किया था। पाला हुआ जीव और अपना बालक बिछुड़ते समय बड़ा दु:ख देता है। मोह के मारे बाबरा हो गया किड्ढा। पैंठ में जाकर मन बदल गया—नहीं बेचने।

काले-धौरे ने कान हिला-हिलाकर हठ पकड़ ली। वह अपने बर्दों के एक-एक संकेत को समझता है। सवेरे से साँझ हो गई पैंठ में खड़े-खड़े। गाहक आए, सौदा करे, वह बेचने न बेचने के हिसाब में उलझ जाए। आसपास खड़े दलाल हँसने लगे।

बापू कहता है, 'औरत का नशा भाँग-गाँजे, अफीम-दारू से दस हाथ ऊँचा चढ़कर बोलता है। किड्ढा के ऊपर कलबतिया चाची की अनदेखी भतीजी पूरी तरह सवार थी।'

उसने झटपट सौदा कर दिया। काले-धौरे का रस्सा गाहक के हाथ में थमा दिया।

बैल पीछे देख-देखकर रँभाये—बाँऽऽआँ, बाँऽऽआँ!

सपने में देखी-सुनी दो पाजेबों की झनकार ने किड्ढा को बहरा कर दिया।

बैलों की सूखी आँखों से आँसुओं की धार...वह होंठ खोले रह गया। मूँछें कँपकँपा उठीं...दस हजार के नोट आज तक न देखे थे उसने। गिनते-गिनते पगला गया।

घर आया, देखा कि बापू लौट आया है। नगरकोटवाली देवी मइया बापू के हिरदय में नहीं, सीस पर बैठकर आई है। देह में भरी है। वह एक लट्ठ धरे तो दूसरा उठाए। पाँच पट्ठों का बल आ गया है बापू में। किड्ढा की बुरी गत कर डाली। फतूही-धोती तार-तार चीर डाली—"भानजी के मामा, तुझे न्यारी जवानी चढ़ी है। लुगाई ने ऐसी मति फेर दी कि खेत के पालनहारे बेच आया! अब? अब जुआ क्या अपने कन्धा पर धरेगा? कि लुगाई को जोतेगा? धरती से बड़ी हो गई बैयरवानी?"

किड्ढा के लिए चाची, भगत के लिए भगवान की तरह है, बापू के फन्दे से उबार लिया। मारते हुए बापू का हाथ पकड़ लिया, बोली, "बड़े, लुगाई तो तब ही जोतेगा, जब लुगाई ले आवै। और आ जाएगी तो जुआ खुशी से धर लेगा अपनी 'नार' पै। मर्द होकर इतना नहीं जान पाए कि धरनी पाकर दस घरों का भार ढो ले जाता है आदमी। पूछो, क्यों? इतना मूरख भी समझता है कि औरत की कमर पर टिकी है दुनिया की धुरी। अकेला पुरिख तो औंधे मुँह गिरे। धरती और सरग की बातें करने लगे! छोड़ो छोरा को।"

बापू हाँफ रहा था। चाची नरम हो आई—"बड़े उफन रहे हो। पूछूँगी वा दिना, जब तबे की उतरी, घये की सिंकी पनपथी रोटी खाओगे। अरे, आदमी के हाथ का मैल है पसुधन।"

गोमा—गोमती! किड्ढा की रूपवती दुलहन!

उसके घर के उस कोठे में आ बैठी, जहाँ वह धरती पर पड़ा-पड़ा अकेला पाँव पीटता रहता था सारी रात। कोठा भटियारखाना लगता था, सन्न-सन्न करता हुआ भूतों का वास। आज उसी कोठे में से बाहर निकलने को जी नहीं चाहता।

गोमा बैठी है, गुलाबी रेशमी साड़ी में कभी घूँघट खींच लेती है, अचानक

मुँह उघार देती है। बादलों के बीच चन्दा की लुका-छिपी बीसियों बार देखी होगी अकेले किड्ढा ने। उसका मनमोर आज पंख पसार-पसार नाचना चाहता है। कभी बिजली कौंधती है तो कभी गड़गड़ाहट।

"आले-दिखालों में क्या टटोल रहा है रे?" बापू की आवाज।

"खुरपी-फावड़े।" किड्ढा के मुँह से निकला।

गोमा की हँसी ऐसे छनछनाती हुई फूट निकली, जैसे काँच की चूड़ियाँ बिखेर दी हों। नारंगी के फाँक-से होंठ हँसे। किड्ढा के मन में राग बिखर गए। नुकीली ठोड़ी पर एक बूँद गड्ढा पड़ा। उसकी इकलौती आँख पलक झपकना भूल गई। जुन्हैया-भरी रंगत घूँघट में छिपे चेहरे में से छिटक रही है, ध्यान में डूबे बगुला की तरह खड़ा है वह। शीश पर चाँदी का बोल्ला, नाक की सुनहरी लौंग, पाँवों में छमाछम पाजेब। किड्ढा के पास ले-देकर एक आँख। ज्यादा तिरपित होना भी प्यास बढ़ाना है। बापू की फिर वही हुंकार! किड्ढा चौंक पड़ा।

"जनानिया बहू का चेला हो गया है। पाँवों पर महावर धर रहा है या माथे पर बेंदी लगा रहा है? लुगाई के गुलाम, माँग-पट्टी करता रहेगा? पल्लू से बँधा रहेगा? लुगाई ले डूबेगी।"

भैंस को पानी पिलाने लगा था। क्या बताए बापू को कि पोखर के पानी में भी गोमा की छवि। हँसती हुई गोमा। गोमा की हँसी का दास है वह। टेढ़ा होंठ करके हँसती गोमा का...

चाची न होती तो बापू जरापट (जलन) के मारे हाथ छोड़ बैठता उसके ऊपर। चाची को बात साधना आता। तनिक फटकारती हुई-सी बोली, "अय बड़े! तुम्हारे मगज में जरा-माँकरे (जाले-मकड़े) लग गए हैं। आपनी याद भूल गए! लोग कहते थे, तुम किड्ढा की महतारी के पाँव धो-धो पीते थे। और आज भी, कहो चाहे मत कहो, आँगन में जनानी धोती सूखते, मोरी में ताजा पानी बहते देखकर तुम्हारा मुख दिपदिपाने लगता है। ऐसे ही नहीं खाँसना-मठारना सीख गए?

चाची की बात ईसुर का पैगाम। किड्ढा अच्छर-अच्छर पालन करेगा। "कच्ची उमर की है रे गोमा! छोरा, छेड़-छाड़ मत करना रे अभी! खुराक देगा तो साल-भर में देह पकड़ लेगी।

गिरी-छुहारे की खीर खिला-खिलाकर पाला है गोमा को। भैंस के लिए

चरी-चारा न हुआ तो मेड़-मेड़ घास खोदी है उसने। खली-बिनौले जुटाए हैं, पर कन्नी अँगुली से नहीं छुआ। रस्सा कसे रहा अपनी इच्छाओं पर। वह तप करना जानता है।

बिना बैल का किसान, बेहथियार सिपाही दाखिल ठहरा।

पौहे-ढोर के मामले में उधार खाता भी कितने दिन चले?

खेत आध-बटाई पर उठा दिया।

एक साल। दो साल।

पूरी खेती गाहने-उगाहनेवाला आधी फसल पर कैसे सन्तोष कर ले? आधा अनाज खाए कि बेचे? और जिस घर में दुलहन की चूड़ियाँ छनकती हों, वहाँ नित रोज के खर्चे। तीज-त्योहार, मायका-पीहर, लिबउआ-चलउआ, कपड़ा-लत्ता, गहना-गुरिया के अलावा गृहस्थी के सत्तर सामान।

पहले की बात और थी, बाप-बेटा अकेले ठोकते-खाते थे। सारे दिन किवाड़ बन्द रहते थे। गली का कुत्ता भी मुँह फेरकर दूसरे घर की राह लेता था। गोमा के आते ही रिश्तेदारी जाग उठी। मोहल्ला-पड़ोसी आने-जाने लगे। बसी देहरी की महिमा न्यारी है, अपनी आँखों देख लिया किड्ढा ने। जीजा, मौसा, फूफा, मामा! तमाम अपने ही अपने।

पर बैलों का देवाल कोई नहीं। किसनगत के चलते कौन अपना काम हदक करे?

बलीसिंह कहता है—अकल की सोचो।

क्या सोचे अकल की? अकल क्या बर्द बनकर खेत जोत लेगी?

"खेत तो बर्द ही जोतेंगे। अपनी खेती जोतकर मेरी मदद करा दिया करना, बस। गंगाराम भइया से तो अब उम्मेद नहीं।"

नेकी और पूछ-पूछ! आज किड्ढा के चबूतरा पर सिंहासन धरा होता तो उसपर बैठा देता बलीसिंह को। मँझधार में से उबार लिया। इस कालीदेह के भीतर मन इतना ऊजरा! देवता निकला बलीसिंह।

गोमा मुँह देखकर ही बता दे कि किड्ढा के मन में क्या है?

"आज कौन-सा काम बन गया?"

"भई, मान गए बलीसिंह को।" उसने सारी बात बता दी।

"हद्द है तुम्हारी! पड़ोस में रहते आदमी को नहीं पहचाने। तुम्हारे दरियाब

डोरिया कुनवा-खानदानी बनते हैं, पर काम पड़े पर फिस्स! बापू तक ने माँग लिए बर्द।"

बलीसिंह का कलेजा बहुत बड़ा है, आधी रात खोल लाओ बैल। यही नहीं, काम की कोई चीज उठा लाओ!

गोमा होंठ तिरछा करके हँसती है। बोली, "लेना-देना इकतरफा चलता है कहीं? कोई सिंवाई में समझे, कोई ब्यौंताई में। दोनों बर्दों की चराई नहीं करते तुम? अपने काले-धौरे के खूँटा पर बाँधे हो तब न, अपने मालिक का खूँटा भूल गए। नेकी में तुमसे बढ़कर बलीसिंह दाऊ जी नहीं।"

गोमा की तिरछी मुस्कराहट पर मर मिटा किड्ढा। चिन्ता-फिकर क्या होती है? आलस-थकान, हुँह! कलबतिया चाची झूठ नहीं कहती—किड्ढा, तैने गंगा में जौ बोए हैं। सियाराम भगत भगवान् की दया मानते हैं कि ऐसी अप्सरा बहू, वह भी इतनी कदर जाननेवाली! किड्डा ने मूँछें ऐंठ-ऐंठकर तार-सी सीधी कर लीं।

खेती-किसानी उसके मुकाबले कौन कर सकता है इस गाँव में! पन्द्रह साल की उमर से हल चला रहा है। खेत बो-काट रहा है। बापू जवानी में ही बूढ़ों की तरह हुक्का गुड़गुड़ाना सीख गया था। जिसका बेटा एक दिन में छह बीघा खेत अपने हल-बैलों से पलट डाले, वह पंचायत ही करेगा बैठा-बैठा। आज भी उसे फुरसत नहीं। जुताई-बुआई, पटेला-सिंचाई। किस काम को छोड़े, किसे पकड़े? किसान का जीवन—काम का दूसरा नाम।

वह सपने में हल की मूठ पकड़े हुए, बैलों को पैना से तिक-तिक, तिक-तिक हाँकता है।

"हैऽऽअ, क्या बर्रा रहे हो?" किड्ढा के कान के पास महीन आवाज गूँजती है।

वह खेत में से 'सुरग सेज' पर लौट आता है—गोमा की हँसी। किड्ढा लहरों में कूद गया।

अचानक लहरें तपने लगीं। पानी खौलने लगा। गोमा गज-भर की लाज मारे चूल्हे पर झुकी रहती है इन दिनों। पीसने-कूटने में लगी रहती है।

किड्ढा की नजर झुक जाती है—गरमी के मौसम में डबल काम! धुएँ में तप-तपकर जुन्हैया फीकी! गोमा का मुख मुरझा जाता है। यह सुख कहा जाएगा?

मगर गोमा की मनमोहिनी हँसी—"तुम मेरी फिकिर न करना। किसी के

बैल-बर्दों का अहसान क्यों लें हम? सो डबल खेती जोत देते हो तुम, और दोनों छाक की रोटी कर देती हूँ मैं। बेसक दाऊ जी का मन करे तब तक खाएँ। एक आदमी का पेट क्या भारी है, चढ़े चूल्हे पर? सब तरह से उतारेंगे उनका किया हुआ।"

"बापू को देखा है गोमा? इकलखुरा ठहरा। किसी को देखकर सिहाता नहीं।"

गोमा तवे पर रोटी डाल रही थी। झीने घूँघट में ही मुस्करा दी।

"बूढ़े आदमी की बात का क्या असर लेना! क्या बुरा मानना! अरे, वे हटका-बरजी न करें तो बड़े-बूढ़े काहे के! फिर बापू क्या जानते नहीं कि दाऊजी के बर्द..."

किड्ढा हाथ में रोटी का गस्सा (कौर) पकड़े रह गया। यह वही गोमा है, जो कल तक अपने दूध के दाँत उखाड़कर मूसे के छेद में डालती फिरती थी! कैसी चतुराई की बातें करने लगी है! कलबतिया चाची की बात सोलह आना साँची है—गिरिस्ती का वजन आदमी को सालों में, तो औरतों को महीनों में बूढ़ी कर देता है।

गोमा जिम्मेदार हो गई है। घर की माया में मगन है। सवेरे मुँह अँधियारे ही चौका-चूल्हा लीप डालती है। पानी भर लाती है। कागा बोले तब तक तो कंडा सुलगाकर तवा चढ़ा चुकी होती है। असली घी के 'परामटे' सेंककर धर देती है। फिर दही बिलोना, भैंस-बर्दों के सानी-खड़ैरा।

दो काँसे की थालियाँ। दो फूल के कटोरे। किड्ढा के बराबर में बलीसिंह का आसन। गोमा का मुसकाता चेहरा आँगन झिलमिलाता है।

बलीसिंह ने भी नहीं देखी ऐसी झिलमिलाहट। वह चकित-सा निहारता है। शर्मीला है बलीसिंह। नीचा मुँह करके खाता रहता है।

दो चंचल आँखें घूँघट में नाचती हैं। रोटी सेंकते, बरतन उठाते, पानी के लोटे भरते, रेशमी कलाइयों की चूड़ियाँ छनन-छनन बाजती हैं। गोमा की पैंजनी की झनकार पर बलीसिंह की कनखियाँ उठती हैं।

"दाऊ जी मौनी महातमा ठहरे। ध्यान न राखो तो भूखे उठ जाएँ।"

गोमा की फिर तिरछे होठोंवाली हँसी! किड्ढा की उठती भौंह में बल पड़ते-पड़ते रह गया।

"अरे, यह तो पाँत-पंगत तक में नहीं जाता। तुम्हारे हाथ में जादू है। क्या

मिला देती हो रोटी-साग में?" क्या बोलना चाहता था, क्या बोल गया।

गोमा उसकी मूँछों को देखती रह गई। शरारत-भरी इकलौती आँख तो मूँछों के ऊपर चिलकती रहती है। "चलो, रहने दो। तुम्हें चुहल सूझती है। पर अब इन्हें गंगाराम रोटी देनेवाला नहीं। खेत बाँट लिया, चूल्हे में साझेदारी कौन करने देगा? दाऊजी हैं तो सूधे। बापू की चिलम भरें, खाट बिछाएँ, गोड़ दाबें।" फिर महीन हँसी।

डोरिया का घड़ी-घड़ी चिलम भरने आना गोमा को सुहाता नहीं। वह कड़ुआ मुँह बनाकर बोली, "लुच्चा आदमी की आँख ही अलग होती है। हम क्या जानते नहीं? घर-घर चूल्हे नहीं, कि आग-धुआँ नहीं। मानसिंह के बाबू को बरज लेना, गैल-घाट बाँह भिड़ाए बिना निकलेगा नहीं। पाँच-छह बेर परचा चुकी हूँ।"

किड्ढा ने बाबू से बोलचाल बन्द कर दी। औरत को तीगनेवाले आदमी से हेलमेल अच्छा नहीं। बाबू हजार बार समझा चुका है यह बात।

बलीसिंह खुद नहीं देखता बाबू की तरफ। किड्ढा को एक सुझाव दिया उसने—"यार, असल जड़ है पीपलवाले कुएँ पर पानी भरने जाना। बहू-बेटी को हर बुरी-भली नजर के नीचे से गुजरना पड़ता है। गाँव के तो गाँव के, आनगाँव के रसिया प्यासे बटोही बन, पस (अँजुली) आगे कर देते हैं। मेरी मानें तो हैंडपम्प लगवा ले।"

किड्ढा के आँगन में खुदाई होने लगी। हत्था पकड़ते ही पानी की धार! पर बापू हर नए काम का दुश्मन है, टाँग अड़ाए बिना मानेगा नहीं। वह भी बलीसिंह के मुँह से निकली बात...चारा काटनेवाली मशीन लगी थी तब भी बिदका था। और अब—

"पइसा चूरन कर रहा है फालतू में। बहू पानी नहीं भरेगी तो क्या गद्दी करेगी? किसान की बेटी है। बैठे-बैठे देह माटी हो जाएगी।"

गोमा कहती है, बापू की बात का मलाल क्या मानना! दरियाब की बहू सरसुती ने अमुही-समुही वार किया है गोमा पर।

खसम की एक आँख पर सबर किया है तो 'कल' का पानी तो पिएगी ही। लाड़ली है काने की। गाड़ी-भर रुपया फेंककर लाया है। बाप ने डलिया में धरकर बेची और गरब देख लो पटरानी पद्मिनी जी का..."

गोमा के मुख में जीभ है, सुना दी—"हमारा आदमी हमारे लिए। छछूँदर

लुगाइयों के पेट में काहे को सूल उठ रहे हैं? किसी सौतेला के दीदा नहीं माँगे उधार।"

सरसुती ने हाथ की अँगुलियों पर घूँघट उठाया और क्रूर होठों से चिल्लाई—"दीदा, क्या करेगी माँगकर? दीदा लड़ाकर लूट लिया बलीसिंह। खेत में खेत दे लिया बिचारे का।"

गोमा के गुस्सा का आरपार नहीं—"फस्सा पेला, तेरी मौसी नहीं भाग गई दर्जी के संग। तुम्हारे खसम-पूत मरें। कलेजा खाक हो रहा है तो पोखरिया में डूबक मारो।"

"हम काहे को डूबक मारें? तूने बेची है हया-सरम, तू मार।"

"ज्यादा मत बोलियो। होनी होगी सो हो जाएगी। चटक छिनार!"

गोमा के मुँह से निकली गाली 'चटक छिनार' सरसुती के लिए ही नहीं, इस रस में शामिल हुई मोहल्ले-भर की औरतों के लिए नई खोज थी। एक-एक करके सबने जुगाली-सी की—चटक छिनार।

तिरछी मुसकान पर निछावर हो जाता है किड्ढा। वीरता के साथ लड़ी इस लड़ाई पर उसका दिल बाग-बाग है। कलबतिया चाची जौहरी से कम नहीं, कैसी रतनार खोजकर लाई है। अकेली ने ही चमका दिया मोहल्ला। उसने तनिक मुस्कराकर अपनी बड़ी-बड़ी मूँछें सहलाई।

गोमा बरोसी में कंडे सुलगा रही है। हाथ तेजी से फोड़ रहे हैं कंडे। एक छिन रुककर बोली, "सुनो, अब तुम मेरी मानो तो फूस के छप्पर की जगह बरामदे के ऊपर लेंटर गिरवा दो। और बरसाती नाली छोड़ना इन बैरिनों के दरवाजे की ओर। दाऊजी से हाथ जोड़कर कह देना, पाई-पाई चुका देंगे उनका खेत जोत-बोकर।"

दाऊजी अरहर की दाल नहीं खाते। गोमा ने पूरी की पूरी अरहर बाजार में बिकने भेज दी। मूँग की बड़ियाँ रुचती हैं उन्हें, गोमा तीसरे दिन मूँग की दाल भिगोकर पीस लेती है। मसालेदार साग बनाने में गोमा के जोड़ की कोई जनी नहीं, दाऊजी दस बेर यह बात कह चुके हैं।

"हत्तुम्हारे की! बैंगन का साग कौन खाएगा?" बलीसिंह टमाटर की पौध ले आया। जानता है, गोमा ने बैंगन त्याग रखे हैं।

दाऊजी की पंचबीघा वोंहड़ी में आलू अच्छे होंगे। गोमा जानती है। सचमुच गोमा की जीभ पर सरसुती का वास है। आलू-भरी बैलगाड़ी देखते-देखते खाली होती इगलास की पैंठ में। बैल बेचने के बाद खनन-खनन रुपया दबा आया किड्ढा की अंटी में। बड़ी-बड़ी काली मूँछों में लहरें उठती हैं।

"दाऊजी से कहो, खाँसकर चढ़ा करें देहरी। फिर कहेंगे, गोमा आड़ नहीं करती।"

किड्ढा गोमा की सुरीली बोली के हाथ बिका है। न चाहकर भी कहना पड़ा। मानसिंह का बाबू आज तक शिकायत करता है—सालों बीत गए, गोमा भाभी का मुख नहीं देखा। मेला-दशहरा मिल जाएँ तो पहचानेंगे नहीं। बलीसिंह गोमा के कहे का बुरा नहीं मानेगा। उसे आड़ मरजाद तोड़ना पसन्द नहीं।

"खेत कट रहे हैं। दाऊजी को चैत के महीने में जूड़ी ने धर दबोचा। साबूदाना बनाऊँ कि रोटी करूँ? साग राँधूँ कि चाह बनाकर दूँ। तुम खुद अकेले..."

"नहीं, अकेला कहाँ, चार मजूर लगा दिए हैं बलीसिंह ने।"

"मजूरों की बात छोड़ो। पीछे-पीछे न डोलोगे तो खाक न करके दें। वो ही बीड़ी-चिलम का बहाना। पिछियाये फिरो। एक और इल्लत।" गोमा के सुन्दर मुख पर झुँझलाहट है।

चार मजूरों के लिए चार हँसिया भी तो चाहिए। किड्ढा द्वार पर खड़ा गोमा को आवाज दे रहा है।

वह आँगन में आ गई। हँसिया उठाकर घूँघट डालती हुई बाहर। पोलका के सारे बटन खुले हैं...

किड्ढा की इकलौती आँख बड़ी जिद्दिन है, खुली की खुली रह गई। गोमा ने अपनी छाती पर नजर डाली। पल्ला ढँक लिया। मुस्करा दी।

"बीमार आदमी घर में पड़ा हो, तो दूसरों को पागल बना देता है दौड़ा-दौड़ाकर। नहाने जा रही थी अब। कभी दूध दो, कभी पानी दो, कभी दवा पिबाओ।"

किड्ढा को सियाराम भगत की बात याद आ गई। पाप-संका नहीं लाना कभी मन में। पाप-संका रामचन्द्र जी ने करी थी सीता माता पर। सीता धरती में समा गई।

नहीं, नहीं। माफी देना, छिमा करना प्रभो, मैंने पाप नहीं बिचारा। बलीसिंह बेचारा का हमारे सिवा है ही कौन? गोमा टहल न करेगी तो कौन करेगा?

किड्ढा पसीने से तरबतर हुआ जा रहा है। नाक में से भट्ठी की-सी झार... "तुम पसीना-पसीना हो रहे हो! दो पल विरमा लेते। लस्सी-मठा ही पिये जाते शक्कर डालकर। कतीरा डाला था कोरे मल्सा में तुम्हारे लिए। चीनी मँगा ली थी बाजार से। गुड़ की शक्कर नहीं सुहाती कतीरा में। सुनो! इतनी फाँय-फाँय ठीक नहीं। माँदी-बीमार गिर जाओगे तो हम तो कहीं के न रहेंगे। दाऊजी तो अपने घर चलते बनेंगे।"

चिनगारियों पर छींटे पड़ रहे हैं ठंडे पानी के। अगन की लपट मन्द हो गई। अपनी औरत अपनी ही होती है। उसने नीचे की ओर झुकी हुई मूँछों को अँगूठे और अँगुली की मदद से बटा रस्सी की तरह। आत्मा में पड़ी ऐंठन ढीली हो गई।

जिस साल बापू मरा, उसी साल पीलिया ने धर दबोचा उसे।

बापू बेईमान दो दिन के बुखार में ही छोड़कर चला जाएगा, क्या जानता था किड्ढा। गोमा हिम्मत देती रही। वह बाप की याद में आधा हो गया, कुछ पीलिया ने झटक दिया।

बुरा हो ककरेठिया वाले बैद का, पीलिया की दवा कहकर न जाने कौन-सी रूखरी घोट-पीसकर दे दी कि किड्ढा किड्ढा न रहा।

जो देखे, सो देखता रह जाए। जैसे वह कोई अजूबा हो।

गोमा बावरी-सी बोली, "ऐना देखा है तुमने?"

"ऐना काहे को देखूँ मैं?"

"अरे, तुम देखो तो सही...किसी ने कुछ कहा नहीं तुमसे?"...उसने अपने ब्याहवाला शीशा थमा दिया।

किड्ढा ने बहुत दिनों से अपनी सूरत शीशे में नहीं देखी। उस दिन से, जब एक बार उसकी सगाई तय होने जा रही थी। तिलक का रुपया हाथ पर धरा जा रहा था। अचानक लड़की का भक्क-भूरा जीजा चिल्लाया—"अजी इस 'आँखूवली' से ब्याहेंगे हम अपनी चन्दा-सी साली। आपलोगों के पास रकम नहीं है तो मैं देता हूँ। चलो यहाँ से। लड़के का नाम क्या है—किड्ढा! हा-हा-हा-हा! किड्ढा!"

वे चले गए। किड्ढा दोपहर से साँझ तक पोखर की पार पर बैठा रहा। जल में झाँक-झाँककर अपना चेहरा देखता रहा। किसी को भी अपनी सूरत बुरी नहीं लगती। उसे भी नहीं लगी। अलबत्ता उस दिन के बाद अपना अक्स देखने की हिम्मत नहीं पड़ी कभी।

कलबतिया चाची के पास बहुत रोया था वह—"चाची, मेरा नाम किसने रखा—किड्ढा! किड्ढा सिंह!"

चाची ने उसके सिर पर हाथ फेरते हुए कहा, "बेटा, तेरा नाम तो किरोड़ीसिंह था। पर इस गाँव के आदमी नाम बिगाड़े बिना बोलते कहाँ हैं? मेरा नाम सूधा है—कलावती। पर कहेंगे कलबतिया। इनके सत्यानाश जाएँ।"

किड्ढा की नुकीली तनी हुई मूँछें उसी दिन की निशानी हैं। बड़ी-बड़ी मूँछें उसी दिन का संकल्प हैं।...पर आज जो गाज गिरी है! वह सूरत देखते ही ऐसा चौंका ज्यों करेत साँप पर पाँव पड़ गया हो।

दरपन आँगन में दे मारा। झन्न-झन्न...सैकड़ों किरचें फैल गईं।

गोमा उठी और आँगन में बिखरा काँच झाड़ू से सकेरने लगी। किड्ढा भावशून्य-सा बैठा रहा। इकलौती आँख में भी जैसे पुतली नहीं, पत्थर जुड़ा है। अन्धी हो गई। शीशे में देखा अक्स, नजर में नहीं, मन में पैठ गया। काली छाया तनी है नजर के सामने। स्याह हो गए चेचक के दाग। इन्धरिया छा गई मुख पर।

अचानक दोनों कोयों में जलभर आया। बेनजर आँख भी रो रही है... आँखूवली!

गोमा जार-जार रो उठी—"भगवान् कैसा अन्यायी है! सूधे आदमियों के नसीब में दु:ख लिखा देता है। इससे अच्छा होता कि मैं..."

किड्ढा ने गोमा के होठों पर हाथ धर दिया—"बाबरी!"

गाँव में एक बात अनेक रूप धरकर फैलती है। हींग के छौंक की तरह इस मोहल्ले से उस मोहल्ले तक पहले दिन उड़ी कि किड्ढा ककरेठिया के बैद के पास पीलिया की नहीं, मर्दानगी की दवा लेने गया था।

दूसरे दिन दरियाब वाली गली में सुनाई दिया, बलीसिंह का यार है ककरेठिया का बैद, किड्ढा को जानबूझकर रूखरी दी है कि उसका रूप-रंग बिगड़ जाए।

तीसरे दिन और कुछ...गोमा हाथ पीट-पीटकर राह चलती औरतों को

सुनाने लगी—"अरे, कोई किसी का संग दे तो आत्मा पजरती हैं लोग-लुगाइयों की। मैं तो कहती हूँ, नास कर देवी मइया कुढ़नेवालों का। नौदुर्गा के नौ दिन लौंग खाकर बरती रहूँगी।"

किड्ढा गोमा को बाँह पकड़कर भीतर ले आया—"तू काहे को अपना गला दुखाती है। गाँव के लोग पागल हैं ससुर।" किड्ढा की आँख नहीं, मूँछ दीख रही है गोमा को।

गोमा जब शान्त हो गई, उसकी हँफहँफाहट थम गई, तब किड्ढा ने खाट पर बैठकर समझाया—"अज्ञानी लोग क्या जानें! विपता में संग देनेवाले को सियाराम भगत भगवान का रूप मानते हैं। मैंने बलीसिंह को अपनी हारी-बीमारी में भगवान के ठौर पाया है। कन्धे से कन्धा मिलाए खड़ा रहा है तकलीफ में। सगा भाई तक नहीं करता इतना। हाँ!" कहकर मूँछें सहलाने लगा किड्ढा।

गोमा रुआँसी होकर बोली, "ककरेठिया के बैद की अच्छी तरह धुनाई कर आए हैं दाऊजी। रपोटा-रपाटी भी हो रही बताते हैं। उन्होंने कह दिया—परवाह नहीं! चार बीघा खेत बेच डालेंगे। दरोगा को घूस ही तो भरनी है। लड़ लेंगे मुकदमा-कचहेरी।"

किड्ढा ने घर से निकलना छोड़ दिया। गली के बालक झुंड बाँधकर पीछे-पीछे हो लेते हैं। एक-एक आदमी चार-चार सवाल करता है—किस बीमारी की थी रे रूखरी? पीलिया था भी कि नहीं? काला मुँह ठीक होगा भी? गोमा पास आने देती है कि...खीं-खीं-खीं, हा-हा-हा-हा!

सियाराम भगत न हों तो किड्ढा पागल हो जाए। उन्होंने ही समझाया था, "आदमी को जी छोटा नहीं करना चाहिए। प्रभो दीन-दुखियों के साथी हैं। एक द्वार बन्द होता है तो वे दस द्वार खोल देते हैं।"

ऐसी ही वेला में मालूम हुआ कि गोमा गर्भ से है।

किड्ढा को कब विश्वास होनेवाला था!

गोमा कमजोरी के कारण हल्के से हँसी—"तुम तो बाप बन जाओगे तब भी पतियारा (विश्वास) न करोगे। ऐसे सूधे आदमी भी क्या..."

किड्ढा की खुशी का ठिकाना नहीं। सच नहीं लगता। ऐसे ही हो जाती हैं मुरादें पूरी? इतर-पितर निहाल हो उठे होंगे। बापू होता तो सोहर गाने लगता।

आज ही एक भैंस खूँटे पर ला बाँधता—गोमा के नाम की। दूध-घी की नदियाँ बहा देता आँगन में। काम...अरे, फली के दो टुकड़े न करने देता। पलंग पर बिठाकर रखता पटरानी की तरह। बापू, तेरे भाग में नहीं था न नाती का मुख देखना?

बलीसिंह बार-बार किड्ढा को बरजता है, "गोमती से कसाले का काम न कराया कर। गोबर-कूड़ा डालने की क्या जरूरत है? हम बैलगाड़ी में भरकर डाल देंगे एक बार में। रोटी तीन टैम नहीं, एक बखत बहुत है। ठंडी-सीरी खाने में हमें क्या एतराज?"

किड्ढा के माथे पर बल पड़ गए। इकलौती आँख के नीचे फड़कन...

कलबतिया चाची कहती है, "गोला का बीज और मिसरी की डली खाया कर गोमा! शर्तिया बेटा होगा।"

किड्ढा की आँखों में घुटनों के बल चलता नन्हा बालक! वह गोमा को छोटे बच्चे की तरह लाड़ लड़ाता है। बलीसिंह इगलास गया था। कहता है, मेवा और चीनी लेता आया हूँ। चाची हलुआ बना दिया करेगी। किड्ढा ने अपनी साइकिल में ताला लगा दिया।

चाची एक बात और बोली, "ऐसे में खट-मिट्ठी चीज खाने को मन चलता है रे किड्ढा।" वह इगलास जाकर इमली-अचार ले आया। इमरती-जलेबी अँगोछा में बाँधकर लाना न भूला।

किड्ढा को गोमा की फिकर है, पर गोमा को घर-खेतों की। "दाऊजीवाले पाँच बीघा में सरसों बोना न भूलना। अपने सात बीघा में गेहूँ। दो बीघा वाली बोंहड़ी में तो अबकी बेर मसूर डालना। अच्छे भाव बिकेगी। और खेतों की दाऊजी से पूछ लेना, वे जानकार हैं। जन-कपास किस खेत में बोया जाएगा? दाऊजी के पटनियाँ के बारे में।"

खेत-क्यार नहीं सूझते इन दिनों, किड्ढा का मन गोमा के पेट में बढ़ते बच्चे से लगा है। मन में बार-बार एक शंका उठती है। वह छिपा जाता है। गोमा से पूछने की हिम्मत नहीं होती। उसने मौका देखकर चाची से पूछ लिया, "चाची, बालक का रंग मेरे मुँह की तरह हो गया तब?"

कलबतिया चाची चिल्लाकर बोल पड़ी, "चल मिटे! तू क्या काला था? रूखरी ने बदल दी तेरी रंगत। सत्यानास जाए ककरेठिया के बैद का।"

"डोरिया बाबरा है ससुर। कहता है, किड्ढा के घर काला कौआ जनम लेगा। काला कौआ...हैं चाची?"

गोमा ने बीच में ही बात काट दी—"कहनेवालों को गोली मारो। हमारी सुनो, दाऊजी कह रहे थे, खेती इस बालक के नाम करेंगे। उनके और है कौन?"

किड्ढा की इकलौती आँख फैलकर दोगुनी हो गई। वह अपनी मूँछ नोंचने लगा।

"भूल ही गई एक बात तो। वे कहते थे, गोमती को एक दिन चलकर इगलास की डाकधरनी को दिखा दो। गाँव की दाई तो निपट मूरख..."

गोमा की आँखें चमकने लगीं। चेहरे पर हुलास छा रहा है। किड्ढा के मन में ऐसी लपटें उठीं कि तन-मन झुलसने लगा। साँस गहरी, और गहरी हो गई।

"नहीं जाना इगलास-फिगलास। कहाँ की लगाई डाकधरनी? चाची बहुत कुछ जानती है। जिसे दिखाना होगा, दिखा देगी।"

गोमा बोली तो कुछ भी नहीं। सारा दिन पड़ी रही। रोटी खाई, न पानी पिया। वह घबराने लगा। बच्चा को कुछ हो गया तो? गोमा ने ऐलान कर दिया, उससे कोई न बोले।

कितनी बार कोठे में गया। कितनी बार निकल आया। अन्त में गोमा का पाँव हिलाते हुए बोला, "उठ, रोटी खा ले। भूखी रहेगी तो बालक...चाची कहती है, पेटवाली औरत को निरजल नहीं रहना चाहिए। बच्चा बिलबिलाता है।"

गोमा बहुत देर गुस्सा नहीं रह सकती। किड्ढा की आँखों में आँखें डालकर बोली, "मर जाने दो बच्चा को। मर जाने दो मुझे। तुम्हें क्या? अपनी बीमारी में तो दाऊजी कहाँ-कहाँ नहीं नचाए थे और मेरी बेर को...?" उसने गुस्से से भौंहें तरेरीं।

किड्ढा का मन मोम का बना है। गोमा का मुख हथेलियों के बीच लेकर बोला, "खेत की किरिया-किरिया बेच डालूँगा तेरी खातिर, हाँ!" और अपनी मूँछ सहलाने लगा धीरे-धीरे।

थोड़ी देर बाद देखा, गोमा ने नई धोती पहनी है। आँगन महक रहा है, खसबोईदार तेल डाला है। और, और नई चप्पल पहने चली जा रही है बलीसिंह के

पीछे-पीछे। घूँघटवाली बहू—गोमा है? किड्ढा को एक पल विश्वास नहीं हुआ।

चाची आकर बोली, "इगलास गई है डाकधरनी को दिखाने।"

गोड़ टूट गए किड्ढा के। खड़े होने तक की गुंजाइश नहीं रही। सारा दिन खरहरी खाट पर पड़ा रहा। भूखा-प्यासा, पेट में घुटने दिए। साजी और फूटी दोनों आँखें खारा पानी बहाती रहीं। अनेक सपने देख डाले, अनेक इच्छाओं को साकार करता रहा।

वह डंडा लेकर चला जा रहा है पीछे-पीछे। ऊसरा में पकड़ लिया है बलीसिंह को। मार-मारकर पछाड़ डाला। साला आस्तीन का साँप!

इगलास के सरकारी अस्पताल में घुस गया। डाकधरनी के ऐन सामने से चुटिया पकड़कर घसीट लाया गोमा को। साली! माँ मरी धिय को, धिया मरी धींगरों को!

धतूरे के बीज पीस लिए हैं सिल पर। चून में मिलाकर माँड़ लिए। रोटियाँ बना लीं। बापू बलीसिंह की थाली में रोटियाँ परोस रहा है। बलीसिंह सबकी सब रोटियाँ खा गया। वह बेहोश हो गया। मर रहा है बलीसिंह। गोमा रो नहीं रही। चुपचाप देख रही है।

किड्ढा हड़बड़ाकर उठ बैठा। इधर-उधर देखा। गोमा कहीं नहीं। उसके होठों के कोनों से लार की धार बह रही है। नींद नहीं, झपकी लगी थी उसे। झपकी में ही आते हैं आधे-अधूरे सपने।

किड्ढा पागल हो गया था उस दिन। गोमा आई, उसकी गर्दन दबोचते हुए बोला, "जा साली! यहाँ काहे को आई है? निकल मेरे घर से।"

बलीसिंह भीगी बिल्ली की तरह न जाने कब खिसक गया। फिर कई दिनों तक नहीं आया। वह गोमा का ताबेदार है। हुकुम मानेगा नहीं? मगर किड्ढा को चैन है। भरपूर नींद में सोता है। कोई छटपटाहट नहीं।

गोमा ने पाजेबें उतार दीं। चूड़ियाँ छनकती नहीं। एड़ियाँ पीली और खुरदरी। चेहरा रोया हुआ। बिना बिन्दी के सूना माथा। किड्ढा से बोलना तो दूर, उसकी ओर देखती तक नहीं। पड़ी रहती है कोठे में, धरती पर दरी बिछाकर।

उसका मन हुआ, गालियाँ दे। उठाकर पटक दे गोमा को। साली शोक मना रही है! चूड़ी-बिछिया फोड़कर रो रही है! मर गया है क्या तेरा खसम? राँड़ हो गई? तिरिया चलित्तर! पड़ी रह भूखी-प्यासी। देखें, कितने दिन चलेगा तेरा स्वाँग?

...लेकिन तीन दिन भी नहीं बीते। गोमा का दुबला पीला मगर तना हुआ मुख उसे भीतर से तोड़ने लगा। यह सब क्या कर डाला उसने? गोमा ने ऐसी क्या खता कर दी? बच्चा पेट में है, बिलबिलाता होगा। अन्न-पानी त्यागे पड़ी है गोमा। डाकधरनी ने क्या बताया, उसने पूछा नहीं।

कैसे कहे कि तेरे बिना नहीं रहा जाता गोमा। घर मसान-सा भयावना...धीरे से पास आ बैठा। हिम्मत करता रहा कुछ देर। शायद गोमा भाँप गई है कि वह... उसकी पीठ हिलने लगी। गोमा रो रही है? नामालूम-सा हाथ का परस किया गोमा की बाँहों पर—"उठ गोमा!"

गोमा ने हाथ झटक दिया। वह कटे तने की तरह ढहने लगा। भीतर की नसें, देह की मसें टुकड़े-टुकड़े होने लगीं। मन में आया, दहाड़ मारकर रोने लगे। घिघियाये—'मुझसे बोलना न छोड़ गोमा! गालियाँ दे! लड़! कपड़े फाड़ दे मेरे, पर मुझसे बोल! बात कर! नरम होंठों से हँस! उदास मत हो! तेरी तिरछी मुसकान...!'

मगर वह कह कुछ भी नहीं सका। गोमा के पाँव पकड़ लिए। वह फफक-फफककर रोने लगा।

किड्ढा को नहीं मालूम कि वह उसकी तिरछी मुसकान से खिल उठता है या उसे रोती देखकर पिघलकर कहने लगता है। दोनों ही दशाएँ एक-सी हैं। ऐसी दोनों ही घड़ियों में उसे लगता है, वह गोमा को अपनी बाँहों में भरकर छाती से लगा ले। खूब प्यार करे। संसार की हर चीज उसके पाँवों में डाल दे, जो कुछ भी वह चाहे। जिस कुछ की वह इच्छा करे।

पाँवों से होता हुआ हाथ गोमा के कन्धों पर आ गया। वह दरी पर लेटी थी। किड्ढा ने जतनपूर्वक उसे अपनी बाँहों में लिया। बचाते हुए समेटा कि कहीं पेट के बच्चे को नुकसान न पहुँचे। गोमा देख ले कि वह अकेली नहीं रो रही, एक नदिया किड्ढा की आँख में से भी बहती चली जा रही है।

बलीसिंह के पास जाकर बोला, "माफी दे दे भाई! मेरा मगज ही फिर गया है।" बलीसिंह को लिवाकर आया, फिर गोमा को उठाया। आज बहुत दिनों बाद रोटी बनाई। गोमा के लिए थाली परोसी। अपने हाथ से खिलाने लगा। नहीं खा रही थी तो बोला, "बलीसिंघ, तू कह देख, तेरे कहने से खा लेगी।" किड्ढा अपनी मूँछें खुजाने लगा।

खेत पर रहा करेगा आज से। बहुत ताका-झाँकी करने लगा है—पाप-संका! नरक होगा। सियाराम भगत के पास बहुत दिनों से गया नहीं। भूल गया पाप-पुन्न।

कोठे में पड़ी गोमा कराह रही है। वह रोने लगी। क्या हुआ? चाची को बुलाऊँ? लेकिन उसके मुँह से निकला—"बलीसिंघऽऽअ!"

नहीं, क्यों बुला रहा हूँ बलीसिंह को? वह क्या करेगा? कौन होता है वह?

चाची आ गई। गोमा ने बालक को जन्म दिया है। चाची थाली बजाने लगी।

किड्ढा के घर बेटा पैदा हुआ है।

बलीसिंह कोठे की चौखट पर खड़ा होकर पूछ रहा है, "गोमती ठीक है? बच्चा?"

एक तीखी धार-सी खिंचती चली गई भीतर-ही-भीतर। मूँछें फड़कने लगीं, ज्यों खुद ही उखड़ जाना चाहती हों। डोरिया-दरियाब का ठहाका भीतर तक घुस आया। बातें सुन रहा है वह—"बालक किड्ढा के घर हुआ है या किड्ढा का?"

एक ऐना और टूटा—झन्न! सैकड़ों किरचें बिखर गईं।

घर-घर बुलावे दिए जा रहे हैं। चौक पूर कर साँतिये धरे जाएँगे। चाची कोरा-चरुआ भर रही है। बत्तीसा डालकर उबालने धरेगी। गोमा को बत्तीसा का पानी पीना है। नेग-सगुन हो रहे हैं। किड्ढा की पुकार पड़ी है। वह कुर्ते की जेब में से पाँच का नोट, दो का नोट, एक का नोट निकाल-निकालकर दे रहा है। बलीसिंह एक क्षण को आया। दस-दस के कुछ नोट देकर बोला, "खर्च कर लेना। मैंने अलग रख दिए थे।"

गुँह पर मार दे इन रुपयों को? क्यों दे रहा है? पूछे?

गोमा ने कहलवाया—"दाऊजी रुपया दें तो धर लेना। फसल इकट्ठी ही बिकी थी। हिसाब नहीं हुआ। हमारे कि उनके, बात एक ही है।"

सोहर गाए जा रहे हैं :

'ऐसे फूले सालिगराम डोलें, हाथ लिये रमपइया,
ए लाला के बाबा, आज बधाई बाजी त्यारे।
ऐसे फूले किड्ढा सिंह डोलें, हाथ लिये रमपइया,

ए लाला के बाबुल, आज बधाई बाजी त्यारे।'

बाहर से फिर मिले-जुले ठहाकों के साथ कहावत—"हाथी डोले गाँव-गाँव, जाकौ हाथी, ता कौ नाम।"

समुन्दर का खारा पानी कभी देखा नहीं किड्ढा ने। सियाराम भगत की रामायण में सुना है—सागर का जल पीने लायक नहीं होता। नुनखरा समुन्दर ठाठें मार रहा है किड्ढा के कलेजे में।

कौन बाबा? कौन बाबुल? सौर में पड़ी गोमा का झोंटा पकड़कर घर के बाहर कर दे। साली, चली जा इसी यार के संग, जो मुझसे पहले बालक को देखने पहुँचा है। किवाड़ की झिरी से न चाहते हुए भी देख लिया किड्ढा ने। बलीसिंह चाँदी का जैसा झुनझुना और कुछ नोट रख रहा है खाट पर बैठी गोमा के पास। चाची कहाँ मर गई?

"चाची! तू गाना बन्द कर! फेंक ढोलक!" वह कहना चाहता है। लेकिन एकान्त पाकर चाची के कन्धे पर सिर धरकर फूट पड़ा। वह पीठ थपथपाती हुई बोली, "बेटा, मुकद्दर का फेर है। बुरा हो ककरेठिया के बैद का, छोरा का मगज खराब करके धर दिया। सगुन-सात रोना-पीटना क्यों मचाता है मिटे!"

आँखें पोंछकर देखा, चाची के कोयों में ताल भरे हैं। भर्राई हुई आवाज में बोल रही है, "चल उठ, हाथ-मुँह धो! बाजार चला जा! गुड़ और मेवा ले आ! हरीरा बनेगा। सोंठ-पँजीरी होगी। जच्चा को जैसी खुराक दोगे, बच्चा वैसी ही तन्दुरुस्ती पाएगा। गोमा का खयाल रख बेटा! तेरी महतारी परसूत में मरी।"

किड्ढा भीतर तक दहल गया। उठा और गोमा के पास जा पहुँचा। गोमा के होठों पर कमजोर-सी हँसी खेल रही है—"लो देख लो, दुस्स-मुस्स तुम पर गया है। नाक तो ज्यों की त्यों धर दी है—तोड़कर।"

किड्ढा के मन में खुशी की लहरें आ-जा रही हैं। तुरन्त बाँहें फैला दीं, मतलब कि दो बच्चा। छोटी-सी ठोड़ी पर अपनी नाक छुआने लगा।

"अरे, तुम तो बड़े ले पाओगे, बाँह रह जाएगी। गर्दन उतर जाएगी।" गोमा की हँसी खुनखुनाने लगी। किड्ढा कभी गोमा को देखे तो कभी बालक को। आनन्द!

"दाऊजी झुनझुना और रुपया दे गए हैं। लौटा देना। हम क्या नदीदे हैं? ब्यौहार कर रहे हैं हमसे। यह नहीं याद रहा, इस बच्चा के बाप ने खेत में कितना पसीना बहाया है।"

किड्ढा को हार्दिक खुशी हुई। गोमा खफा है।

दूसरे ही दिन गाँव के कई लोगों ने अलग-अलग कहा, "बलीसिंह को कचहरी में बैनामा के कागज लेते देखा है।"

गंगाराम को मौका मिल गया। अपने चबूतरे पर खड़े होकर दिन मुँदे धरउअल चिल्लाया—"लिखकर तो देखे धरती। मुकदमा ठोक देंगे। दादालाई धरती को वह अकेला कौन होता है उस नाखन्दी को देनेवाला? साले किड्ढा का भी मूँड़ फोड़ देंगे।"

किड्ढा को गुस्सा गंगाराम पर नहीं, बलीसिंह पर नहीं, गोमा पर आया। साली ढोंगिन! कहती थी, रुपया लौटा दो, झुनझुना लौटा दो।...और खेत लिखवा रही है!

घर के भीतर आँगन में खड़े होकर वह गंगाराम से ज्यादा जोर से चिंघाड़ा—"हिम्मत हो तो बाहर खड़ी होकर सुन। तेरा बाप गंगाराम क्या कह रहा है? बैठी-बैठी नन्दलाल को दूध चुखा रही है! उठ भैंचों, बदमास..."

गोमा की बाँह पकड़कर वहशियों की भाँति खींचने लगा।

वह आँखें फाड़े देख रही है।

"बोल! दे जवाब।" मूँछों का एक-एक बाल थरथरा रहा है—"नहीं चाहिए भैंस-बर्द। नहीं चाहिए रुपया-पइसा। नहीं चाहिए कल-मसीन...बलिया का चाकर हूँ मैं? उसका हरहारा (हल जोतनेवाला) कि मेहनती?"

गोमा की मछली-सी आँखें आँसुओं में तैरने लगीं।

"मैं अपनी खातिर कर रही हूँ सब? दाऊजी लिख देंगे तो मालिक कौन होगा। जोतेगा-बोएगा कौन? आज तुम दाऊजी की धरती समेत पूरे चालीस बीघा के मालिक हो। गंगाराम पजरेगा नहीं? अरे, लोग अपने लत्ता-कपड़ा फाड़ेंगे। बावरे होंगे। किसी की बढ़ती देख कौन सिहाता है?" अन्तिम वाक्य रुदन में मिला हुआ था।

किड्ढा मन-ही-मन पछताया। नामालूम कौन-से देवता आ विराजते हैं सिर पर कि वह बिफर उठता है। वह गोमा के पास आया। क्षण-भर बालक को देखता रहा। अपने जिगर के टुकड़े को कैसे फेंके फिर रहा है! बापू होता तो लतिया देता किड्ढा को।

उसने बालक को चुपचाप गोद में ले लिया। बोला, "गोमा, भँवर नाम से बुलाना इसे। बापू कहता था, किड्ढा, मैंने तो तेरा नाम भँवरसिंह रखा था। तेरे

बाबा ने किरोड़ीसिंह।"

गोमा के होंठों पर अचानक तिरछी मुसकान खेल गई, बोली, "अपने पुरखों का धरा हुआ नाम तो पुकारेंगे ही। तुम दाऊजी से मना कर देना, बलवानसिंह न कहा करें।"

...मगर भँवर कब कहा गोमा ने! बलवान कहकर ही पुकारती रही।

किड्ढा की छाती में मानो ईंधन स्वाहा होता रहा—बलीसिंह—बलवानसिंह! हुँह! ससुर बलिया! मूँछ पर हाथ गया कि मूँछ पकड़े ही बैठा रहा देर तक।

खेतों की ओर निकल गया था। सतबीघा की मेड़ पर चाची मिल गई। उसका हाथ पकड़कर बोली, "बता, कहाँ जा रहा है? तैने सुन ली? मुझे क्या मालूम था कि गोमा रंडी...भइयादौज लेकर उस नाग बलिया को भेज रही है पीहर।"

किड्ढा ऐसे देखने लगा, ज्यों कुछ समझा न हो।

"अरे, बाबरा-सा काहे को खड़ा हो गया? भेज रही है तो भेजे। तू मन मैला मत करे बेटा..."

सामने खड़ी फसल में आग लगी है। खेत धू-धू करके जल रहे हैं। भेजेगी क्यों नहीं असली खसम को...अपनी आँखों से परलय देखी है चाची! तुझे क्या बता दे! तूने मुझे तो बरज दिया था चाची कि जंतापे के तीन महीना तक गोमा को छूना नहीं रे। छूने का मतलब मैं समझ गया था। गोमा को कैसी भी तकलीफ हो, वह कभी नहीं चाहता।

"चाची, तू बड़ी, माँ-समान, खोलकर क्या बताता? बलिया बीस दिन भी नहीं निकाल सका। इतना तो समझता है कि गोमा जरूरत से ज्यादा आय-ऊय काहे को मचा रही है? नींद कैसे लगती फिर? ओसारे में सोता हुआ देखता रहा—बलीसिंह दर्द की गोली लेकर उठा। भीतर पहुँचा। पर निकला नहीं। आधी रात से ज्यादा बीत गई। मैं खाट में लेटा-लेटा हाँफ रहा था चाची, ज्यों सौ कोस भागकर आया हूँ। मन में आया, मोरी पर पड़ा पत्थर उठाकर दे मारूँ बलीसिंह के मूँड़ में। किवाड़ तोड़कर फेंक दूँ। अपनी धोती कस रहा था कि भीतर बालक रो पड़ा। बलीसिंह निकल आया कोठे में से। निकल गया बाहर जल्दी से।"

वह गोमा के ऊपर बाज-सा झपटा—"आयन्दा यह मेरे घर आया तो तेरा सिर फोड़ डालूँगा कुतिया! इस हरामी को फेंक दूँगा गोद से उठाकर। उस भुजंगी को देखकर खिलती है सूरजमुखी! मुझे देखकर तो तेरा मुँह तोरई की तरह लटक जाता है।"

गोमा रोई नहीं, देखती रही उसकी ओर। तनिक तिरछे होंठ करके मुसकाई और बोली, "निकाल बाहर क्यों नहीं करते? पराये आदमी को रहतवा मानना चाहिए सो अपना खून जलाते हैं देख-देखकर। भँवर के बापू, तुम्हारी किसम, भगा दो दाऊजी को। भला तुम्हारी मालिकी के दाबेदार हो जाएँगे? रहतवा जानते हो? रोटियों पर चाकरी करनेवाला।"

गोमा ने अपनी नरम हथेली से किड्ढा का हाथ थाम लिया। मुलायम अँगुलियों से सहलाती रही।

ताज्जुब कि गोमा हँस रही है। अचरज कि गोमा मुस्कराती रही। उसके बाँके होंठ किड्ढा की इकलौती आँख में मटर के बैंगनी-गुलाबी फूलों की तरह खिले हैं। पलक कैसे झपकाए वह? फूलों की पाँखुरी मुरझाए नहीं। किड्ढा का कड़ियल रुख धुनी रुई से भी ज्यादा कोमल हो गया।

दो जुमलों में ढेर है वह। गोमा के बोल—झरते हुए मोती।

वह रूपमती ही नहीं, बुद्धिमती भी है। सियाराम भगत परमज्ञानी ठहरे। तिरिया की सच्ची परख जानते हैं। जो स्त्री अपने पति को माता की तरह भोजन परोसकर खिलाए, विपत आने पर मंत्री की तरह सलाह दे, सेज पर रम्भा परी अप्सरा के समान व्यौहार करे, वह सच्ची पतिव्रता नारी है। गोमा सब गुणों की खान है। किड्ढा परम मूढ़ ठहरा। बात-बात पर अपनी प्राण-प्यारी सुकुमारी से उलझ बैठता है। ऐसे आदमियों को भगज्जी झाड़-झंखाड़ कहते हैं।

बलीसिंह बिसाहुली जा रहा है। उसकी ससुराल। एक अवाँ सुलगने लगा फिर से। अकेली आँख भस्म करना चाहती है गोमा हरजाई को। किड्ढा ने मूँछों को दाएँ हाथ से इतनी जोर-जोर से बट डाला कि वे उखड़ने को हो आईं।

गोमा कैसे पहचान गई? किड्ढा के रोम-रोम की जानकार है वह। उसने चटपट गोद का बालक खाट पर खेस बिछाकर लिटा दिया। उसके ऐन आगे आ खड़ी हुई। रौस पर जहाँ वह सोच में डूबा बैठा था, दोनों पाँवों के बल। मूँछों को तोड़ता-मरोड़ता...।

"बोझ बहौत है। तुम लादकर ले जाओगे? फिर दाऊजी के बस की है खेती की देखभाल? खेती-किसानी हर एक कर ले तो फिर क्या नहीं? बम्बा में से परेहट कर ली इनने तो। धरती मइया भी पहचानती है अपने पूतों को। दाऊजी कमा पाए अपने खेतों में दस मन का बीघा! फिर सौ बातों की एक बात, तुम चले जाओगे तो मैं अकेली रह जाऊँगी।"

किड्ढा ने सिर नहीं उठाया ऊपर। आग होती तो गोमा की बातों के ठंडे जल से बुझ जाती। धुएँ को कोई नहीं बुझा पाया। कहने को वह ठीक ही कह रही है, मीठे के संग पन्द्रह सेर चावल हैं। बलीसिंह लाद के जाएगा। मन समझाना कठिन नहीं, पर मन माने तब न!

ईंट के मारे आज खोपड़ी न फोड़ दी साले की तो मेरा नाम किड्ढा नहीं। सालिगराम से जायन्दा नहीं। असल जाट का बेटा नहीं। बापू की लठिया से ही टाँगें झाड़ दूँगा, चल बेटा! बाहर निकल तो सही।

अन्धड़-तूफान में गोमा बरखा की धार! रिमझिम बरस उठी। बालक धर दिया किड्ढा की गोद में—"साँची कहती हूँ, तुम्हारे बिना यह बहलनेवाला नहीं, रोएगा। माँदी हो जाएगा, भँवर के बापू! तुम सुन रहे हो या नहीं?"

भँवर के बापू! गोमा कह रही है, भँवर के बापू! किड्ढा का सिर एक पल को चक्कर खा गया। छाती के भीतर मीठी चाशनी बहने लगी। मटर-मटर देख रहा है नन्हा। चंचल आँखें झपका रहा है। काला रंग—रामचन्द्र जी की छवि। सियाराम भगत कहते हैं—गोरे नन्द, जसोदा गोरी, मनमोहन थे श्याम। किड्ढा के हाथ में आई ईंट, लठिया न जाने कहाँ विरमा गई।

बलीसिंह नल के नीचे नहा रहा है। गोमा ने लाज मारकर हत्था चला दिया। साबुन लगे काले बदन पर पानी की धार बही। किड्ढा के भीतर लपटों ने जोर पकड़ा। गोमा ने खोया औटा, पेड़े बनाए, तिल चामरी और गोला बाँधा। इन अनेक कलापों के चलते वह बालक को पकड़े रहा, खिलाता रहा।

बलीसिंह ने नई फाइन की धोती पहनी है, टैरीकॉट का कुर्ता—सफेद झक्क। ऊपर से काली सदरी। जुल्फों में तेल—खासबोई उड़ रही है।

गोमा के बनाए हुए क्रोशिया के रंग-बिरंगे झोला में सामान धर रहा है। "मजूर सड़क तक धर आएगा दाऊजी, सड़क से सूधे इक्का में।" गोमा कह रही है। पहले-पहले गोमा को बलीसिंह से बोलते देखा था तब कितना पीटा था उसे।

नील पड़ गए थे गोरी देह पर। चाची ने समझाया था—कढ़ी खाए, यह मर गई तो जन्म-भर बैठे रहना रंडुआ। फिर नहीं होने धरेजे।

बलीसिंह को जाते देखता रहा। बालक चुपचाप खाट पर लिटा दिया। गोमा ने आवाज मारी—"बलवान को ले आओ, दूध पिला दूँ।"

किड्ढा का दिल काठ का भी बना होता तो राख हो जाता। पर सात पर्दों के पार मांस-खून का बना दिल केवल धुँधुआता है। सुलगता है। तड़पता है।

कलेऊ नहीं किया। नहाया-धोया नहीं। सूरज देवता नहीं ढारे।

बालक रो रहा है।

किड्ढा के जबड़े कस गए—साला बलिया की औलाद! लौंडिया!

वह उठा झटके से। अपनी साइकिल उठा ली और तेजी से घर से निकल आया। चल दिया, न जाने कहाँ? कहीं भी...

इगलास के हाथरस चौराहे पर खिच्चो की चक्की है। किड्ढा सदा अपनी साइकिल यहीं रखता है। भीत से साइकिल टिकाकर पानी पीने चल दिया।

पीछे से बोल मारा किसी ने—"ओ किड्ढा सिंह! मेहमान! अरे, सुनो तो लल्लू!"

मुड़कर देखा—विसाहुली का नाई। ससुराल का आदमी। हड़बड़ाया हुआ भागता-सा चला आ रहा है बूढ़ा।

पास आ गया। कन्धे पर पिछौरा डाले हाँफ रहा है।

"लल्लू! किड्ढा सिंह! अरे, तुम्हें क्या हो गया मेहमान? पहचान में नहीं आ रहे? चेहरा काला स्याह..."

"मैं तुम्हारे गाँव ही जा रहा था। भले मिल गए यहाँ।"

"बात क्या है नाऊ ठाकुर?"

"अजी बात क्या? बड़ा बनउआ है भैंचो..."

किड्ढा अपनी मूँछें मरोड़ने लगा।

"तुम्हारे गाँव के को आए हमारे यहाँ, जानते हो?"

"बलीसिंह? बलीसिंह ही आया होगा।" किड्ढा उत्तेजित-सा हो गया।

"उनकी तो हालियत खराब है।"

"बीमार-हारी हो गया?"

"अजी नाँय। बड़ी मार मारी है तिहारे सालों ने।"

"मार?"

"अजी, हाड़-पसुरियाँ चूरन कर दीनी।"

"बलीसिंह की मारपीट!"

"बलीसिंह कहो चाहे ध्यानदास। बड़ी कुदिसा करी है। चलो, तुम देख लो, मेरे छोरा की दुकान में पड़े हैं।"

"बेबात ही मारेंगे?" किड्ढा का अविश्वास कम न हुआ।

"बात तो कछू जरूर होगी। बड़े जहरा रहे तुम्हारे ससुरारिया। हम तो यों कहते हैं कि भइयादौज तुम ही दे जाते। एक दिन में खेती कितनी बिगर-तुगर जाती?"

किड्ढा कहे तो क्या कहे?

"जी समझ लो कि जो प्रधान बीच-बिचाव न करें तो लहास हो जाती। वे दोऊ भइया तो ऐसे फैले कि पूछो मत कुछ। लठिया, जूता जो कुछ हाथ पड़ा—धमाधम। लात-घूँसा तड़ातड़, लगै चाँद में, लगै पीठ में, पाँयन में। एक ही बात बोलें—बता तू हमारा जीजा है? बहनोई है? ला, हम खबावें तुझे मेहमानी। ला, हम दें तुझे विदा। ले, जूता खा। ले, डंडा खा। ले, घूँसा खा। ससुर जी, अब आना अगली वेर।"

"ऐसी क्या खता बन गई, किड्ढा सिंह? तुम्हें तो मालूम होगी।"

किड्ढा के मन की दशा न पूछो।

उठते ज्वार की लहरें समतल हो गईं। लपटें बुझने लगीं। सब कुछ शान्त, चुप। उसने आँखें मूँद लीं। गहरी-गहरी साँसें लेने लगा। सियाराम भगत, तुम सोलह आना साँचे। रावण मरता है एक न एक दिन। बलिया, तू सड़-सड़कर मरेगा। बुला ले उस ठगिनी को। बचा ले अब आकर। खिला रही है तेरा कुँवर।

मन में आया, कह दे—गोमा को लिवा लाओ नाऊ ठाकुर। देख जाए।

नाई बोला, "तुम क्या सोच-विचार रहे हो लल्लू? जादा टैम नहीं है। बेगि चलो। माथा फूट गया है। खून बह रहा है।"

'मर जाएगा साँझ तक। मैं नहीं जाता।' किड्ढा कहना चाहता था।

...मगर उसके पाँव उठ गए अपनी साइकिल की ओर। पैदल चलता रहा। साइकिल लेकर। फिर बोला, "देर होगी ऐसे तो। नाऊ ठाकुर, तुम कैरियर पर बैठ जाओ।"

बलीसिंह मुर्दे की तरह पड़ा है खाट पर। बिछौना खून में तर है। किड्ढा का दिल

दहल गया। स्याह रंग पर लाल खून। माथा घावों से भरा हुआ। मूँड़ में फावड़ा मारा है क्या? उसका हाथ बलीसिंह के सिर पर जा पहुँचा। बलीसिंह ने अपनी सूजी हुई आँखें कठिनाई से खोलीं। किड्ढा को देखकर होंठ हिले, पर बोली नहीं निकली। खून की पपड़ी पड़ी है होठों पर।

'मर जा साले! तू इसी लायक है। भोग अपनी करनी।' उसके मन में अनेक बातें हाहाकार कर उठीं।

नाई बोला, "किड्ढा सिंह, मल्लिम-पट्टी करा लेते डाकधर से। पर मेरा छोरा कह रहा था, पुलिस केस हो जाएगा। अस्पताल में मत जाना। नातेदारीवाली बात है, दुश्मनी हो जाएगी। सो मेहमान, तुम जल्दी करो। ले जाओ। इन्हें।"

'इसे सड़ने दो, थाने में चाहे अस्पताल में। मैं नहीं ले जाऊँगा। चील-गिद्धों के आगे डाल देना चाहिए।' कहना चाहता था वह।

...मगर उसकी आँखों के सामने गोमा! देख रही है चौखट पर खड़ी-खड़ी—बलीसिंह लौटेगा, पीहर की राजी-खुशी देगा।

यहाँ से लौटकर क्या कहूँगा मैं? मैं क्या जानूँ? क्यों पूछेगी मुझसे? और यह नाई! गोमा के पीहर का आदमी! कहेगा, कैसा मानिख है किड्ढा सिंह? अपने सालों से ज्यादा कसाई!

नाई बोला, "देर मत करो अब एक पल की भी। तुम्हारा छोटा साला सिरफिरा है। जब से मलेटरी में भरती हुआ, बन्दूक-पिस्तौल छोड़, दूसरी बात नहीं करता। मुझे डर है, आ न रहा हो। जो साँस चल रही है उसे भी निकालकर धर जाएगा।"

एक बार को लगा कि छोटा साला ही आ जाए। कर दे किस्सा खतम।

"अजी, तुम असमंजस में डूबे खड़े हो!"

किड्ढा अपनी साइकिल लेकर आगे बढ़ा। ठीक है, बैठा ले जाता हूँ। गैल तो सूनी है। बड़े-बड़े घने मूँज के झुंड हैं। पटक दूँगा उनके बीच। मर-खप जाएगा। किसी को पता तक न चलेगा। गोमा को भी नहीं।

नाई ने किड्ढा के संग मिलकर बलीसिंह को साइकिल के कैरियर पर लाद दिया। दोनों हाथ से सीट के नीचे की स्प्रिंग पकड़वा दी।

किड्ढा क्या करे? साइकिल पर सवार होकर चल दिया।

बलीसिंह को धीरे-धीरे होश आ रहा है। जोर से कराहने लगा।

तनिक दूर और! थोड़ी देर और!

दगरा आया ही चाहता है। फिर कहाँ रहेगा होश-हवास...

रेत-भर दगरा। मूँजों के झुंड...गोमा प्रकट हो पड़ी। साइकिल के आगे-आगे चल रही है। पीछे मुड़-मुड़कर देख रही है—तिरछे होंठ करके हँसती हुई...

किड्ढा पलक झपकाना भूल गया।

पतेल की तीन-चार पत्तियों ने बारी-बारी चीर दी किड्ढा की बाँह।

गोमा के सामने ही डाल दूँगा कि ले, आ गए तेरे प्यारे मीठे दाऊजी। सेंकती रह धरके। लगा हल्दी-चूना। कर टहल। बलीसिंह दाऊजी की सेवा करने का बड़ा शौक था। हो गई इच्छा पूरन।

"अरे मरा रे! मराऽऽआ!"

"ज्यादा तकलीफ है रे? जी कड़ा करके बैठ!"

पता नहीं मन की आग क्यों बुझती नहीं...अब चूका तो इस राक्षस के फन्दे में ही बीतेगा पूरा जन्म। सियाराम भगत जी कहते हैं—राक्षसों का संहार करना सबसे बड़ा धरम है। सो लाला बलीसिंह, तू हो जा तैयार।

गोमा हँसती है तो उसकी आँखें चमकती हैं। ये बलीसिंह दाऊजी...मैं कहती थी न, इस धरती पर तुम जैसा पुरिख...

किड्ढा का ध्यान अचानक बदला। इस गैल की मूँज-पतेल तो अच्छे-भले आदमी की देह छीलकर धर दें—उस्तरा की तरह...। बेचारे के घाव पर घाव! उसने हैंडिल पर लटके झोले में रखी चादर पर निगाह डाली।

उतरकर उढ़ाने लगा, पर बलीसिंह अपना वजन नहीं साध पा रहा। साइकिल गिरी पड़ रही है। उसने बलीसिंह की गर्दन पर दो थाप दीं—"अपने संग मुझे भी ले मर।"

बलीसिंह सीधा होने की कोशिश करते ही चिचिया पड़ा—"आय, हाऽऽआय..."

"अरे रे-रे-रे! लग गई! ज्यादा लग गई?"

किड्ढा ने साइकिल बिलकुल धीमी कर ली। बहुत सध-सधकर चलाता हुआ बलीसिंह को मूँज के हर झुंड से बचाने लगा।

अन्त में घर के आँगन तक उसे ऐसे ले आया, ज्यों भँवर को, नहीं-नहीं नन्हे बलवानसिंह को गोमा की गोद तक ले आया हो...

सिस्टर

डोरोथी डिसूजा।

अस्पताल में नर्स थीं।

कुछ महीने पहले ही रिटायर हुई हैं।

रंग से साँवली, कद-काठी से मँझोली और तनिक भारीपन की ओर जाती देह की स्वामिनी सिस्टर डिसूजा आजन्म कुँआरी हैं।

अब इंजेक्शन लगाने का काम प्राइवेट तौर पर करती हैं। अस्पताल जाकर पोलियो वैक्सीन, डी.पी.टी. के टीके वगैरह बच्चों को दिलवाती हैं।

कड़कती ठंड है आजकल। हवाएँ तीर की तरह चुभती हैं।

झीनी और मैली धोती में सिकुड़ी जमादारिन सिस्टर के द्वार से लगी बैठी है। मुट्‌ठी में तुड़ा-मुड़ा-सा दो का नोट बन्द है।

जैसे ही सिस्टर बाहर निकलीं, वह खड़ी हो गई, बोली, "सिस्टर, ये तुम्हारे..."

फैली हुई खुरदरी हथेली पर उस गुलाबी-से कागज को देखते ही सिस्टर ने झिड़का—"एऽऽ, धत्त्!"

"तो क्या बात हो गई सिस्टर, तुम भी मेहनत करती हो। दवा मुफ्त में दे देती हो, जे ही क्या कम है?"

जमादारिन के हाथ में अब भी नोट रखा था।

सिस्टर डिसूजा ने अपने दोनों कंधों और छाती को अँगुलियों से छुआ, "मदद के बदले पइसा लेगा हम! ईशु, हमारे सिन को मुआफ नहीं करेगा। ओ ऑलमाइटी गॉड!"

बुढ़ापे की ओर बढ़ती हुई सिस्टर डिसूजा अब भी उसी तरह यूनीफॉर्म में रहती हैं, जैसे वे अस्पताल में ड्यूटी पर जाया करती थीं।

उन्हें यकायक ध्यान हो आया, महरी कह रही थी, सुरेशचन्द ने बुलाया है, आज ही।

सामनेवाले चार घर छोड़कर सुरेशचन्द का मकान है। वे अपने परिवार के साथ पिछले साल किराये पर रहने आए हैं।

पड़ोसिन बता रही थी, कॉलेज में पढ़ाते हैं।

महरी कहती है, बहुत बीमार रहे हैं बेचारे। अस्पताल में भर्ती रहकर आए हैं। स्वभाव के भले हैं। ईश्वर करे जल्दी अच्छे हो जाएँ।

"बीमारी क्या है?" सिस्टर ने जानना चाहा।

"क्या मालूम सिस्टर? पर उठने-बैठने से भी लाचार हैं।"

सिस्टर को अपने पिता की याद आ गई, वे भी तो..

उन्हीं की इच्छा रखने को यह घर भी बनवाया था। नहीं तो वे कभी न बनवातीं।

पिता ने ही प्लाट खरीद लिया था और आखिरी दिनों में गहरी चिन्ता करने लगे कि सरकारी छत हटते ही हमारी बेटी कहाँ जाकर रहेगी? किसके पास?

अपना कहने को कोई भी नहीं।

मकान पूरा भी नहीं हुआ था कि वे स्वर्गवासी हो गए। एक दिन भी नहीं रह पाए इस घर में।

केवल वे रह गईं और सिर चढ़ा लोन।

लोग अचरज करते हैं कि अकेली जान के लिए इतना बड़ा मकान?

कुछ तो अकसर बात-बात में टोक देते हैं, "सिस्टर, तीन कमरे, बरामदा, आँगन, रसोई। क्या करती हो अकेली उसमें?"

क्या उत्तर दें सिस्टर डिसूजा?

क्या ये सब जानते हैं कि सिस्टर की यह दुखती रग इस तरह कोंचने से ज्यादा टीसेगी?

अधिक खिसिया जाती हैं तो तर्क देते समय उलझ पड़ने की स्थिति बन जाती है। चेहरे पर रोष उभर आता है। और न चाहते हुए भी तमतमाकर जुबान से अक्खड़-सा उत्तर फिसल जाता है।

"अकेले आदमी को सुविधापूर्वक घर-मकान में रहने का हक नहीं है क्या?"

सामनेवाला मखौल उड़ाते हुए कहता है, "आप तो चिढ़ गईं।"

"हमारा मतलब तो यह है कि इतने तामझाम से आपको परेशानी...।"

"परेशानी! अपने घर से किसी को परेशानी होगी? इकेला न रहें तो क्या करें? फैमिली कहीं से किराये पर तो नहीं ला सकता।"

कहनेवाला चला जाता है। मगर हवा में सनसनाते हुए अपने कहे बोल छोड़ जाता है। मन की भड़ास निकालकर भी कानों में कोंचते रहते हैं वे ही वाक्य।

...और बार-बार प्रश्न करती हैं अपने आपसे, क्यों रह गईं अकेली? वृद्ध अपाहिज पिता के कारण घर नहीं बसाया या नर्स के व्यस्त जीवन के कारण भूल गईं गृहस्थी का खयाल?

दोनों ही बातें थीं सम्भवत:।

गठिया वात रोग से पीड़ित पिता अपाहिज हो गए। उन्हें छोड़कर डोरोथी कहीं कैसे चली जाती? माँ बचपन में ही न चल बसी होती तो शायद उनके जीवन की कथा कुछ और होती।

लोगों के कहने का असर क्यों लेती हैं? उम्र का इतना बड़ा हिस्सा गुजर गया। अस्पताल से घर, घर से अस्पताल, मरीज, स्टाफ, इन सब में लगे-लगे ही सरक गई जिन्दगी। अपने को समझाया सिस्टर ने।

कलाई पर बँधी घड़ी देखी, दो बजे हैं। लो, ड्यूटी खत्म। आठ से दो बजे तक ही तो रहती थीं वे अस्पताल में। आज तो बहुत काम हो गया। बीस-पच्चीस मरीजों को तथा पाँच बच्चों को इंजेक्शन और टीके दे दिए।

वे भीतरी कमरे में चली गईं। ऐप्रॉन उतारा, क्लिप निकालकर बालों से सफेद टोपी अलग की। मोजे-जूते उतार दिए।

गाउन पहनकर रसोई में घुस गईं। हाथ धोकर खाना खाने लगीं।

अब ईवनिंग टाइम में ही जाएँगी सुरेशचन्द के घर।

महरी बर्तन साफ करने आ चुकी है।

बर्तन समेटते हुए बोली, "सिस्टर, सुरेश बाबूजी हमसे पूछ रहे थे कि कैसी है सिस्टर डिसूजा? लो हमने तो जवाब दे दिया, कैसी हैं! अच्छी हैं, खूब अच्छी। हमने खुद अपनी बाँह में सुई लगवाई है। तो देख लो कि चेंटी के काटे

का दरद फिर भी मालूम होता है, पर सिस्टर की लगाई सुई का भान तक नहीं होता खाल के नीचे।"

"और बाबूजी, टैम की इतनी पाबन्द कि चाहो तो अपनी घड़ी मिला लिया करना उन्हें देख के।"

"सोई पइसा के मामले में बता दई कि घर आने पर सुई लगाने के पूरे पाँच रुपया लेंगी। मरजी हो, लगवाओ।"

"और रात के समय घर रुकने के?" बाबूजी पूछने लगे।

"हमने कहा, सो हमें नहीं मालिम। कितने लेती हो सिस्टर?"

"सौ रुपया।" सिस्टर डिसूजा तटस्थ भाव से बोल गईं।

"अरे सिस्टर के काम के लिए तो इतने भी कम हैं।" महरी एकालाप में लगी बर्तन समेटने लगी।

हँस पड़ी सिस्टर डिसूजा।

"तुम कैसे पता लगाया हमारे काम के बारे में?"

महरी ने चलता हुआ नल बन्द कर दिया और क्षण-भर सिस्टर की ओर देखती रही—"सिस्टर हम आपको आज से नहीं देख रहे। नौकरी पर थीं तो टैम से अस्पताल जाती थीं। रिटैर हो गईं तो उसी टैम से घर-घर जाती हो। काम में फ़रक नहीं आया रत्ती-भर का भी।"

यह सुरेशचन्द का घर है।

वे बेडरूम में आ गईं। पुराने डबल बेड पर कमजोर और मलिन-सा मरीज लेटा हुआ है। होंठ पपड़ाए हुए, आँखें धँसी हुई हैं। शेव नहीं की कई दिनों से। शायद स्पंज भी नहीं। पुरानी गन्ध भरी हुई है चारों ओर।

वे बोलीं, "खिड़की खोल दो।"

वे वहीं पड़ी बड़ी-सी कुर्सी पर बैठ गईं। गोरे रंग की भारी-सी प्रौढ़ महिला ने इंजेक्शन की वाइल उनके आगे कर दी।

सिस्टर बातचीत से समझ गईं, बेड पर लेटे मरीज सुरेशचन्द की पत्नी हैं ये।

सिस्टर ने अपने बैग से पोलिथिन कवर निकाला, जिसमें सिरिंज उबालकर रखी थीं। वाइल तोड़कर सिरिंज भरने लगीं।

स्पिरिट वाली रुई से जाँघ के ऊपरवाली मसल पोंछकर इंजेक्शन लगा दिया।

पूरी प्रक्रिया के बाद मरीज से बोलीं, "सीधे होकर लेट जाओ।"

"लग गया?" वे उसी मुद्रा में बोले।

सिस्टर हँसते हुए बोलीं, "यस! कब का लग गया।"

वे पर्चा देखने लगीं। नब्बे या सौ इंजेक्शन लगेंगे। प्रतिदिन आना होगा।

वे पाबन्दी से आईं।

पन्द्रह दिन में ही इस घर के सदस्यों ने उनका मन मोह लिया।

अभी तक दीन-गरीबों में ही विनम्रता देखी थी सिस्टर डिसूजा ने। जो लोग पैसे देकर परिचर्या खरीदते हैं, वे अकसर रूड हो उठते हैं।

सुरेशचन्द, उनकी पत्नी, बच्चे विनम्र और मिलनसार। ऐसे मृदुभाषी और सत्कार करनेवाले।

पाँच रुपये का नोट लेते समय सिस्टर का हाथ काँप जाता है। मन धिक्कारता है। इतना अपनापन, और वे पैसे वसूल रही हैं लगातार।

और एक दिन यह किस्सा भी घट गया।

सिस्टर की व्यवसायिकता पर अपने आप ही विराम लग गया।

उसे रोज वे इंजेक्शन देकर चाय पीने लगी थीं कि सहसा गृहस्वामिनी ने घोषणा कर दी—"आप यहीं खाना खाकर जाएँगी। फिर निपटा लेना अपने बाकी इंजेक्शन, शाम तक। हम अभी आते हैं।"

वे लौटकर आईं तो हाथ में थाली थी, जो उन्होंने स्टूल पर उनके सामने धर दी। उसमें रोली, चावल, बताशे तथा मिठाई के कुछ टुकड़े रखे थे। आश्चर्य में पड़ी देखती रहीं सिस्टर डिसूजा।

थाली में नारियल धरते हुए बोलीं, "बहनजी, अपने भाई साहब को टीका कर दो। भाईदूज अभी चार दिन पहले ही निकली है। पर क्या अन्तर पड़ता है, पखवाड़ा वही चल रहा है! हमने तो तभी सोचा था लेकिन उस समय इनकी हालत आप तो देख ही रही थीं।"

वे बताने लगीं—"अँगूठे पर रोली ऐसे चिपकाओ और इनके माथे पर तिलक खींच दो, फिर चावल के दो-चार दाने चिपका दो तिलक के ऊपर।"

सारा विधान समझा दिया। सिस्टर थीं कि उजबक-सी देख रही थीं। अनबूझ पहेलियाँ बिखर गईं उनके आगे—"टीका! क्यों? वे क्यों?"

हाथ में थमी सिरिंज को हथेली के बीच दबाती हुई न जाने क्या सोचने लगीं।

वे फिर समझाने लगीं—"बहन जी, हमारे यहाँ भाईदूज के दिन बहन टीका

करती हैं भाई का। आप इतनी सेवा कर रही हो, जितनी सगी बहन न करती। तो खास बहन से भी ज्यादा हुईं न आप!"

सुरेशचन्द तकिये पर कोहनी टेकते हुए उठकर बैठ गए—"हाँ डोरोथी बहन, तुम्हें मेरी बहन बनाकर भेजा है भगवान ने। कोई बहन नहीं थी न।"

वे विस्मित थीं—"पत्नी बहन जी कह रही हैं, तो पति डोरोथी बहन।"

वे बोले जा रहे थे, "हम न जानते थे कि मोह-माया का ऐसा सागर है तुम्हारे भीतर। तुम्हारे प्रेम के कारण ही मेरे स्वास्थ्य में बदलाव आया है। जादू-सा हुआ है। कहाँ उठा-बैठा तक न जाता था और अब!"

मन में बार-बार कसक-सी उठती है कि हम तुम्हारे लिए क्या-क्या न कर दें। लेकिन बस यह हाथ है राखी बँधवाने को, और माथा कहकर उन्होंने सिर आगे कर दिया, टीका लगवाने के लिए।

आज से तुम इस घर की सदस्या हुईं।

हमारी बहन। इन बच्चों की बुआ।

वे चमत्कृत हो उठीं।

ईशु ने किस प्रकार का बदला दिया है यह। ढलती अवस्था में कोई इस तरह...सोचा नहीं था। वे तो सदा अकेली थीं। माँ देखी नहीं। पिता के बाद प्यार और अपनेपन के दो बोल सुनने को कान तरसते ही रहे।

सिस्टर डिसूजा चहकती फिरती हैं घर में।

महरी देखती है, कितनी बदल गई हैं वे! हँसती हैं, मजाक करती हैं, इधर-उधर की बातें पूछती हैं। मोहल्ले-पड़ोस की बातें बताती हैं। ऐसी पहले तो न थीं। सिस्टर के सामने ज्यादा बोलने में भी डर लगता था। इधर-उधर की भलाई-बुराई करने की उनके सामने हिम्मत न होती थी।

वे अकसर सुरेशचन्द के घर चली जाती हैं। इंजेक्शन ही नहीं लगातीं, मरीज का सारा काम अपने हाथ में ले लिया है।

उनके रहते भाभी तीमारदारी करें, नहीं। उन्होंने साफ-साफ कह दिया, "तुम क्या जानो पेशेंट सँभालने की बात? हमारा जिन्दगी निकला है, ये ही सब काम करते-करते। तुम अपना घर का काम-धाम देखो।"

सिस्टर डिसूजा भले ही सब जगह यूनीफॉर्म में जाएँ, सुरेश भइया के घर सफेद साड़ी पहनकर जाती हैं।

भाभी निश्चिन्त हो गईं। पति-सेवा का सारा भार सिस्टर ने ले लिया है। वे कृतकृत्य हैं। दवा-गोली, उठाना-बिठाना-टहलाना, स्पंज से लेकर डाइट का ध्यान रखना। वे देवदूत हो गईं इस घर के लिए।

भाभी पड़ोस में तारीफ करते न अघातीं—"तन-मन से जुटी हैं बहन जी। सरकारी अस्पताल के डॉक्टर जान-पहचान के हैं। सच्ची, भगवान उनको सौ साल की उम्र दें।"

तबीयत ज्यादा बिगड़ने लगी।

वे रात में भी रुकने लगीं। भले सारा घर सो जाए, वे पलक नहीं झपकातीं। कुर्सी पर अलर्ट बैठी रहती थीं। अस्पताल में ड्यूटी भी तो इसी तरह देती थीं। सिस्टर को अपना किया हल्का ही लगता। ऐसा कर ही क्या रही हैं, यह कहो कि वे उनके किए को ज्यादा मान रहे हैं। अपना भाई होता तो करती नहीं क्या? वे कह देंगी भाभी से, आप इतनी तारीफ न किया करिये।

पर भाभी का हृदय बड़ा है। निभाना जानती हैं। वरन् कौन निभाता है। उनके चाचा-चाची ने निभाया? पिता ने क्या नहीं किया था चाचा के लिए? पढ़ाया, शादी बनाई, नौकरी, अच्छी नौकरी।

चाचा भी ऐसा ही करते तो उन्हें नर्स नहीं बनना पड़ता, डॉक्टर होने का सपना था उनका। मगर दसवीं पास करते ही नर्स की ट्रेनिंग में जाना पड़ा। पिता की लम्बी बीमारी में और चारा ही क्या था?

भाभी ने सख्त हिदायत कर दी, "बहन जी, खाना यहीं खा लिया करो। अकेली जान के लिए चूल्हा-चौका..."

वे मना नहीं कर पाईं। रोज नहीं, परन्तु अकसर खा लेतीं।

उसी बीच मँझले भतीजे की परीक्षाएँ आ गईं। सिस्टर देखतीं, घर में केवल दो ही कमरे हैं। पेशेंट पड़ा हो तो मिलने-देखनेवालों का ताँता। 'डिस्टरबेंस' का अटूट सिलसिला।

उनसे न रहा गया। अपना ड्राइंगरूम खोल दिया—"भाभी, वीरेश को भेज देना, पढ़ाई वहाँ अच्छे से होएगा।"

वीरेश के साथ उसकी छोटी बहन सुमना भी आने लगी।

जितनी चमक सुरेशचन्द तथा उसकी पत्नी की आँखों में थी, उससे दूना-तिगुना उत्साह सिस्टर के साँवले मुख पर जगमगाने लगा।

वे महरी से पूछा करतीं, "अब कोई बोलता क्या, कि सिस्टर डिसूजा अकेला रहता?"

महरी चाय का गरम घूँट जल्दी से निगल गई और तुरन्त बोली, "लो अब का मजाल है, जो बोलें कुछ! देख नहीं रहे कि सिट्टर के भइया-भाभी हैं। भतीजे हैं।"

सिस्टर डिसूजा की मेहनत रंग लाई, सुरेशचन्द स्वस्थ हो गए। चार महीने में एकदम दुरुस्त। मोहल्लेवाले कहते—"लो मरते-मरते बचा लिया सिस्टर ने। मौत के मुख से खींचा है। कौन जानता था कि कंकाल में प्राण पड़ जाएँगे। हड्डियों पर मांस चढ़ जाएगा।"

नहा-धोकर सिस्टर अपनी यूनीफॉर्म पहन चुकी थीं। जूतों के फीते कस रही थीं।

महरी बोली, "अब तो सिट्टर, तुम्हें इस काम से दो-चार दिन की छुट्टी लेनी पड़ेगी।"

"छुट्टी! क्यों?" उन्होंने घड़ी की चेन बन्द करते हुए पूछा।

"लो पूछती हैं, कि क्यों सो तुम्हें नहीं मालिम? ब्याह है तुम्हारे भैया जी के यहाँ। तुम्हारे भतीजे का।"

"शादी!" वे चौंकी।

"सचमुच गई नहीं कई दिन से। काम ज्यादा रहा। बच्चा लोग भी नहीं आया।"

महरी ने चप्पलों की आहट पर बाहर उचककर देखा—"लो सिस्ट्टर, तुम जाओ न जाओ। तुम्हारी भाभी आ गईं।"

वे हुलस उठीं—"भाभी!"

भाभी के हाथ में प्लेट थी रुमाल से ढँकी हुई। वे उपालम्भ देते हुए हँसने लगीं—"बहन जी, कितना इन्तजार किया, तुम आज आओ, कल आओ। पर तुम्हारे दर्शन ही न हो सके। तुम्हारे हिस्से के लड्डू हैं। ऋषि की शादी तै हो गई है न।"

उन्होंने सोल्लास प्लेट थाम ली। विवाह के विषय में विमर्श करती रहीं। बहू के बारे में पूछती रहीं।

जाते-जाते वे आग्रहपूर्वक कहने लगीं, "मुझे फुरसत नहीं मिलेगी। तुम्हारा घर ठहरा वह। जी चाहे जब, चली आना। संकोच न करना। बुआ ठहरीं ऋषि की।"

सिस्टर डिसूजा ने ढीली हो आई टोपी की क्लिप कसते हुए भाभी को जोरदार शब्दों में बरज दिया—"हम कभी शरमाया है? उस घर में सारा कुछ तो अपने हाथों उठाया, रक्खा है। बस भाभी, इतना जरूर बताना होगा कि हमारी तरफ से क्या करने का है शादी में।"

भाभी ने हँसकर हाथ जोड़ दिए—"आप तो आ जाना मौके पर। हमारा सौभाग्य होगा।"

सिस्टर डिसूजा के आनन्द का छोर न था।

घर में तो किसी की शादी देखी नहीं, होश सँभालने पर। आज पहली बार जाना कि निकट जनों में उत्सव मनाने पर कैसी अद्‌भुत खुशी होती है। भइया-भाभी के घर विवाह। उनके अपने घर में शादी! माई गॉड! छलक-छलक पड़ रही हैं सिस्टर।

एक-दो रातें तो इसी में निकल गईं कि वे दुलहन को प्रेजेंट में क्या देंगी? गिफ्ट में तो कई चीज दी जा सकती हैं, उन्होंने यथाशक्ति ध्यान लगाया—कार्डीगन, बेडशीट या अच्छा-सा टी सैट।

नहीं, भले ही ज्यादा पैसे लग जाएँ, अच्छी क्वालिटी का डिनरसैट ठीक रहेगा, बड़ा-सा प्रेजेंट।

किससे सलाह करें? रिटायर होने के बाद सखी-सहेलियाँ भी तितर-बितर हो गईं। महरी, धोबिन, जमादारिन का स्टेंडर्ड इतना नहीं कि वे इस मामले में अपनी राय दे सकें।

पड़ोसिन से अपने मन की बात कही और अपनी सोची हुई चीजें भी बता दीं।

धिक्कार डाला पड़ोसिन ने—"सिस्टर, आप भी कमाल करती हो! बुआ होकर भतीजे-बहू को प्याले-प्लेट या धोती-कपड़ा दोगी! क्या कहेंगे भइया-भाभी? क्या सोचेगी बहू?

"लो, उन्होंने तो आपको इतना माना-चाहा है, तो उसका मान रखना पड़ेगा आपको भी।"

"रीयली!"

वे कितनी बड़ी गलती करने जा रही थीं। ठीक ही तो कह रही हैं पड़ोसिन। लेकिन क्या करें, उन्होंने ऐसी स्थिति में देना-लेना किया ही नहीं। अस्पताल में स्टाफ के किसी आदमी के यहाँ शादी होती थी तो वे 'कंट्रीब्यूशन' में अपना पैसा डाल देती थीं। क्या देना है, क्या नहीं, वह तो रुपया जमा करनेवाला जाने।

पड़ोसिन ने समझाते हुए कहा, "सिस्टर, होनी तो जंजीर चाहिए। पर गुंजाइश नहीं है तो चलो छोड़ो। हम भी जानते हैं कि इस मकान का उधार नहीं पटा अभी। किश्तें देनी पड़ती हैं। ऊपर से आपका दान-धर्म, सो नहीं बचता होगा रुपया।

"तो अब यह करो कि अँगूठी या टॉप्स दे दो। मानते हैं हम कि सोना सस्ता नहीं, पर चीज रह जाती है सिस्टर। बहू याद करेगी। हमारे यहाँ कहावत है न कि भइया विस लेना भतीजे विस देना।"

पड़ोसिन की तीर-क्षीरवाली भाषा न मालूम सिस्टर डिसूजा की समझ में कितनी आई? मगर जेवरवाली बात काँटे की लगी।

वे दूसरे दिन अँगूठी खरीद लाईं।

उस रात उनकी आँखों में कोसों-कोस नींद नहीं थी। सोच-विचार में उलझी पलंग पर करवटें बदलती रहीं। और उसी दिन जाना कि नींद दुःख में ही नहीं, खुशी में भी नहीं आया करती।

उठकर बत्ती जला दी। नन्ही-सी प्लास्टिक की गुलाबी डिबिया उठा लाईं। खोली तो हरे रंग के पतले कागज में सुनहरी अँगूठी झिलमिला उठी।

वे कल्पना में उतर गईं।

भइया कुर्सी पर बैठे हैं। पास ही भाभी खड़ी हैं। नई दुलहन को बुलाया गया है। वह उनके बराबर में सोफे पर बिठा दी। वे पतली-सी गोरी अँगुली में अँगूठी पहना रही हैं।

भाभी कह रही हैं—"पाँव छुओ बुआ जी के।" दुलहन झुकी कि उन्होंने बाँहों में भरकर छाती से लगा ली—"गॉड ब्लैस यू।"

भइया उठे और अधपके बालों पर हाथ फेरते हुए कहने लगे, "डोरोथी! यह सब! क्यों?"

हाथ में डिबिया पकड़े भाभी मुस्कराती हुई बोल पड़ीं—"लो, क्या हो गया? बुआ नहीं हैं क्या?"

सोचते-सोचते डिबिया हाथ से छूटकर नीचे जा गिरी।

सिस्टर की तन्द्रा टूटी। ध्यान पलट गया।

डिबिया वापस उठा ली। अपने कपड़ों की ओर देखने लगीं।

लो, शादी में हो आने की सोच ली और वेशभूषा का ध्यान ही नहीं। यही पहनकर जाएँगी क्या? सफेद धोती, फ्लीट्स।

धत्! दुकानदार भी अँगूठी देते समय ऐसे देख रहा था जैसे वे अपनी वेशभूषा के विपरीत करने जा रही हैं कुछ। घुसते ही आँखें फैलाकर देखने लगा।

परन्तु अभी तक तो ऐसे ही जाती रही हैं। परिचय भी ऐसे ही हुआ है—ये हैं सिस्टर डिसूजा। हमारी मैट्रॅन।

बहुत पहले कभी गई होंगी तो माँ की रखी हुई साड़ियाँ टाँग ली होंगी। अब तो ठीक से याद भी नहीं।

लेकिन अब नहीं। भइया के स्टैंडर्ड से जाना पड़ेगा। उन्हीं की रीति-रिवाज के हिसाब से। कहीं अटपटा न लगे कुछ। लो, ऐसे ही जा पहुँचीं। तो निरी नर्स लगेंगी। मेहमान लोग समझेंगे पेशेंट के लिए आई हैं।

वे फिर बाजार गईं।

जिस दुकानदार से ऐप्रॉन का कपड़ा और सफेद साड़ी खरीदा करती थीं, उसी से प्रिंटिड सिल्क की साड़ी देखने को माँगने लगीं।

दुकानदार ने दो थान सफेद टेरीकोट के सरका दिए, ज्यों उसने साड़ी की बात गलती में सुन ली हो।

"साड़ी।"

वह दो क्षण के लिए देखता रह गया सिस्टर को।

"साड़ी।" दुबारा कहने पर लड़के से साड़ी दिखाने को बोला।

सफेद धरती पर कत्थई बूटी की साड़ी और साथ में हल्के कत्थई रंग का शाल खरीद लिया।

पड़ोसिन ने देखा तो भरपूर सनर्थन किया—"बहुत अच्छी साड़ी है सिस्टर। शॉल भी बड़ा जरूरी था। ठंड ज्यादा रहेगी बारात के समय।"

"सिस्टर, ऐसे ही रहोगी?"

"कइसे?"

"नंगे हाथ! ब्याह-काज में अच्छी नहीं लगेंगी सूनी कलाइयाँ।"

वे एक बार को कल्पना नहीं कर पाईं कि वे अपने हाथों में घड़ी के सिवा और कुछ भी पहन सकती हैं। चूड़ियाँ भूले से भी नहीं डालीं हाथ में।

तनिक शरमाते हुए मुस्करा पड़ीं, बोलीं, "नहीं, अइसे ही ठीक हैं।"

पड़ोसिन नहीं मानी। अन्दाजे से नाप की चूड़ियाँ ले आई। पकड़ाते समय बोली, "मैरून रंग की हैं। आपके साँवले-सलोने हाथों में अच्छी लगेंगी। सिस्टर, आपकी भाभी बुरा नहीं मानतीं कि बहनजी सगुन सात नंगे हाथों चली आईं।

"वैसे पहनानी तो उन्हें ही चाहिए थीं लेकिन ब्याह का काम उनकी अकेली की जान को ही लगा है।"

नई खरीदी चप्पलें रात के खाने के बाद ध्यान से देखीं। देखीं क्या, पहनकर बेडरूम से बरामदे तक टहलने लगीं। पाँव ही दूसरी तरह का दिख रहा था। सेंडिल-फ्लीट की आदत रही है उन्हें, ठंड बहुत लगेगी इनमें।

पड़ोसिन की आवाज सुनाई दी—"सिस्टर, गीतों में नहीं चल रहीं? ढोलक तो कब से बज रही है।"

चप्पल उतारकर वे बाहर निकल आईं। बाउंड्री से लगकर खड़ी हो गईं। हँसकर कहने लगीं, "हम को गाना-वाना नईं आता।"

पड़ोसिन आँखें चमकाकर बोलीं, "अरे! न आए गाना। सिस्टर, चलना तो पड़ेगा। बताओ, बुआ ही गीतों में न बैठेगी तो गाली किसके लिए गाई जाएँगी?"

सिस्टर डिसूजा जोर से हँस पड़ीं। हल्के प्रकाश में दाँत चमक उठे।

झटपट सफेद साड़ी पहनी। शॉल ओढ़ा। चप्पल पहनते समय सोचने लगीं, काश, उनका नाम डोरोथी न होता, लक्ष्मी, शीला, सुशीला जैसा कुछ।

पड़ोसिन के पीछे चलती हुई सुरेश भइया के आँगन में पहुँच गईं। बरामदे में गीत गाती हुई औरतों के पीछे जा बैठीं।

भाभी लपकते कदमों से तुरन्त उनके पास आ गईं। साथ ही बैठ गईं। उनकी पीठ पर हाथ रखकर कान के पास मुख लाकर पूछने लगीं, "बहन जी, सुमना नहीं पहुँची आपके पास?"

"कोई बात नहीं भाभी, भूल गई होगी।"

"बहन जी, यह लड़की ब्याह में कुछ ज्यादा ही बावरी हो रही हैं।"

"बच्ची है," कहकर सिस्टर डिसूजा ढोलक पर थाप देती अन्य औरतों को देखती रहीं।

लौटकर पड़ोसिन ने देर तक समझाया—"कल घुड़चढ़ी होगी सिस्टर। कहीं इंजेक्शन लगाने न निकल जाना। बुआ की जरूरत बात-बात में पड़ती है। हर नेग, हर सगुन के लिए 'मान' को बुलाया जाता है।

"जल्दी तैयार हो जाना। नई साड़ी पहन लेना, शॉल ओढ़ लेना। घुड़चढ़ी में ही देखते हैं सब।

"और सिर ढँकना जरूरी होता है सगुन के बखत। चौक पर बैठे दूल्हे की आरती करनी होती है बुआ को। लाओ, थाली-आरती करना बता दूँ। ठीक से थाली साधे तब भी रहोगी।"

पड़ोसिन ने थाली दोनों हाथों से पकड़कर घुमाकर दिखा दी, "ऐसे। मैं तो इसलिए कर रही हूँ सिस्टर कि सुरेश भाईसाहब ने जब बहन मान ली हो तो आप ही पीछे क्यों हटो?"

रात के समय सिस्टर डिसूजा अपने बिस्तर पर लेटीं कि पड़ोसिन के रेशमी वचनों पर तैरती रहीं।

उनकी खुली आँखों में सुहावना सपना आ बसा—उन्होंने साड़ी पहनी है। शॉल ओढ़ा है। सिर ढँककर औरतों के बीच खड़ी ऋषि की आरती उतार रही हैं। सबकी निगाह उनपर है। भाभी पास खड़ी हैं। भइया।

मन हिलोरें ले ही रहा था कि सहसा दृष्टि घड़ी पर गई। अरे! रात के दो बज गए। अब सो जाना चाहिए। सबेरे जल्दी उठना होगा। भाभी से पूछने का मौका ही नहीं मिला। पड़ोसिन ने ही बताया कि घुड़चढ़ी आठ बजे होगी।

कार्ड देख लेतीं तो अच्छा रहता। सारा प्रोग्राम पता चल जाता। परन्तु सुरेश भइया ने कार्ड दिया ही नहीं। वीरेश एक कार्ड पर उनका नाम लिख गया तो भइया-भाभी हँसते हुए झिड़कने लगे—"पागल, बुआ को कार्ड देते हैं कहीं?"

बाजे बजने लगे।

सुबह-सवेरे सिस्टर डिसूजा ब्याहवाले घर में पहन-ओढ़कर जाने लगीं तो

रास्ते चलते लोगों ने उन्हें एकदम नहीं पहचाना। द्वार पर जुड़ी भीड़ में से भी कोई परिचित तक न बोला कि सिस्टर, गुड-मार्निंग।

उन्हें इस समय यह बात अच्छी लगी। रुटीन विश से निजात मिली।

घर में दाखिल तो हो गईं लेकिन वे पड़ोसिन की पीठ से चिपकी खड़ी रहीं।

लोग आ-जा रहे थे। औरतें उन्हें अनदेखा करके खड़ी थीं।

पास खड़ी औरतों ने जैसे ही गौर किया तो मुख खोले चकित-सी रह गईं। आँखें फैलाकर बोलीं, "सि-स्-ट-र! सिस्टर डि-सू-जा!"

वे भीतर तक सिकुड़ गईं। सकुचाई-सी खड़ी रहीं उस कोने में।

पड़ोसिन ने पीछे मुड़कर देखा, "सिस्टर, आप यहाँ क्यों खड़ी हो? आप तो भीतर जाओ, जहाँ दूल्हा बैठा है, जहाँ घर की औरतें जुड़ी हैं, वहाँ।

वे हड़बड़ाती हुई भीतर पहुँच गईं।

उस भीड़-भरे घर में वे भाभी को खोजने लगीं। सुमना और वीरेश भी कहीं दिखाई नहीं दे रहे थे।

जैसे ही भाभी दिखाई दीं, सिस्टर डिसूजा चटपट उनके पास पहुँच गईं। वहीं खड़ी देखने लगीं। दूल्हा आँगन में आ चुका है। औरतों का समूह उसे घेरे हुए है।

वे कुछ औरतों के बीच नीचे फर्श पर बिछी जाजिम पर बैठ गईं। भाभी भी वहीं बैठी थीं।

उन्होंने पुकारा—"भाभी!"

भाभी ने जैसे ही गर्दन मोड़कर देखा, चहक-सी पड़ीं—"अरे बहन जी, आ गईं!"

भाभी तुरन्त उठीं। भीतर से एक कुर्सी खींच लाईं, कहने लगीं, "नीचे नहीं, इसपर बैठो बहन जी।"

उनके नहीं-नहीं करते हुए भी वे आदर और आग्रहपूर्वक बिठा दी गईं। जल्दी से चाय मँगवाईं। नाश्ता रखा गया। एक स्टूल भी उठवाकर ठीक उनके सामने रख दिया, जिसपर चाय-नाश्ता सजा दिया।

ग्रहण करने का आग्रह करने लगीं भाभी।

अत्यन्त विसंगत-सी स्थिति में घिर गईं वे। कैसे खाएँ-पिएँ। यह समय चाय-नाश्ते का है? और वे अकेली! सारी औरतें तो रस्मों को करने-देखने में लगी हैं।

असमंजस में पड़ी अन्यमनस्क-सी चाय का प्याला थामकर बैठ गईं। नाश्ते की ओर देखा तक नहीं।

भाभी ने कुछ देर बाद गौर किया—"अरे! बहन जी, कुछ खा नहीं रहीं।"

सिस्टर डिसूजा अनचाहे ही हँस दीं। प्रयत्न करने पर भी हल्की-सी हँसी निकली।

भाभी दूल्हे के पास जुड़े झुंड में शामिल हो गईं।

वे देखती रहीं, औरतें हल्दी की छींटें डाल रही हैं, दूल्हे के पैरों पर। घूँघटधारिणी एक युवती ने दूल्हे को काजल लगाया।

सिस्टर ने उस भीड़ में पड़ोसिन को खोजना चाहा। वही बता सकती हैं कि उन्हें दूल्हे की आरती कब करनी है?

उसी समय भाभी का स्वर गूँजा—"सावित्री बीबी! ओ सावित्री, कहाँ हो? जल्दी आओ, आरती कर दो ऋषि की।"

औरतों के बीच सावित्री प्रकट हुई। हाथ में आरती की थाली लेकर खड़ी हो गई।

कोई हँसते हुए बोली, "सावित्री, एक हजार एक माँगना। बेटा ब्याहने जा रहे हैं तुम्हारे भइया। कोई हँसी-ठट्ठा नहीं है। नेग के लिए अब न झगड़ोगी तो फिर कब माँगोगी? आज का दिन तो होता ही बुआ-बहनों का है।"

सिस्टर डिसूजा कुर्सी से उठ पड़ीं। खड़ी होकर देखने लगीं, सावित्री आरती कर रही है। उसकी चूड़ियाँ झमर-झमर बज रही हैं।

उनकी निगाह अपने हाथ में पहनी मैरून चूड़ियों पर अटक गई।

बातचीत से ऐसा लगा जैसे सुरेश भइया भी आ गए हैं वहाँ। सावित्री जिद पर अड़ी है, एक हजार एक।

उन्होंने कनखियों से देखा, सुरेश भइया ने सावित्री के सिर पर प्यार-भरी चपत लगाई—"पगली! ले, ये सौ रुपये रख। इतने ही हैं हमारे पास। शैतान! बड़ी ठगिनी बहन है तू!" कहकर सावित्री का सिर उन्होंने सीने से लगा लिया।

चारों ओर हँसी फूट पड़ी।

उन्हें लगा, उनके होंठ भी हँसी में फैल गए हैं शायद।

...लेकिन हाथ में थमा प्याला काँपने लगा है।

प्याला नीचे रखने लगीं तो हाथ में पहनी चूड़ियों में अजनबी-सी खनक उठी। वे जड़ हुई कुर्सी पर बैठी रहीं।

रह-रहकर मन में एक ही विचार उठ रहा है कि वे इस समारोह से जल्दी से जल्दी ओझल हो जाएँ।

अवसर देखकर वे वहाँ से उठ लीं। सबकी आँख बचाकर दरवाजे तक पहुँच पाई थीं कि पड़ोसिन सामने पड़ गई।

"सिस्टर, अभी तो घुड़चढ़ी..."

पड़ोसिन की आवाज में उन्हें लड़खड़ाहट-सी महसूस हुई।

"मैं बस अभी..." कहती हुई वे दरवाजे को लाँघ आईं।

जल्दी-जल्दी अपने द्वार का ताला खोला।

भीतर आकर गहरी साँसें लेती हुई पलंग पर बैठ गईं। देर तक बैठी रहीं। गला सूखने लगा तो उठीं और रसोई में जाकर पानी पी आईं।

चुपचाप साड़ी और शॉल उतारे और तह बनाकर रख दिए। कलाइयों से चूड़ियाँ धीरे से सरका दीं। चप्पल उतारकर करीने से एक कोने में रख दीं।

गाउन पहनने जा रही थीं कि नजर दीवार घड़ी पर पड़ी—"अरे! अभी तो दस ही बजे हैं।"

वे यकायक फुर्ती से उठीं। सफेद ऐप्रिन पहना। क्लिप से बालों में टोपी लगाई। पलंग पर बैठकर पाँवों में मोजे पहनने लगीं।

फ्लीट्स पहनकर तिपाई से अपनी स्टील की चेनवाली, मरदानी घड़ी उठाकर हाथ में बाँध ली। सिस्टर डिसूजा अपना बैग सँभालती हुई सड़क पर खड़े रिक्शे में आ बैठीं।

बैग को एक बार सावधानीपूर्वक फिर से देखा, कहीं इंजेक्शन की सिरिंज, स्पिरिट वगैरह में से कुछ भूल तो नहीं आईं?

आश्वस्त हुई तो रिक्शेवाले से तेजी से चलने को कहा।

सुरेश भइया के घर के आगे से तेज रफ्तार से गुजरता हुआ उनका रिक्शा दूर निकल आया। बजते हुए बैंड की ध्वनि पीछे छूटती हुई धीमी होने लगी, अन्त में विलुप्त हो गई।

छाँह

मेरे गाँव के जमींदार रहे हैं ददुआ। रियासतों का जमाना देखा है। शीशेदार झूल से सजे ऊँट पर बैठकर चला करते थे कभी।

भव्य तेजस्वी व्यक्तित्व के स्वामी, दूधिया गौरवर्ण। बड़ी-बड़ी काली मूँछें। झक्क सफेद लिबास पर लहरियादार पगड़ी। वैश्य होकर भी क्षत्रियों की-सी आन-बान। वैसी ही गरिमा। जिधर निकलते, लोग राह छोड़कर अलग खड़े, निरखते रह जाते। पूरे पाँच गाँवों की जमींदारी थी।

ऐसा तुर्रेदार रूप-स्वरूप, पर मन नारियल की गिरी-सा कोमल। जल्लादी जमींदारों की पाँत से अलग। गरीब किसानों के लगान को माफी देते-देते अँग्रेजी सरकार के कोप-भाजन बनते रहे। आसपास उपहास होता—"सन्त हो जाओ विश्वनाथ, राजपाट चलाना तुम्हारे बस का नहीं।"

जमींदारी टूट गई। छाती से लोहे के कवच की जकड़ हटी। ददुआ ऐसे मुक्त हुए, जैसे आकाशचारी खग धरती पर विचरते पंछियों में जा मिला हो! गाँव पुरवा में हिल-मिल गए। घर-परिवार की तरेरी हुई निगाह से निष्प्रभाव! अपने नाम चढ़ी जमीन के काश्तकार हो गए।

उम्र का मोड़ मुड़ चुके हैं ददुआ। वृद्धावस्था की परछाईं तेजी से तरुणाई की धूप को ढँकती चली आ रही है।

कुटुम्बियों ने जितनी बार पत्र डाला, बड़े-छोटे दोनों ही भागते चले आए हैं। अब खानदानी भी क्या करें, ददुआ के करतबों से तंग हो चुके हैं। हारकर

उनके पुत्रों को ही लिखना पड़ता है कि आकर पिता को समझा जाओ या साथ ले जाओ। जब से रेशम मरी है, ददुआ पगला गए हैं। पत्नी के मरने पर फिर भी सँभले रहे, किन्तु बेटी की मौत के बाद तो...गाँववासी चकित हैं, ददुआ ने उचित-अनुचित, नियम-कायदे ताक पर धर दिए! बतासो सक्किन के घर में घर, चौके में चौका मिला दिया। वही कर रही हैं रोटी-पानी, टहल-चाकरी।

चिट्ठी मिलते ही चन्द्रभान भागता-भागता आया था। पिता को धिक्कारने लगा—"कोई बात हुई यह भी! बच्चे हो क्या? बनियाँ की जात और बसेरा बतासो के घर! ठाकुर-जाट, लोधी-अहीर कोई नहीं मिला? पल्ले घरवाले भी क्या करें? खानदानी जो ठहरे, नाक तो उन्हीं की कटती है न! मगर तुम तो सठिया नहीं, बौरा गए हो।"

ददुआ का मुख खुला रह गया। निरीह भाव से पुत्र को देखने लगे। वे तो समझ रहे थे कि चन्द्रभान उनकी कुशल बात पूछने आया है। उन्होंने भी तो पत्र लिखवाया था।

मगर पुत्र की बातें तो विपरीत हवा में बह रही हैं—"तुम मानते क्यों नहीं? क्यों हमें हर बार परेशान करवाते हो? किराया-भाड़ा खर्च करके, अपना काम छोड़कर आना पड़ता है हमें!"

ददुआ के माथे पर झुर्रियाँ गहरा गईं। कोटरों में चमकती पुतलियाँ कठोर हो उठीं। हलक की कड़वाहट पीते हुए बोले, "काहे को परेशान होंत हौ भइया? मेरे कारन तुम मत आऔ करौ।"

"गाँव में रहने का इतना ही शौक है तो अपने भरोसे रहो! मुसल्ले सक्कों की थाली तो मत चाटते फिरो।"

"अरे, व्यर्थ ही दकदका रहा है।" ददुआ को इतनी तीक्ष्ण भाषा की उम्मीद नहीं थी, वे तिलमिला उठे, "तुम पढ़े-लिखे हो के ऐसी बात कर रहे हो? लल्लू, विरथा है तुम्हारी शिच्छा! शहर में ऐसी छूआछूत है क्या?"

"तो फिर रहो शहर में। हमारे संग रहते तो तुम्हें बिच्छू लगते हैं। उस कटल्लिया को छोड़कर जाओगे कैसे?"

ददुआ की आँखों में चिनगारियाँ उतर आईं। गले की नसें ऐंठने लगीं। हुक्का एक ओर को सरकाते हुए खाट पर सँभलकर बैठ गए—"रह के खूब देख आए हैं! रहे नाँय का तुमारे घर? अपनी अकेले की तौ भोगिलें लाला! पर

हमारे संग में वेदू है, अवस जीउ! बहुएँ नौकर की तरह खटाएँ, दुभाँत करें तौ तुम देखि सकत हौ, हमारे बस की नाँय भइया। जा फोआ-भरे बालक पै गठरियन कपड़ा धुववावति हैं तुम्हारी बहू! पढ़िवे नाँय जान देत! सगरे दिन काम! फहरवे को फटे-पुराने उतारन और अवेर-सवेर भूख लगै तौ हजार बातें! तुम रह सकत हौ ऐसें काऊ के घर?"

चन्द्रभान पिता को देखता रहा। फिर जूतों के तसमें बाँधकर मूढ़े से उठ खड़ा हुआ—"अब देख लो तुम! बार-बार भागना हमारे बस का नहीं। गाँव में रहना है तो वहीं की तरह रहो। न हमारी आँखें नीची कराओ, न खानदान की नाक..."

"को ससुर बुलाए रह्यौ है तुम्हें? मेरे कारन इज्जित घट रही है तौ रहौ अपने घर।"

तकरार सुनकर गाँव के बड़े-बुजुर्ग जुड़ आए, और भी कुछ दाने-सयाने। बाप-बेटे की तू-तड़ाक को निबटाने लगे—"बाबरे है गए हौ विश्वनाथ! इतनौ लायक बेटा और तुम गारी-गरौज पै उतरि आए। चन्दरभान, तुम ही चुप्प है जाऔ लल्लू! गम खाऔ, बीमारी में दिमाक चिड़चिड़ौ है गयौ है इनकौ।"

चन्द्रभान ओसारे से बाहर चला गया। ददुआ मन में उठते ज्वार को दबाए बैठे रहे। मगर खिसियानपट झुर्रियों में गहराने लगा—'किसके भरोसे रहते हैं वे? किसी का आसरा लिया है कभी? सदा अपने बलबूते ही तो रहे हैं। उन्होंने किसी से आशा नहीं बाँधी। रेशम के ब्याह को इतने दिन हो गए, तब से आज तलक अपने आप ही बनाते-खाते रहे हैं। हारी-बीमारी बासन-भाँड़े नहीं धो सके तो कुम्हार के यहाँ से कुल्हड़-भोलुए मँगा लिये। चाय, दूध भी नहीं जुटा तो एक लोटा पानी पीकर सो रहे।'

शहर-कस्बा तो है नहीं, जो होटल-ढाबे चलते हों। गाँव की बात ठहरी। बहन-भानिज भी कहाँ तक आती रहें? उनकी अपनी-अपनी गृहस्थी है! कौन फालतू बैठा है, उनकी घरदारी के लिए! विधवा लोंगश्री से रोटी बनाने की बात कह बैठे तो उसका भतीजा सीधा पड़ गया—"ददुआ, अपनेपन पै तो कछू बस नाँय तुम्हारौ! हमारी बुआ रांड-विधवा है तौ का तुम्हारा चूल्हा-चौका करैगी? कम खाए लिंगे पर..."

जैसे-तैसे हरप्रसाद नाई प्रसन्न हुआ, "ददुआ चूल्हे पै मेरे बसकी नॉय, स्टोप पै परामटे बनाए दियौ करूँगौ।"

पर कहाँ, एक-डेढ़ महीने भी नहीं कर पाया कि पड़ोस के काशी का लड़का उसे अपने साथ शहर ले गया। वहाँ वह उनके घर का काम करेगा और सरकारी नौकरी भी रहेगी। उसे रोकने का क्या उपाय था ददुआ के पास!

अकेले होते तो आज भी ऐसा कुछ कठिन नहीं था, पहली तरह चलता रहता। पर क्या करें, विवश हैं, वेदू साथ बँधा है। अबोध बालक को भूखे भी तो नहीं सुला सकते। स्वयं तो वक्त-बेवक्त चना-चबैना, खिचड़ी, दलिया खाकर चार-छ: दिन काट लेते थे, मगर उसे बहलाना कठिन है।

रोटी की जिद कर बैठता है। अब रोज-रोज थाली में आटा धरे किसके दरवाजे जाएँ?

रेशम नहीं रही, बस तभी से उनकी जान से गृहस्थी जुड़ गई है। अपनी औलाद और गृह-माया से जैसे-तैसे छूटे थे। पत्नी की मृत्यु के बाद कच्ची किलवाड़ को ठिकाने लगाना क्या आसान था? मगर तब उन्हें आसरा था। बेटी ढहती गृहस्थी की बैशाखी बन बैठी। रेशम बड़े भाइयों की माँ बन गई, वैसी ही सेवा, उसी तरह की चिन्ता-फिकर।

ददुआ अचम्भित रह जाते, बारह-तेरह साल की रेशम कैसी सद्गृहस्थिन बन बैठी-चूल्हा-चौका सहेज लिया। दूध-बूँद सँभालती! वे प्रौढ़ पुरुष होकर भी टूटते-बिखरते रहे। कभी संन्यासी होने की बात सोचकर हरिद्वार चल देते तो कभी वृन्दावन में हफ्ता काट आते।

रेशम के सहारे ही तो उठ खड़े हुए।

धीरे-धीरे बेटे नौकरी-चाकरी के चलते शहर के वाशिन्दा हो गए और रेशम ब्याहकर ससुराल चली गई।

जब से वह नहीं रही, ददुआ फिर टुकड़ों-टुकड़ों में बिखर गए। सिर के सूत-से बालों पर हाथ फेरते, भीतर उठती हिलोर पर काबू नहीं रख सके। घनी धुन्ध फैल गई आँखों में।

उस समय वेदू के विषय में ही सोचकर घुलते रहते थे, दामाद तो खुद ही भारी दमे के रोगी! ऊपर से नन्ही-सी जान का पालन-पोषण। मन नहीं माना, देखने जा पहुँचे। जैसा सोचा था उससे भी बुरी हालत! साँसों की हँफियाती धौंकनी से लस्त-पस्त मुट्ठी-भर हड्डियों का ढाँचा जामाता और मैले चीकट कपड़ों में रें-रें करता डोलता वेदू। अपने आप को नहीं रोक पाए ददुआ, "तुम्हारे

बस कौ नाँय कुँवर जी, जा बालक कौ लालन-पालन!" और उठा लाए दो साल के वेदू को।

समवयस्कों ने बहुतेरा समझाया कि विश्वनाथ, आगे बुढ़ापा-ही-बुढ़ापा है, कैसे पालोगे? अपनी रोटी का तौ ठौर-ठिकाना नहीं, ऊपर से यह जिम्मेदारी! ऐसा करो, बहुओं से पूछ देखो। सम्भव है, दोनों में से कोई राजी हो जाए। अपने बाल-बच्चों के साथ इसके दो निवाले उनके लिए क्या कठिन हैं!

उन्होंने कुछ दिन देखा कि कोई कहे, "पिता जी, वेदू को यहाँ भेज दो, इन बच्चों के साथ खाता-खेलता रहेगा!"

चन्द्रभान और सूरज अपनी पत्नियों के साथ गाँव आए, तब भी उन्होंने इसी आकांक्षा से कई बार वेदू की बात उठाई, मगर वह व्यर्थ रहा। खुद पछताते रहे, अपने ऊपर झल्लाहट भी कम नहीं हुई, क्यों लगाते हैं किसी से आशा? बच्चे को लाए हैं तो अपने बलबूते! बहुओं ने आढ़ में सुना तो दिया—"अपनी रोटियों के तो लाले हैं मगर हेज प्रीत फटी पड़ती है।"

मन में उमेठ और कड़ी पड़ गई, क्या शौक में लाए हैं? विवशता क्यों नहीं समझता कोई? अनाथ की तरह भटकने दें बच्चे को?

कुटुम्बियों के तो क्या कहने! अब तो रोज चिट्ठी डलवा रहे हैं, मगर जब पड़ोस में राधेश्याम के घर में रोटी बन जाती थी तब नहीं देखी गई। बड़ी भाभी बूढ़ी तो हो गईं, मगर घर-घर कहती डोलीं—"हथेली पै चून लैकें डोल रहे हैं, पर बेटा-बहुओं के संग नाँय निभत! काऊ के हैकें रहें तब न! बतासो ऐ छोड़ कें कैसे जाएँ? मन नाँय लगत कहूँ! रात-दिन खाट से लगी बैठी रहत है!"

उन्हें अचरज होता है और गहरी पीर भी। उमर नहीं देखते लोग! कहाँ वे और कहाँ बतासो, उनकी बेटी की उम्र की।

या फिर बेटे-बहुओं के दुर्व्यवहार की कथा पूरे मोहल्ले में बखानते फिरें? ऐसी ओछी बात! उनका हलक कड़वा गया। किसी के मरम की पीर जानेगा भी कैसे? बतासो से उनका ऐसा लगाव, इतनी निकटता आज की तो नहीं...कई बरस पीछे मुड़ पड़े विश्वनाथ :

अलीगढ़ ही तो जा रहे थे उस दिन। बतासो और सन्नु रास्ते में मिल गए। भोर का समय। उदय होते सूरज की तनिक तीखी-सी धूप। मूँज की लम्बी कटखनी पत्तियों से आच्छादित, दगड़े में पति-पत्नी चले जा रहे थे। उन्होंने विघ्न

नहीं डालना चाहा।

बतासो ने पैछर पहचान ली। वसन्ती धोती की लाज ओढ़ ली। हाथ-भर लम्बे घूँघट में से सन्नू को बता दिया—"ददुआ आय रहे हैं पीछें।"

वे तेज कदमों से आगे हो लिए। आढ़-परदा कहाँ तक करेगी बहू?

सन्नू बतासो को पीछे छोड़कर ददुआ के साथ हो लिया, तेज-तेज पग धरता हुआ।

"चौरे सन्नू, आज कैसे? मुसक छिड़काव नाँय का आज?"

"पंडित जी के यहाँ सगाई तो कल्ल है ददुआ! तब ही छिड़काव होयगौ।"

"कैसी आमदनी चलि रही है आजु कल्ल?"

"तिहारी किरपा है ददुआ, मेहरमानी!"

बातों-ही-बातों में दोनों दूर निकल आए। बीच में एक गाँव पड़ा, उसको भी नाख आए। सड़क पर खड़े हुए तो ददुआ को अचानक खयाल आया—"सन्नू, ब्याहुली कहाँ है रे?"

सन्नू के होंठ खुल आए। उजबक-सा देखता रहा।

"अरि भाजि पीछे कूँ! गैल में रह गई, लिबाय या मूरख!" वह विहँस उठे।

वे प्याऊ के पास नीम की छाँह में खड़े थे कि मोटर उनके ठीक सामने आकर रुक गई।

बस-कंडक्टर अपने गाँव का मनोहर ही था, बोला, "ददुआ, अलीगढ़ चल रहे हौ का?"

"जानौ तौ है भइया, पर तू अपनी मोटर हाँक लैजा। सन्नू और बहू आय रहे हैं, देर लगैगी।"

"लगन दे कुछ देर! दो-चार मिलिट की कोई बात नाँय! ठाड़ी रहैगी मोटर!"

"चलौ...चलौ, आ जाऔ। आ जाऔ। आ जाऔ। अलीगढ़! अलीगढ़! अलीगढ़..." तेज आवाज आसपास फैल गई। दो-चार सवारियाँ इधर-उधर से दौड़ आईं।

बस ठसाठस भरी थी। जगह के हिसाब से तीन-गुनी सवारियाँ। बतासो बीच में पिसकर चूरन हुई जा रही थी। ददुआ के कहने पर कंडक्टर ने सवारियों को डाँट-फटकार कर इधर-उधर सरकाया—"जनानी सवारी ठाड़ी है, बैठि जान देउ भले आदमी।"

टिकिट कटवाते समय सन्नू अपनी लाल साफी के छोर से रेजगारी खोल ही रहा था कि उन्होंने बरज दिया—"रहन दै तू! मैंने दैदयौ किरायौ!"

अगले स्टॉप पर सवारी उतरने पर अंगुल-भर जगह खाली हुई। सन्नू ने तुरन्त ददुआ को ढकेलकर सीट पर बिठा दिया। बतासो सिकुड़कर पोटली-सी बन गई। असहज स्थिति में सकुचाते हुए वे धड़ की इंच-भर हड्डी पर पूरी देह का भार टिकाए किसी तरह बैठे रहे।

वे दशहरे के आसपास के दिन थे। जगह-जगह रामलीला। काली की सवारी! हनुमान की सवारी! चहल-पहल! बतासो घूँघट में से माथा नवाती रही। कुतूहल-भरी आँखें घुमा-घुमाकर देखती। झाँकियों को सराहती।

अलीगढ़! ऊपरकोट का फूल-चौराहा! दुकानें ही दुकानें!

वे चीजें खरीदने लगे। बूरा-बतासे खरीद लिये। महावीरगंज की ओर जाकर एक लोटा तथा वेदू के लिए छोटी-सी डोलची ले आए!

सन्नू और बतासो भी बाजार में उलझ गए।

वह बच्चे की तरह किलक रही थी, "जि देखौ चमकनी चप्पल! रंग-बिरंगौ चुटीला!"

दुकान पर टँगे बुरके को छू-छूकर देखने लगी।

सन्नू आँखें चमकाकर शरारत से बोला, "लैनों है का?"

"रैहन देउ! गई-गाँव में कहाँ के बुरका और कहाँ को नकाब! जे तौ सहर के चौंचले ठहरे। हाँ, जेठजी के घर कनवरीगंज लौ जाउगे तौ जरूल जैठोत हँसिंगी—बच्ची, तुम तो हिन्दू लगती हो! शलवार-कुर्ता, गरारा-पजामी कभी नहीं पहनतीं तुम? बुरका भी नहीं ओढ़तीं?"

"लाली, गाँव में को हिन्दू, और को मुसलमान! सब एक-से ही ठहरे। तुमारे पाजामी-पजम्मा पहरैं तो सबरौं गाँव हँसैगौ! गली के कुत्ता भौंकेंगे। कहो, काटि खाँय!"

लड़कियाँ हँसती हैं—"चच्ची, सचमुच! कुत्ते काट लेंगे?"

"औरु का! वे का जानें के बतासो सिलवार पहन आई है।"

सन्नू हँसकर दुहरा होने लगा—"खूब समझाई तैने!"

ददुआ भी हँस उठे। आगे बढ़कर सन्नू के हाथ पर रुपया-पावली धरने लगे—"लैरे सन्नू, ब्याहुली ते कहदै, अपने लँये कछू चीज खरीद ले।"

बतासो ने चूड़ी, पिन, ऐरन, चुटीला—सब चीजें खरीद लीं। अपनी ननद शहजादी और कुम्हार की रामसिरी के लिए नाखूनी की शीशी ले ली। घर में घुसने से पहले ही गली में पकड़ लेगी—"भाभी, हमारे लँय का लाई?"

साँझ घिरने लगी। लौटने की वेला हो चली।

"ददुआ, मुसक तौ मिली नाँय। तेज है यहाँ कौ भाउ! जा ते अच्छी तौ हातरस में मिल जाँत है।" सन्नू ने अपनी दुविधा सुना दी।

"चलि, हातरस ते लै लइयो।"

"मैं थोरी देर में आयौ ददुआ! मसजिद में नमाज पढ़ि आऊँ! जाए देखत रहियों, निरी बाबरी ठहरी, कहूँ खो जाएगी।"

बतासो को उनके पास ही बैठा गया—"यहाँ बैठ, सहर ठहरौ, उठियो मति!"

शहरी चहल-पहल में देखने को बहुत कुछ था। वे देखते रहे खरीदारों को, दुकानदारों को। बतासो ने उनकी ओर से पीठ कर ली। घूँघट ऊँचा किए बाजार की सजी दुकानें देख रही थी, ऊँचे मकानों की जालीदार गौखों में सूखते कपड़े, उझकती मलूक-मलूक औरतें! सबकुछ रंग-बिरंगा, अद्भुत!

अचानक एक ओर से बवंडर की तरह शोर मचा, फिर हाहाकार...चीखें, चिंघाड़...देखते-ही-देखते तूफान वहाँ तक बढ़ आया जहाँ वे दोनों बैठे थे। ये सारे लोग भाग क्यों रहे हैं? कौन चीख रहा है? समवेत स्वर में किसकी चिंघाड़ें?

झटपट दुकानें बन्द होने लगीं, खटाखट दुकानों के शटर गिरने लगे—"जल्दी करो, भागो! भागो!" लोग बदहवास हुए दौड़ने लगे। कौन कुचल गया, कौन पिच रहा है, किसी को खबर नहीं! अन्तहीन बे-लक्ष्य दौड़!

वे दोनों उजबक-से देखते रहे। दुकानदार चीखा—"देख नहीं रहे? भागो जल्दी! दंगा हो गया।"

"कित कूँ जाँय...?" ददुआ का याचना-भरा मुख खुल आया।

"कहीं भी..." कहकर दुकानदार न जाने किधर विलीन हो गया।

पल-छिन में बाजार वीरान हो गया। बतासो की पोर-पोर काँपने लगी। होठों के भीतर बुदबुदाहट उपज आई—"अल्ला, आज जि का गजब? जि कहाँ चले

गए...इत्ती देर?"

"ब्याहुली! ओ ब्याहुली! अरी सन्नू कितकू गयौ? मैं लिवाय लाऊँ। जाने कहाँ चलौ गयौ ससुर!" ददुआ पीछे खड़े एकालाप में डूबे थे।

चीख-पुकार! दूर कहीं बन्दूकों की धमाकेदार आवाज।

अनायास ही ददुआ ने बतासो को दुकान के थड़े के नीचे, बहती नाली के पास खींच लिया, ओट में दोनों छिपे रहे। वह हौले खाई चिरइया-सी ददुआ की उठती-गिरती साँसों-भरी छाती से लगी स्तब्ध बैठी थी, ज्यों झपट्टा मारते गिद्धों से बचकर किसी महफूज घोंसले में आ छिपी हो!

उनकी निगाहें पथरा गईं!

बतासो की आँखें कौड़ी की तरह अपलक...!

उस भयावह रात में अपनी धोती ओढ़ाकर उन्हें छिपाए रही। हिन्दू-मुसलमान की पड़ताल में फुसफुसाते मुसलमान बधिकों से जूझती रही।

रात बीत गई, पर सन्नू नहीं लौटा। कभी भी नहीं लौटा।

मार-काट के उन क्षणों की आक्रान्त स्मृति...दहल उठे ददुआ।

तब से आज तक...न जाने वे बतासो के लिए वट-वृक्ष बनकर खड़े रहे या वह उनके बीहड़ जीवन के एकान्त में निर्मल निर्झरणी बनकर बहती रही...या कि दोनों ही निर्गुण-ब्रह्म सरीखे एक ही प्रभु की उपासना करते रहे...ज्ञात नहीं उन्हें...

"तो फिर...ये पुत्र! ये पौत्र! ये पूरा कुटुम्ब...समूचा गाँव कैसे समझ सकेगा उस मरम को?"

"उस तप को, जो उन्होंने बतासो के संग उस नरमेध की रात को किया था?"

"उस नाते को...उस सम्बन्ध को, जो उन भयावह क्षणों में उसके साथ जुड़ा था?"

उस दिन वेदू को ही तो नहीं सँभाल पा रहे थे। दोपहर ढलने को थी, बच्चा भूख से बिलखने लगा। क्या करें वे? स्वयं तो बुखार में तप रहे हैं। जब किसी तरह न बहला तो कहने लगे, "जा, राधेश्याम के घर, कह दइयो कि हमारे ददुआ बीमार हैं। माँई हम भूखे हैं।"

मगर लड़का टस-से-मस न हुआ, वहीं बैठा रोता रहा। वे असहाय आँखें मूँदें पड़े रहे।

बतासो खाट के पास धरती पर चुपचाप आ बैठी। उनका माथा छुआ तो

वे चौंक पड़े।

"ददुआ! तुम्हें तो बुखार...कछु चाह, पानी...और जि वेदू! चों रोय रह्यौ है? भूखौ है का?"

वे चुप पड़े रहे।

"ददुआ, तुम मति खाऔ, परि जि बच्चा! जि का जाने जाति-पाँति? ऊँच-नीच? जाकी आवाज सुनिकें ही, ददुआ, मैं रोटी ले आई हूँ!" उसने आँचल के नीचे से रोटी निकालकर वेदू के सामने रख दी।

"ददुआ, तुम्हारे ही नाज की रोटी हैं। सब तुम्हारी ही दुआ-असीस...।"

वेदू कोने में बैठा रोटी खाने में लगा था, जैसे लम्बे समय तक तरसने के बाद कोई मिठाई मिली हो। उसके गालों पर आँसुओं के लम्बे-लम्बे पनियाये चिह्न बतासो ने अपनी धोती के छोर से पोंछ डाले। उस पल उन्हें वेदू की निरीह, खिलती पुतलियाँ देखकर लगा जैसे उनकी अपनी आँखों से चाँदी झर रही हो! क्षण-भर पहले के करुण रोदन से फूटता प्रेम-संगीत का अनहद नाद...!

और फिर दूसरे ही दिन...

"ददुआ! ओ ददुआ! उठौ, बेहोस हैकें परे हौ। कुछ अन्न मुँह में गयौ? जि दूध, दो घूँट!" बतासो आँचल के छोर में गिलास लपेटे खड़ी थी।

उसके बाद दाल के पानी का पथ्य, खाट-पीढ़ी की उठावन, बिछावन।

फिर तो वे उस नन्हे बच्चे की भाँति हो उठे, जो मचलता है, हठ करता है। और वह उन्हें मनुहारों से बहलाती, सँभालती। एक युग के पश्चात ऐसी आत्मीयता। ऐसा लगाव।

घर-गृहस्थी, चूल्हा-चौका कब गह लिया, उन्हें पता ही नहीं चला। वे तो अनाम रिश्ते से बँधे खिलता आँगन, चलता घर मुग्ध भाव से देखते रहे। नित रोज पड़नेवाले नुकीले आक्षेपों से दंशित, किन्तु प्रेम-विह्वल। जाति-बिरादरी के बन्धन, आशंका और आडम्बरों से मुक्त! इसी तरह निरापद अलौकिक जगत में विहार करते हुए समय उड़ने लगा।

जब कभी विचलित हुए हैं तो वेदू के लिए ही। स्वयं तो सह गए लेकिन इस बालक की जान को बनिया-मुसलमान का जंजाल लगा ही रहेगा!

वेदू को अकसर समझाते, "तू डरपत चौं है? कोई कछू कहै तो करौं परि के कह दौ करि कि तेरी अम्मा बतासो है तो है। बालकन के कहे से रोबैगौ तो

आगे कैसे करैगौ? तू तो विद्या पढ़तु है, भेदभाउ लिखौ है किताबन में? कबहू मति घबड़इयो, हाँ!"

धूप ओसारे के छप्पर से उतर चुकी, यानी कि आधा दिन बीत गया। आज बतासो अभी तक नहीं आई। शायद आएगी भी नहीं। कैसे आए? राकेश जो आ गया है, उनका बड़ा पौत्र। अबकी बार चन्द्रभान नहीं आ सका तो बेटे को भेज दिया।

फसल उठने के दिनों में अब ऐसा ही होने लगा है। बेटों ने मुकम्मल पहरेदारी की योजना बना ली है। अपने हिस्से की जमीन तो उसी समय बेच गए। अब उनके हिस्से पर गिद्ध-दृष्टि जमी है। विरासत का हक उनके जीते-जी! मर जाने तक की प्रतीक्षा नहीं!

पिछले महीने छोटा पौत्र रहा था, फिर चन्द्रभान, कभी सूरज, बस इसी तरह!...खाने-पीने की तंगी तो इन लोगों को भी होती है, मगर ये लोग पल्ले घरवालों के चूल्हे से पटरी भिड़ा लेते हैं। बहू ने कुछ शहरी चीजें भेज दी होंगी, उन्हीं की एवज में खाने का जुगाड़।

ज्यों-ज्यों शरीर अशक्त होता जा रहा है, बेटे अधिक सतर्कता बरतने लगे हैं। सन्तान को डर है कि बूढ़े का क्या भरोसा, बतासो को कितना कुछ दे दें! इसीलिए अनाज को कोठे में डालकर ताला लगा दिया है। केवल उनकी साँसें चलती रहें, बस इतना-सा अन्न बरामदे के कोने में पड़ा रहता है। छोटी-सी ढेरी को देखकर उनकी आँखों में क्रोध दहकने लगा।

गाँव के लोग जानते हैं। पास-पड़ोसी कहते हैं, "अरे चन्द्रभान! बेटा सूरज भी ऐसौ मति करौ लल्लू, बुढ़ियात में अन्न के दानेन कूँ मत तरसाओ! सब तुम्हारे बाप की माया है। इनही के पुन्न धरम फलि रहे हैं सो तुम खूब उन्नति-तरक्की कर रहे हौ भइया! तुम बड़ी मुश्किल से पाले हौ!"

ददुआ जानते हैं, कोई असर नहीं होगा, बेटों के खून में बड़े शहर का पानी मिला हुआ है, जो अपने प्रति हर समय शंकित रहता है। व्यक्तिगत हानि-लाभ से बढ़कर उनके लिए कुछ भी महत्त्वपूर्ण नहीं!

पहरेदारी की विशेष व्यवस्था के तहत मिलने-जुलनेवालों पर भी कड़ी नजर है, अब अन्तिम साँसें उन्हें पुत्रों के बन्दीगृह में काटनी होंगी। ये आज के

नौजवान ऐसे कमजोर, इतने भयभीत कि पिता की क्षीण होती देह के लिए ऐसी पाषाणी कारा...

हसनपुरवाले वकील साहब आए तो चन्द्रभान छाया की तरह उनके साथ ही मँडराता रहा। एकान्त में बचपन के यार से सुख-दु:ख कहने-सुनाने के लिए भी कुछ पलों की मोहलत नहीं।

चलते-चलते गहरे नि:श्वास भरकर वे ही बोले, "विश्वनाथ, अब यह सोचना तो सपना-सा लगता है कि जमींदारी के समय तुम खत्ती खोलकर गरीबों को अन्न लुटाया करते थे। हमेशा परमारथ किया फिर भी...ऐसी कठिन घड़ी।"

सुनकर ददुआ के पपड़ाये होंठों पर महीन-सी वक्र हँसी उभर आई—"नादान लोग..."

नाहक की परेशान हैं ये। इनका हिस्सा इसीलिए तभी दे दिया था, जब बतासो से सम्बन्ध जोड़कर उनपर लांछन लगाए थे। उनकी मर्यादा में बेटों ने कुबोल बोले, तब वे आहत पक्षी की तरह छटपटाते रहे। इतनी पीड़ा...इतना दु:ख तो पत्नी की मृत्यु और बेटी के न रहने पर भी नहीं हुआ।

क्षोभ-कोप के ज्वार को मसोसते इतना ही कह पाए—"मैं ऐसौ ही अधम नीच ठहरौ, तौ तुमारौ बाप काहे कौ? बाप-बेटा कौ सम्बन्ध तौ दरक गयौ चन्दरभान! विरासत की धरती है सो बाँट लेउ लल्लू! बाद में हमारौ-तुमारौ कोई रिस्तौ, न नातौ। खून-पानी बराबर समझौ।"

गले से निकला स्वर कनपटियों में झनझनाने लगा। गर्दन की नसें रह-रहकर ऐंठ रही थीं।

पिता के ज्वालामुखी-कोप को लड़कों ने निश्चिन्त भाव से झेला। ऐसे देखते रहे, जैसे कड़वे सच को सुनकर ददुआ व्यर्थ ही उबाल खा रहे हों!

वे फिर तड़क उठे—"कान खोल के इतनी सुन लेउ बेटा, कि जमीन के चार हिस्सा होंगे। दो तुम्हारे और एक-एक मेरौ और वेदू कौ।"

बोलों की इन दो पाँतों को सुनकर लड़के दहल गए। ठंडा दिमाग दहकते लाल लोहे में परिवर्तित हो गया। हक्के-बक्के से बोले, "क्या कहा...? दिमाग तो नहीं चल गया तुम्हारा? करके देखो, कैसे करते हौ चार हिस्से! चलकर तो देखो कचहरी!"

गाँव में भी हड़कम्प मचा—"सब बातें सह ले आदमी, पर हद्द करते हैं

ददुआ! अकल मारी गई है का? पराये छोरा कौ का हिस्सा-बाँट? वा कौ हिस्सा वा की देहरी पै।"

मगर तब इस अनकहनी के उत्तर में उनके हाथ-पाँव बलिष्ठ थे। प्रौढ़ता से बुढ़ापे की ओर अग्रसर होती हड्डियों में पुराने बरगद की-सी अकड़ थी। "अपनी जुबान पै काबू राखौ लाला चन्दरभान! जि हिस्सा रेसम कौ है। जिन्दी नाँय तौ वा कौ हक्क मार लऊँ?"

उनका ऐलान खारिज नहीं हो सका।

गाँव की गली-गली बुदबुदाने लगी—"ददुआ भी एक ही ठहरे! अब छोरन कौ हू हिस्सा-बाँट करनो परैगो? जमाई लड़िंगे आयकें! जीजा में सालों में मुकदमे बजेंगे! जि नई रिवाज और...।"

उनकी तबीयत अच्छी नहीं रहती। रोग का लम्बा सिलसिला चल निकला है। वेदू को बतासो ने अपनी गोद में डाल लिया, तब से वे उसकी ओर से तो चिन्तामुक्त हैं। उस पर पूरा भरोसा है। कितनी बार उन्हीं की खातिर उसने चन्द्रभान और सूरज की गाली-गलौज सही हैं, मारपीट भी। वे विवश-से देखते रहे हैं। मन में तो बहुत कुछ जलता है, मगर जहरीले घूँटों को उगलने की कोई शक्ति नहीं है उनके पास।

...वह कभी नहीं डगमगाई। अब संसार से उठ भी जाएँ तो चिन्ता नहीं। बतासो के रहते वेदू अनाथ नहीं होगा।

अपने कमजोर हाथों को उलटते-पलटते औसारे के पार देखने लगे, अबकी बार रोग ने स्थायी रूप से भींच लिया है। डेढ़ महीने बीतने को आए लेकिन मुक्ति नहीं।

सहसा दृष्टि वेदू की ओर मुड़ गई, वह कच्चे चौकोर खम्भे की आड़ में खड़ा सतर्क भाव से दाएँ-बाएँ ताक रहा है। हाथ में छोटी-सी पोटली जैसा कुछ टाँग रखा है।

उन्होंने राकेश की खाट की ओर तनिक गर्दन उठाकर देखा, सो रहा है। फिर अपना कमजोर हाथ तीव्र वेग से हिलाया, "आ...आजा! आजा...!"

बच्चे के पाँवों में हरकत हुई, मुख पर आगे की ओर बढ़ जाने का भाव

जागा, मगर सोच में डूबा वहीं-के-वहीं ठिठककर रह गया। राकेश को गहरी निगाहों से ताकने लगा।

उन्होंने फिर हाथ का झाला दिया, "आजा...तू!"

वेदू स्थिति को भाँपता-सूँघता आगे बढ़ आया और उनके पास पोटली पटककर चटपट लौटने लगा।

उन्होंने हाथ पकड़ लिया, "का है जा पोटरी में?"

"गुड़ बहेरे कौ चूरौ।"

"चूरौ? लड्डू नाँय?"

वेदू के दूधिया दाँत मुस्कराहट में खिल पड़े, "बतासो अम्मा कै रयी कि तेरे नाना के दाँत नाँय, लडुआ कैसे खाय सकिंगे। अम्मा ने लोढ़ा से फोरि कें चूरन कर दियौ।"

वे भीतर तक भीग उठे, जैसे ठूँठ-**वन में** नरम दूब पर ओस बिखर गई हो। पथराये होठों पर फूलों की-सी कोमल मुस्कराहट दौड़ने लगी। भावातिरेक में बोले, "कहाँ हैं तेरी अम्मा?"

"प्रेमचन्द की भैंसनवारी कठुरिया में ठाड़ी है।"

गुड़-बहेरे की पोटली को जतनपूर्वक नस-भरे हड़ीले हाथ से सहलाते रहे। आँखों की कोरों में अनचाहे की तरलता छलक आई...कहाँ से जुटाया होगा गुड़? कहाँ से लाई होगी बहेरा? गरीब को रोटियों तक की तो तंगी होगी। पर क्या करें वे, यहाँ तो ये राक्षस पहरा दिए बैठे हैं, और वे जर्जर-काया से विवश...।

"वेदू, उठा मोय! पकरि हाथ!"

बच्चे ने भरपूर प्रयत्न किया पर लम्बी मरदानी देह का अस्थि-पंजर ही क्या कम भारी था?

"ददुआ, अम्मा को बुला लाऊँ?"

"ना, ना रे ना!"

लेकिन उसी पल सूनी बेनूर आँखों में द्युतिमान उजियारे की क्षणिक आभा अलौकिक लौ-सी झिलमिलाने लगी...बतासो।

वे चमत्कृत हुए बोल पड़े—"अच्छा, बुलाय ला।"

वेदू के संग मिलकर बतासो ने उन्हें उठाकर बैठा दिया और स्वयं उनकी

पीठ को सहारा देकर पीछे बैठ गई।

वे पोटली को निरखकर हर्षाते हुए खोलने लगे। बतासो तृप्त भाव से आगे को उझक रही थी और वेदू मुँह में स्वाद का अन्दाजा बाँधता ठीक उनके ऊपर झुक आया।

बहेरे की पंजीरी का स्पर्श ही किया होगा कि राकेश भेड़िये की तरह कूदा।

बतासो हड़बड़ा गई। वेदू डरकर चीखने को हो आया और वे कंचे-सी आक्रान्त आँखें खोले अपलक देखते रह गए, स्तब्ध!

राकेश दनकार उठा—"नहीं मानती तू! कैसे आई यहाँ?"

निरुत्तर, तीनों कसूरवार-से अवाक जड़...जहाँ-की-तहाँ बैठे रह गए।

"उठ, अभी! मैं कहता हूँ चल! आइन्दा देखी तो...टाँग तोड़कर रख दूँगा... समझी!" बाल झिंझोड़कर खींचने लगा और चटाचट चार-छ: थप्पड़ जड़ दिए।

"उठ रही हूँ लल्लू...!" उसने धीरे से पीठ के पीछे लगा सहारा खींचा और उन्हें सहेजकर लिटा दिया।

चूरे की पोटली गिरकर बिखर गई। कण-कण धरती पर बिछ गया। वह बतासो को खदेड़ता बाहर तक पिछियाता रहा।

दो पल तक बाहर खड़ी बहेरे को देखती रही—"बटोरने का समय भी नहीं..."

"खड़ी है अभी! जाती नहीं! फिर लगाऊँ?"

मटमैली झीनी धोती के छोर से आँखें पोंछती जल्दी-जल्दी अपनी राह चलने लगी, जैसे किसी ने खेत चरती गाय को डंडों से पीटकर खदेड़ा हो! वेदू पीछे-पीछे भागने लगा।

अपने तिरस्कार का क्षोभ तो जो था सो...किन्तु ददुआ के मुख से छिने बहेरे का अवसाद मन पर घने कुहासे-सा छा गया, जिसके पार कुछ भी नहीं... केवल धुँधला अँधेरा। दो कौर भी नहीं खा सके। चख ही पाते।

ददुआ उसी तरह पड़े रहे, जैसे सुन्न चेतना विहीन पंजर पड़ा हो! अन्तर-पीड़ा की टीसन...सोच का अन्तहीन सिलसिला! सिर को हिलाते भी तो घुमेर-ही-घुमेर! देह का खोखला पिंजरा....न जाने कितने दिन का दाना-पानी!

उनके बाद ये कसाई, उसे रहने देंगे चैन से? किस तरह जिएगी? किसके

सहारे? उनके आँखें मूँदते ही वे जमीन के नोट बना ले जाएँगे। कैसे पालेगी वेदू को? किसी का गोबर-कूड़ा डालकर?

पीछे मुड़कर देखनेवाला कोई नहीं। वेदू को धधकती रेत पर घिसटते छोड़ जाएँ, कि उसके कोमल तलुओं की खाल उघड़ती रहे?

"नहीं!" वे उठकर बैठ गए।

कई दिनों तक दुश्चिन्ताओं के बीहड़ अरण्य में भटकते रहे ददुआ।

भूख न प्यास, चैन न शान्ति। लगता है कि वे सँकरी गुफा में प्रवेश कर गए हैं, जहाँ अन्धकार-ही अन्धकार। निस्तार की कोई राह नहीं, न कोई महीन-सी किरण।

"मेरे पिरभू, तू ही निकाल मुझे, तेरे सिवा और कौन...यह उचित-अनुचित का पिछियाता फेर। मोह-माया का जंजाल! अपने-पराये की परिभाषा। इस भवसागर के झूठे बन्धनों से एक बार फिर मुक्त कर मेरे परमात्मा!" ददुआ के दोनों हाथ खुले आसमान की ओर उठ गए। फसल की बिक्री होने के साथ निगरानी का शिकंजा ढीला हुआ। बेटों का पहरा उठते ही ददुआ ने हसनपुर वाले वकील साहब को बुला भेजा—"समय का क्या भरोसा, एक बार आकर देख जाएँ वकील साहब!"

वे आए। देखते ही ददुआ के भीतर की हिलोर आँखों में उमड़ने लगी। आगे-पीछे की सारी व्यथा उड़ेल डाली—"मेरे पास ज्यादा बखत नाँय! अब मेरौ काम, तुम्हारी जिम्मेदारी...!"

उनके लाख समझाने-बुझाने पर भी नहीं माने। अटल बने रहे ददुआ।

"एक बार ठंडे दिमाग से सोचकर देखो विश्वनाथ, मैं तो फिर आ जाऊँगा।"

"फिर...फिर कौने देखी है? और का सोचूँ? का बचौ है सोचिवे कूँ?"

वकील साहब ने पढ़कर सुना दिया—"मैं विश्वनाथ प्रसाद वल्द सालिगराम, अपनी सही मानसिक स्थिति में, पूरे होशो-हवास में अपने हिस्से की धरती की वारिस बतासो बेगम बेवा सन्नू खाँ को करार..."

दस्तखत करते समय हाथ कँपकँपा रहा था, किन्तु आँखों में स्थायी दृढ़ता लिये वे देर तक बैठे रहे।

"जि मेरे प्रानन से ज्यादा कीमती मेरी अमानत, अपने पास धरौ सँभारिकें!"

नहीं माने। वकील साहब को पहुँचाने बाहर गाँव तक गए। लोगों ने देखा,

ठीक होने लगे हैं ददुआ, चलने-फिरने लगे अब तो।

...मगर बहुत थक गए हैं वे। धौंकनी की तरह फूलती-पिचकती छाती। हँफहँफी की तेज रफ्तार। पसीने से नहा उठे...जैसे झुलसते जंगल की बीहड़ यात्रा से लौटे हों! वेदू भागकर पानी ले आया। बतासो ने सहारा लेकर खाट पर बिठा दिया—"ऐसौ का काम आय गयौ ददुआ, जो तुम इतने परेशान..."

उन्होंने बिस्तर पर लेटकर आँखें मूँद लीं। धीरे-धीरे मन में मचा महाभारत विराम पर आ पहुँचा। आत्मा विश्रान्ति में उतरती जा रही है। आज अपने ही रोपे बिरवे तले सुस्ता रहे हैं वे।

❑❑❑